Caputo.

LES CAVALIERS DE BELLE-ÎLE

HUBERT MONTEILHET

LES CAVALIERS DE BELLE-ÎLE

ROMAN LOUIS XIV

Éditions de Fallois

PARIS

22, rue La Boétie, 75008 Paris

ISBN 2-87706-415-8

À Simone Bertière,
qui a bien voulu me faire partager
une fraction de sa science.
Les erreurs – volontaires… ou involontaires ? –
de cet ouvrage me reviennent.

AVERTISSEMENT

Dans *De plume et d'épée*, les Mémoires d'Arnaud d'Espalungue, écrits en 1673, concernent surtout l'année 1637, où le futur Louis XIV fut conçu, alors que Louis XIII semblait beaucoup plus assidu et plus généreux auprès du minet Cinq-Mars qu'auprès de sa femme. Espalungue, qui a participé aux intrigues entourant cette conception mémorable, qualifiée d'ailleurs de *miracle* à l'époque, cherche visiblement à présenter son action sous le jour le plus acceptable pour un éventuel lecteur.

Selon certaines sources, Espalungue aurait été tué à l'ennemi en 1674, mais, selon d'autres sources, il aurait atteint un âge avancé.

Dans *Les Cavaliers de Belle-Île*, rédigé en 1658, c'est-à-dire après la Fronde, Mazarin ayant remplacé Richelieu, et à la veille du règne personnel de Louis XIV, les souvenirs qu'Arnaud d'Espalungue brosse à l'intention de son fils Tristan affectent un tour plus intime et n'étaient visiblement pas destinés à la publication. Le thème de 1637, redevenu d'actualité en cette année 1658 par l'un de ces retours dont l'histoire est prodigue, est abordé sous un angle un peu différent. Le public sera juge de ces jeux de lumière, de la nature de quelques contradictions et de leur gravité. Nous espérons qu'il ne sera pas choqué par les rudesses d'une époque dont la sensibilité était si différente de celle de notre monde policé.

Quel que soit son père, Louis XIV demeure un monument national, mais l'origine et le style des monuments se discutent, de Saint-Sulpice à la pyramide du Louvre.

I

Au sortir de la tempête, le calme invite les navigateurs à faire le point. Maintenant que le vent de Fronde est tombé, qui avait si fort ébranlé l'État avant que de se changer en brise légère, chacun, et de toute condition, raconte, avec des arrière-pensées et des bonheurs divers, ce qu'il a cru voir ou ce qu'il croit avoir fait. Les uns y gagneront un surcroît d'estime, d'autres, un surcroît de discrédit ou de duels. Et de la confrontation des Mémoires déjà parus ou à paraître, des mensonges prémédités ou innocents, il n'est pas exclu qu'un peu de vérité ne se fasse jour quelque jour.

On parle de l'aimable Madame de Motteville, tantôt indulgente, tantôt sévère, femme de chambre de la reine depuis la mort tant espérée du roi Louis XIII. On parle du marquis de Monglas, parfois naïf comme tout bon soldat, mais estimable connaisseur en événements guerriers, qui aurait en outre des lumières sur cette fameuse nuitée du 5 au 6 décembre 1637, au cours de laquelle le futur Louis XIV, un « enfant du miracle » disait-on, fut conçu par un père épuisé sous le chaste manteau de la Vierge. On parle du comte de La Châtre, familier du duc de Beaufort, lequel comte fut exilé à l'issue de la cabale des « Importants », tandis que son illustre maître, tout surpris, gagnait pour cinq ans la forteresse de Vincennes. On parle de l'inconsistant duc de La Rochefoucauld, noble parangon d'amour-propre, plus doué pour la prose que pour l'action ; et même de son domestique Gourville, habile tripoteur et bras droit, depuis quelques années, du si discuté surintendant Fouquet. On parle aussi de la duchesse de Montpensier, voire du cardinal de Retz, glorieux évadé de Nantes, qui bat toujours la campagne à travers l'Europe, suivi du robin Guy Joly, qu'une démangeaison de plume chatouillerait de son côté. Sans omettre quelques comparses, tel Valentin Conrart, fondateur de l'Académie française par la grâce de Richelieu ; ou le cordelier Berthod, agent secret au service du pouvoir, expert en cryptologie ; ou le conseiller d'État Pierre Lenet, acharné vassal de la Maison de Condé, qui sut déchaîner un si merveilleux désordre à Bordeaux dans les derniers temps de l'opiniâtre sédition de cette cité ; ou encore Henri de Campion, qui aurait des révélations à faire sur l'assassinat manqué du signor Mazarini par les soins du maladroit Beaufort. Notre Mazarin en personne, bien engraissé des malheurs publics, noircit assidûment de noirs carnets entre deux affaires.

Brochant sur le tout, cette mauvaise langue de Tallemant des Réaux, longtemps poussé par la regrettée marquise de Rambouillet, touche et retouche ses portraits, qu'il craint encore de publier, mais qui courent déjà les ruelles des femmes en vue. Tout ce qui compte sur la place y reçoit son paquet.

Une malicieuse relation m'a répété ce qu'il aurait eu l'effronterie d'écrire de moi :

« Le baron Arnaud d'Espalungue, dont le verbe facile sent encore son Béarn, offre un admirable exemple de ce qu'il convient de faire pour arriver à quelque chose quand on est sorti d'une crotte provinciale : changer de religion sans trop de conviction ; montrer plus d'intelligence encore que de courage ; donner les coups d'épée qu'il faut là où il faut et quand il faut dès qu'on s'est assuré un protecteur efficient ; épouser un gros sac après avoir vidé sa bourse dans des galanteries subalternes ; manier l'argent des autres avec un élégant détachement ; ne plus servir l'État que du bout des doigts, fort à couvert, et dans des affaires troubles où il est facile de paraître désintéressé quand on est riche, alors que de telles compromissions, parfois fructueuses, ne visent qu'à prendre un surcroît d'assurances pour l'avenir. »

On ne tire point l'épée contre un Tallemant, et je lui eusse volontiers botté le derrière si une infernale méchanceté ne lui avait conféré moins de pénétration. Comment ferrailler contre sa propre conscience ou ce qui en reste, même si elle se présente soudain plus noire que prévue par le biais d'une âme basse ?

Ma bonne amie la reine, en revanche, qui ne vit que pour son fils et semble goûter un bonheur sans nuage, n'a pas grand-chose à nous confier et semble trôner sur d'épais mystères, tandis qu'un roi de dix-neuf ans, entre deux carrousels, nous offre, déguisé en soleil, d'éblouissants entrechats qui font pâmer les dames sur une musique du talentueux Lulli. Que fera ce brillant jeune homme quand le temps des affaires sérieuses sera venu ? Aura-t-il le loisir de produire des Mémoires, lui aussi ? Après un Richelieu et un Mazarin, trouvera-t-il un troisième cardinal pour diriger le ministère, puisque l'habitude s'en est si bien prise ?

Un après-midi de ce dernier hiver que j'étais chez mon cher comte de Brienne, dans son hôtel tout neuf de la Place Royale d'où l'on voit la statue non moins neuve de Louis XIII, la conversation tomba justement sur cette actuelle manie des Mémoires, à laquelle il m'a confié qu'il sacrifiait lui-même, et pour la meilleure des causes : l'instruction de ses enfants, et tout particulièrement de son fils. Il est vrai que le comte marche vers le mauvais côté de la soixantaine et qu'un fils pour le moins bizarre ne lui donne pas que des satisfactions. Il est vrai aussi que ce fidèle de la monarchie entre les plus fidèles, cet éternel secrétaire d'État qui n'a jamais craint de dire leur vérité aux rois, aux cardinaux ou aux princes, ne saurait donner que des preuves d'honnêteté et d'indépendance d'esprit.

C'est Brienne, en 1632, qui abrita chez lui le jeune Deshayes, que Richelieu recherchait pour lui faire couper la tête. Et comme le Cardinal le lui reprochait amèrement, il lui répondit : « Monsieur, ma maison ne pouvait être fermée au fils d'un ami : il m'eût offensé d'en prendre une autre. » Je n'aurais pas osé.

C'est Brienne, en 1634, comme Louis XIII faisait la guerre au duc de Lorraine et que Saint-Mihiel venait d'être enlevé de vive force en présence du roi, qui plaida véhémentement, quoique sans succès, la cause de la garnison que Richelieu avait résolu d'expédier aux galères. Un crime royal et cardinalice contre le droit des gens, doublé d'une faute : cette hideuse cruauté excitait des haines inutiles et ne poussait point les patriotes lorrains à se rendre à des sauvages. Quand verrons-nous un monument expiatoire à ces victimes ? À la place du comte, je n'aurais pu me taire.

C'est Brienne qui fut le premier à baiser la main d'Anne d'Autriche après l'heureuse délivrance à laquelle il avait eu le privilège d'assister le 5 septembre 1638. J'en ai fait autant, à mon rang, avec un retard convenable.

C'est encore Brienne qui fut témoin à mon mariage Montastruc, au début de cette même année 38.

« Vous avez coiffé la quarantaine, me dit alors le comte, l'âge où se dessine le retour sur soi lorsqu'on n'a pas trop peur de se retourner. Après la difficile venue au monde de votre troisième fille, qui en est restée percluse, Madame d'Espalungue a dû renoncer à concevoir un héritier. Mais vous avez pris en charge le tutorat d'un garçon d'avenir, auquel vous êtes visiblement affectionné, et qui est à peine plus âgé que notre roi. N'êtes-vous point désireux de l'instruire comme je fais de mon fils ? »

La proposition me laissa perplexe.

« L'intérêt, reprit-il, d'écrire pour un fils, est qu'il est permis à un père de faire débuter ses Mémoires avec la naissance de l'enfant, passant sous silence ou traitant à grands traits cette période de notre jeunesse où nous avions tout à apprendre et où nous n'avons pas toujours paru à notre avantage. Ne convient-il pas de réserver à la vieillesse l'aveu des premiers cheminements, dont les faux pas et incertitudes nous poursuivent quand le sommeil tarde à venir ?

— Quel que soit le commencement, mon cher, je ne saurais pas même comment et par où commencer. Je ne suis guère homme de plume.

— Allons donc ! Vous savez plus d'histoire, de théologie et de langues que bien d'autres, et cette histoire, il vous est même arrivé de la faire par moments, avec autant de bonheur que de discrétion. Lancez-vous, et la plume suivra sans effort les chemins de la réconfortante vérité. »

Nous étions dans la bibliothèque, où Brienne m'avait fait apprécier une Bible moralisée de 1270 en français, dont les précieux médaillons éclataient de couleurs demeurées vives. Son père Antoine avait légué au roi trois cent quarante manuscrits précieux – sur lesquels Mazarin avait fait main basse – mais le fils en avait hérité quelques-uns.

Le comte me montra modestement la première page de ses Mémoires, en train sur un bureau, soit un exemple de bon goût classique dont il souffrit que je prisse copie (que je *pisse* copie, dirait le duc de Beaufort, dont les confusions de langage sont célèbres !) :

« Mes enfants, je crois que Dieu m'a conservé la vie jusques à présent et m'a donné du repos afin que je pusse vous mettre par écrit les choses que j'ai vues et auxquelles j'ai eu part, et les adversités que j'ai ressenties. Je ne présume point que ma vie soit de celles qu'on propose pour modèle ; mais elle se trouve entremêlée de tant d'accidents qu'elle pourra contribuer en quelque façon à votre instruction et vous porter peut-être à rendre à d'autres le même service. Je souhaite que vous y imitiez ce que vous approuverez, et que vous y joigniez ce que vous trouverez à propos.

« Je vous dirai d'abord qu'il faut que vous soyez persuadés qu'il n'est jamais permis de faire une chose mauvaise, quelque avantage qu'on en puisse tirer ; et que le service de Dieu doit être préféré à tous les honneurs et à toutes les gloires du monde. »

Comme je m'arrêtais de copier, estimant avoir suffisamment de piété pour bagage, on me pria de faire également un sort au paragraphe suivant :

« Je commencerai ces Mémoires par des actions de grâce que je dois à la bonté divine de ce que, quoique mon père professât la religion protestante réformée, je fus néanmoins baptisé et élevé dans la catholique, apostolique et romaine, dans laquelle j'espère, avec le secours de la Grâce, vivre et mourir... »

Jetant une pincée de sable sur mon texte, Brienne me fit constater avec une sympathique curiosité :

« Vous, aussi, avez eu un père réformé.

— Un père Thomas, une mère Judith, un frère Samuel, une sœur Claire, et un demi-frère aîné, Matthieu, par ascendance paternelle. J'ai été comblé de ce côté ! Mais mon demi-frère, qui s'était fait opportunément jésuite, m'a opportunément converti avant que d'aller s'égarer en Chine, et ma sœur Claire, recueillie à l'âge de huit ans par les Miossens, a pris le voile.

— Par quel miracle, cette conversion enfantine de votre sœur dans une famille étrangère ? »

Le comte, surpris de la douleur soudaine qui se lisait sur mon visage, me pria d'excuser la question.

« Aucune offense, mon bon Brienne ! Lors du siège de La Rochelle, le maire Guiton – celui qui s'est depuis si bien distingué dans la marine toute neuve de Richelieu – a fait jeter bon nombre de bouches inutiles au fossé, où le grand Cardinal les a laissées crever de faim et de soif, sous les quolibets et les insultes des goujats. Ma mère, qui avait plus de foi que d'entrailles, n'a pas daigné soustraire sa fille au décret, ce qui pourtant ne lui eût pas été bien difficile, et mon père hors d'âge a laissé faire en gémissant. Montesquiou, le futur d'Artagnan, qui faisait là ses premières armes à quinze ou seize ans, a tiré par hasard ma sœur du bourbier parce qu'elle criait en béarnais, si proche de son gascon, et les Miossens, tout attendris, l'ont bientôt adoptée.

— Une manière de roman ! Il s'agissait bien d'un miracle... tout comme celui de la naissance du roi.

— Dieu agit chaque jour... parfois masqué.

— En décembre 1637, quand le roi fut conçu de manière si stupéfiante, et après une aussi longue et fiévreuse attente, votre sœur était, je crois, fille d'honneur de la reine ?

— En effet. Quelle mémoire vous avez ! J'étais moi-même dans les gardes du Cardinal, et mon frère jésuite – avec quelques autres ! – confessait la reine.

— Vous étiez aussi en bons termes avec Guitaut, qui commandait dans les gardes du roi… et qui est encore en place.

— Ce n'était pas un intime.

— Vous êtes néanmoins bien placé pour contredire les bruits qui ont couru… et qui courent encore.

— Je n'ai rien entendu.

— Bien sûr. On a murmuré cependant qu'une reine affolée, pour se sauver et sauver l'État, aurait pu, en désespoir de cause, jeter son gant au grand Cardinal. »

Je me pris à rire.

« Une fieffée sottise ! Richelieu, peut-être, qui se croyait tout permis, a-t-il songé un instant à cet excès d'honneur, mais il était déjà, dans ces années-là, tout branlant, le cul farci d'hémorroïdes, et la reine n'aurait jamais couché avec un aventurier de si obscure extraction. À mon avis, seul un sang royal aurait pu la fléchir, et les candidats n'étaient pas légion. Cela dit, qui peut sonder le cœur d'une femme ? Et les reines sont femmes comme les autres… »

Prenant acte de ma déclaration, Brienne, sans oser pousser plus avant, revint à ses moutons.

« Catholique par choix et par réflexion, vous êtes donc en mesure d'affermir votre précieux pupille dans la vraie religion et de lui prodiguer les meilleurs conseils.

— Ma foi, dis-je en souriant, ce serait apparemment le contraire…

— Que voulez-vous dire ?

— La mère n'ayant pas survécu à ses couches, j'ai recueilli Tristan à la mort de son père, Irénée Lhermitte, conseiller au Parlement ; un janséniste recuit, qui l'avait cependant outrageusement gâté, n'ayant pour exercer sa fibre que cet unique enfant sous la main. Le galopin avait sept ans. Je l'ai d'abord élevé à la dure pour en faire un nouveau César, un nouvel Hannibal, sans autre résultat que de le buter. Sur les recommandations de ma femme, j'ai ensuite essayé la douceur, avec des résultats mitigés. Ce qui complique les choses, c'est que ce Tristan est d'une intelligence foudroyante, qu'il applique aux plus hautes ambitions, religieuses ou scientifiques.

« Ne fût-ce qu'en l'honneur de son regretté père – lequel, entre nous, n'avait pas plus de consistance qu'une pantoufle –, le jeune homme verse aujourd'hui dans une piété ombrageuse, qui le pousse à infliger des leçons à tout le monde, de manière explicite ou implicite. Il parle de la Grâce comme s'il l'avait faite, ergote en expert sur les condamnations renouvelées de Jansénius, a découvert, devant nos valets ahuris, l'éminente dignité du pauvre, mange n'importe quoi avec distraction et affiche une extrême pureté de mœurs. Mes maîtresses lui sont odieuses, mes croyances et mon argent lui sont suspects, il reproche à Hermine ses patientes complaisances à mon endroit, qui sont pourtant – disait en son temps le sage roi Salomon – la plus belle parure d'une épouse. Et cultivant d'ordinaire un silence rechigné, il se réfugie dans la géométrie, où il fait figure d'astre naissant : un Pascal, un Fermat, sont de ses correspondants. Vous voyez le tableau. L'enfant viserait plutôt à éduquer son tuteur s'il estimait avoir quelque chance de succès. Ce pupille, que je tiens pour fils, a-t-il vraiment besoin des Mémoires d'un indigne ? »

Brienne réfléchit un instant.

« Plus qu'un autre, il me semble. Ce serait pour vous l'occasion d'un dialogue réfléchi dont vous feriez entièrement les frais, glissant un peu de compréhension et d'humanité dans une affaire qui me paraît sur une mauvaise pente. Avouez donc vos fautes en chrétien, expliquez-les sans les justifier, mais ne manquez point d'insister sur l'excellence de vos intentions et sur la peine que vous inflige une attitude qu'aucune vraie vertu ne saurait excuser. Nous enseignons nos enfants par de bons exemples, mais aussi par de mauvais, qui devraient les détourner de mal faire dès que l'amour filial vient éclairer le débat par la grâce de Dieu. Si nos rejetons se détournent de nos vertus pour imiter nos vices, c'est leur liberté qui en est cause plutôt que la nôtre.

— Vous prêchez comme saint Jean Bouche d'or !

— Vous êtes digne de l'écouter par la bouche d'un pécheur. »

Au sortir d'un silence, Brienne reprit :

« Ne vous formalisez point. Mais puis-je savoir pourquoi vous avez recueilli ce Tristan alors que son père ne vous avait inspiré qu'une si médiocre estime ? »

Le comte était un des rares hommes de France à qui l'on pouvait faire toute confiance.

« Après notre fuite catastrophique de La Rochelle, lui avouai-je, dont ma mère, qui tenait un gros commerce d'épices, était bourgeoise, nous nous sommes repliés sur nos maigres terres nobles de Béarn, patrie de mon père. Montant à Paris, courant 1637, pour chercher fortune, j'ai loué par hasard un logis chez les Lhermitte, où la femme d'un conseiller impuissant, lequel voulait à tout prix un héritier, m'a comblé d'amoureuses attentions. Julie – un doux nom, n'est-ce pas ? – ne m'a laissé que d'heureux souvenirs, et cette grossesse, qui devait lui être fatale, a illuminé l'automne de ses jours, le printemps des miens, et a fait la joie du cocu. C'est l'une de mes rares bonnes actions.

« Étant le père de mon fils, je n'ai pu, à mon grand regret, être son parrain.

— Ce fils sait-il que vous êtes son père ?

— Il ne s'en doute même pas, ayant trop de hauteur pour daigner se méfier, et il concevrait de la nouvelle un surcroît de mépris à mon encontre, dont je n'ai guère besoin.

— Un mépris dont son prétendu père aurait sa part, ce qui pourrait le détourner des fumées du jansénisme. Et tout compte fait, votre souhaitable autorité, la puissante voix de la nature aidant, y gagnerait peut-être. Pourquoi vous priver de cet atout ? »

L'hypothèse était à considérer, mais je devais en peser soigneusement les termes avant que de me résoudre à sauter le pas. En matière d'éducation, seul le temps peut corriger les erreurs graves, et il n'y parvient pas toujours.

À l'approche du printemps, je n'étais pas décidé, et j'y songeais encore dans les brouillards de Londres, où j'avais été chargé d'apporter sous le manteau de nouveaux compliments à Cromwell, dont l'alliance contre l'Espagne catholique importait tant au Mazarin. Dès 1649, en pleine Fronde parlementaire, avec un regard de sympathie vers la nouvelle Angleterre républicaine, le Cardinal achetait les plus belles pièces des collections du défunt Charles Ier, que bradait le futur Lord Protecteur. Il aurait acheté la tête tombée de l'échafaud si elle avait eu quelque valeur ! Et tandis que je caressais Cromwell dans le sens du poil, mon vieil ami d'Artagnan assurait en tapinois les catholiques irlandais de la sollicitude de la France, parmi les sanglants champs de ruines qu'un puritanisme féroce y avait semés. À l'instar de son compère et mentor Richelieu, d'illustre mémoire, le nouveau Cardinal a toujours deux fers au feu, et parfois davantage. Rien ne change sous le soleil, et il faut s'en accommoder.

II

Étant allé, dans l'après-midi du lundi 1er avril de cet an de grâce 1658, à Saint-Mandé chez le surintendant Fouquet, où l'on jetait toujours si gaiement l'argent par les fenêtres, j'eus un entretien pour affaires avec ce fripon de Gourville. Valet promu financier, joueur enragé, Gourville, grâce à un savoir-faire des plus déliés, avait mis de côté plusieurs millions en peu de temps, sur lesquels il donnait à l'occasion quelques miettes à son ancien maître La Rochefoucauld, qui avait plus de superbe dans ses maximes que dans son train. Si je me permets de juger sévèrement ce Gourville, c'est que j'avais par naissance de la noblesse à revendre, l'anoblissement datant de 1255, sous le vicomte de Béarn Gaston VII le Grand, et que la fortune m'est honnêtement venue en dormant avec ma femme. Tout le monde ne peut pas en dire autant.

Affaires difficiles, dont j'avais dû prendre l'habitude après mon riche mariage avec Mademoiselle de Montastruc, qui m'avait introduit chez les manieurs d'argent les plus avides. Prêter à l'État ce que l'on extorque au bas peuple n'est pas une partie de plaisir. L'opération comporte d'énormes risques sur des garanties toujours trop minces, car l'État est bien le plus mauvais payeur qui soit, et le moins scrupuleux. Et après qu'un Mazarin, un Colbert, un Fouquet, un Gourville, se sont servis au passage, il faut encore dégager une bonne marge pour parer à toute éventualité. Si nous travaillons à gros intérêts, c'est que le débiteur est peu solvable.

De 1635 à 1648, la guerre contre l'Empire et l'Espagne, grande mangeuse d'argent frais, avait pourtant favorisé cette sorte de commerce et, l'Empire une fois hors jeu par les traités de Westphalie, la bienheureuse guerre s'était poursuivie contre l'Espagne ; mais une paix d'épuisement réciproque est en vue, pour le plus grand bonheur du contribuable exténué et pour la plus grande tristesse des traitants et de leurs affidés.

Sans guerre, Richelieu et son épigone Mazarin n'auraient pas hissé la prévarication au niveau d'une éminente industrie, et l'on pourrait les soupçonner de l'avoir entretenue dans l'intérêt de leurs finances particulières. Quand les impôts quadruplent, les bénéfices abusifs se multiplient d'incroyable façon. *« Nervos belli, pecuniam infinitam »*, écrivait Cicéron, un expert qui mettait de préférence ses talents oratoires au service des pires canailles, ce qui peut se traduire par : « L'argent est le nerf de la guerre, qui exige des dépenses infinies. »

Un de mes condisciples de collège, qui était imbécile ou faisait semblant, avait traduit : « Les nerfs de la belle réclament une infinité d'argent », ce qui avait fait bien rire, quoique les dépenses pour les femmes, on s'en aperçoit chaque jour, l'emportent encore sur les dépenses militaires, ainsi que nous le rappelle la pluie d'or jupitérienne qui séduisit Danaé dans sa tour d'airain.

Un échange de vues animé clos à notre commune satisfaction, Gourville me retint pour me faire une révélation des plus étonnantes.

Avec des mines de conspirateur, cette face de rat m'avait d'abord entraîné dans un humide souterrain qui traversait la rue pour aboutir à un cabinet ouvrant sur le bois de Vincennes, et là, prenant un document caché derrière un grand miroir, au-dessus d'une cheminée, il me dit :

« Vous avez certes, mon cher baron, l'esprit d'intrigue, mais aussi de prudence, vous n'avez, à ce qu'on dit, jamais trahi personne, et vos conseils ont sans cesse profité à qui les voulait entendre. Or, je me trouve présentement dans une position qui m'ennuie fort et dont je ne sais comment me sortir.

— Puissiez-vous, en dépit de vos compliments, ne pas regretter ce que vous m'allez dire !

— Moi, je suis joueur ! Les dés en sont jetés.

« Figurez-vous que Fouquet, craignant de se faire fendre l'oreille par le Mazarin, a eu l'étrange dessein, dans le cas où il lui arriverait malheur, de brosser un plan de sauvegarde assez précis pour l'instruction de tous ceux sur lesquels il croyait pouvoir compter. »

Et Gourville de m'en lire de longs passages, d'où j'ai retenu quelques points, ma mémoire de ce qui importe étant excellente :

« L'esprit de Son Éminence, susceptible de considérer les premières calomnies venues, et particulièrement contre ceux qui sont dans un poste considérable ; son naturel défiant et jaloux ; les dissensions et inimitiés qu'il a semées avec un soin et un artifice peu ordinaires dans l'âme de ceux qui ont quelque part dans les affaires de l'État et le peu de reconnaissance qu'il a des services rendus quand il ne pense plus avoir besoin de ses bienfaiteurs, donnent lieu à chacun de le redouter. Et à moi, plus qu'à un autre, m'étant fait une infinité d'ennemis dans un emploi *qui ne consiste pourtant qu'à prendre le bien d'autrui pour le service du roi.* (Le secret de l'École avoué ici en peu de mots, mais avec un imprudent cynisme, car il n'est pas bon de faire d'un roi aimé de ses peuples le chef d'une cohorte de voleurs !)

« Le pouvoir absolu que possède le Cardinal sur les sentiments de Sa Majesté et de la reine sa mère lui rend facile, en principe, tout ce qu'il veut entreprendre, quoiqu'une timidité naturelle, qui lui fait fuir en lâche les obstacles ou platement les contourner, porte à croire qu'il n'oserait de sitôt s'attaquer à un ministre qui a l'oreille du Parlement, qui entretient partout à feu d'argent une foule d'obligés, qui a poussé des parents ou des féaux dans nombre de places fortes et de gouvernements, sans compter la haute dignité de deux frères dans l'Église.

Il ne s'y résoudrait que s'il avait la certitude que la victime fût écrasée au point de ne pouvoir mordre au talon. Les hommes les mieux instruits et les plus habiles restant cependant exposés à de mauvais calculs, je dois à moi-même comme à mes amis de retenir une éventualité improbable et de prendre des précautions, afin que, si je me trouvais hors de la liberté de m'expliquer, on eût recours à ce projet pour y chercher des remèdes qu'on ne saurait trouver ailleurs, et que ceux de mes fidèles qui auraient été priés d'y avoir recours, sussent qui sont ceux auxquels ils peuvent faire confiance [1]. »

Après cet exorde où le surintendant ne mâchait point ses mots, venait – et en quatorze points, s'il vous plaît ! – un ensemble de mesures, de gravité croissante, selon qu'il était simplement appréhendé ou déféré à des juges. Fouquet avait prévu de faire acheter ses geôliers, de fortifier Belle-Île, place qu'il venait d'acheter, et d'y armer des corsaires, de soulever Calais et Amiens, d'enlever tel ou tel ministre peu compréhensif, et d'abord sa bête noire, Le Tellier. L'idée était également caressée d'une foule de suppliques émouvantes ou menaçantes en sa faveur, d'une grève des trésoriers payeurs militaires, de nouveaux serments à exiger des officiers et soldats, de libelles subversifs à partir d'imprimeries occultes... On trouvait en clair dans ce factum les noms des principaux complices sur lesquels le trublion croyait pouvoir compter. « Je me fie à l'extrême, écrivait-il notamment, à Monsieur de La Rochefoucauld et en sa capacité. Il m'a donné maintes paroles si fermes d'être dans mes intérêts, bonne ou mauvaise fortune, envers et contre tous, que comme il est homme d'honneur, et reconnaissant de la manière que j'ai tenue avec lui et des services que j'ai eu l'intention de lui rendre, je suis assuré qu'il ne me manquera point. » Autre coup de chapeau ému à Madame Du Plessis-Bellière, ce qui dénotait un meilleur

1. *Note de l'auteur* : cette pièce manuscrite se trouvait en 1826 sous le n° 384, cote 494, à la Bibliothèque royale. Nous en avons pris connaissance dans un ouvrage imprimé cette année-là.

jugement. En conspiration comme en amour, je l'ai fréquemment remarqué, les femmes sont plus sûres et plus fidèles que les hommes.

Une injonction pertinente, en tout cas, à l'article cinq : « Il ne faut rien mettre à la Poste, mais tout envoyer par des courriers fidèles. Madame de Bellière doit prendre pour ses principaux agents Langlade et Gourville. »

« Eh bien ! fis-je. Vous voilà bien arrangé, et en fort dangereuse compagnie, mon bon Gourville !

— Hélas ! »

J'en demeurais sidéré.

« Pourquoi Diable ce tissu de hautes trahisons derrière un miroir de rencontre ?

— Fouquet m'a demandé avis sur cette folie, et je lui ai naturellement déclaré que nous n'étions plus aux temps désordonnés de la Fronde, où les plus démentes énormités avaient peu de conséquences ; que les grandes familles, et les plus influentes, échaudées par leurs récentes rebellions ou achetées de notoriété publique par le pouvoir rétabli, étaient absentes du jeu ; que tous, actuellement, aspiraient au repos ; que dès qu'il serait à l'ombre enfin, tout le monde s'empresserait de le lâcher comme une crêpe brûlante.

— À part vous, sans doute, et Madame de Bellière !

— Je vois que vous avez encore le cœur à plaisanter.

— Avez-vous convaincu notre surintendant de la vanité du projet ?

— Je ne puis que l'espérer. Frappé de mes réserves, il a demandé un valet avec une bougie pour brûler le papier. Mais il s'est bientôt ravisé sous un prétexte et l'a glissé négligemment là où vous me l'avez vu prendre. Si je fais maintenant allusion à l'histoire, il hausse les épaules, comme s'il s'agissait d'une plaisanterie, comme s'il avait toute confiance en son étoile, comme s'il était invulnérable et au-dessus des lois communes. »

Je demandai à Gourville de me relire le plus saillant.

« Ainsi, dis-je, le ministre le plus rompu aux affaires, l'homme le plus pénétrant, le plus prévoyant, le plus séduisant, auquel Madame de Sévigné et La Fontaine tressent des couronnes dans les jardins naissants de Vaux, non seulement tire des plans qui tiennent du rêve éveillé, mais abandonne dans un cabinet, à la merci d'une première perquisition, un brûlot qui a de quoi expédier ses plus proches amis aux galères.

— Si j'échappe aux galères ou à l'échafaud, gémit Gourville, ce sera Vincennes ou la Bastille jusqu'à ce que me pousse une barbe blanche. Laisser la chose derrière ce miroir ! Il faut voir une telle énormité pour y croire.

— Heureux ceux qui ont cru sans avoir vu ! Vrai, vous ne m'avez pas fait un cadeau.

— Vous me pardonnerez en considération de mon désarroi. Je ne puis faire disparaître ce maudit papier sans inquiéter le surintendant, qui a encore le bras long. Si je le porte au Mazarin, je me déshonore. Et si je laisse courir, le Cardinal, qui souffre d'une chronique indigestion d'argent et va sur sa fin, voire son successeur, risque tôt ou tard de mettre la main sur le pot aux roses, et je suis condamné d'avance. »

Je distinguais enfin où ce rusé voulait en venir.

« Je n'ai, Dieu merci, que des relations de finances avec Fouquet ou avec vous, sur qui j'ai cet avantage que je pourrais mettre le Cardinal au courant sans me déshonorer, étant entendu que je veillerais à vous dédouaner après avoir trahi pour raison d'État votre confidence déplacée. »

Gourville se récria, mais de moins en moins fort, parlant bien haut d'honneur. Moins on en a, plus on en parle. Et faisant semblant de réfléchir, j'élevais de mon côté des objections de plus en plus pertinentes à manger le morceau. Je m'amusais beaucoup.

« Vu l'ingratitude légendaire d'un Mazarin, déclarai-je pour conclure, il me semble que je n'aurais rien à gagner à l'éclairer sur ce complot. Autant en laisser le soin à d'autres moins avertis. Mais si vous vous faites prendre, vous ne m'avez rien dit. Ce serait votre parole contre la mienne.

— Vous pouvez être tranquille, dut-il reconnaître amèrement. Vous serez absent de mes Mémoires. Que vaudrait d'ailleurs ma parole contre la vôtre ? N'êtes-vous point des rares intimes de la reine, et à sa dévotion avant que d'être aux genoux du Cardinal ?

— C'est seulement le bas de la robe de Son Éminence que je baise, et encore sans aucun enthousiasme.

— Vous abandonnez le reste à la reine ? ! »

Je dédaignai de corriger l'assertion et laissai le sieur de Gourville sur des charbons ardents.

Bon Dieu, si un Gourville tartinait vraiment ses Mémoires, pourquoi pas moi ? !

C'est une chose bien étrange, aussi étrange que la subite extravagance de Fouquet, que de voir des gens d'ordinaire bien informés, de sens rassis et sans préjugés, insinuer que le Mazarin serait l'amant ou le mari de la reine. Sans doute le Cardinal, en dépit de multiples pressions romaines, s'est-il sans cesse refusé à la prêtrise, mais ce n'est pas un mystère que l'ambition d'être pape un jour lui est venue sur le tard. Or si l'occasion se présentait, les ordres seraient refusés à un mari, empêchement majeur. Le Cardinal, d'autre part, a été fait parrain du roi depuis 1643, ce qui établit un lien spirituel, et la sincère piété de la reine, qui se confesse et communie plus souvent qu'à son tour, a été plus ostensible que jamais depuis la disparition du roi Louis XIII. Comment pourrait-elle s'accommoder d'un sacrilège permanent ?

Ajoutez à cela que le couple est d'âge canonique, que le Cardinal, après avoir jeté sa gourme tout comme un autre dans son jeune temps, ne semble plus guère porté sur les femmes et mène apparemment une vie irréprochable – du moins pour ce qui est du sexe –, et surtout qu'une Anne d'Autriche, après avoir dédaigné un Richelieu de médiocre noblesse, aurait sans doute refusé de forniquer avec un individu qui n'était noble – et encore en mettant les choses au mieux – que par sa mère.

Et pourtant, le lien le plus fort et le plus étroit unit ces deux êtres qui étaient si peu faits pour se rencontrer, dont certaines correspondances que j'ai eu l'occasion d'apprécier aux pires moments de la Fronde, ayant été chargé d'acheminer des dépêches à chiffrer ou à déchiffrer chez Rossignol, renfermaient des élans d'estime et de tendresse comme on en voit rarement entre époux.

Au fond, il s'agit d'une union des âmes, la reine y étant pour les deux tiers, et des intelligences, le Cardinal y étant pour les quatre cinquièmes ; d'une communauté de sentiments et de politique ; d'une totale confiance mutuelle ; d'un attachement si ferme et si innocent que la reine demeure insensible à tout ce qu'on lui pourrait dire sur les dangers qu'une semblable intimité ferait courir à sa réputation. Tel est l'avis de Madame de Motteville, qui ne quitte point sa maîtresse d'un pas, et tel est le mien, qui suis également bien placé pour le soutenir, ayant conquis une position à part, et que je tiens pour indéfectible, dans les amitiés pourtant variables de cette princesse.

Anne d'Autriche demeure subjuguée par l'esprit et par les talents du signor Giuglio Mazarini, qui s'occupe de tout jour et nuit et lui épargne la peine de penser et de prendre des décisions par elle-même – ce à quoi elle est, il est vrai, peu encline. Le Cardinal exerce sur la reine une fascination analogue à celle qu'exerçait Richelieu sur son malheureux roitelet, mais la victime éprouve ici pour son séducteur l'un de ces amours de tête propres au beau sexe, et qui est bien capable d'aveugler sur quelques évidences.

Comme Louis XIII, Anne ferme résolument les yeux sur le pillage des finances publiques par son favori, avec cette circonstance atténuante qu'elle est modérément dépensière pour elle-même, tandis que son infâme mari, au plus intense de la guerre, jetait sans scrupule des fortunes pour des gitons qui le méprisaient et ne le pouvaient supporter. Mais il faut noter cette différence aussi que le luxe insensé du grand Cardinal, étant tout de gloriole, suscitait de l'indulgence chez quelques-uns, et que celui du petit Cardinal, qui sent l'obsessionnelle cupidité du parvenu, n'en suscite chez personne. Et quand le serpent tentateur affirme à la reine que la poursuite de la guerre est essentielle à la gloire de son fils, le protestantisme dût-il en être conforté en Europe, et les finances, obérées pour des générations chez un peuple réduit à la misère, elle ferme encore les yeux, car le grand mot de gloire, ce premier fléau des peuples qui couvre les plus déplorables excès, a été lâché. Depuis la naissance de Louis XIV, une mère espagnole, que la haute trahison la plus patente n'effrayait point en août 37, n'était devenue que trop française et ne se chagrinait plus que la politique agressive de Richelieu fût poursuivie par son élève en massacres et en dissipations.

De retour à mon hôtel, qui jouxte au Marais celui de la tribu des Montastruc, je brossai après souper une introduction à mes Mémoires afin de remuer un peu la tête et la tripe de mon Tristan. Mais, en dépit des récents conseils de Brienne, le fond n'était pas plus satisfaisant que la forme, et les essais successifs allèrent au panier. Comment renouer par la plume un contact qu'on avait été incapable d'entretenir de vive voix ? Le côté artificiel du pensum me décourageait.

En désespoir de cause, je notai seulement, à toutes fins utiles, quelques idées que je pourrais exploiter si j'avais la témérité de me remettre au travail.

• Le père est responsable de l'inné sans en être coupable. Il est coupable de l'acquit dès qu'il lui fait honte.

• Poussés par une bizarre pudeur, les pères font trop confiance à l'implicite dans les relations avec leurs enfants. Ils devraient savoir que ce qui n'est pas dit n'est ni vu ni appris. De même avec les femmes. On peut les couvrir d'argent, elles ne se croient pas aimées tant que la parole, toujours douteuse, n'est pas venue au secours de ce qui compte et se compte.

• « Faites ce que je dis, ne faites pas ce que je fais » est d'un usage dangereux, source de maints malentendus. Quand une précoce intelligence, qui démontre que chacun est pécheur, viendrait éclairer autrui à notre sujet, le cœur ne serait plus au rendez-vous. Nous avons beau pécher avec la plus charitable modestie, les plus distinguées précautions, nous passons bientôt pour hypocrites en vertu de ces mêmes précautions dont l'enfant avait été cause.

• Dès que le père commence d'être jugé au nom de l'idéal intransigeant de la jeunesse, il est condamné sans appel. On le fuit ou on le souffre. Il faudra que l'enfant soit père à son tour pour découvrir trop tard l'injustice de ses pensées et les peines cruelles qu'elles auront produites.

• Les enfants, portés à tout simplifier, ont du mal à saisir la complexité des choses. Ils ne veulent pas comprendre que la morale de perfection ne regarde que les solitaires dans leur cellule ou dans leur grotte. Mais dès que le prochain vient nous déranger, nous entrons dans la morale du moindre mal, qui commence, hélas, dans le mariage, pour finir sur la place publique. Et aucun moindre mal ne saurait forcer l'estime d'un jeune censeur.

• C'est une erreur, ainsi qu'on le fait d'ordinaire, que d'abandonner l'enfant aux femmes jusqu'à ce qu'il puisse courir et imiter les vertus ou les fautes des hommes. Il se pourrait que la petite enfance fût plus formatrice qu'on ne pense, la vie animale, plus sensible, la présence d'un homme énergique et clairvoyant, nécessaire dès les premiers pas. Si le père de Tristan lui a servi de mère comme il a pu, avec les outrances d'une affection sans bornes, j'ai hérité d'un être déjà formé, éduqué dans la faiblesse, pour qui j'étais demeuré étranger en dépit de mes apparitions, qui n'étaient jamais aussi fréquentes que je l'eusse voulu, et d'autant plus rares que le bonhomme Lhermitte s'était pris sur le tard de quelque jalousie à mon encontre. Cela n'a pas facilité ma tâche.

• Sur son lit de mort, Irénée m'a fait promettre de demeurer un éternel tuteur aux yeux de Tristan. Mais les mourants n'ont-ils pas la vue basse ? Et si l'intérêt du sujet, comme incline à le penser Brienne, commandait qu'il fût enfin éclairé ?

J'en étais là de mes cogitations, quand Tristan vint me surprendre pour quêter deux louis. Ses demandes étaient toujours modestes et je le soupçonnais de faire l'aumône avec le peu qu'il me tirait.

« Avez-vous fait de bonnes affaires, Monsieur, chez cet estimable Gourville ?

— Comme j'en aurais fait, Monsieur, avec cet estimable Colbert, qui s'est voué au Mazarin au lieu de se vouer à Fouquet : ils se valent tous, et ce n'est point ma faute.

— Colbert a, je crois, meilleure réputation que Gourville.

— Colbert est un fourbe de la plus belle eau, qui a d'abord servi le Cardinal gratis avant que de faire danser l'anse du panier tout comme un autre.

— Si les affaires ont été bonnes chez Gourville, nous allons pouvoir augmenter notre domesticité. »

Dans l'espoir aberrant de réduire le chômage qui affame la population, Tristan m'a convaincu d'engager de nouveaux domestiques chaque fois que j'avais réussi une affaire. Nous en avons tellement que nous ne savons plus où les mettre.

« Il y en a déjà trente et un chez nous, mon jeune ami, dont une douzaine qui ne servent pas à grand-chose.

— Vous pouvez donc en prendre deux de plus. Le Mazarin en est à cent onze ! Il est plus généreux que vous.

— Je vous en consens un seul, et n'y revenez pas de si tôt !

— Dieu vous le rendra. Vous serez là-haut tout environné de gras valets en prières.

— Ce serait une bonne raison pour y monter le plus tard possible ! »

Quelle époque !

III

Dans la matinée du jeudi 23 mai, je fus visiter la duchesse de Longueville, sortie de Port-Royal-des-Champs, où elle s'était retirée dans la prière, pour rejoindre son hôtel parisien, où elle attendait anxieusement des nouvelles de son frère Condé, engagé contre Turenne, l'un de ses amants honoraires, dans les Flandres.

En cas de victoire, le Mazarin avait promis Dunkerque à l'affreux Cromwell pour le récompenser de ses complaisances. Condé avait d'ordinaire moins de bonheur du côté espagnol qu'il n'en avait eu du nôtre à Rocroi, l'année 1643, en tant que duc d'Enghien.

Madame de Longueville, qui approche de la quarantaine, offrait toujours cette angélique beauté qui avait fait tant de ravages sous la Fronde, où elle s'était jetée à corps perdu avant de revenir à Dieu avec sa détermination habituelle. Rigoureuse piété, deuil de bien des ambitions terrestres : elle me reçut privément toute vêtue de noir, avec un minimum de dentelles et de diamants, mais la taille et le feu de ces derniers en rachetaient le nombre, et son parfum de Chypre, bien que devenu janséniste, était toujours aussi entêtant.

Dans cette situation militaire cornélienne, c'était surtout pour son frère que la duchesse s'inquiétait, se demandant s'il pourrait rentrer en grâce après la paix qui se dessinait, abandonner de bon cœur l'excitation des camps et leurs gitons estivaux pour courtiser derechef les jolies ex-frondeuses de Paris.

J'avais heureusement de bonnes raisons de la rassurer.

« Le Cardinal, ma chère amie, étant peut-être d'Église par quelque biais, a dû promettre au pape de ne point verser le sang, et vous remarquerez qu'il s'en est également abstenu par procuration, détour qui lui eût été facile. Injurié de toute part comme il n'est pas permis, traîné dans la boue par le premier venu, il n'a pas fait tomber une seule tête pour si peu, alors que Richelieu, son modèle incomparable pourtant, dressait des échafauds à tous les coins de rue.

« C'est affaire de tempérament. La prison même n'est pas habituelle au Mazarin. Il a fallu que Beaufort l'assassine pour que Vincennes lui ouvre ses portes ; il a fallu que Retz ou votre frère fussent bien insupportables pour en goûter. C'est par la douceur, par le pardon, par l'intrigue, par le mensonge, par la corruption, que le Cardinal se défend, préférant acheter au juste prix que pendre, et embrasser qu'étouffer. Tenant la vengeance pour vulgaire et redoutant celle des autres, peu convaincu, d'ailleurs, de l'efficacité des sanctions, il éprouve d'infinies jouissances, sorti du fin fond des Abruzzes, à mettre à sa botte tout ce que la France compte de plus noble.

« Votre frère en est : son compte est favorable. Et d'autant meilleur que les Espagnols veilleront religieusement à inclure dans le traité de paix la réhabilitation d'un foudre de guerre qui les a si bien et si longtemps servis. Au fond, le Cardinal méprise trop son prochain pour lui faire l'honneur d'une hache ou d'une corde. Ce serait avouer qu'il a été honorablement responsable de ses actes, et non point le jouet des passions ou des intérêts à courte vue.

— Le Ciel vous entendc ! »

Une invite à discourir de religion, sujet dont Madame de Longueville avait découvert un peu tard tout le sel. Mon éducation calviniste m'ayant familiarisé avec Jansénius avant que je fusse amené par mon frère Matthieu à faire la part des choses, je n'eus pas de mal à flatter son rigoureux penchant.

« Toutefois, ajoutai-je plaisamment, j'ai du mal à croire que Dieu, comme le pensait Calvin, damne les mauvaises têtes dès le berceau ou couronne les élus avant que de les avoir vus naître. En dépit de saint Paul ou de saint Augustin, qui ne sont paroles d'Évangile qu'à leurs moments perdus, Dieu n'est pas en mesure de prévoir, puisque nous sommes libres. Mais ne sachant ce que nous allons faire, Il sait fort bien, en revanche, ce que nous avons fait. Et vu qu'Il siège en dehors du temps, il lui suffit de jeter un coup d'œil derrière lui à la consommation des siècles pour dresser exactement le compte des bienheureux et des réprouvés. Le Diable aidant, Il aura, je le crains, quelques mauvaises surprises.

— Vous vous tirez de la contradiction par une indigne pirouette ! Si la religion n'était pas tombée en quenouille, on vous ferait brûler à petit feu pour vous apprendre à penser juste. »

J'ai demandé à la duchesse si elle avait l'intention d'écrire ses Mémoires comme tant d'autres.

« Le Ciel m'en garde, Espalungue ! J'aurais trop à dire sur trop de monde, et si j'étais franche, j'y perdrais moi-même ce qui me reste de réputation. Je réserve mes Mémoires à Dieu, qui les fera relier en peau de chérubin s'Il les goûte. »

Je lui parlai de mes difficultés avec mon fils et de ma propension à m'en tirer, faute de mieux, par l'écriture.

« Pourquoi pas ? fit-elle. Ce qu'on n'a su dire, il faut bien l'écrire. Et il se peut qu'on y gagne. J'ai dit moi-même beaucoup d'inconséquences dans la chaleur aveugle des relations humaines, mais je n'en ai pas écrit le quart à la réflexion. La plume, qui sait à l'occasion chatouiller l'esprit pour la bonne cause, est plus retenue que la langue, qui passe si aisément d'une caresse excessive à des propos incongrus. »

Ces chatouilles de l'esprit, ces caresses excessives de la langue, cette chaleur aveugle des relations humaines, ces propos incongrus, avaient de quoi plaire, mais s'ils montraient bien que la duchesse n'avait pas tout oublié de son passé tumultueux, ils étaient de peu d'intérêt dans une éducation exemplaire.

L'heure approchait de la grand-messe à Saint-Sulpice, proche de l'Hôtel de Condé, et Madame de Longueville m'y entraîna, m'offrant une place dans son carrosse. Le mien, qui ne payait pas de mine, suivait derrière. Tristan prenant de l'âge et de la piété, j'avais réduit mes frais de voiture pour ne pas trop insulter les pauvres, qui grouillaient, il est vrai, de manière indécente. Les enfants sont loin de savoir tout ce qu'on fait pour eux.

Chemin faisant, Anne-Geneviève me dit soudain :

« À propos de prison, dont votre Cardinal ne serait pas friand, je vous rappelle que dix-huit mille malheureux pour le moins gémissent présentement dans les fers.

— Certes. Mais pour motif fiscal. Ils seront relâchés dès qu'ils auront payé. Et il ne s'agit que de petites gens.

— Parbleu ! Seuls les pieds-plats payent l'impôt par ici !

— Le système ne date pas d'aujourd'hui. Et les perpétuelles hostilités n'arrangent rien.

— Vos affaires s'en accommodent.

— Je l'avoue. Je foule le peuple, avec bien d'autres associés, pour que les Condé ne payent rien. Vous vous en accommodez aussi.

— C'est, comme vous dites si bien, le système !

— Je ne vous le fais pas dire ! Mais je préciserai à ma décharge que la guerre me plaisait quand j'étais pauvre gentilhomme et n'y gagnais rien, alors que, depuis que j'y gagne beaucoup, je fais hautement profession d'être pacifique.

— Pas si haut que ça !

— Ma voix ne porte pas bien loin.

— Vous le connaissez mieux que moi, puisque vous êtes à son service : croyez-vous que le Cardinal soit chrétien ?

— Mais si, mais si ! Et c'est bien le plus extraordinaire. Depuis qu'il a été à la mort, en 1644, il se confesse chaque semaine à un Théatin. Le Père del Monaco étant mort, Bissaro lui a succédé, qui est, paraît-il, un directeur de conscience fort sévère.

— Mazarin, par conséquent, ne couche pas avec la reine ?

— C'est bien l'unique vertu qu'on puisse distinguer chez lui ! »

Depuis 1646, sur les plans de Gamart, Saint-Sulpice est en chantier. Les vitraux du XIIIe, qui entretenaient une pénombre propice au recueillement, ont été mis à la casse, et la lumière crue d'une foi sans nuance a envahi l'édifice.

Un jeune sulpicien de Monsieur Olier était en chaire et nous accablait de sa science toute neuve...

« Avant Noé, mes chers frères, les hommes, n'ayant que de l'eau à boire, ne pouvaient trouver la vérité. Ainsi donc, ils s'égarèrent, devinrent abominablement méchants, et furent justement exterminés par l'eau de ce déluge qu'ils aimaient tant boire. Le bonhomme Noé, ayant vu que, par cette mauvaise boisson, tous ses contemporains avaient péri, la prit en aversion, et Dieu, pour le désaltérer, créa la vigne et lui enseigna l'art d'en faire du vin. C'est depuis ce temps-là que le mot *deviner* a été en usage, qui signifie originairement " distinguer l'avenir dans un bon verre de vin ", de même que dans les mots *divin* ou *divinité*, le vin est sans cesse présent pour nous rappeler le miracle de Cana et le miracle eucharistique. Dieu a même instruit les hommes à réduire le vin en eau. Mais quelle espèce d'eau, je vous le demande ? C'est l'eau-de-vie, la bien-nommée... »

La duchesse me dit à l'oreille :

« Le curé est malade. Ce doit être un séminariste de première année...

— ...un timide, qui a dû boire pour se donner du courage et " deviner " la vérité de plus près ! »

Cette histoire de spiritueux me remémora l'enterrement de mon brave compagnon Athos, peu avant la Noël 1643, célébré dans cette même église. Buvant pour se consoler d'être inconsolable d'on ne sait trop quoi, il avait trouvé sa vérité sur le Pré-aux-Clercs, s'étant risqué à l'étourdie à un duel de trop.

À quelque distance était le duc de Beaufort, qui faisait semblant de ne pas voir Madame de Longueville, et réciproquement. Les Condé et les Bourbon-Vendôme ne se peuvent tolérer, les premiers étant du sang d'Henri IV par la main droite, et les seconds, par la main gauche.

Mes relations avec François de Beaufort avaient été en dents de scie. Je l'avais tiré d'un mauvais pas en 1636, au siège de Corbie, et avais vu la première du *Cid* en sa compagnie ; dans le courant de 1637, après quelques hésitations, il m'avait admis parmi ses familiers, et c'est dans le jardin de son hôtel que j'avais tué en duel le frère de ma future femme, un événement mondain qui m'avait fait sortir de l'ombre ; mon entrée dans les gardes de Richelieu m'avait quelque peu éloigné de sa Maison ; mais ses assiduités auprès de la reine, à laquelle je m'étais dévoué, m'avaient permis de le revoir de temps à autre ; et quand Beaufort, enragé qu'Anne d'Autriche lui eût préféré un Mazarin, avait voulu lui faire un mauvais parti, j'avais travaillé en sous-main à ce qu'il fût mis hors d'état de nuire. La Fronde nous avait vus dans des camps opposés. Puis, les passions s'étant assoupies, le duc était rentré en grâce tant bien que mal, et venait même d'être nommé surintendant général de la navigation.

Le duc de Beaufort, qui traîne gaillardement le double poids d'un père célèbre pour sa bougrerie et d'un frère aîné, le duc de Mercœur, célèbre pour sa nullité, est doué pour les vaines agitations, où il avait jeté naguère sans compter son physique avantageux, sa crinière blonde, sa fortune insolente, et un esprit assez confus, qui se manifestait par de savoureuses naïvetés ou de surprenants bafouillages. Assagi, il avait renoué peu à peu avec la religion, et c'était bien le seul rapport, avec celui d'un âge à peu près égal, qu'il pût entretenir avec Madame de Longueville.

Beaufort m'ayant adressé un léger salut du bout du gant, je fendis la foule pour aller le féliciter de cette promotion marine inattendue. Peut-être, doutant de sa sagesse, avait-on voulu l'éloigner dans l'espoir qu'il fît naufrage ?

« Savez-vous, lui dis-je, que le méridien de Paris – à ce que soutient du moins mon filleul Tristan – passe exactement par ce transept ?

— Qu'est-ce qu'un mé-mé-méridien ?

— Une ligne que suivent les escadres pour aller d'un pôle à l'autre. Ainsi, elles peuvent faire le tour de la terre sans se perdre.

— Mais cette ligne, co-co-comment la voit-on la nuit ?

— Vous brûlerez vos vaisseaux pour donner la lumière !

— Si l'on veut faire la terre de la tour... le tour de la terre, ne serait-il pas plus sûr de passer par les moiteurs ?

— Les quateurs ?

— Oui, c'est bien ce que je disais.

— Comme Votre Altesse peut s'en douter, il fait trop chaud à l'équateur pour naviguer à son aise. Seuls les sauvages peuvent y tenir parce qu'ils sont tout nus.

— Sans même un cha-cha-chapeau ?

— Ils ne s'en servent que pour saluer l'amiral, l'accrochant alors à leur sexe, tendu sans cesse en point d'interrogation par la rigueur de la canicule.

— Et comment donc saluent les da-da-dames de là-bas ? »

Les entretiens avec Beaufort sont plaisants et il fera un amiral très convenable. On ne sombre qu'une fois quand on sombre bien.

Durant les moments creux de cette messe, j'avais adressé au Ciel quelques oraisons jaculatoires pour le supplier de m'éclairer sans que j'eusse à brûler mes vaisseaux pour autant. L'image de Tristan me poursuivait.

Rentrant à mon hôtel pour dîner, je fis halte, rue Dauphine, chez l'aimable Madame Tarse, dont le mari compréhensif était en province à réunir, de gré ou de force, des fonds pour nos œuvres. En l'honneur de mon fils, et bien que la démarche soit plutôt vexante pour ma femme, je vais chercher mes maîtresses dans la bonne bourgeoisie en rasant les murs au lieu d'afficher des liaisons scandaleuses avec des femmes bien titrées. Mais Tristan ne m'en sait apparemment aucun gré.

Madame Tarse, dont les Mémoires ne seraient pas publiables, eut la bonté de s'intéresser aux miens.

« Vous avez certes affaire à forte partie, reconnut-elle. La prière ne suffit pas. Mon fils de seize ans me passe tout. Je pourrais me débaucher sous ses yeux qu'il regarderait ailleurs. Et il ne passe rien à son père, qui vaut pourtant mieux que moi, et rase les murs comme vous pour aller fauter. C'est le privilège des faibles femmes que d'exciter des tendresses imméritées dont elles abusent. »

La pertinente observation ne m'avançait guère.

De retour chez moi, j'allai voir Félicité tandis qu'on dressait la table. Le curé sortait, qui venait de la communier. « Je l'ai encore trouvée en progrès, me glissa-t-il en passant. Vous avez une petite sainte sous votre toit. Montrons-nous-en digne ! » Ce « nous » si poli montrait que le prêtre avait de l'usage.

Il devait s'agir de progrès spirituels, dont les infirmes sont amateurs, dans l'empêchement d'en faire d'autres. Quand je ne cours pas la France ou l'Europe pour complaire à la raison d'État, je vais embrasser Félicité chaque soir afin de lui souhaiter bon sommeil, alors qu'elle ne dort pour ainsi dire pas ; et le dimanche, j'en rajoute à midi afin de lui souhaiter bon appétit, alors qu'elle ne mange plus guère que des hosties diaphanes.

Je dois me faire violence pour demeurer quelques instants à son chevet, mon regard intrépide dans les grands yeux souffrants de ce squelette de onze ans, que j'ai plus de peine à affronter qu'un *tercio* d'Espagnols, craignant que mon panique désir de fuite ne se lise sur mon visage désolé. Je revois l'abominable boucherie de cette naissance, cette chiffe sanglante et paralysée qui me fut remise par une sage-femme imbécile, ma chère épouse blessée, stérile, détournée de l'amour par les suites tragiques qu'elle en avait vécues.

Mais il est une autre réalité qui me réconforte en dépit que j'en aie. Ma Félicité – et ce n'est pas enfantillage de sa part, car elle devine beaucoup plus qu'elle ne sait – est chrétienne au point de ne me pas juger. C'est bien la seule, dans cette maison, à m'aimer tout ainsi que je le souhaite, et mon âme en devient plus légère, comme si l'oubli que veut faire cette petite de mes fautes présageait l'indulgence de Dieu à mon profit.

« J'ai prié pour vous, mon cher papa, me dit-elle, et pour moi aussi, demandant pardon de nos péchés.

— Pour les miens, mon enfant, passe encore, bien qu'il y ait beaucoup plus mécréant que moi. Mais pour les vôtres, vous me permettrez de sourire. Que pouvez-vous savoir du péché, mon doux agneau ?

— Monsieur le curé m'a lu fort justement un passage de l'Évangile. Remettant un paralytique sur pied au bord d'une piscine, Jésus lui dit : “Ne pèche plus, ou il t'arrivera pire.” Parfois, le Diable est là, qui me presse de guérir pour aller faire des bêtises avec des garçons.

— N'ayez pas peur : dès que vous serez guérie, je vous enfermerai au Carmel, où vous ne verrez plus que moi à travers votre grille !

— Pourquoi pleurez-vous, alors ? »

C'en était trop ! Je passai la main à Hermine...

Tristan était dans son appartement, en pleine distraction apéritive, penché sur les nombres irrationnels. Le vicieux nombre π lui donnait du fil à retordre. Il me fallut tousser trois fois pour qu'il s'avisât de ma présence.

« Mes respects, Monsieur.

— Le temps est superbe. Irez-vous cet après-midi à Juvisy ?

— Avec votre permission.

— Vous saluerez Rossignol et Marie de ma part, qui grandit en sagesse et en beauté comme dans un conte du temps jadis.

— Je n'y manquerai point. Et je ne manquerai pas non plus d'aller visiter Félicité avant mon départ.

— Puisque la théologie ne vous fait pas peur, puis-je vous poser une question qui m'embarrasse ?

— Vous embarrasse-t-elle le sentiment ou la raison ?

— Euh... les deux, je le crains.

— Dites toujours.

— Il s'agit du scandale de la souffrance des enfants.

— Un scandale auquel je suis moi-même très sensible. Rien de plus diaboliquement efficace pour détourner d'un Dieu de bonté les âmes faibles et superficielles.

— Et comment les âmes fortes et profondes doivent-elles le prendre, à votre humble avis ?

— Par la raison d'abord, par le sentiment ensuite, qui ne vaut rien si la raison ne l'éclaire.

— Mais encore ?

— C'est un fait que le monde est en état de péché, puisque la liberté nous a été offerte de faire notre malheur, celui de notre prochain et de nos descendants, par vice, par incurie ou par ignorance. Mais aucun négateur de la faute originelle ne voudrait renoncer à sa liberté de pécher et de se reproduire. Voilà pour la raison, qui nous dit encore que toute souffrance innocente recevra là-haut de glorieuses compensations, voire même des récompenses, si la souffrance a été acceptée et rendue féconde par l'exercice assidu d'un esprit chrétien.

« Pour ce qui est du sentiment, priez seulement le Ciel qu'il vous donne la vertu de supporter le martyre de notre chère petite Félicité aussi bien qu'elle le supporte elle-même. Je ne puis l'entretenir sans y puiser un surcroît de force et de conviction.

— Vous avez une heureuse nature.

— Les natures malheureuses parce que rétives se corrigent par la prière.

— Imaginez que des amis m'ont encouragé à écrire mes Mémoires, où je pourrais justement avoir de bonnes occasions de me corriger.

— J'écris quelque chose de ce genre de mon côté. »

Si Tristan n'avait eu les yeux attirés par une énième décimale de π, ma tête l'aurait fait sursauter.

« Des Mémoires, à votre âge ? !

— Chaque âge n'a-t-il pas des souvenirs, des réflexions, qui mériteraient peut-être d'être notés ?

— Vous plaisantez, sans doute ? »

Le garçon, qui n'avait pas bougé à mon approche, se leva, prit une clef au fond d'un vase, ouvrit un tiroir de son secrétaire, me mit sous le nez une liasse de feuillets, dont le premier portait un titre peu ambitieux : *Pensées diverses*. Puis il remit tout en place, et je perçus le son ironique de la clef tombant au fond du vase.

Le peu de cas qu'il faisait de ma personne lui faisait tenir pour hautement probable que j'aurais l'indiscrétion d'utiliser cette clef pendant qu'il serait à Juvisy, et que je m'en mordrais les doigts. Sans un mot, ulcéré, je tournai les talons. La triste qualité de nos rapports se résumait dans l'incident. Mais à qui pouvais-je m'en plaindre ?

IV

Antoine Rossignol, bon bourgeois d'Albi, avait commencé de se faire connaître au printemps 1628, lors du siège de Réalmont par Henri II de Bourbon, le père de Madame de Longueville, du prince de Conti et de notre Condé, en décryptant sur l'heure un message huguenot que les assiégés avaient essayé de faire passer. Richelieu, qui remarquait tout, le remarqua, le prit à sa solde, et il fit merveille au siège de La Rochelle, dans la foulée du maître espion Père Joseph, avant que de se rendre bientôt indispensable : aucun cryptogramme, aucun chiffre ne résistait longtemps à sa sagacité. Louis XIII l'ayant recommandé sur son lit de mort à la reine comme l'un des hommes les plus utiles au bien de l'État, Mazarin en fit ensuite son profit.

Richelieu payait bien. Dès 1630, Rossignol pouvait se faire construire un élégant château à Juvisy, au parc duquel Le Nôtre travaille aujourd'hui avec son génie coutumier. À quarante-cinq ans, né avec le siècle, il était nommé conseiller d'État et maître ordinaire de la Chambre des comptes. La même année, il épousait demoiselle Catherine Quentin, vingt-trois ans, fille d'un noble secrétaire du roi et fermier général des gabelles, nièce d'évêque de surcroît, pour engendrer deux enfants, Bonaventure et Marie. C'est le meilleur et le plus édifiant des ménages, adonné à une dévotion journalière en remerciement de tout ce que le Ciel a daigné faire pour lui.

Notre bourgeois gentilhomme de Rossignol n'a qu'un défaut, mais plus attendrissant que ridicule : il éclate de bonheur à l'idée d'avoir un château, une jolie femme et deux beaux enfants, et sa vanité resplendit de compter à ce point en France, d'être dépositaire d'une foule de secrets et d'avoir poussé sa réputation au-delà de nos frontières, à ce degré que Cromwell ou le roi d'Espagne lui feraient des ponts d'or pour le détacher.

Je n'ai pas besoin de souligner l'extrême et décisive importance de la cryptographie en Europe, dont une maîtrise chaque jour accrue a permis d'en bouleverser la carte au gré de coups heureux. La mode s'en est prise au siècle dernier, dans un certain rapport avec l'établissement d'ambassades permanentes, à l'exemple des Vénitiens. Actuellement, les gouvernements, et même beaucoup de particuliers, font sans cesse chiffrer leurs communications, sans cesse à l'affût de codes plus hermétiques, et si de téméraires courriers, la Poste étant partout l'objet de censures, acheminent à grands frais les dépêches les plus importantes dans les fontes de leurs selles, ces dépêches ne sont jamais en clair du fait qu'un courrier peut toujours être surpris en route, tué et dévalisé. Chaque pays se préoccupe à qui mieux mieux de violer les correspondances ordinaires, de sonder les bagages diplomatiques et de tendre des pièges aux voyageurs suspects.

J'en parle savamment, ayant moi-même servi maintes fois de courrier à Richelieu, au Père Joseph, puis à Mazarin, au péril de ma vie. Et depuis que la fortune m'a souri dans un sourire de femme, j'accepte encore de telles missions, qu'un d'Artagnan impécunieux doit prendre comme elles viennent. C'est pour moi l'occasion de ne pas me faire oublier par les puissants de ce monde et d'engranger des informations utiles. Mais j'y goûte surtout un regain de jeunesse, un tenace parfum d'aventure qui me rappelle que je suis d'abord homme d'épée, capable, comme un vulgaire Gourville, de tout gagner ou de tout perdre sur un coup de dés.

Au Palais-Royal, gardés nuit et jour, Rossignol a son bureau et le plus gros de ses archives, mais il emporte parfois du travail chez lui, escorté alors comme un prince du Sang, car sa sûreté est affaire d'État. Ce bureau, je le connais bien, et le château de Juvisy aussi : chaque mission m'amène à fréquenter l'un ou l'autre, afin de faire crypter ou décrypter. Avec les années, mon estime et mon admiration pour cet homme étonnant n'ont fait que croître, se sont changées en amitié, en affection même et, transporté de mes nobles attentions, le bourgeois me le rend bien. N'ai-je pas plus de quartiers derrière moi qu'il n'en a devant lui ? J'aurai toujours de l'avance. Curieux spectacle que celui d'un être passionné, poursuivi par son art, sujet à de plaisantes distractions dès qu'une idée neuve, qui l'avait travaillé en sourdine, vient le frapper entre les deux yeux !

M'ayant par hasard accompagné un jour à Juvisy, Tristan, qui s'intéresse à tout, a vite été séduit par les arcanes du Chiffre, et il a même suggéré à son maître des finesses mathématiques qui lui avaient échappé.

Mais autre chose l'attire fréquemment en ces lieux : une petite Marie de treize ans et demi, naïve image de toutes les grâces, dont la gorge, entre autres appas, se dessine : un fruit vert digne d'un vieux vicieux. Je crois mon fils innocent au point d'être amoureux pour de bon, et ce penchant pourrait me donner sur lui une prise que d'autres circonstances persistent à me refuser. Si nous en arrivons à une mésalliance, je n'hésiterai pas à négocier fermement mes conditions.

Tristan parti pour Juvisy, j'interrogeai mon maître d'hôtel, Monsieur Samson Sourdois, un calviniste chenu qui avait été autrefois au service de ma défunte mère et à qui je n'avais pu cacher que la grossesse de Julie était le fruit de mes ardeurs. Nos relations avaient eu des hauts et des bas, mais je l'avais enfin promu à ce poste pour le bon motif qu'il était honnête. Je dois reconnaître que les calvinistes ont communément plus de probité que les catholiques, sans doute parce que chaque minorité ne peut défendre ses positions que par un redoublement de vertu, mais aussi parce que ces gens-là ont le respect de l'argent, où ils distinguent volontiers, chaque fois que c'est possible, une bénédiction divine plutôt qu'une manne démoniaque.

« Vous qui savez tout, Monsieur Sourdois, Tristan vous aurait-il parlé des *pensées* précoces qu'il couche par écrit quand il sort de ses rêveries habituelles ?

— À mots couverts, Monsieur, et avec de ces demi-sourires qui n'augurent pas grand-chose de bon. Je gagerais qu'il a pris la plume pour notre gouverne, par manière de chrétienne et fraternelle correction, afin d'exprimer tout ce qu'il n'ose dire. Une coupe trop pleine, qui déborde chez un être trop sensible. J'espère que le Ciel l'aura inspiré, mais je n'en mettrais pas ma main au feu.

— La baronne et moi n'étions pas au fait.

— Il est de la nature des bons domestiques d'en savoir plus long que les maîtres et de garder pour eux leurs découvertes tant qu'on ne sollicite point leur avis.

— Vous n'êtes que trop discret ! »

Je mis Hermine au courant, qui s'amusa d'abord de la chose.

« Voilà une situation de comédie, où votre fils, qui se croit votre pupille, est plus avancé que vous !

— Je ne distingue rien de drôle là-dedans.

— Parce que vous prenez trop au sérieux les états d'âme d'un enfant, ce qui a pour effet de le rendre muet. L'abordant à la légère, avec plus de naturel, je converse avec lui plus librement, et vous savez que nous nous entendons fort bien.

— Je l'avais observé, et non sans plaisir. Vous faites une belle-mère modèle.

— D'abord pour vous être agréable, et non sans y mettre autant de cœur qu'il m'en reste : Tristan n'est-il pas ce fils que je n'ai pu vous donner ? Je dois avouer toutefois que ce personnage renfermé, terriblement intelligent et trop sûr de lui, doit forcer la sympathie pour plaire, et il ne se donne guère de mal.

— Irai-je jeter un coup d'œil sur cette prose ?

— Naturellement, puisqu'il semble le souhaiter. Nous allons vérifier ça ensemble, vous serez puni de votre indiscrétion, et je vous consolerai comme d'habitude. »

Ces notes, qui ne faisaient encore qu'une trentaine de

pages, étaient informes : la matière d'un premier jet à mettre au net, dont je tire ces quelques extraits significatifs.

• *Nous ne voyons pas ce que nous avons sous le nez. Je croyais connaître mon tuteur et je le connaissais mal. Et maintenant que je le connais mieux, l'homme n'est pas plus transparent. On cherche le fond sans le trouver. Mais y a-t-il seulement un fond dans ce marécage ?*

• *Pourtant, Monsieur ne se fait pas faute de bavarder sans contrainte, comme si j'étais absent, avec cette sorte de belle-mère dont j'ai hérité, notamment durant les repas, l'argent revenant sur la table de façon privilégiée. L'argent, toujours l'argent ! Devenu riche par mariage, le favori de la fortune doit rendre compte. Le caniche sait d'où vient la soupe.*

• *Ce qu'il y a de frappant, dans ces discours ponctués de vulgaires précisions, c'est leur parfaite inconscience. Plongé jusqu'au cou dans les plus coupables tripotages, le baron d'Espalungue plaisante des siens comme de ceux des autres, prisonnier d'une fatalité dorée, sous l'œil indulgent et las d'Hermine.*

• *À tout seigneur, tout honneur. J'ai soigneusement noté, au fil des jours, quelques détails sur le Mazarin, dont Monsieur n'est jamais avare. Assurément, notre société est ainsi faite qu'un ministre prouve sa capacité à gérer les affaires générales en faisant prospérer les siennes, et la plupart des observateurs – quand ça ne leur coûte rien ! – auraient l'aveuglement d'en être plutôt rassurés. Mais point trop n'en faut.*

— *RECETTES ANNUELLES FIXES* (accessoires).

Traitement principal ministre	*20 000 livres.*
Traitement chef du Conseil	*6 000 livres.*
Pension cardinalesque	*18 000 livres.*
Indemnité personnelle	*100 000 livres.*
Don Assemblée clergé	*4 000 livres.*
Surintendance Enfants royaux	*6 000 livres.*
Intendance des bâtiments de Sa Majesté et conciergerie de Fontainebleau	*1 010 livres.*
(Avec pourboire de quarante sous par jour quand le roi est au château !)	

Superintendance des bâtiments, tapisseries et manufactures de France . . . *12 000 livres.*
(Avec le privilège d'importer chaque année sans droits de douane 150 tapisseries des Flandres ne dépassant pas une valeur de 100 000 livres et de mettre la main sur les tapisseries étrangères entrées en fraude, ainsi que sur les amendes infligées aux contrebandiers.)

Abbayes acquises avant 1647 . . . . *80 000 livres.*

Après 1647 :
Saint-Michel-de-l'Herm . . . . *36 000 livres.*
Saint-Arnoul . . . . *15 000 livres.*
Orcamp . . . . *25 000 livres.*
Cercamp . . . . *20 000 livres.*
Saint-Martin-de-Laon . . . . *20 000 livres.*
Saint-Lucien-de-Beauvais . . . . *25 000 livres.*
Saint-Médard . . . . *22 000 livres.*
Saint-Benoît . . . . *12 000 livres.*
Charnix . . . . *18 000 livres.*
Aubriac . . . . *16 000 livres.*
Saint-Florent . . . . *14 000 livres.*
Royaumont . . . . *22 000 livres.*

Régiment italien . . . . *90 000 livres.*

Arrêté à un minimum de 736 010 livres[1].

— *RECETTESVARIABLES (l'essentiel et de loin).*

Surintendance des baleiniers [sic !] *par exemple : 180 000 livres versées en trois ans.*
Le tiers des prises maritimes réalisées à partir de 1645.
Prises effectuées par les bâtiments corsaires armés privément par le Cardinal.

1. En théorie, la livre tournois vaut alors environ 1,80 franc or, mais, *mutatis mutandis*, son pouvoir d'achat est nettement supérieur...

Spéculations sur les soldes.
Spéculations sur les fournitures militaires.
Spéculations sur les blés, les sucres, le savon, le cuivre, les épices.
Gratte sur les transports et déplacements.
Prêts à taux usuraires.
Pillages de bibliothèques en pays ennemis, en particulier par le biais des maréchaux Turenne et Guébriant.
Détournement de marchandises achetées avec l'argent du Trésor.
Commissions indues sur les nominations, mises à l'encan sans souci des compétences particulières.
Dettes personnelles et règlements publics en souffrance, notamment pour ce qui regarde les armées, démunies de tout.
Cadeaux divers, français ou étrangers, plus ou moins extorqués. Livres, étoffes, etc.

Arrêté à l'incalculable.

J'en passe et j'en oublie beaucoup. Par les « ordonnances au comptant », le Cardinal peut retirer du Trésor, sans quittance ni justification, les fonds secrets qui le tentent. Dans quelque domaine que ce soit, il n'a d'ailleurs de comptes à rendre à personne, et si sa ladrerie est légendaire, si la moindre dépense improductive lui est une rage de dents, sa fortune est estimée à une quarantaine de millions en attendant mieux.

Question intéressante à laquelle mon tuteur n'a su répondre, et qu'il a même qualifiée avec humeur de « futile » : les énormes prévarications du gredin des Abruzzes, relativement aux rentrées ordinaires ou extraordinaires de l'État, sont-elles aujourd'hui plus importantes que celles perpétrées par un Richelieu à l'apogée de son règne ? Quel est devant l'histoire le vautour le plus « futile », le plus répugnant et le plus goulu ? Monsieur d'Espalungue plane très au-dessus de ces contingences. Louis XIII planait aussi avec ses faucons. Et les ailes de la reine, ce gros oiseau qui ne chie que sur son peuple, sont grandes ouvertes. Elle ne sait rien refuser à son Mazarin, par quelque côté qu'il la tienne.

• Je ne m'étendrai guère sur des Fouquet ou des Colbert, qui ne sont que gale au cul du chien. Si Colbert est un apprenti aux dents longues, Fouquet mérite une mention par le style étourdissant qu'il a su donner à ses exercices.

Servant d'intermédiaire entre l'État et ses bailleurs de fonds bénévoles, le surintendant des finances prête au roi à un taux usuraire les sommes ainsi perçues. De plus, gérant sous des prête-noms la perception des impôts, il se sert du produit de ces impôts pour faire des avances au Trésor ou se rembourser des avances qu'il a consenties. Une cavalerie de funambule où une chatte ne retrouverait pas ses petits !

Dieu pardonne à ces gens-là s'Il n'est pas dégoûté !

• Le baron a des lettres, s'intéresse à l'histoire, bien qu'il ait la manie de tout expliquer par l'argent – alors que la plupart, il est vrai, n'y font pas suffisamment attention ; brillant en latin, passable en grec, il possède le castillan, se débrouille en toscan et en anglais de Londres ; mais son allemand est hésitant. Les finances l'ont habitué aux additions à son profit et aux soustractions au préjudice d'autrui (Monsieur est moins fort sur les divisions qui ne rapportent rien !) ; il parle d'abondance, connaît néanmoins la valeur des mots et la place qui les met en valeur, mais il ne s'est toujours pas soucié d'écrire, alors que tant d'autres s'y sont aventurés, qui auraient mieux fait de s'abstenir.

Cet homme apparaît tel un champ plein de fumier, qui ne produit qu'une rare ivraie. On peut voir là le dédain du gentilhomme pour les choses de l'esprit. À quoi bon perdre son temps avec une plume, quand l'épée et l'argent suffisent à se faire une position prétendue honorable ? D'ailleurs, le grand avantage de l'argent et de l'épée, c'est qu'ils ne se discutent point, tandis que la gent plumitive est accablée de critiques. Ne pas se découvrir, comme en escrime, où mon tuteur a un beau talent, telle paraît être sa devise.

• La contradiction entre la terre et les fruits est plus forte encore quant à l'essentiel. Connaisseur en théologie, où il doit voir au mieux une sorte d'escrime, Espalungue ne se doute pas une seconde que la religion est faite pour être appliquée. Nous avons là un pécheur bien tranquille, un mauvais larron que le profil du bon larron réconforte et

inspire. Le plus beau, ce qui ne pardonne point, c'est que l'inconséquent croit vraiment en un Dieu dont il se fout. Mais il se garde de blasphémer : son mode d'existence lui suffit.

• Le 22 octobre 1652, au lendemain de la rentrée solennelle de la reine et du jeune roi à Paris, alors que toute la ville se reposait encore des excès d'adulation de la veille, mon tuteur m'a entraîné à la nuit tombante vers une destination mystérieuse, me disant chemin faisant :

« Vous allez sur vos quinze ans, et vous êtes en âge de faire vos premières armes avec le sexe. Il faut en passer par là, et cela vous fera du bien en vous détournant des dangers d'un onanisme abrutissant qui n'épargne pas même nos rois sur le sein aguichant de leur nourrice.

« Je vous ai choisi ce qu'il y a de mieux par ici. Nos contemporains comparent cette grande dame à tout ce que la statuaire antique a produit de plus parfait, et l'ébène de ses cheveux, la blancheur de son teint, l'élastique fermeté de ses tétons, l'éclat de ses dents de louve, l'aimable facilité de son accueil, son art de mettre promptement à l'aise les moins dégourdis, y ajoutent encore quelque chose : la statue s'anime et s'échauffe dès que l'amant espéré apparaît avec sa trique. Ce marbre pentélique doué de toutes les passions demeure l'idole de notre jeunesse, mais sans négliger pour autant de répandre plus loin ses bienfaits : le vieillard impuissant lui-même se met à genoux pour la contempler sans voiles. Il m'en a coûté pour vous cinq cents écus. Courage, mon ami ! Vous serez en bonne compagnie et me remercierez. »

J'en demeurai tout étourdi. Je n'avais pas alors la capacité de réflexion que j'ai acquise par la suite, mon âme, moins ferme que des tétons antiques, venait d'être troublée, et mon inexpérience me dissimulait tout ce que cette sollicitude mondaine pouvait avoir de suspect. Je suis tombé la tête la première dans cette chair fraîche odorante promise à la putréfaction, et j'en suis sorti meurtri et dégoûté au possible.

Et depuis, chaque fois que je me hasarde dans le monde, quelqu'un est là, par sa présence ou par ses propos oiseux, pour me rappeler ma faute et ma cécité : Madame de Montbazon a eu le duc de Saint-Simon, le duc de Chevreuse, son propre gendre, Gaston d'Orléans, le comte de Soissons et le marquis de La Ferté en partage, les ducs de Beaufort, de Longueville et de Guise, le comte d'Évreux, La Feuillade, La Meilleraie, Barbezieux, Vassenar, le maréchal d'Hocquincourt, le duc de Weimar... et le baron d'Espalungue, qui m'en avait si bien parlé, et pour cause ! Le seul qu'elle n'a pas eu, c'est le duc de Montbazon, parce que son mari était d'âge à être son grand-père. Cette statue est un monument public, dont le cardinal de Retz, qui pourtant n'est pas regardant sur la continence, a dit : « Je n'ai jamais vu personne qui ait montré dans le vice si peu de respect pour la vertu. »

Ma tendre Marie, dont les avantages sont si discrets, pourra-t-elle jamais me faire oublier cette nuit d'horreur ? Cette honte d'un pupille et cette ignominie d'un tuteur ? Ô nuit fatale, où me fut révélé l'enfer de dépravation qui nous cerne, où nous serions comme scorpions cernés de feu, sans autre ressource que de nous percer de notre propre dard, si Jésus n'avait versé son précieux Sang pour nous !

• Je n'arrive pas à tirer au clair la mort d'Ulysse de Montastruc, frère de Madame d'Espalungue, dont on sait qu'il a été tué en duel par Monsieur son futur mari, peu de temps avant les fiançailles de ce couple peu banal. Chimène n'aura pas attendu longtemps pour tomber dans les bras de son Rodrigue !

Sourdois m'a affirmé qu'il s'est agi d'un accident au cours d'une rencontre arrangée d'avance pour répondre à l'attente d'un élégant public, à l'Hôtel de Vendôme, chez le duc de Beaufort, le jeune Ulysse ayant lui-même expédié un jour en duel un certain Samuel, le frère aîné de Monsieur d'Espalungue, dans les profondeurs mystérieuses du Béarn. Mais le regard de Sourdois, qui déteste mentir, était mal assuré.

Cet Ulysse, dit-on, n'appréciait que les garçons et les chèvres, et cet original penchant achève de donner un aspect fort trouble à l'affaire. Mettant à profit un duel honteusement arrangé, qui n'aurait dû se terminer que sur des blessures légères, le tueur, allant de honte en honte, aurait-il honteusement assassiné sa victime ? Pour se laisser séduire si vite, Mademoiselle de Montastruc a dû se persuader de l'accident, passant sur le fait qu'Arnaud d'Espalungue était déjà passé maître à l'épée. Mais le soupçon d'un crime traître-eux n'a pas dû quitter son esprit.

• *Le mépris de la vie humaine qu'affiche Espalungue pourrait chercher une excuse dans ce criminel préjugé qui veut que le duel soit une honorable façon de traiter les affaires d'honneur.* Le Cid, *cette pièce répugnante d'un bourgeois besogneux qui fait l'apologie du duel pour complaire à une noble opinion, est caractéristique de cet aveuglement moral. Quand le père du héros attrape un bon soufflet, le fils ne lui demande même pas s'il l'a mérité : il court se battre comme un crétin. Et cette société, qui compte des milliers de cadavres inutiles, se dit et se veut chrétienne ! Combien d'hommes mon tuteur a-t-il pu tuer en duel ? Pas plus de six ou sept, peut-être… Et il se flatte de sa modération, arguant qu'avec son adresse, il s'était ingénié à faire plus de blessés que de morts et qu'il eût tué bien davantage s'il s'était écouté !*

• *À défaut de respecter son prochain, Espalungue aime-t-il sa femme ? J'ai cru voir que la plupart des hommes parvenaient sans effort à séparer les grands sentiments des copulations irresponsables. Fort attaché à son Hermine, qui est certes une personne exceptionnelle par la maîtrise désabusée de ses pensées et de sa conduite, Espalungue, après avoir conçu deux petites filles charmantes, a pris prétexte de la naissance de Félicité pour déserter le lit conjugal et se vautrer dans des amours subalternes qu'il n'ose pas même montrer. Flanqué d'une épouse qu'un accouchement affreux a détournée des expressions physiques de l'amour, je le soupçonne d'être bien aise, au fond, de cette situation, car sa nature infidèle – il n'est fidèle qu'à la reine, et d'abord par intérêt bien compris ! – devait attendre avec impatience le moment de s'exprimer. Il y a plus de vraie noblesse dans le petit doigt de Félicité que dans cette tête malsaine.*

• *Puisque nous parlons d'amour, le baron m'aimerait-il ? Il m'aime à sa façon, et bien sincèrement sans doute. Désirant un héritier mâle, il aura fait les sacrifices nécessaires. Mais il eût préféré un pupille médiocre, peu sensible aux compromissions, qui lui ressemblât davantage. Il a fait le mauvais choix. Ah, pourquoi ai-je perdu si tôt père et mère ? ! Qui me les rendra ?*

Chez les Aztèques, nous dit un chroniqueur espagnol, les femmes mortes en couches sont inhumées au cimetière des guerriers. Une jolie coutume pour de pareils sauvages qui arrachaient le cœur de leurs ennemis, alors que nous autres nous contentons de le broyer ! Ma mère eût mérité cette distinction. Et quel piédestal ne mériterait pas la statue de mon père, si honnête, si pieux, si doux, si attentif, si soucieux de tous mes vrais intérêts, dont le dernier souffle a été pour moi ! La vertu n'est plus aujourd'hui que dans une certaine bourgeoisie. La prospérité des Républiques de Venise ou de Hollande le démontre, qui tranche si fort sur notre infâme misère...

Qu'avais-je à foutre de Venise et de la Hollande pour achever de m'accabler ?

Bouleversé, sans lire davantage, je laissai tomber les feuillets sur le bureau.

Hermine glissa doucement sa main dans la mienne.

« Mon cher Rodrigue, ce n'est pas la vérité toute nue qui sort du puits : juste des outrances de jeunesse, qui passeront comme passe un mauvais printemps.

— Lhermitte avait raison, qui faisait faire ses enfants par ses amis. La déception est moins rude. Avez-vous remarqué que Tristan a mis tout ce qu'il fallait de vérité dans son essai pour être vraiment blessant ?

« Mais je lui réserve un chien de ma chienne !

— Qu'est-ce que la vérité ? La nôtre nous importe plus que la sienne. »

Poussant un grand soupir, je me libérai enfin d'un poids.

« J'ai tué Ulysse, dont l'adresse égalait la mienne, en lui laissant ses chances. Je ne l'ai pas assassiné. Peu avant de croiser le fer, je l'avais prévenu que, contrairement à nos conventions, l'un de nous devait périr, pour ôter tout soupçon d'un arrangement qui aurait tôt ou tard déshonoré l'un ou l'autre, et il l'avait fort bien compris. Je ne pouvais agir autrement.

— J'avais deviné depuis longtemps. N'êtes-vous point un terrible homme d'honneur, à l'occasion ?

— J'ai tout l'honneur qu'il faut…

— Mais en duel, entre des adversaires d'adresse égale, c'est le caractère le mieux trempé qui l'emporte, et Ulysse était efféminé au possible. Vous étiez assez avisé pour spéculer là-dessus, et vous avez dû faire durer l'engagement jusqu'à ce que mon frère mourût quasiment de peur.

— Il est bien mort de peur, en effet, et je vous sais gré de le plutôt noter à ma décharge. Ses nerfs d'inverti, amoureux fou de moi de surcroît, ont lâché tout d'un coup, et je ne l'ai pas raté.

« Croyez que j'en porte encore le deuil, bien qu'il m'ait généreusement pardonné sur son lit de mort. Mais c'était lui ou moi, vu les exigences de notre société, depuis qu'il avait tué mon idiot de frère Samuel, et vous aviez plus besoin d'un mari que d'un frère comme Ulysse. En toute chose, il faut aller au mieux.

— C'est pour cela, Arnaud, que je suis allée à vous aussitôt, tout éclaboussée encore du sang de mon frère, et je ne l'ai jamais regretté. »

Quelle noble leçon pour ce bourgeois de Corneille, dont les héroïnes sont si empruntées !

Quand Tristan revint de Juvisy avec sa tête d'amoureux transi, j'étais toujours devant le bureau, à regarder les feuillets de travers.

« J'ai une bien mauvaise nouvelle pour vous, jeune homme. Irénée Lhermitte n'était point votre père, en dépit de tous ses mérites. Votre véritable père, c'est moi. »

Tristan se laissa tomber sur une chaise, l'œil fixe, et finit par murmurer :

« Voilà donc le secret de votre attachement. J'aurais dû m'en douter, si l'innocence ne m'avait aveuglé.

— Je vous suis en effet attaché, avec mes belles qualités et mes menus défauts.

— Mon père putatif savait-il ?

— Dès mon arrivée chez lui, il espérait que j'y laisserais un vivant souvenir. Incapable de procréer, la passion de se susciter une noble descendance possédait ce janséniste inconséquent. Il y avait une franche honnêteté dans la démarche, et votre mère a eu pour moi des complaisances maternelles, dont je lui demeure reconnaissant. J'avais alors à peu près votre âge. C'est un privilège, pour un garçon sans expérience, fraîchement sorti de sa province, que d'être formé à l'amour par une bourgeoise parisienne qui a dépassé trente ans.

— Le conseiller Lhermitte a dû vous faire jurer de garder le silence sur cette infamie ?

— J'ai juré. Si je me parjure à présent, c'est par unique considération de votre profit. Car cette infamie dont vous êtes issu, vous devez à présent la digérer, remercier le Ciel d'être en vie, et songer qu'Irénée bénit mon geste de là-haut : j'ajoute cette pensée raisonnable à toutes celles dont vous m'avez méchamment écrasé d'une plume un peu légère. Je regrette pour vous, mon garçon, que vos deux pères ne soient pas plus brillants. Faute d'un troisième, il faudra vous en arranger et prendre le monde comme il vient.

« Voulez-vous faire des armes un moment avant souper ? Je vous promets qu'il n'y aura pas d'accident.

— Vous m'avez coupé l'appétit, et jusques au goût des armes, que vous m'aviez fait partager.

— À votre aise.

« Marie se porte-t-elle bien ?

— Dans l'ignorance de ses treize ans, elle vous assure de tous ses respects.

— Je laisserai traîner mes Mémoires à votre intention, avec clef à l'appui, dès que vous serez digne de les pénétrer. J'ai l'impression que ce n'est pas demain la veille. »

Pour avoir le dernier mot, comme le savent les grands capitaines, il suffit de s'enfuir, en quête d'un terrain plus sûr. Turenne, entre deux pillages de bibliothèques, est un artiste du genre.

V

Le lendemain, sans que j'aie eu encore le temps de m'habituer à être père pour de bon, le Cardinal me fit quérir sur le coup de neuf heures du matin. Au Palais-Royal, la reine, qui dort comme une marmotte, se levant tard et se couchant tard, à l'espagnole, était toujours dans les bras de Morphée. Et en attendant d'être admis chez le Mazarin, j'eus le plaisir de revoir Madame de Motteville, qui ne peut s'habituer à Son Éminence et a de la peine à cacher ses préventions à la reine. Quand le Cardinal, le 3 février 1653, fit une rentrée triomphale à Paris, acclamé, avec un enthousiasme délirant, par une population qui l'avait traité de laquais, de maquereau, de sodomite, de brigand, de tricheur ou de cuistre pendant cinq ans – revirement qui ne pouvait que renforcer son scepticisme et son mépris des hommes –, Madame de Motteville, en tant que femme de chambre destinée à le supporter jour et nuit, faisait triste mine. Cependant, la santé déclinante du prélat lui a rendu le sourire et, comme mon hôte me faisait décidément droguer, elle me montra en grand secret un portrait piquant, mais perspicace, qu'elle avait brossé de sa personne.

> *« Le Cardinal Mazarin avait autant de lumières qu'un homme qui avait été le premier artisan de sa propre grandeur en pouvait avoir. Il avait une finesse incomparable pour conduire et amuser les gens par mille*

douteuses et trompeuses espérances. Il ne faisait du mal que par nécessité à ceux qui lui déplaisaient. Pour l'ordinaire, il se contentait de s'en plaindre, et ces plaintes produisaient toujours des éclaircissements qui lui redonnaient aisément l'amitié de ceux qui lui avaient manqué. Il avait le don de plaire, et il était impossible de ne se pas laisser charmer par ses douceurs ; mais cette même douceur était cause, quand elle n'était pas accompagnée des bienfaits qu'il avait fait espérer, que les solliciteurs, lassés d'attendre, tombaient dans le dégoût et le chagrin. [...] *Son caractère était de négliger trop à faire du bien. Il semblait n'estimer aucune qualité, ni haïr aucun vice. Il passait pour un homme habitué à l'usage des vertus chrétiennes, et ne témoignait pourtant point en désirer la pratique. Il ne faisait nulle profession de piété, et ne donnait par aucune de ses actions des marques du contraire.* [...] *Dans son administration, les finances ont été plus dissipées par les partisans qu'en aucun autre siècle. Au grand ennui de la reine, qui s'en faisait scrupule, il a accordé les dignités de l'Église à beaucoup de personnes qui les avaient voulu prétendre par des motifs profanes et n'a pas souvent nommé aux évêchés des prétendants qui pussent honorer son choix.* »

(On notera que la reine, esprit supérieur, attache plus d'importance à la moralité des évêques qu'à la moralité des finances ! Les finances sont les grandes oubliées des historiens, et même de la plupart des princes, qui se veulent noblement au-dessus de ces contingences, alors qu'elles font tout marcher. D'où vient l'argent et où va-t-il ? Tout le reste n'est qu'anecdote, quelles que soient les critiques de Tristan.)

« [...] *Il était naturellement défiant ; et l'un de ses plus grands soins était d'étudier les hommes pour les connaître, pour se garantir de leurs attaques et des intrigues qui se formaient contre lui. Il faisait mine de ne rien craindre, et de mépriser même les mises en garde, alors que sa plus grande application avait pour objet principal sa sûreté particulière.* »

Je remerciai Madame de Motteville de sa confiance, qui allait m'être d'autant plus utile que le Cardinal avait désiré m'entretenir longuement en particulier.

« C'est la première fois que Son Éminence vous reçoit de la sorte ?

— Ces derniers temps, vous le savez aussi bien que moi, je n'avais eu avec Elle que de brefs entretiens regardant des affaires assez ordinaires. D'Artagnan connaît en somme le maître mieux que moi.

— Le comte est à demeure, capitaine dans les mousquetaires, alors que vous avez revendu votre lieutenance du même corps peu de temps avant la mort du dernier roi pour vous consacrer à votre épouse…

— …et parce que ce blanc-bec de Cinq-Mars avait trouvé moyen de me rendre suspect un instant, malgré toutes mes précautions !

— Mais vous êtes vite rentré en grâce la tête haute.

— La tête va bien, merci ! C'est ce que j'ai de meilleur.

— Celle du Mazarin n'est pas mauvaise non plus. Vous allez pouvoir comparer. »

Un homme de basse mine sortit de chez le Cardinal et courba l'échine en nous croisant.

« C'est un généalogiste, me dit à voix basse Madame de Motteville. Depuis 1650, Mazarin travaille à se constituer des ancêtres dignes de ses talents, mais il y a un trou de trois cents ans qu'il n'est pas facile de combler. Le jésuite italien Diaceto, puis le fameux Hozin ont travaillé là-dessus d'arrache-pied. Vous venez de voir passer le dernier faussaire en date, qui s'est flatté, peut-être un peu vite, de boucler l'affaire. »

Un secrétaire vint alors me chercher pour m'introduire dans le cabinet de Son Éminence, qui me tournait le dos, debout devant une fenêtre, d'où Elle devait regarder avec complaisance son palais qui nous faisait face, de l'autre côté de la rue. Avoir ses trésors sous les yeux donne du cœur à l'ouvrage.

Dès 1643, Mazarin s'était incrusté à l'Hôtel Tubeuf, au grand désespoir du dénommé Tubeuf, filouté de la façon la plus cynique, et il avait fait transformer le bâtiment pour y accumuler, après avoir servi de rabatteur à Richelieu, le produit le plus visible de ses rapines : 450 peintures, surtout italiennes, 120 statues grecques ou romaines, une centaine de tapisseries des Flandres, une foule de tapis de soie, une bibliothèque de 30 000 ou 40 000 volumes, un mobilier féerique, sans compter les dix-huit plus beaux diamants du monde, dont le *Miroir du Portugal* et le *Grand Sancy*, payés comptant, pour une fois, 360 000 livres.

Passant avec sa *Gazette* de Richelieu à Mazarin, le visqueux Renaudot avait continué de flagorner, vantant, de la nouvelle Éminence, « la grande piété, la douceur et intégrité de mœurs, la solidité de jugement, la capacité et expérience dans les affaires ; *et surtout une humeur désintéressée et bienfaisante à tous excepté à lui-même* ». Les gazettes du futur ne feront pas mieux pour se moquer du peuple. On peut compter sur elles !

Le Cardinal s'attardant à sa fenêtre – une tactique, sans doute, pour se faire mieux désirer –, je passai du regard le cabinet en revue, avisant notamment un buste marmoréen de Néron, probablement une copie de basse époque, et un portrait de Molière par Mignard, le sujet étant représenté en César, dans *La Mort de Pompée*, de Corneille : regard impérial tendu vers l'Égypte et ses mirages, couronne de laurier, toges aux harmonieuses retombées... Ce qui lui allait comme un surplis à un cochon. Dans la salle des gardes du Louvre, Molière avait joué récemment le *Nicomède* de Corneille, suivi d'une petite sauterie de son cru, *Le Docteur amoureux*. Le roi, dont le jugement est très sûr – il a dû le former lui-même, le Cardinal ne s'étant guère préoccupé de son éducation –, a tout de suite saisi que ce Molière, au contraire de ce qu'il s'imaginait, n'était pas un tragédien. Si les deux Béjart ne le mettent pas sur le flanc, il nous donnera quelques bonnes comédies.

Je m'approchai de la tête du Néron, que je vins regarder sous le nez. Au bout d'un instant, j'entendis tousser derrière moi. Au deuxième toussotement, je me retournai...

« Ah, Votre Éminence est là ? Je n'avais vu qu'un dos, qui

pouvait appartenir à n'importe qui. C'est de face que Votre Éminence fait impression. »

Mazarin se confondit en excuses. De ses premiers pas insinuants et laborieux dans le monde, il avait gardé l'habitude de s'excuser à tout propos, et devait y trouver plaisir, car le pli avait du mal à passer, en dépit de sa prodigieuse ascension.

« Cé oune bouste dé Marc-Aourél, lé philosophe.

— De Néron, Éminence. Colbert, par accident, vous aura abusé une fois de plus.

— Zé crois qué cé bien possible. Cé bon Colbert, qui mé sert un peu à tout, ramasse tant dé choses… »

Colbert m'ayant montré les collections du palais Mazarin pour me remercier d'une gracieuseté, j'avais été frappé par un incroyable désordre. Des splendeurs côtoyaient des rebuts où la bonne foi des intermédiaires – en admettant qu'ils fussent honnêtes – s'était évidemment laissé surprendre. La postérité fera le tri…

Avec un geste enveloppant, le Cardinal me fit asseoir et, pour m'épargner son sabir, je passai vite à l'espagnol, ce dont on me sut gré.

De 1619 à 1621, le futur principal ministre du roi de France avait séjourné en Espagne, à Alcala et à Madrid, dans la suite du cardinal Jérôme Colonna, et il avait connu, sous ces cieux tantôt torrides et tantôt réfrigérants, une déception sentimentale que sa passion du jeu avait dû peu à peu effacer. Amoureux de la fille d'un notaire, ses assiduités avaient été découragées par un tabellion qui s'était trompé d'horoscope.

Une bonne pratique de l'espagnol lui en était restée, langue qu'il parle d'ailleurs avec la reine, m'a dit Madame de Motteville, dès que les témoins de leur idylle platonique se sont effacés. Mazarin, qui a aussi un appartement au Louvre, s'est installé au Palais-Royal pour y vivre gratis quand Anne d'Autriche s'y est établie, et son propre palais ne lui sert qu'à étaler ses richesses afin d'impressionner des visiteurs de marque. La reine Christine de Suède, sans cesse à l'affût d'une affaire pour renflouer ses finances, en était restée toute saisie.

« Je suis heureux de pouvoir enfin vous mieux connaître et apprécier, Monsieur d'Espalungue. La reine m'a dit le plus grand bien de votre inébranlable fidélité, ce qui est rare, et de votre habileté, ce qui est beaucoup plus rare.

— La plus grande habileté, Éminence, et vous en êtes le plus bel exemple, est d'être fidèle quand le Prince mérite qu'on le soit.

— Si, si, bien pensé et bien dit ! Quoique la fidélité soit encore plus remarquable quand le Prince a peu de mérite. C'est là qu'on voit les amis. Mais il ne faut pas demander l'impossible non plus… surtout à des amis. »

Le regard du Mazarin tomba sur des papiers épars sur le bureau…

« Voyons, le Père Joseph, qui a manqué de peu le chapeau de cardinal, avait fait rédiger des fiches sur tout ce qui comptait en France et en Europe. Un autre capucin, le Père Ange de Mortagne, son bras droit, en a poursuivi la rédaction, et j'ai hérité de ce fouillis, qui n'est pas sans intérêt. »

Formé par de bons maîtres, le Cardinal dépensait un peu pour ses pauvres, un peu plus pour les écrivains complaisants ou pour le théâtre qui faisait vibrer sa sensibilité italienne, et infiniment plus pour ses espions. Les exploits du célèbre Père Joseph, l'*Éminence grise* du grand Cardinal, qui avait étendu sa toile d'araignée sur toute l'Europe, le faisaient rêver.

« Je vois ici, Monsieur le baron, que vous êtes né calviniste, une école de sérieux et de rigueur, qui laisse des traces ineffaçables ; que vous vous êtes fait catholique, une école de finesse et de souplesse dans les embarras sans cesse renouvelés de ce bas monde de perdition. De sanglantes imprudences de jeunesse – à tout péché miséricorde ! – vous ont mis sous la coupe du grand Cardinal, auquel vous avez échappé par un heureux mariage, mais sans renoncer à servir l'État dans des affaires épineuses, et avec d'autant plus de mérite que vous étiez désormais à votre aise. J'aime employer des hommes fortunés, soucieux d'œuvrer pour la gloire. Vous faites parfois le courrier à vos frais, ce qui est peu commun. »

Je m'inclinai.

« Savez-vous ce qui m'a décidé à vous porter un amical

intérêt ? Regardant votre *curriculum vitae* plus en détail, je me suis aperçu que j'avais hérité grâce à vous d'une œuvre d'art inestimable : les *De Veneris omnibus schematibus*, ces seize feuilles de cuivre gravées à Bologne par Raimondi d'après des dessins de Jules Romain et enrichies de sonnets de l'Arétin. Lesdites feuilles, génératrices d'estampes où figurent les fameuses trente-deux positions du coït, et qui avaient disparu après la mort d'Henri IV, c'est vous qui les avez retrouvées et mises à l'abri juste à temps pour faire échouer une énième intrigue de la duchesse de Chevreuse, où une reine trop candide aurait pu perdre tout ce qui lui restait de crédit.

— La reine, Éminence, n'y était en effet pour rien. Elle ignorait, cela va de soi, le contenu du paquet que la duchesse lui avait malignement confié.

— J'en suis bien persuadé ! La reine est si pudique qu'elle voudrait mettre des feuilles de vigne aux statues et tableaux de mes collections. Mais si Louis XIII avait trouvé ces trente-deux positions sous l'oreiller de sa femme, lui qui n'en connaissait qu'une seule, et encore, il en aurait eu une attaque.

— Paix à ses cendres vertueuses !

— Ce qui fait qu'à présent, ma vive reconnaissance rejoint celle de la reine. »

Je m'inclinai une deuxième fois.

« Et j'ai encore une reconnaissance très personnelle à vous devoir. N'avez-vous pas fait justice de l'infâme calomnie dont Laporte avait essayé de me salir ? En dépit de nos liens, la reine aurait peut-être balancé à me rendre justice si vous n'aviez plaidé auprès d'elle en ma faveur la cause de la droite raison... et même du vulgaire bon sens ! »

Je m'inclinai une troisième fois.

Le roi avait dans les treize ans, l'âge de sa majorité légale, quand il s'était accidentellement pollué et en était resté aussi troublé qu'ébahi. Passant par là, le Cardinal, en termes adéquats, avait rassuré l'enfant, qui n'osait en parler à sa mère, et le *portemanteau* Laporte avait eu le front de soutenir avec éclat que Son Éminence avait donné un cours de masturbation à son filleul pour lui dégager l'esprit. Ce

Laporte, fervent défenseur d'Anne d'Autriche lors des persécutions de Richelieu, était devenu l'un des intimes de la reine, et l'arrivée de Mazarin aux affaires l'avait mis en rage. À la suite de l'incident, Laporte avait été fichu dehors.

« Le Père Joseph a écrit de sa main, je cite : "Indocile, insolent, prétentieux, plein d'ambition, trompeur sur le détail, le petit Espalungue est néanmoins digne de confiance sur l'essentiel, étant des plus aptes aux affaires et assez intelligent pour faire coïncider son avantage avec celui du pouvoir, un compliment qu'on ne peut faire au premier venu. Sa mission si délicate auprès de Saxe-Weimar en Alsace a tenu, par exemple, toutes ses promesses. En définitive, l'individu peut être utilisé, mais avec précaution, car il est habile à déjouer toute surveillance pour mener son propre jeu." Pour un capucin qui ne ménageait personne et voyait le Diable partout, voilà qui est plutôt flatteur, n'est-ce pas ? À la reconnaissance pour les *De Veneris*, j'ai l'avantage, comme vous voyez, d'ajouter cet éloge. »

Je m'inclinai une quatrième fois.

« Qu'étiez-vous donc allé fabriquer chez Saxe-Weimar ?

— Lui porter de l'argent et la bonne parole. Mon frère jésuite avait été officiellement chargé par Richelieu, afin de flatter nos dévots, de convertir ce général luthérien, et moi-même, officieusement, de le retenir dans l'hérésie, car cette conversion eût été politiquement inopportune. C'est moi qui ai gagné.

— Sans vouloir diminuer votre mérite, c'est la conversion qui eût été difficile !

— J'étais également chargé de préparer la disparition de Saxe-Weimar au cas où il aurait remporté des victoires susceptibles de bouleverser l'équilibre des forces dans les Allemagnes et d'abréger ainsi la guerre qui épuisait les deux partis et faisait de ces régions un désert.

— Effectivement, Saxe-Weimar est mort en pleine gloire.

— Et nous y avons provisoirement gagné l'Alsace. Certes, il n'y avait plus beaucoup d'Alsaciens pour le voir, mais c'est un détail. »

Après ces hors-d'œuvre ambigus, le Cardinal en vint à ce qui le préoccupait.

« Je sais que vos intérêts vous ont tout naturellement mis en relation avec le surintendant Fouquet.

— Comme avec bien d'autres...

— Si. Il m'est revenu que Monsieur Fouquet aurait médité des plans subversifs, mais j'avoue que les quelques précisions qu'on m'en a données de seconde main étaient positivement incroyables. Auriez-vous eu vent de cette histoire ? »

Je ne m'attendais pas à ce qu'elle vînt si tôt sur le tapis, et je devais improviser sans paraître réticent. Jusqu'à quel point le Cardinal était-il informé ? Dans l'incertitude de ce que Gourville ou un autre avait pu dire ou faire, le mieux était d'y aller carrément.

« Gourville, dis-je, m'a en effet montré un papier, dans le vague espoir, je présume, que je ferais remonter la chose à Votre Éminence en veillant à ne pas trop compromettre l'informateur. Le malheureux commis se voyait dans une position critique, tel le cerf aux abois devant le fer aiguisé pour le sacrifice.

— Le renseignement est donc exact ?

— Tout à fait. Incroyable, mais vrai.

— Qu'y avait-il sur ce papier ? »

J'en donnai un résumé honnête, mais où je m'efforçai de mettre en évidence le caractère onirique du projet, ce qui était heureusement facile.

« Pourquoi ne m'avez-vous point rendu compte sur-le-champ ? »

Dans ce genre d'affaires, il est malaisé de savoir ce qu'on doit faire remonter en haut lieu ou garder pour soi. Une sorte d'instinct pousse à retenir l'information. Mais il est plus malaisé encore de s'expliquer quand on est pris la main dans le sac.

« Il va de soi que j'ai toute confiance dans le jugement de Votre Éminence, mais j'ai voulu lui épargner la tentation d'une maladresse.

— Par exemple ! Mais encore ?

— Le plan de Fouquet vise à sa sauvegarde dans le cas où l'on voudrait attenter à sa liberté. La faveur croissante que Votre Éminence accorde à Monsieur Colbert est pour le surintendant une source d'angoisses perpétuelles. Mais tant qu'on ne touche point à sa personne, ce papier n'est d'aucune conséquence.

« Votre Éminence connaît mieux que moi la situation. Le crédit de l'État est tombé au plus bas. Les possibilités de garantir les emprunts s'amenuisent comme peau de chagrin. Les finances ont été si embrouillées, entretenues dans un tel désordre, livrées à de telles improvisations, que seul un Fouquet est aujourd'hui en mesure de s'y reconnaître, de suivre tous les fils de la trame, et surtout de trouver de l'argent, ce qu'il fait avec une adresse prodigieuse, ayant personnellement conservé une bonne part du crédit que l'État a perdu par ses manigances.

« En un mot, Fouquet ne se peut remplacer pour le moment. D'ailleurs, l'autre surintendant, Servien, n'a pas le quart de l'entregent d'un Fouquet. Colbert, qui s'acharne à les réunir avec une passion laborieuse et vindicative, n'a pas encore les données suffisantes pour se montrer un ministre efficace. Aussi sérieux, aussi ennuyeux, aussi pesant que Fouquet est léger, il ne fait pourtant pas le poids dans la balance jusqu'à nouvel ordre.

« Dans ces conditions, chercher noise au principal surintendant serait inopportun, et même sans résultat immédiat puisque, procureur général au Parlement, Fouquet ne peut être jugé que par ses pairs, dont beaucoup ne sont pas sûrs. Il vaudrait mieux le rassurer puisqu'il ne demande qu'à l'être. D'autant plus que le personnage, sympathique, brillant, généreux, a poussé des amis partout : il faut aussi prendre en compte l'opinion publique. Un cardinal abreuvé de basses calomnies par des ingrats aurait-il le moindre profit à un coup d'éclat au détriment de cet indispensable phénix ? La réputation de Votre Éminence, à coup sûr, sa nécessaire autorité, sans doute, en pourraient souffrir, et seraient excitées des rancunes superflues, éventuellement périlleuses.

« En revanche, si les circonstances deviennent favorables, il sera aisé de faire rentrer Fouquet sous terre d'un revers de main, son plan de sauvegarde, fruit d'une imagination déréglée, relevant de la pure mythologie. Revenu bientôt à une plus claire vision des réalités, le surintendant n'y attache d'ailleurs aucune importance.

« Mais quel avantage, pour un gouvernement fort et responsable, de savoir que, dans un cabinet de Saint-Mandé, oublié derrière un miroir, se morfond un document qui, pourvu qu'on lui prête une valeur qu'il n'a point, est susceptible de déboucher sur un procès en forme !

« Votre Éminence peut dormir tranquille. Le plus tard possible, prête à rendre son âme à Dieu avec le secours des Théatins, Elle mettra le roi au courant, qui en fera ce qu'il voudra – en admettant que le papier soit toujours là, mais Fouquet est la négligence en personne et aucun de ses confidents n'osera y toucher.

« Comme Votre Éminence peut le constater, mon silence ne visait qu'à défendre ses vrais intérêts. Même les plus sagaces sont susceptibles, sur un coup de chaleur, de prendre une décision regrettable. Et j'avais enfin scrupule à alourdir les soucis de Votre Éminence avec une bagatelle qui ne saurait importer que le jour, assez lointain, où Monsieur Colbert aura pris toute la dimension qu'il espère.

— Si, si. Je vois... »

Je me demandais ce qu'il pouvait bien voir.

« Vous êtes certes sage et rusé, Monsieur d'Espalungue, mais être trop rusé, dans les affaires d'État, c'est ne pas l'être comme il faut. Avez-vous songé qu'en gardant pour vous cette découverte, vous m'exposiez à être mal informé par des tiers, dont les rapports alarmants, tout pétris d'exagérations, auraient justement pu m'inciter à cette maladresse que vous aviez le touchant dessein de m'épargner ? Une simple perquisition malencontreuse aurait pu mettre le feu aux poudres.

— Je dois reconnaître, Éminence, que j'ai été pris de court. J'ai cru à tort qu'il n'y avait pas urgence. Je prie Votre Éminence de m'absoudre en vertu de mes intentions. Si l'enfer en est pavé, je sollicite le purgatoire.

— Nous n'irons pas jusque-là ! Mais ce purgatoire sera peut-être épargné aux baptisés, comme vous l'avez été, dans le protestantisme, qui iront tout droit au Ciel ou en enfer sans lambiner ailleurs.

— C'est par conséquent le Ciel que j'ambitionne, et par la blanche main de Votre Éminence. »

Il avait de fort belles mains, qu'il soignait avec prédilection, et ses doigts, qu'on se serait attendu à voir crochus, présentaient une trompeuse droiture. Les yeux de velours du Cardinal, entre le bonnet rouge et les moustaches, me considéraient avec bienveillance, et il me dit en souriant : « Je ne retiendrai pas l'hypothèse qu'un homme de votre intelligence – Père Joseph *dixit* ! – ait pu faire partie d'une telle conspiration, et si c'était le cas, vos bons conseils plaideraient encore pour vous. Ce qui me froisse ici, c'est que Fouquet est aussi intelligent que vous ou moi… peut-être davantage ?

— Ce doit être ce qu'on appelle en grec l'*ubris* des tyrans, où l'intelligence générale n'est pas en cause. Menacé par l'épée de Damoclès, le tyran devient fou, mais seulement sur de certains points. Cela ne l'empêche pas de vaquer à ses occupations et de faire bonne figure à ses amis.

— Si l'*ubris* me guette, prévenez-moi !

— J'allais présenter la même requête à Votre Éminence ! Mais si l'*ubris* nous frappait tous deux, la reine serait la première à nous prévenir.

— C'est vrai. Elle est si bonne et a tant de bon sens. »

Mazarin me remit alors une lettre.

« C'est un courrier chiffré que le cardinal de Retz, de son exil hollandais, a envoyé à un curé parisien de ses amis. Du temps de sa grandeur, Retz, comme vous savez, avait tous les curés de la capitale à sa dévotion et il n'a pas renoncé, ses espoirs étant tenaces, à entretenir le contact. Il se doute bien que son Chiffre ne vaut pas grand-chose, et c'est pour nous agacer, sans doute, qu'il nous en gratifie, avec l'arrière-pensée de nous faire perdre du temps à des broutilles. Rossignol n'est pas rentré de Juvisy. Puisque je vous tiens, vous lui porterez cette correspondance, saisie ce matin à la poste, et qu'il déchiffrera sur l'heure. Nous ferons suivre ou non, selon le contenu. »

Le Cardinal se leva pour me raccompagner, politesse inattendue qui devait dissimuler l'intention de gratter un peu d'argent. Et de fait, alors que nous passions devant le buste du présumé Néron, il me dit :

« Il ne serait pas décent qu'un cardinal romain conservât à demeure ce marbre d'un persécuteur de la foi. Je vous saurais grand gré de m'en débarrasser. Colbert l'a eu pour une bouchée de pain. Je vous le céderai à prix avantageux, on vous le portera à mes frais, et vous ferez, je vous supplie amicalement de le croire, une excellente affaire. »

Le plus fort est que c'était vrai !

Dans le vestibule du Palais-Royal, que j'avais connu Palais-Cardinal du temps que je m'étais distingué en retrouvant le chat perdu de Richelieu, le capitaine d'Artagnan me guettait, inquiet de l'objet et des résultats de ma visite.

J'avais connu d'Artagnan au cabaret de *La Brebis amoureuse*, courant 1637, et nous nous étions aussitôt battus en duel sur un malentendu, ce qui nous avait rapprochés. En ce temps-là, bien que Gascon, il était inséparable de trois cadets béarnais aussi cadets et béarnais que moi, le beau ténébreux Armand de Sillègue d'Athos, seigneur d'Autevielle, le massif Isaac de Porthos, né au château de Lanne avec une cuillère d'argent dans la bouche, et Henri Aramits, abbé laïque dans le Barétous, le plus savant de nous tous, si l'on fait abstraction de ma personne.

Notre protecteur, Monsieur de Tréville, un brave comme on n'en fait plus, avait introduit ses trois compatriotes et plus ou moins parents dans les mousquetaires de la garde. En 1646, Mazarin, qui voulait remettre le commandement de ce corps d'élite à son jean-foutre de neveu Mancini, avait supprimé les mousquetaires d'un trait de plume, Tréville s'obstinant à ne pas céder sa charge, pour les rétablir dix ans plus tard, Tréville ayant négocié son désistement contre le gouvernement de Foix.

Maintenant, Athos est mort, Porthos se repose de ses peines dans ses terres, et Aramits, après son mariage, en 1650, s'est lui aussi retiré en Béarn, ne faisant à Paris que de brèves apparitions. Seul d'Artagnan me reste, mais c'est le meilleur.

« Alors, que Diable le Cardinal vous voulait-il ?

— Trois fois rien. Sachant que j'apprécie les antiques, il

avait en tête de faire un peu de brocante, et m'a refilé, contre du cirage et une paire de bottes, un buste impérial fort convenable.

— Le sien ?

— Pas encore. Il est en train de l'essayer.

— Vous me mentez, Arnaud. Votre nez remue. C'est votre aîné qui vous le dit.

— Chaque fois que je vous mens, mon cher Charles, je fais remuer mon nez en hommage à votre perspicacité.

— À votre place, je ne ferais pas d'affaires avec le Mazarin. La dernière fois que je me suis frotté à lui dans un couloir, il ne m'a prêté que quelques pistoles sur ma belle montre de Genève en argent, me faisant observer qu'elle ne marchait plus, ayant attrapé un coup de crosse dans les Flandres. Vous savez que le Cardinal ramasse assidûment toutes sortes de montres, sans qu'on puisse très bien savoir ce qu'il veut en faire.

— Charles ! Vous êtes incorrigible ! Je vous ai dit et répété que si vous aviez besoin d'argent…

— Mon cher, il y a des amis que l'on accepte de perdre en leur empruntant, et d'autres que l'on tient à conserver. Si je réalise le mariage de mes vœux, je vous ferai payer les noces pour vous rembourser sur la dot avec de bons intérêts. »

Comme il n'est pas trop aisé de dénicher des dames de cette composition, le mariage du mousquetaire est encore en projet.

Passant du coq à l'âne, d'Artagnan me dit :

« Savez-vous qu'Aramits est monté à Paris pour le mariage de l'une de ses nièces ? Je l'ai visité à l'*Auberge des Trois Orfèvres*, près de Saint-Germain-des-Prés. Il souffre encore des blessures reçues au combat en notre compagnie, et sa forte tête s'occupe de métaphysique. C'est là un curieux passe-temps pour un gentilhomme. La physique me suffit. Vous ferez plaisir à Henri en passant le voir, et il vous donnera peut-être de bonnes nouvelles de Porthos, qui s'ennuie au milieu de ses vaches et de ses lapins.

— Moi, je suis ennuyé dans mon ménage, ce qui est plus ennuyeux ! »

VI

Je traversais dans l'après-midi les jardins de Rossignol bouleversés par les terrassiers, sous un soleil d'été qui avait fait rentrer dans leurs gîtes les bêtes d'ombre et de fraîcheur, escargots, limaces, vers de terre, un instant dérangés par la pioche. Il est une vie de surface et une vie profonde, qui nous échappe le plus souvent, alors que ce qui ne se voit point a encore plus d'importance que ce qui se voit.

Ayant forniqué gaiement et bien à couvert toute mon adolescence avec des bergères des monts Pyrénées, et ce en dépit de la rigueur calviniste et méfiante de ma mère, qui m'a fait damner avant l'heure, je ne m'étais pas douté que j'avais fait sortir les cornes trop sensibles de mon escargot de Tristan à contretemps et sur un terrain défavorable, trop sec pour son cœur et sa constitution. Ce qui fait qu'il n'avait su goûter comme je l'avais espéré le morceau de roi que je lui avais offert dans ma tendresse, cette Montbazon que tout le monde s'arrachait, et dont j'avais moi-même un jour éprouvé les charmes sans arrière-pensées particulières. Ah, que l'éducation des jeunes gens est donc malaisée ! Les filles, il suffit de les boucler pour être à l'abri et l'onanisme ne fait que leur donner de belles couleurs au saut du lit.

Par ces jardins, traînait un Le Nôtre tout rêveur, que j'y avais déjà rencontré deux fois. Ce Le Nôtre ne déplace point d'air, et on ne le voit guère écrire ou dessiner. Tout est dans la tête, où se précisent, au fur et à mesure de la réflexion, les futures ordonnances végétales que son regard inspiré a déjà en vue. Il n'avait pas l'air gai.

« Des pensées moroses, cher Monsieur Le Nôtre ?

— Elles me viennent et m'importunent quand un travail s'achève, Monsieur le baron. Je songe à tout le discrédit qu'il m'apportera chez les générations futures.

— Vous vous moquez ? Un Nicolas Fouquet ne jure que par vous et un jeune roi épris de belles choses ambitionne de danser dans vos bosquets avec des nymphes ! Vaux demeurera à votre gloire.

— Voyez-vous, Monsieur, l'art des parcs et des jardins repose sur un ensemble bien précis de dégradés et de perspectives. Tel un bon décor de théâtre, où l'espace s'organise et s'amplifie.

« Ce qui signifie que chaque brin d'herbe, chaque massif, chaque arbuste, chaque arbre même – et certains arbres ont la méchanceté de dépérir ou de pousser à l'excès, contrairement aux prévisions – doit atteindre et conserver une forme et une hauteur idéale. Et je ne parle pas des couleurs changeantes, qui doivent présenter, saison après saison, des rapports convenables.

« Des travaux de jardinage fréquents et bien soutenus sont donc nécessaires, et nous ne pouvons compter sur nos neveux pour les exécuter ponctuellement. Dans un siècle, si la modeste harmonie que je crée pour Monsieur Rossignol, dont le goût n'est pas encore formé, n'a pas entièrement disparu, des promeneurs stupides iront répétant : " Ce Le Nôtre est bien surfait. Il y a ici de manifestes erreurs." Sans penser qu'elles tiennent à qu'on aura remplacé inconsidérément un hêtre par un saule, un buis par un peuplier, ou un triton de bronze par une Diane qui s'effrite.

« Ah, que les jardins sont donc éphémères ! Toute la précarité, tout le désordre des choses de la vie s'expriment dans cette sève sauvage, dont il faut sans cesse brider le jaillissement et refréner l'exubérance. Les bassins miroitants, les cascades bien réglées, les eaux courantes soumises à une exacte discipline, dont les fonctions sont pourtant essentielles, sont eux-mêmes sujets à péricliter si l'on n'y tient la main. Les jardins sont les cimetières de nos plus délicates ambitions. N'y a-t-il pas de quoi pleurer quand on abandonne aux aléas et aux insultes de l'avenir un ouvrage où l'on avait mis toute sa science et tout son esprit ? »

Je tentai de réconforter ce philosophe éploré par des considérations empruntées au présent, l'avenir étant douteux dans tous les domaines, et pas seulement dans les jardins. Mais chaque artiste œuvre pour la postérité, et on doit reconnaître que les jardiniers n'ont pas de chance. Les buis vénérables vieillissent comme les hommes, et les tritons s'enfuient comme les naïades.

Sur une pelouse jouxtant le château, Marie montait un poulain, sous l'œil indulgent du vieux seigneur de Boisrobert, un intime du ménage Rossignol, qui fréquentait assidûment, et fréquente encore la maison.

Poète normand d'un heureux naturel, porté au compliment comme à la plaisanterie, Boisrobert s'était constitué amuseur de Richelieu, qui en avait fait l'un de ses premiers Académiciens, avant de beaucoup moins amuser Mazarin, qui estimait ne pas en avoir pour son argent. Rossignol avait chaudement plaidé la cause de son ami auprès du Cardinal qui, vu la qualité du plaideur, s'était laissé circonvenir, et le poète, dans la vingt-neuvième de ses *Épîtres en vers*, avait entonné un plat dithyrambe de reconnaissance en l'honneur du cryptographe :

Il n'est rien dessous les Cieux
Qu'on ne puisse cacher à tes yeux ;
Que ton service est éclatant
Et que ton art est important !
On gagne par lui des provinces,
On sait tous les secrets des Princes,
Et par lui, sans beaucoup d'efforts,
On prend les villes & les forts.
Certes j'ignore ton adresse,
Je ne comprends point la finesse
De ton secret ; mais je sais bien
Qu'il t'a donné beaucoup de bien ;

Tu le mérites, & je gage
Qu'il t'en donnera davantage ;
Toujours fortune te rira,
Et, tant que guerre durera,
Bellone exaltera tes Chiffres
Parmi les tambours & les fifres.

Comme quoi les tueries ne favorisent pas seulement les hommes d'argent. Le Chiffre et une Académie épuisée de naissance en ont leur part. Rien de tel qu'un poète rassis pour aimer l'odeur lointaine de la poudre et les balles dont écoperont les autres !

Je donnai un glorieux coup de chapeau à Boisrobert, tandis que la petite Marie, spectacle délicieux, accourait me saluer du haut de sa monture. Ses joues étaient bien roses et son œil bleu brillait.

« Tristan n'est pas avec vous ?

— Je l'ai grondé, il boude.

— Oh ? ! Qu'a-t-il fait ?

— Il s'est montré trop sage. J'aime les enfants turbulents, qui me rappellent mes jeunes années.

— Alors, je serai turbulente pour vous plaire ! »

Évidemment, c'était autre chose que Madame de Montbazon...

Ce qui est pénible, chez un Tristan et ses émules, c'est qu'ils vous persuaderaient vite que vous êtes un grand pécheur si vous n'y preniez garde. Or si j'étais un grand pécheur, je ferais appliquer les étrivières à ce gamin pour lui apprendre le respect, je verserais de la poudre de succession à une riche épouse devenue superflue, j'épouserais Marie pour la dresser, et nous irions faire des parties carrées chez Madame de Montbazon avec le dernier greluchon de Ninon de Lenclos, toujours si vaillante au déduit.

Eh bien, je n'y songe pas une seconde ! L'idée ne m'en viendrait même point ! Au contraire, je suis d'humeur à oublier les injures les plus atroces et à marier ces deux enfants si ça peut leur faire plaisir – bien que mon fils puisse viser plus haut. Accablé d'injustes mépris, je me redresse et tends une main secourable. N'est-ce pas d'un bon chrétien, cela ?

Ce qui me frappe, peut-être en raison de mon enfance protestante où le péché se glissait partout sans autre remède que des illuminations discutables, c'est la modestie de mes fautes. Je suis un pécheur sans ambition, Satan déçu doit me trouver bien tiède et, relativement parlant, quand je vois l'irrémédiable corruption du monde autour de moi, je ne suis pas loin de me découvrir vertueux.

Quant à gagner la Chine, comme mon pauvre demi-frère Matthieu, pour expliquer à grand renfort de croquis la transsubstantiation à des mandarins obtus qui se grattent le gosier avec des baguettes pour se faire vomir des nouilles... La sagesse est de connaître ses limites.

Rossignol était en gésine de Chiffre à son bureau, une pièce dont les fenêtres sont défendues par des barreaux épais et dont la porte est assortie d'un luxe impressionnant de serrures et de verrous. Et il faut frapper trois coups longs et deux coups brefs pour entrer sur ce théâtre des sciences inductives, déductives et intuitives ! Très pénétré de ses responsabilités, le bonhomme se méfie en conséquence et raffine sur les précautions. La domesticité est en alerte, et les gendarmes de Juvisy, renforcés pour l'occasion, tiennent le château à l'œil et font même des rondes de nuit, comme chez Rembrandt ! Car c'est chez lui, à loisir, que Rossignol préfère traiter les cas les plus difficiles, qui sont souvent en rapport avec des affaires aussi urgentes que considérables.

Au Palais-Royal, ses collaborateurs triés sur le volet, où figurent des experts en langues étrangères, font sauter les cachets des lettres suspectes prélevées chaque jour à la Poste, prennent copie scrupuleuse des passages critiques, et reconstituent savamment les cachets avant de faire suivre, toutes opérations exécutées avec une aisance et une vitesse extraordinaires. Les erreurs, toujours mortifiantes, et parfois des plus ennuyeuses, sont rares. Intervertir les correspondances du pape et de Cromwell serait une catastrophe qui donnerait au Mazarin une bonne occasion supplémentaire de s'excuser ! Chiffreurs et déchiffreurs entrent alors dans la danse s'il y a lieu.

Il convient d'être très attentif aux cachets, car maints correspondants marquent le leur après coup d'un léger défaut, avec une épingle par exemple, afin de savoir si la lettre est passée par la censure.

Même chose à Rome, à Londres, à Vienne ou à Madrid, où des personnes compétentes sont à l'œuvre avec la bénédiction des autorités. C'est seulement dans les pays de l'Est que cette belle industrie est encore en enfance et l'on fait gorge chaude des Russes engourdis, qui ne chiffrent pas mieux qu'ils ne déchiffrent. Mais ils apprendront.

Parfois, une lettre chiffrée est retenue jusqu'à complet éclaircissement. Parfois même, on renonce à faire suivre et le courrier est confisqué.

La bibliothèque du châtelain, plaisir des yeux et instrument de travail, fait une place de choix à l'histoire de la cryptographie et de toutes ces ruses qui ont été inventées au cours des âges pour flouer les indiscrets, depuis le Paradis terrestre où Ève écrivait déjà bêtement des poulets chiffrés à Adam afin de dérouter un Créateur présumé distrait.

La scytale naïve des Spartiates, ce ruban dont les inscriptions ne deviennent compréhensibles que si on l'enroule sur un bâton d'un certain diamètre. Le crâne rasé et tatoué des messagers perses, qui arrivaient chevelus à destination pour s'y faire tondre. Les innocentes tablettes grecques ou romaines, où l'écriture se révélait gravée sur le bois après qu'on en avait gratté la cire. Les alphabets à transposition simple ou double. Les procédés de substitution polyalphabétique, de plus en plus raffinés. Les détours du surchiffrement. Les systèmes à clef, à nomenclateur... Le carré élémentaire de Polybe à vingt-cinq cases. Les cadrans chiffrants d'Alberti ou de Porta. Le tableau du bénédictin Trithème. La grille bigrammatique de Cardan. Le carré très élaboré dit *de Vigenère*. Les mélanges vicieux de genres. Et pour finir, les tables à chiffrer ou à déchiffrer de l'inestimable Rossignol, l'inventeur des *répertoires en deux parties ou désordonnés*, le fin du fin.

Figuraient sur les rayons les traités de tous les hommes illustres qui s'étaient intéressés à la cryptographie et l'avaient fait progresser, ou bien des ouvrages faisant allusion à leur apport : saint Boniface, le missionnaire de la Germanie ; le pape Sylvestre II, ce puits de science de l'An mille ; Roger Bacon, cette lumière du XIIIe ; Geoffrey Chaucer, l'immortel auteur des *Contes de Canturbery* ; le mathématicien Viète ; Thomas Phelippes, connu pour avoir piégé Marie Stuart en décryptant une correspondance où l'ex-reine d'Écosse donnait son aval à un projet de débarquement espagnol suivi de « l'exécution de l'usurpatrice », sa cousine Élisabeth Ire. Aujourd'hui, en Angleterre, c'est un autre éminent mathématicien, John Wallis, qui gouverne le Chiffre du fanatique Protecteur, et Rossignol, dont la vanité est pourtant notable, n'est pas loin de le tenir pour son égal.

Je remis à mon hôte, dont la femme était chez sa mère à Cahors avec le jeune Bonaventure, la copie de la lettre du cardinal de Retz.

« On dirait qu'il a modifié son Chiffre, me dit-il, après un bref examen. Mais ce n'est qu'un amateur. Allez donc faire un tour de jardin, et me revenez voir. Ce sera fait. »

Abandonnant la relative fraîcheur du bureau, je retournai au soleil bavarder avec Boisrobert, tandis que Marie et son poulain virevoltaient toujours. Je conseillai à la jeune fille de se tenir plus en avant de la selle pour soulager l'arrière-train de l'animal, et le poète m'approuva. « Je doute que son mari, me glissa-t-il à l'oreille, se soucie beaucoup de soulager son arrière-train ! » Choqué, je fis semblant de sourire. Les réflexions salaces sont d'autant plus déplacées chez un homme que l'usure du temps a mieux dégradé ses moyens. On a le sentiment qu'il s'efforce d'apprivoiser de son souffle tiède une soupe trop chaude pour lui.

J'étais de retour au sanctuaire vers six heures du soir. Rossignol en était à la fin de la lettre, qui lui faisait problème : le cardinal de Retz, parti sur une clef, avait changé de clef à la fin du morceau. La dernière phrase devait être capitale.

« Dommage que Tristan ne soit pas là. Il m'aurait peut-être donné une idée.

— Ce n'est pas moi qui vous la donnerai, mon bon. Les leçons de mon fils me sont entrées par une oreille et sorties par l'autre.

— Ne vous en chagrinez point. Il est préférable, quand vous portez du courrier, que vous ne soyez pas en mesure de le lire.

— Votre bon sens égale votre science ! Dans les grandes affaires, on en sait toujours trop. Et quand un espion est mis à la torture, il vaut mieux pour l'État qu'il ignore le sujet de la question.

— Certes... »

Le bonhomme Rossignol s'était rembruni. Comme un Boisrobert, il n'aimait les violences que de très loin et ne m'imaginait pas sans douleur en situation d'avouer sous le fer rouge des choses que j'aurais eu le malheur d'ignorer.

Pendant que l'expert se cassait la tête, je jetai un coup d'œil sur le texte qui avait été tiré au clair, lequel paraissait d'une surprenante insignifiance. Retz y donnait à son curé parisien, et avec force détails, des conseils pour la culture des tulipes de Hollande.

« Ces tulipes, Monsieur le baron, ne seraient-elles point des bataillons ou des régiments ?

— Pourquoi pas ? Puisqu'on met les cadavres des soldats en terre comme des bulbes, dans l'attente d'une résurrection florissante, pleine de couleurs et de parfums... »

Soudain, Rossignol, plein d'espoir, précipita fébrilement ses gribouillis... et poussa enfin un cri indigné.

« Retz s'est fichu de nous. C'est bien de lui. J'obtiens :

MES COMPLIMENTS À ROSSINANTE, SANS QUI CE MULET DE MAZARIN Y VERRAIT ENCORE MOINS CLAIR. »

En cryptographie, les plaisanteries de ce style ne sont pas rares, et l'on se raconte interminablement les plus amusantes dans les bureaux.

Alors que je consolais Rossinante-Rossignol, vexé comme un dindon, de sa déconvenue, un grand branle-bas se fit entendre : le roi était dans la cour d'honneur.

Louis était venu nous voir avec une suite restreinte de jeunes gentilshommes et trois dames de sa cour qui étaient en âge de plaire. La pratique du beau sexe, que j'avais échoué si lamentablement à inculquer à mon fils, lui était venue avec un grand naturel, ce qui est bien la meilleure façon qu'elle arrive. Et de ce côté-là, il n'avait d'autre souci que de cacher ses fredaines à une mère qui avait abdiqué toute coquetterie à sa naissance et ne plaisantait pas avec le sexe. J'avais connu moi-même, je l'ai dit, un souci analogue dans ma jeunesse !

La maisonnée accourue ventre à terre, Le Nôtre compris, s'étant réunie pour honorer et accueillir le roi, celui-ci dit plaisamment aux dames qui l'accompagnaient :

« Mon ami Rossignol est un pilier de l'État, et un pilier magique : ainsi que nul n'en ignore, il a le don éclatant de lire entre les lignes. Quand vous m'écrirez, songez-y ! »

Terrassé par l'émotion, l'« ami » Rossignol manqua défaillir. Avec une perruque et de hauts talons, Louis n'avait pas de mal à dominer un monde qui vivait courbé, et sa précoce maîtrise de soi en imposait à tous.

« Tiens, Le Nôtre ! Vous avez déserté le parc de Vaux ?

— Provisoirement, Sire. J'ai aussi quelques menues obligations par ici.

— Monsieur Fouquet m'a fièrement fait visiter les travaux en cours. Ce parc sera une splendeur digne d'un surintendant.

— L'écureuil n'est-il pas son emblème, et "*Quo non ascendet ?*", sa devise ?

— Une superbe devise, que je ne puis malheureusement prendre à mon compte, puisque, chez moi, l'écureuil est né, grâce à Dieu, tout au sommet de l'arbre. »

(« La queue en l'air sur ses deux noisettes », me dit dans un souffle l'incorrigible Boisrobert, que les grandeurs ne privaient point de mauvais esprit.)

Un ange passa, puis le roi s'adressa directement à Rossignol :

« J'aimerais à m'attarder, Monsieur, dans une maison que je tiens pour mienne et que je prie le Ciel de bénir. Mais j'ai à causer avec le baron d'Espalungue, que je m'en vais de ce pas ramener à Paris. »

À la vive déception de ces dames, je pris place dans le carrosse royal, et fouette cocher. Louis était resté trois minutes chez Rossignol, mais ce sont des minutes inoubliables dans la vie d'un bourgeois.

Bien que n'étant pas porté sur la danse, qui était sa passion, j'avais une naturelle inclination pour le roi, lequel me parlait assez familièrement et appréciait ma franchise ou ce qu'on pouvait prendre pour telle.

« Puis-je vous demander ce que vous a soufflé Boisrobert ?

— Votre Majesté a le pouvoir absolu de poser des questions et j'ai heureusement le pouvoir de les ignorer ou de répondre... »

Je mis le roi au fait. Fort amusé par la confidence, il me confia :

« Ah, la bonne heure ! Je conterai ce trait académique au Cardinal. Comme les comédiens, pour qui j'ai de la sympathie, je suis sans cesse en représentation, mais je ne ris pas souvent. Quelle solitude, dans ce métier !

— C'est le lot de chaque homme, Sire, que de vivre et de mourir seul. Mais il est de fait que les rois sont encore plus seuls que le commun des mortels. »

Un silence, et Louis ajouta :

« Sur la terrasse de Saint-Germain, il est une puissante lunette par laquelle on découvre des lieues de pays que la Seine traverse. J'aime à observer de loin des hommes pour qui ma présence reste lointaine et qui ne sont pas modifiés par mon regard.

— Votre Majesté peut me considérer sans lunette : je ne changerai guère.

— Et c'est bien pour ça que vous êtes assis à mon côté ! Dans cette horrible nuit du 5 au 6 janvier 49, que je n'oublierai jamais, quand j'ai dû fuir Paris avec la reine sous les menaces des parlementaires, en attendant celles de Condé, vous êtes venu vous mettre spontanément à mon service, et ce, alors que vous aviez quitté les mousquetaires depuis plus d'un lustre. Ma mère a pris en vous l'entière confiance qu'elle s'était vue obligée de mesurer à la plupart.

— Ma confiance en la reine égale celle qu'elle a eu la bonté de me manifester en tant d'occasions…

— …que j'aurais aimé mieux connaître afin que mon estime pour vous en fût encore accrue. Mais la reine est plus que discrète sur vos vertus, et le Cardinal aussi. Peut-être parce qu'il en ignore quelques-unes ?

— Ces vertus, Sire, ne sont pas si nombreuses qu'il vaille d'en parler plus avant. Mon propre pupille et ma femme les tiennent pour peu de chose.

— Vous devez savoir que mon parrain le Cardinal n'a pas fait pour moi de grands efforts d'éducation et que je ne suis pas même initié aux affaires de l'État avec le suivi que j'aurais désiré. Mazarin ne me dit pas tout… et parfois, rien du tout ! Sa doctrine est que les enfants doivent apprendre par eux-mêmes et qu'une science d'emprunt serait plutôt de nature à leur fausser le jugement. "Une tête bien faite plutôt qu'une tête bien pleine", comme le disait Henri IV, voilà son programme.

— Oui, Sire, la phrase serait plutôt de Montaigne. »

Une étiquette qui se renforce veut qu'il soit incongru de dire *non* au roi. Si le roi vous sort : « Me prenez-vous pour un faquin ? », il convient de lui répondre avec empressement : « Oui, Sire, à Dieu ne plaise ! » Tout est histoire de convention, et le monde n'en va pas plus mal.

« De Montaigne ou d'un autre, peu importe !

« Bref, le Cardinal étant fort préoccupé par une affaire des plus graves, et cherchant un courrier auquel on puisse absolument se fier, la reine, à qui je viens de parler, a avancé votre candidature avec la dernière insistance, et on s'est résolu d'avoir recours à vous une fois de plus. Mazarin vous recevra demain matin à huit heures, mais en son palais plutôt qu'au Palais-Royal : l'audience sera moins remarquée.

— Le Cardinal m'a déjà reçu ce matin, et sans me parler pour autant de ce courrier.

— Je n'étais pas au courant. Sans doute mon parrain aura-t-il voulu vous sonder et vous juger avant que de vous dévoiler le principal. Et je vois avec plaisir que l'examen, ainsi qu'on pouvait s'y attendre, a été probant.

— Je n'ai pas fait grand effort pour être élu.

— Je m'en doute bien. Vous cultivez cette indépendance que donne une honnête fortune, et ce manque de souplesse est un motif de plus de vous faire crédit lorsque survient une difficulté. Vous avez l'étoffe d'un Brienne. Si tous mes sujets étaient riches, gouverner deviendrait un jeu d'enfant.

— La plupart des riches, Sire, ont pour principale préoccupation de le devenir davantage, et l'idée fixe des pauvres est de s'enrichir. Les rois ne gouvernent bien que les hommes de caractère, et justement, parce qu'ils n'ont pas besoin d'être gouvernés.

— Alors, je n'aurai pas grand monde à gouverner !

« De quoi vous êtes-vous entretenu tantôt avec le Cardinal ?

— Des ambitions de Monsieur Fouquet. Plus l'écureuil grimpe, plus les branches sont glissantes. Mais il n'est pas encore temps que Votre Majesté s'en inquiète. Plus opportun me paraît de régler définitivement son compte au Parlement en lui retirant l'enregistrement des Édits.

— Facile à dire. Qui les enregistrerait à sa place pour leur donner force légale ?

— Monsieur Renaudot.

— Pardon ?

— Le défunt Renaudot, qui a vécu à quatre pattes ou à plat ventre, a laissé une gazette. Il suffit de décréter que publicité fait loi. N'êtes-vous point le maître ? »

Cette hypothèse originale rendit le roi tout songeur.

« Monsieur d'Espalungue, nous nous reverrons. Si vous repreniez du service dans les mousquetaires, je veillerais à votre avancement.

— Il faudrait une guerre pour me tenter, et la guerre marche justement sur sa fin.

— Soyez tranquille, il y en aura d'autres ! La France est le pays le plus riche et le plus peuplé d'Europe. Nous devons en profiter pour affirmer notre suprématie alors qu'il en est encore temps.

— C'était l'opinion de Richelieu, devenue celle de

Mazarin. Mais la France n'aura jamais les finances d'une telle politique et le peuple écrasé bronchera tôt ou tard.
— Nous avons des Suisses pour le contenir.
— "Pas d'argent, pas de Suisses !" »

Agrémenté de frondaisons favorables à ces amours pudiques où le tête-à-tête est de rigueur, un étang se présenta, où le roi fut tenté de plonger sous un soleil déclinant dont l'ardeur était encore plaisante. On se dévêtit et s'égailla. À l'instant de gagner un bosquet propice avec Mademoiselle de X, le roi me confia : « Pas un mot à la reine mère ! » Un grand règne se prépare peut-être. Les rois aimés des femmes sont d'ordinaire aimés de leurs sujets, qui se poussent et se bousculent pour avoir l'honneur d'être cocus. Cela crée des liens.

Soulagé par Mademoiselle de X, rafraîchi par la baignade, le roi ajouta, alors que nous revenions vers le carrosse :

« Je ne sais trop ce que le Cardinal peut bien vous vouloir, mais je vous serais reconnaissant de me révéler de cette expédition – si vous en revenez comme je le souhaite – ce qu'on vous aurait permis de m'en dire… et même un peu plus, si possible.

« J'ai le sentiment confus, mais insistant, que maman est en cause, et vous devinez à quel point je lui suis attaché. Je sacrifierais la moitié de mon royaume pour la tirer d'ennui et assurer la tranquillité de ses jours. Elle n'a que trop souffert d'un mari odieux, et d'une Fronde plus odieuse encore si possible. »

J'en pris bonne note.

À mon retour au logis, Tristan gêné baissa les yeux à ma vue. Les pensées qu'il m'avait fait tenir par une manœuvre indigne n'avaient pas été adressées à un père, et il demeurait tout choqué et tout marri du faux pas. Je m'en serais amusé si j'avais eu le cœur à rire.

Félicité était bouleversée que je fusse encore appelé à l'une de ces absences dont elle subodorait les dangers. Mes deux autres filles, qui entrent dans l'âge narcissique où l'on prête plus attention à son miroir qu'à son père, faisaient montre d'une philosophie sereine, et Hermine également. Elles avaient dû lire quelque part que je comptais parmi les Immortels. Mais la garde immortelle du roi de Perse a mordu la poussière devant Alexandre, et nos vulgaires Académiciens ne sont immortels que par la stabilité de leur médiocre compagnie.

Un gentilhomme, cependant, ne redoute point de mourir sur le champ de bataille, ou même sous le couteau d'un assassin : le sang versé est le plus facile rachat des fautes quand la cause du pécheur peut encore être plaidée.

VII

Le 25 mai à l'heure dite, le Cardinal, costumé en élégant cavalier, me reçut dans le petit jardin intérieur de son palais, que Colbert, qui n'a pas l'âme bucolique, ne m'avait point fait découvrir, et nous nous promenâmes le long d'une pergola à l'italienne, couronnés de roses comme des sybarites, sous un soleil qui prenait de la hauteur dans un ciel serein.

À vingt et un ans, lors du conflit si embrouillé de la Valteline, Mazarin, avant de se consacrer à la diplomatie et d'y briller précocement, avait commandé avec honneur une compagnie des troupes pontificales, et il aimait porter l'épée de temps à autre pour montrer qu'un bon acier ne lui faisait pas peur.

« C'est une épée de prix, me dit-il négligemment, celle que la reine Christine de Suède avait à son côté quand je lui ai fait apprécier mes collections. Elle me l'a échangée contre des harengs fumés de la Baltique qui étaient en souffrance dans l'un de mes entrepôts à Rostock, et dont elle avait par hasard l'emploi. Depuis son abdication, elle s'est lancée dans les affaires les plus bizarres, comme si ses habits d'homme lui y donnaient quelque compétence. Il n'est pas difficile de la rouler. »

Avec une méritoire politesse, je m'en déclarai heureux.

Cette Christine est pour le moins bizarre. Un jour, elle assassine son écuyer et amant Monaldeschi à Fontainebleau ; un autre jour, elle philosophe avec Monsieur Descartes, qui n'en était pas à un assassinat près chez ses élèves quand ils avaient de la branche et de l'esprit ; et depuis quatre ans, convertie au catholicisme, ayant fait de Rome sa résidence habituelle après une longue errance, elle empoisonne les papes de ses assiduités intéressées. Un cas !

« Si je vous ai fait mander, mon cher Monsieur d'Espalungue, ce n'est point pour vous parler de harengs – quoique le moindre poisson ait son prix ! Hier soir, Rossignol, par acquit de conscience, et non sans hésitation, m'a envoyé le déchiffrement de la lettre du cardinal de Retz à l'un de ses insupportables curés, et bien lui en a pris, car un examen attentif m'a permis de constater que Retz avait médité de nous abuser. Prévoyant que cette lettre serait peut-être saisie et que nos services viendraient à bout sans retard de son nouveau Chiffre, il a détourné astucieusement l'attention du respectueux Rossignol par une plaisanterie finale de mauvais goût, alors que le message était tout bêtement dans le texte en clair, où les phrases, je le précise en passant, étaient séparées de la façon la plus nette. »

Nous entrâmes dans une grotte de rocaille à la douce lumière. Un dauphin crachotait de l'eau au sein d'une vasque entre un satyre romain émasculé par un ancêtre des jansénistes et une déesse dont le sexe lisse, sous le ciseau d'un sculpteur athénien pédéraste, avait été privé de ses plus émouvants attributs. La seule statue grecque au complet, avec un sexe qui ose dire son nom et vous regarder en face, c'est Madame de Montbazon, dont l'image, décidément, me poursuit et me fait reproche.

Puis nous nous assîmes sur des sièges de rotin garnis de coussins soyeux, devant une table laquée qui avait réussi à venir de Chine sans faire naufrage.

« Regardez, me dit le Cardinal, sortant un crayon. J'ai détaché les deux passages où gît un même lièvre... »

« Dans un terrain lourd, il peut arriver que les bulbes pourrissent. Bien soigneusement, si vous les plantez en groupe, placez-les dans une poche remplie d'un mélange de terreau, de terre franche et de sable. Ne pas négliger,

si vous les plantez individuellement, de verser avec les mêmes soins dans chaque trou un peu de terre fine, et de reboucher avec du terreau.

[...]

« Fin octobre, le meilleur moment pour planter, la profondeur de plantation sera égale à deux fois la hauteur du bulbe. Moyennant quoi, la saison venue, on préférera les terrains légers et bien drainés. Facilement, pour les bulbes de petite taille, on utilisera un transplantoir ordinaire. Pour les gros, en revanche, on prendra un transplantoir à bulbe, qui permet d'enlever suffisamment de terre en une fois, ce qui est moins aisé. Oublier de séparer les bulbilles du bulbe-mère serait une grave erreur.

« Fort de toute ma confiance, et avec mes meilleurs vœux de santé, recevez ma bénédiction. »

« Vous avez saisi ?

— Pas du tout.

— Considérez les premières lettres des premiers mots de chaque phrase.

D ans
B ien
N e
F in
M oyennant
F acilement
P our
O ublier
F ort

« Ce qui donne D B N F M F P O F.

« Et voilà ! On se croit fort, on se néglige, et on tombe dans un piège enfantin qui relève d'un Chiffre préhistorique. Il faut tout faire soi-même. Si je n'avais été là pour veiller au grain, l'affaire nous échappait. Mais j'ai pu faire saisir l'envoi de Retz avant la distribution du courrier, le curé est dans un cul de basse-fosse de la Bastille, et sa concubine a été enfermée dans un couvent à régime sévère. »

Je saisissais de moins en moins.

« Aveugle ! Prenez donc la lettre qui précède chaque majuscule dans notre alphabet.

C... D
A... B
M... N
E... F
L... M
E... F
O... P
N... O
E... F

« Soit les neuf lettres de CAMELEONE. Vous ne direz point qu'il s'agit d'un hasard ! »

J'étais sincèrement ébloui par la perspicacité du Cardinal, mais d'autant plus alarmé. J'avais cru ce nom sorti de l'histoire où il n'aurait jamais dû entrer, et voilà qu'il faisait brusquement surface tel un monstre marin ! J'en avais froid aux entrailles, mais je devais jouer l'innocence jusqu'à nouvel ordre.

« *Quid* de ce caméléon ? Est-il chair ou poisson ?

— Mgr Annibal Cameleone di Calabria, un Sicilien de Catane, a été quelque temps nonce à Paris, où il était en poste en décembre 1637. Je vous rappelle que, selon toute vraisemblance, c'est dans la nuit du samedi 5 décembre au dimanche 6 décembre 1637 que le roi mon filleul fut semé au Louvre par son père légitime dans le sein de la plus incomparable des princesses.

« Le bruit a couru – il court tant de bruits ! – qu'une reine en difficulté aurait écrit à Cameleone cet hiver-là une lettre imprudente où l'honneur de la Couronne... »

J'osai couper le Cardinal.

« ...quelle difficulté ? La lettre devait concerner la grossesse quasiment miraculeuse qui venait de s'annoncer après de si nombreuses déceptions. Un geste de courtoisie à l'égard du Saint-Père, sollicité de bénir le fruit naissant.

— Euh... non. Justement, la lettre aurait été datée du 11 décembre.

— Bien invraisemblable. À quel propos Anne d'Autriche aurait-elle pu écrire au nonce à cette date ?

— Malheureusement, je n'en sais trop rien et je me le demande.

— Il est bien facile de poser la question à la reine.

— Je l'ai posée.

— Et qu'a-t-elle répondu ?

— Qu'elle n'avait rien écrit du tout à ce nonce, ni en décembre ni plus tard.

— Une telle parole faisant foi, l'affaire est réglée. De quoi Votre Éminence s'inquiète-t-Elle donc ?

— C'est que... »

Mazarin se leva, alla jeter un coup d'œil circulaire en dehors de la grotte, et revint s'asseoir.

« Pour une fois, j'ai été strictement obéi. Aucun de mes cent gardes ne traîne par là. »

Après une longue hésitation, le Cardinal poursuivit :

« Ce n'est pas de gaieté de cœur que je m'en vais vous raconter ce qui suit, mais il vous faut un minimum de lumières pour comprendre toute l'importance de la mission en Italie que j'ai prévue pour vous et l'accomplir au mieux des intérêts de l'État, la reine elle-même – j'y insiste ! – vous ayant chaudement recommandé, en dépit des quelques réticences que je pouvais avoir.

« Poursuivant mon enquête, je me suis aperçu que... Bref, en un mot comme en mille, je me suis aperçu qu'Anne m'avait menti.

— La connaissant presque aussi bien que Votre Éminence, j'ai peine à le croire !

— Et moi donc ! Le premier mensonge qu'elle me faisait, et sur une histoire en apparence si anodine ! Vous n'êtes pas de ces imbéciles qui insinuent que je couche avec la reine. Notre union, basée sur une absolue confiance, est beaucoup plus profonde. Et je me retrouvais cocu, tout comme un bougre de con qui eût fait tout le nécessaire pour ça !

— Éminence ! Quels termes dans votre bouche !

— Il m'arrive de parler en soldat quand j'ai une épée de reine au côté !

« Jugez du coup que j'ai reçu au cœur, des imaginations que je me suis faites, des diverses hypothèses que j'ai pu caresser dans mon délire morbide. Tantôt, je me disais : " Ce n'est rien... ", tantôt j'envisageais des choses qu'un décent vocabulaire se refusait à préciser et je voyais l'État perdu. Je battais la campagne. Enfin, pourquoi ce mensonge ?

— Votre Éminence en a-t-Elle vraiment la preuve ?

— Non. À peu près. Ou plutôt... c'est à vous maintenant d'aller la chercher. »

L'affaire sentait terriblement mauvais.

« Je suis plus que surpris que Votre Éminence ait songé à moi pour ce voyage. Elle devrait savoir que je ne ferais jamais rien qui pût désobliger ma souveraine, et même que s'il fallait un jour que j'eusse à choisir entre ses intérêts et ceux de Votre Éminence, le choix serait vite fait, mon honneur comme ma sûreté étant en jeu. Pour parler sans détour, Votre Éminence passera comme passent les roses de Malherbe, mais la reine a de l'amitié pour moi, et le roi demeure, qui me veut déjà du bien.

— Sainte Vierge, mais c'est la reine elle-même, encore une fois, qui a insisté pour que vous fussiez engagé ! Elle ne veut se fier qu'à vous, paraît-il.

— Ce qui signifie qu'elle ignore le but de ma mission.

— Au contraire. Je lui ai dit, non sans finesse, que j'avais besoin d'un homme à Rome pour bien s'assurer que cette lettre à Cameleone n'existait point ou que c'était un faux qui avait donné lieu à rumeurs.

— Je commence à distinguer plus clairement où nous en sommes.

— De vous à moi, j'ai appris par des espions – j'en ai un peu partout à Rome – que la lettre, comme probable, avait été rangée dans les archives politiques du Vatican, et Cameleone di Calabria, actuellement cardinal-évêque du diocèse suburbicaire de Frascati, ayant été abordé par mes soins, a bien voulu en relever personnellement une copie pour la remettre à l'un de mes envoyés dûment accrédité quand il se présentera.

— N'est-ce point le cardinal-évêque de Frascati qui est le doyen du Sacré Collège ?

— Non, c'est celui d'Ostie, et depuis le XIIe siècle. Ne détournez pas la conversation, s'il vous plaît !

— L'arrangement coûtera sans doute les yeux de la tête. Les cardinaux sont hors de prix, comme ces tonneaux dont on paye l'étiquette.

— Seul l'argent compte en effet dans la Ville éternelle. Mais l'original aurait été plus cher encore, et difficile à subtiliser sans faire de bruit. De toute manière, n'ayant encore rien vu, je n'ai encore rien payé. Selon le contenu du document, nous envisagerons d'en rester là ou de poursuivre la négociation.

— Mais une copie n'a de valeur que par la probité de la personne qui s'est chargée de l'exécuter. Et un cardinal corrompu est *a priori* suspect.

— Pas plus que les autres... J'en arrive parfois à penser que je suis le seul honnête homme de la bande ! Mais il faut faire avec ce qu'on a. Et aussi longtemps qu'une vérification demeure possible, même un Cameleone n'oserait tromper le représentant d'une grande puissance. Le risque serait trop grand.

— Ce Cameleone n'a pas révélé la teneur exacte du document ?

— Selon lui, certaines phrases pourraient éveiller des soupçons sur la vertu d'une grande princesse... et même, acheva Son Éminence dans un souffle, sur... sur la légitimité du roi. Mais j'ai grand-peine à le croire.

— À propos de cardinaux – notre roman en regorge décidément ! –, que vient fabriquer cet intrigant cardinal de Retz là-dedans ?

— Réfugié à Rome après son évasion, du temps d'Innocent X, Retz en a été chassé il y a deux ans par Alexandre VII, pour vagabonder jusqu'au pays des tulipes. Cela est de notoriété publique. Mais pendant ses vacances romaines, il a pris là-bas de multiples contacts – il est très fureteur – et il a dû avoir écho de ce qui nous intéresse, puisque son cours de jardinage en fait mention voilée. Quant à savoir ce qu'il sait au juste ou ce qu'il veut exactement, c'est une autre paire de manches. Retz est brouillé avec tout le monde et sème le trouble à pleines mains partout où il passe. Il est inquiétant par irrésolution, faux calcul et versatilité. Plus d'ambition que de moyens, plus de bavardages que de fond, plus de légèreté que de vraie méchanceté. Il ne faut cependant qu'une fois pour que morsure de roquet soit mortelle, et ce cardinal, s'il a la vue basse, a de bonnes dents.

« La reine et moi étions déjà résolus d'avoir recours à vous, quand ce pavé inattendu m'est tombé dessus hier soir, achevant de me convaincre que le temps pressait, que d'autres étaient sur la piste, et qu'il s'agissait d'une affaire des plus sérieuses. Vous êtes le premier à qui j'en parle. »

Nous retournâmes sous la pergola, chacun livré à ses méditations, et je me décidai enfin à éclairer un peu la lanterne du principal ministre.

« Vu la situation, je crois pouvoir, sans manquer au secret que je m'étais prescrit, faire état d'un fait susceptible d'épargner à Votre Éminence des alarmes injustifiées... et même de l'argent ! Sa Majesté la reine a bien écrit au nonce, en date du 11 décembre 37, mais pour se plaindre du cardinal de Richelieu. Il manquait un cardinal à l'histoire : le voici.

— Que dois-je comprendre ?

— Que Votre Éminence se reporte en pensée à cette époque. Seule la naissance d'un Dauphin, que le roi ne semblait plus capable de faire de son cru, pouvait assurer la continuité de la grande politique européenne à laquelle Richelieu consacrait ses dernières forces, dans un pays épuisé qui n'aspirait qu'à la paix. Si Louis XIII, toujours assiégé de fièvres et de coliques, venait à rendre son âme tourmentée à quelqu'un, cette ganache de Gaston d'Orléans chaussait la couronne, et une reine, encore espagnole de cœur, poussant à la roue, c'était la fin des aventures et mésaventures où le grand Cardinal était si expert. Les épées rentraient tristement au fourreau, et le contribuable bénissait la Providence.

« Le roi, le 5 décembre au soir, ayant réussi, tout à fait par hasard, à honorer une femme qu'il ne pouvait plus sentir depuis de longues années, étant trop adonné à ses ruineux favoris, Richelieu, doutant du résultat de la rencontre, s'était résolu d'offrir ses services personnels à la souveraine, dans la douce espérance qu'un coup de pouce ecclésiastique d'une telle qualité, et réitéré à loisir durant une période mûrement calculée, pourrait assurer la réussite de cette opération salutaire. Naturellement, la reine l'a foudroyé de son mépris, et le Cardinal est reparti la queue basse dans son habit rouge de honte.

— Nom d'un chien ! C'est ce que vous prétendez me faire croire ?

— La scène a eu un observateur.

— De plus en plus fort !

— L'éminent prétendant étant très énervé, et la reine redoutant qu'on lui manquât de respect, elle m'avait prié d'assister à l'audience derrière un paravent du cabinet des Rubens du Palais-Cardinal, de façon que cette délicate entrevue eût en tout cas, à toutes fins utiles, un témoin digne de foi.

— Vous me jurez que c'est bien la vérité ?

— Sur l'Évangile ! Celui de Luther, celui de Calvin, et le meilleur, celui des meilleurs cardinaux !... Votre Éminence saisira de reste pourquoi une femme fière et sensible n'avait pas jugé nécessaire de révéler ce honteux incident à Giuglio Mazarini. Anne d'Autriche a ses pudeurs et elle se fait une sublime conception de sa dignité.

« Il pouvait toutefois paraître expédient – à première vue, du moins... – de mettre le nonce au courant et de rechercher la protection du pape. Si la reine avait averti son mari, elle n'aurait pas été écoutée, et la vengeance d'un Richelieu, tout puissant sur le roi, eût été à craindre.

— La reine vous a-t-elle parlé de cette lettre ?

— J'en ai eu écho par ma sœur Claire, demoiselle d'honneur à l'époque. Mais Sa Majesté l'avait écrite et expédiée sans me demander mon avis. »

Infiniment soulagé, Mazarin demeurait inquiet.

« Vous me voyez estomaqué. Qui aurait imaginé ça du grand Cardinal ? !

— Comme les serpents qui bavent en ondoyant, il a laissé derrière lui une autre preuve, et bien visible, celle-là, d'une félonie préméditée. Dès le lendemain de cette nuit où le roi avait apparemment réussi son coup, Richelieu a organisé dans tout Paris des veillées de prière pour la naissance d'un Dauphin. Sans doute, les coups royaux étaient-ils devenus plus rares que les perles d'Orient, mais pourquoi souligner celui-là de la sorte ? Qu'avait-il donc de si particulier ? Pourquoi les chances de conception auraient-elles été plus élevées en décembre qu'en juillet ? Le Cardinal, pince-sans-rire, a même convaincu le roi de faire vœu à la Vierge !

— C'est ma foi vrai. »

Mazarin se tirait la moustache, ce qui était chez lui signe de perplexité.

« Tout cela est bel est bon. Je persiste quand même à penser qu'il serait préférable d'aller y voir de plus près. Vous accomplirez donc ce pèlerinage de Rome. »

En dépit de mes efforts, je ne pus le faire changer d'avis et demandai :

« Quelles sont finalement mes instructions ?

— Elles sont simples. Me rapporter la copie en question – et encore si elle en vaut la peine ! Je n'ai pas l'intention de débourser gros pour sauvegarder la réputation de Richelieu si la reine ne s'est pas gravement compromise avec le manque de réflexion qui était trop souvent le sien en ce temps-là. Je vous laisse juge de la somme que vous pourriez demander à mon correspondant romain de verser à Cameleone. Je vous signerai un pouvoir à cet effet.

« Pour plus de sûreté, vous prierez Rossignol de vous donner une bonne leçon de Chiffrement, afin que vous puissiez aisément appliquer vos nouvelles connaissances à ladite copie, que vous laisserez là-bas. Vous ne devez en aucun cas voyager avec une lettre en clair sur vous.

— Votre Éminence aurait-Elle des raisons de croire que je pourrais faire de mauvaises rencontres à l'aller ou au retour ?

— Comment le saurais-je ? Vous prendrez d'Artagnan avec vous, qui est de sûre compagnie, mais il ne doit rien apprendre de ce qui nous importe. »

Le Cardinal m'invita en toute simplicité à partager son déjeuner dans son capharnaüm, tandis qu'il trônait sur sa chaise percée avec un sans-gêne royal qui en disait long sur ses ambitions, et nous mîmes la dernière touche à maints détails pratiques de mon voyage.

Chose curieuse, l'odeur de notre propre merde ne nous dérange point, mais celle des autres – exception faite de celle des rois, qui est à notre honneur – nous offusque. Aucun médecin n'a réussi à m'expliquer la chose, en français ou en latin. Notre science fondamentale est encore bien courte.

Me donnant congé, Mazarin m'annonça :

« Votre demi-frère Matthieu vient de revenir de Chine, où il aurait mis quelque désordre. Vous le trouverez à la Maison professe des jésuites, rue Saint-Antoine. »

Matthieu, au fond, n'était pas fait pour être jésuite. À force de recevoir la discipline, on en vient à douter de la valeur des coups, et une droite nature se rebelle contre des accommodements avec le siècle qui paraissent en contradiction avec la théorie toute militaire qui les inspire. J'aimais bien Matthieu, que j'avais connu dans toute la gloire de sa neuve vocation.

À dix heures et demie, je me faisais annoncer en face chez la reine, qui venait de se réveiller et entamait le déjeuner de son côté, devant un assortiment de saucisses au piment basque, de côtelettes et de bouillon. À ce régime, Anne avait engraissé, mais l'épanouissement allait assez bien à ce qui lui demeurait de beauté, et c'était un contraste plaisant que de voir ses doigts fuselés jouer nonchalamment avec de grosses saucisses.

Madame de Motteville m'avait averti que l'humeur de sa maîtresse était sombre, que son appétit en avait souffert, et je n'avais pas de mal à en deviner la cause.

« Avez-vous faim, mon cher Espalungue ?

— Juste une bouchée, Madame, et encore pour vous obliger. Je viens de déjeuner avec Son Éminence, dont la digestion semble passable, mais ce n'a pas été une partie de plaisir pour autant.

— Hélas, je m'en doute ! Qui aurait pensé que le pape n'était pas fichu de surveiller ses plus précieuses archives et qu'un cardinal sicilien ou calabrais les mettrait un jour aux enchères ? ! À qui se fier ?

— Pour jeter du lest, j'ai assuré à Son Éminence que son prédécesseur n'avait pas eu pour vous tous les respects dont il s'est fait lui-même une règle pieuse – ce qui n'était que trop exact ! Mais quant à la lettre au nonce, dont ma sœur m'avait verbalement donné la teneur, ainsi que vous vous le rappelez, j'ai prétendu faussement qu'elle devait dénoncer les débordements du grand Cardinal à votre encontre, ce qui n'était guère compromettant pour Votre Majesté.

— Une excellente idée que vous avez eue là ! »

Le sel de l'histoire est que Richelieu, avalant héroïquement la couleuvre, avait bientôt suggéré à la reine, avec une grandeur d'âme au-dessus du commun, un autre candidat plus reluisant. Le temps pressait : le roi, par chance, ayant accompli à peu près son office, il convenait d'en profiter dare-dare… et même dard-dard, si Madame de Sévigné me passe cette audace !

« N'empêche, Madame, je me demande bien quel nez notre Mazarin va faire si je lui rapporte la copie chiffrée de ladite lettre comme un chien fidèle.

— J'avais cru agir au mieux, gémit la reine, en révélant au nonce la plus grave impudence, et la plus déshonorante, qu'on pouvait reprocher à ce ministre inqualifiable, et si je vous ai retenu pour cette expédition romaine, c'est justement dans l'espoir que la copie en reviendrait infidèle.

— Je l'avais déjà compris. Mais si je me permettais des fantaisies, une éventuelle comparaison entre l'original et la copie serait ma perte.

— Je vous couvrirai.

— Je préférerais ne pas avoir à être couvert. À force de vous couvrir, Madame, et d'être couvert en retour, il pourrait m'en cuire.

— Je suis certaine que vous me sortirez de ce mauvais pas.

— Je ne cesse d'y réfléchir, croyez-le bien, depuis que j'ai traversé la rue.

— Vous devez en tout cas gommer à tout prix le nom du prétendant que le grand Cardinal, repentant de son insolence, m'avait proposé.

— Je dois, par bonheur, chiffrer le texte moi-même, à

partir de la copie rédigée par la propre main de Cameleone, ce qui offre quelque latitude. »

Laissant tomber une saucisse dans l'assiette de vermeil, la reine sourit avec une malicieuse et rêveuse gourmandise.

« Un nom se remplace par un autre. Il suffit que l'hypothèse me mette hors de cause.

— Pas facile. Le mensonge doit être vraisemblable, et s'il est vraisemblable, c'est la vertu de Votre Majesté qui devient suspecte.

— Vous trouverez bien quelque chose de satisfaisant.

— Je m'y efforcerai.

— Que ferais-je sans vous ?

— Encore plus de bêtises !

— J'en fais à présent beaucoup moins qu'autrefois.

— Moi aussi ! Nous sommes faits pour nous entendre. »

Anne d'Autriche avait un certain génie pour s'attirer des ennuis, et sa protection avait des éclipses.

Je trouvai Matthieu devant un dîner frugal qu'on lui avait monté dans sa chambre, par égard pour sa santé devenue fragile, et nous nous embrassâmes tendrement. En une vingtaine d'années, il avait beaucoup vieilli et paraissait avoir perdu, avec quelques dents, le surcroît d'illusions qu'il avait pu se faire en Chine.

Il m'invita aussitôt à partager son repas, qui ne paraissait guère appétissant.

« Merci. Après m'être sustenté à mon hôtel avec l'aurore, je viens de déjeuner tardivement, et du bout des lèvres, avec le Mazarin, puis avec la reine...

— Aurais-tu de nouveaux ennuis ?

— Cela se pourrait. Mais je m'en sortirai comme d'habitude avec un brin de réflexion. »

Après que nous eûmes échangé des souvenirs touchants et des informations utiles, il se plaignit des Chinois.

« Ces gens-là sont impossibles. Il y a là-bas trente-six langues, mais une seule écriture, qui est idéographique. On dessine par exemple un cheval de quelques traits, et chacun prononce le signe dans son jargon, lequel se traduit par un monosyllabe, avec quatre ou cinq nuances byzantines d'intonation qui conditionnent le sens. Tu fais “ ah ” ou tu fais “ euh ”, et cela peut vouloir dire une foule de choses différentes ! On doit connaître 3 000 signes pour commencer à déchiffrer, 5 000 pour lire à peu près, 10 000 pour être à son aise, et le système répugne évidemment à exprimer les abstractions. D'où une coterie de lettrés obtus, incapables de bouger et d'assimiler les influences extérieures.

« Les Chinois n'ont d'ailleurs aucun esprit religieux, mangent en tout temps n'importe quoi, et engraissent leurs cochons en leur déféquant dans la gueule pour ne rien laisser perdre. Ce sont d'éminents praticiens. Leur bouddhisme n'est qu'une vague philosophie. Leur taoïsme bourré de superstitions et leur confucianisme indigent ne vont pas plus haut. Ce qui les réunit, c'est le culte maniaque de leurs ancêtres, qui est pour eux une véritable obsession, et c'est pourquoi j'ai dû quitter la Chine.

— Les ancêtres de ces obsédés t'ont chassé ? !

— Exactement. L'actuelle doctrine des jésuites est de colorer d'un certain vernis chrétien ce fameux culte des ancêtres, et Alexandre VII, non sans hésitation, penche de ce côté. Mais si l'on tolère cet abus, les Chinois ne seront jamais convertis. Je me suis chamaillé là-dessus avec les Pères, et j'ai dû prendre le bateau. Je serai général de l'Ordre une autre fois.

— Tu as l'intransigeance des vrais apôtres, qui se font crucifier pour un point-virgule.

— L'ennui, c'est que je ne suis pas sûr du tout d'avoir raison. C'est l'avenir qui tranchera, et cela concerne des centaines de millions d'hommes qui, pour avoir une âme jaune, n'en sont pas moins nos frères en Jésus-Christ.

— Je te les abandonne ! »

Je m'occuperai des Chinois quand j'aurai réglé mes affaires de famille…

La présence d'un inconscient jésuite pouvant prêter une manière d'innocence à une troupe d'espions, j'essayai d'entraîner Matthieu à Rome, dont la conversion aurait dû l'exciter, car elle est plus difficile que celle de la Chine, et je lui brossai un tableau des plus riants de la pérégrination…

« Sans façon ! J'irai une autre fois. Je me méfie de tes

invites. Tu m'as déjà entraîné dans une Alsace à feu et à sang, chez l'inqualifiable Saxe-Weimar, pour y tramer les plus noirs complots derrière mon dos et en ramener une prostituée déguisée en religieuse…

— Plus précisément, une religieuse que j'avais tirée du bordel où on l'avait enfermée ! Cela fait une nuance.

— Si tu veux. En attendant, je suis fatigué de courir. »

Comme quoi une bonne expérience peut servir à quelque chose.

L'*Auberge des Trois Orfèvres* était proche de l'*impasse des tire-laine*, où j'avais fait un enfant au conseiller Lhermitte, devant la porte duquel ma future belle-mère, heureusement mourante, m'avait fait arquebuser pour me punir d'avoir expédié son fils dans des circonstances qu'elle avait persisté à tenir pour suspectes. Que de souvenirs !

Aramits finissait de dîner dans la chambre de son auberge, devant les restes d'un pigeon dodu accompagné d'un vin blanc d'Orléans. Il avait vieilli, lui aussi, depuis trois ou quatre ans qu'on ne s'était vus, mais sa taille élégante était toujours bien droite, en dépit de ses blessures, et son œil, aussi amical.

« Tu dînes avec moi ?

— Merci. C'est la quatrième invitation de la matinée ! »

Après d'aimables propos, je désignai un Évangile ouvert au chevet du lit.

« Toujours théologien ? Serait-ce d'avoir eu comme moi des parents calvinistes avant de tourner casaque ?

— La théologie, ainsi que tu le sais, est en effet mon péché mignon, et depuis quelque temps, les Juifs me poursuivent jusque dans mon sommeil.

— Diable ! Voilà qui est nouveau. C'est le monde renversé. D'ordinaire, ce sont les déicides qui sont poursuivis par les mousquetaires à la retraite.

— Je me fais du souci à leur endroit.

— Et moi à leur envers !

— Le Sauveur étant monté à Jérusalem pour la Fête des Tentes, Jean l'évangéliste – je cite de mémoire – écrit : “ On s'interrogeait dans la foule au sujet de Jésus, mais on n'osait parler trop fort, par crainte des Juifs." Tu as entendu ? *Par crainte des Juifs*.

— Je ne suis pas sourd.

— Comment se fait-il que, dans une foule de Juifs, seuls quelques-uns aient droit à ce titre ?

— C'est tout simple. Il s'agit des lettrés qui connaissent bien l'hébreu et tiennent les incultes pour de la racaille. Chez Jean, le Juif est l'équivalent du mandarin en Chine... un pays que je connais assez bien par ouï-dire. Il y en a un sur mille.

— Autre chose. Pierre n'a reconnu le Dieu vivant en Jésus-Christ que sur le coup d'une grâce particulière. Il a fallu la Pentecôte pour éclairer les disciples présents. Et Paul lui-même, une âme si droite et si généreuse, a eu besoin d'une apparition pour croire. Alors, de quel droit reprochons-nous à ces pauvres Juifs ne pas avoir été massivement illuminés ?

— En effet. Et les illuminations sont aussi rares chez les chrétiens d'aujourd'hui que chez les Juifs d'autrefois. Ce matin même, le Cardinal se plaignait amèrement d'avoir été oublié.

— Laisse ce pantin tranquille !

« Chrysostome, Luther ou les Pères de l'Église, dans leur viscérale hostilité aux Juifs, auraient-ils commis une monstrueuse erreur ? Auraient-ils lu l'Évangile de travers ? »

Ce beau scrupule valait d'être examiné, et je sautai sur l'occasion.

« Je pars justement en mission pour Rome, où le Juif abonde depuis que les papes ont le bon esprit de le protéger pour le meilleur profit de leurs finances. Tu trouverais là-bas à qui parler, les Juifs te recevraient avec faveur, te circonciraient peut-être gratis, et ton épée pourrait toujours me servir à pourfendre un mauvais chrétien en cours de route.

— Sans façon. Mes vieilles blessures se réveillent à la nuit tombante, je suis heureusement marié, et j'ai passé l'âge des aventures... »

Je devais donc me contenter de d'Artagnan, qui en valait heureusement plusieurs.

VIII

En attendant le retour de Tristan, qui était allé une fois de plus faire sa cour chez Rossignol, Hermine me fit part de son inquiétude.

« Depuis que nous avons surpris ses *pensées*, je ne puis avoir de contact avec lui. En dépit de son irritante provocation, nous avons eu tort d'en prendre connaissance, et vous avez eu tort de vous poser en père après avoir tant déçu comme tuteur. Une telle manœuvre ne pouvait arranger les choses.

— Avec le temps, il s'en remettra. Ses entretiens avec notre petite Félicité, au chevet de laquelle il est généreusement assidu, le pousseront sur une bonne pente. La théorie soutient que la sainteté serait efficace, qu'on pourrait s'en servir pour creuser aux moindres frais des tunnels sous les montagnes…

— Si elle ne l'est point, ce n'est pas votre mécréance qui le sera. »

Après souper, j'ai prié Tristan dc me suivre à la bibliothèque, ce qu'il fit de mauvaise grâce, et je lui dis de l'air le plus doux et le plus bénin :

« Avec les meilleures intentions, mon cher fils, j'ai commis des fautes à votre encontre… et j'ai même dû en commettre quelques-unes sans intention bien avouable. Je vous prie de me pardonner ma cécité et mes faiblesses en considération des quelques menus défauts que vous pouvez avoir, et dont le moindre est d'être plus vertueux que tout le monde, ce qui ne laisse pas d'irriter un peu les pécheurs endurcis, lesquels sont toujours chatouilleux là où ça les gratte. »

Le cœur battant, je lui ouvris mes bras, tel un ange de lumière et de contrition ouvrant ses ailes, et le garçon s'y jeta en pleurant. J'avais creusé le tunnel avec autant de facilité que les trompettes d'Israël avaient ruiné tout soudain les murailles de Jéricho, et j'en remerciai Félicité.

« Mon cher enfant, murmurai-je à travers mes propres larmes, mes effusions de ce soir sont pleines d'arrière-pensées, car j'ai à vous demander un grand service. Je dois bientôt partir pour Rome, en quête d'un document où la réputation de notre gracieuse souveraine est intéressée, et le Cardinal m'a prié d'en rapporter une copie indéchiffrable, que je dois chiffrer en personne dans une totale solitude. Pourriez-vous me donner céans – dans la mesure du possible ? – une leçon qu'un franc béotien serait capable d'appliquer vite et sans erreur ? À force de courtiser sa fille avec mon approbation tacite, vous en savez au moins autant qu'un Rossignol.

— Aucun code n'est indéchiffrable, Monsieur.

— Alors, à quoi bon coder ?

— On spécule sur l'ignorance d'autrui, et même si autrui est savant, un bon code est long à percer, et le temps est parfois un élément décisif : le texte apparaît en clair quand la bataille est terminée.

— J'ai compris. »

J'avais parlé un peu vite. À la mi-nuit, après avoir brûlé force chandelles, et malgré la patience inlassable de mon professeur, j'étais encore dans l'obscurité. La science cryptographique est d'une infernale complication ! « Vous n'êtes pas plus bête qu'un autre, me disait aimablement Tristan, mais vous n'avez aucunement l'esprit mathématique. Vous vivez dans le concret. D'où peut-être ce long et regrettable malentendu entre nous. » Cet enfant était trop gentil !

« Je vois, déclara-t-il enfin, ce qu'il vous faut : un Chiffre élémentaire, d'une simplicité biblique, et qui puisse toutefois résister un bon moment aux décrypteurs les mieux entraînés. Par exemple, pourquoi pas la *simple substitution alphabétique aléatoire* ?

— Pourquoi pas ? Cette simplicité-là sonne bien. Dans mon humilité d'apprenti, je n'en exige pas davantage. »

Tristan alla prendre un livre quelconque sur un rayon et l'ouvrit au hasard sous mes yeux.

« Soit *Les Travaux de Mars ou l'Art de la Guerre*, traité récent du marquis de Lourmarin. Prenons cette page 94.

> *« DU CAVALIER.*
>
> *« Le cavalier est un homme qui fait profession de servir à cheval. Il doit avoir la taille médiocre, tant pour la facilité de monter à cheval que pour ne point incommoder l'animal. Il doit être enrôlé à l'âge de vingt-cinq à trente ans, afin d'être plus disciplinable que s'il était d'un âge plus avancé. Il est important de savoir le lieu de la naissance et la qualité des parents pour éviter la désertion. Il doit être d'une constitution robuste et aimer naturellement les chevaux, afin d'en avoir un soin tout particulier ; c'est pourquoi les cavaliers de la campagne sont préférables à ceux des villes, où il y a plus de délicatesse. Il faut aussi qu'il soit sobre, et le moins joueur qu'il sera possible. S'il s'en rencontre de blasphémateurs, on leur doit percer la langue, surtout quand ils sont incorrigibles. »*

Avec un crayon, Tristan opéra des pointages qui me parurent assez longs, et me dit :

« Pour chiffrer votre correspondance, vous écrivez d'abord 94, qui indique la page, suivi de 16, qui indique le nombre de lignes à exploiter en y comprenant le titre.

— J'y arriverai.

— Allons au début du texte : DU CAVALIER, etc.

« La première lettre, le D, fera un A. Le U fera un B. Le C de cavalier fera un C. Le A fera un D. Le V fera un E, le deuxième A, qui fait double emploi, sera annulé et barré au passage, et ainsi de suite... Très vite, vous constituez ainsi votre alphabet de substitution. Si vous avez besoin de transposer des lettres absentes, W, Y ou Z en l'occurrence, vous écrivez tout simplement W, Y ou Z. Pour plus de clarté, vous pouvez marquer les points en répétant le 94, la clef de toute l'affaire : le premier 94 a pu être écrit à la va-vite. À l'aide d'un même exemplaire de la même édition, le destinataire, par une opération inverse, se fera un jeu de vous lire et comprendre.

« Emportez donc ce traité en souvenir de cette humble leçon. Il est tout naturel qu'un beau cavalier ait dans ses fontes un ouvrage de ce genre. Et donnez-le à un pauvre avant de quitter Rome avec votre cryptogramme.

« Le procédé présente une assez bonne sécurité pour les textes courts, car aucune étude de fréquences ne peut alors mettre sur la voie.

« Pour surchiffrer, il est diverses manières. La plus accessible au profane est encore de ranger les lettres en carrés de telle sorte que…

— Ne raffinons pas trop, je vous prie ! Je risquerais de m'y perdre. »

Je remerciai mon fils avec effusion, et j'ajoutai :

« De bon matin, nous ferons des armes. Vous êtes aussi doué que je l'étais à votre âge, et j'ai besoin de m'entraîner pour conserver ma maîtrise.

— Pourquoi aller courir des risques pour un gouvernement impie, belliqueux et prévaricateur ?

— La belle affaire ! Ils le sont presque tous. Mais dans l'immédiat, il s'agit de la reine, une femme dont j'ai été amoureux autrefois, à la belle époque. Vous savez ce que c'est que d'être amoureux ?

— Il n'y aura pas d'autrefois pour moi. La femme, notre prochain le plus intime, est un reflet de Dieu sur terre, et il n'y a de véritable amour qu'éternel.

— Je vous le souhaite bien sincèrement ! En attendant, que trouvez-vous à cette petite Marie, qui n'a pas encore quatorze ans ?

— Elle m'aime de tout son cœur.

— Cela dit tout et cela suffit. Votre amour grandira encore avec elle. Vous avez tous deux bien de la chance !

« Quand comptez-vous vous marier ?

— Il convient de laisser mûrir le fruit. Quand on voit les

tracas auxquels le mariage expose les meilleurs, il apparaît que de longues fiançailles sont le moment le plus délicieux de la vie parce que le plus chaste. Je vous suis bien reconnaissant, Monsieur, d'approuver ce projet, qui me consolait déjà de vous mal apprécier quand j'avais la tristesse de vous moins bien comprendre.

— Vous ne m'en voulez pas trop de vous avoir expédié chez cette trop experte Montbazon qui avait déjà tant servi ? J'avais cru bien faire, n'ayant pas suffisamment pénétré toutes les hautes exigences de votre âme d'élite.

— Cette dame avait un bon côté : elle me disait beaucoup de bien de vous en me chevauchant, faute de pouvoir en dire de moi, qui me laissais faire sans trop d'enthousiasme, et j'ai été sensible au compliment, comme si votre prévoyant péché avait un peu allégé le mien.

— Tristan, je prends sans hésiter tout le péché sur moi ! Vous êtes un garçon dont je puis être fier. »

Le mercredi 26, sur le coup de dix heures du matin, j'étais à Juvisy pour demander la main de Marie à son père.

« Je pars pour l'Italie, annonçai-je à Rossignol, et il est possible que mon bateau fasse naufrage. En plein accord avec ma femme, j'ai déposé tantôt chez mon notaire une lettre autographe où mes intentions sont clairement exprimées, ce qui facilitera les choses si je ne reviens pas. Vous donnerez la dot que vous pourrez… C'est sans importance. »

Le bonhomme était aux anges, et il appela Marie, qui me fit sur-le-champ une grande révérence.

« Ma chère enfant, dit-il à la jeune personne, Monsieur le baron d'Espalungue, dont le mérite égale la fortune, et qui parle au roi comme je vous parle, ce grand roi qui m'a appelé son “ami” l'autre jour, nous fait l'extrême honneur de vous souhaiter pour belle-fille, mariage qui se fera dès que vous serez en âge… »

La petite s'évanouit, et nous passâmes dix minutes à la ranimer. Madame de Montbazon perd aussi connaissance, mais au sommet d'un autre bonheur. Chaque femme s'évanouit à sa façon.

À midi, je dînai en cabinet privé avec Espérandieu, lieutenant criminel au Châtelet, que Mazarin m'avait recommandé de consulter avant mon départ, car il avait, entre autres, la surveillance des curés parisiens qui s'agitaient encore, quoique de plus en plus faiblement, dans la mouvance de Retz, et il était généralement bien informé.

Ce personnage, que j'avais dû fréquenter de temps à autre, était célèbre dans tout Paris pour une avarice si parfaite qu'elle tenait du prodige. Riche à millions, il habitait avec sa femme un bel hôtel dans l'île de la Cité, mais qui n'était beau qu'en façade, et encore à condition de ne pas s'approcher de trop près, car la moindre brise faisait voler les ardoises et les oiseaux nichaient dans les lézardes. À l'intérieur de cette ruine, où plus personne de condition n'était reçu, le délabrement et la saleté étaient extrêmes. Le mari comme l'épouse faisaient parmi les rats assaut d'austérités malsaines, comme si un vertige de fausse religion les eût possédés. On y rognait sur le bois et la chandelle en se nourrissant de rebuts, on s'y habillait de guenilles. Un seul domestique cacochyme et contrefait, payé à coups de bâton, avait été retenu pour conduire un carrosse tout branlant attelé d'animaux réduits à l'état de squelettes par un rationnement spartiate. À l'affût des moindres *épices* des plaideurs, Espérandieu ne mangeait plus, mais comme quatre, que dans les rares occasions où on l'invitait, et il usait alors à regret son dernier vêtement à peu près décent, une robe aux reflets verdâtres, cirée et bouffée aux mites. Un certain degré d'avarice tourne à la maladie mentale.

« Le curé que Son Éminence a fait embastiller, m'assura ce phénomène, n'a aucune surface, et c'est bien pour cela que Retz l'a utilisé comme boîte aux lettres, le modeste destinataire n'éveillant guère l'attention. Malheureusement, la piste s'arrête là, car la torture, aussitôt administrée avec vigueur, n'a rien tiré du sujet. L'abbé Hilart prétend ne pas savoir au juste qui devait passer prendre une correspondance qu'il était incapable de déchiffrer, et il est probable qu'il dit vrai, car il a bu plus que son soûl d'eau de Seine, et les coins de chêne lui ont fait éclater les jambes de belle manière. Espérons du moins que l'avertissement portera ses fruits… si tant est que l'individu survive à l'épreuve. Il m'a paru – et je m'y connais à force – avoir le cœur un peu faible par instants.

— L'envoi était peut-être à remettre en haut lieu… Mais Madame de Chevreuse a fait la paix avec Mazarin dès 1652 et se tient désormais en repos, s'étant discrètement remariée, l'année dernière, avec le marquis de Laigues. Quant à Gaston d'Orléans, le roi l'a confiné dans son château de Blois, où il prend de l'âge, considère sa statue avec nostalgie, et ne demande qu'à se faire oublier.

— Je crains, Monsieur le baron, que nous ne devions nous résigner, sauf imprévu, à l'ignorance. Mais cette lettre codée était-elle si importante ?

— J'inclinerais à penser que Retz envisageait de la confier à l'une de ses vieilles maîtresses, qui avait dû recevoir des instructions pour en tirer parti. C'est une ruse courante des espions que d'opérer par fragments, dont la réunion apportera la lumière au maître d'œuvre.

— Le cardinal de Retz a eu tellement de femmes !

— N'en parlons plus, et reprenez donc de ce gras chapon ! Vous êtes maigre à faire peur, et si vous n'étiez pas si riche, on dirait que vous avez l'air perpétuellement affamé.

— Les bonnes viandes coûtent si cher de nos jours ! »

Pour le distraire du coût de la vie, qui était sa hantise, je lui demandai combien on avait assassiné de pauvres à Paris – les riches se gardant bien – au cours de l'année écoulée.

« Dans les quatre cents, peut-être. Quinze pour hier, dont la morgue est pleine. La chaleur de la belle saison, en faisant bouillonner les humeurs, incite à la violence… »

C'est ce que devait penser l'abbé Hilart. Si je me faisais prendre à me moquer de lui, le Mazarin n'hésiterait pas à appeler le bourreau, comme pour un obscur curé. Dans les affaires d'État, la torture, seul progrès notable de l'égalité chez nous, est pour tout le monde. Cinq-Mars lui-même, le petit chéri d'un monarque, a failli y passer !

Afin de m'échapper poliment à la déprimante présence

du lieutenant criminel, je consultai ma montre, dont le luxe lui fit grande impression...

« Pardonnez-moi : un autre rendez-vous que je ne puis remettre... »

À trois heures de l'après-midi, je conversais avec d'Artagnan, à l'écart des oreilles indiscrètes, marchant de long en large avec lui dans le jardin du Palais-Royal, où je lui fis part, au mépris des ordres exprès du Cardinal, de tout ce que j'avais pu apprendre. Il avait d'ailleurs été déjà mon confident, un peu par hasard, lors des efforts désespérés du grand Cardinal pour donner un héritier à la Couronne, et s'il s'était empressé d'en parler à Athos, à Porthos et à Aramits, sous le bon prétexte qu'il ne leur cachait rien, ces messieurs avaient gardé là-dessus un religieux silence dont j'étais encore stupéfait, après des années de compréhensibles alarmes. Pour certains, l'honneur n'est pas un vain mot.

Après avoir médité un instant, Charles me dit :

« Il est possible, Arnaud, que vous ayez pris cette affaire du curé Hilart par le mauvais bout. Il peut certes s'agir d'une machination au détriment d'Anne d'Autriche. Mais il peut s'agir aussi d'une tentative pour la mettre en garde contre la curiosité intempestive du Mazarin. »

Je m'arrêtai brusquement pour considérer ce visage aigu, plein de finesse gasconne.

« Par Dieu, voilà une idée à creuser !

— L'époque, mon cher, est finie des grandes intrigues contre les personnes royales. Qui voudrait s'y frotter, aujourd'hui que la mémoire des désordres de la Fronde a rejeté le bourgeois dans une prudente sujétion, et la noblesse, dans une complaisante servitude ?

« Assurément, le cardinal de Retz, qui respecte le roi, n'aime guère la reine, mais il aime moins encore le Mazarin. Ayant eu écho à Rome de la lettre à Cameleone, ayant sans doute eu vent d'autre part des efforts du Cardinal pour éclairer sa lanterne sur cette affaire brumeuse, l'envie a pu lui prendre de lui jouer un mauvais tour en prévenant Anne du danger : toute pétrie de fierté, elle serait au désespoir que le Mazarin eût des doutes sur sa vertu dans une affaire qui intéresse la Couronne de si près.

« Retz ne jure que par les femmes, qui lui ont toujours été dévouées. Quelle est la dame de haute condition qui peut approcher la souveraine au nom d'une vieille amitié ? Une amitié souvent turbulente, scandaleuse, sans cesse défaite et renouée, tantôt défiante, tantôt confiante, mais que le temps et les souvenirs communs ont rendue indestructible ?

— Madame de Chevreuse ? !

— Par exemple. C'est la première à laquelle on songe. La paix que cette turbulente personne a signée avec le Mazarin n'est que de surface, et elle connaît Retz depuis des lustres. Passez donc la voir. N'avez-vous pas compté pour elle un moment ? Si elle n'est pour rien dans l'histoire, vous irez trouver une autre candidate plus satisfaisante, afin de lui annoncer que le message, en dépit d'un accident de parcours, a été finalement bien reçu. »

Je me hâtai vers l'Hôtel de Chevreuse, de l'autre côté de la rue Saint-Honoré. Le marquis de Laigues était absent, mais la duchesse se reposait dans sa chambre en compagnie d'un livre d'austère apparence. Comme chez Madame de Longueville, bien qu'avec moins d'ardeur, le Diable commençait à se faire ermite. Avant mon mariage, j'avais figuré trois semaines parmi les amants de cette insatiable, elle m'avait mis sur les genoux, et nous étions demeurés en bons termes. À la veille de ses soixante ans, la duchesse avait gardé toute la beauté qu'on peut avoir à cet âge, et avec une séduction, une capacité de convaincre, pour le meilleur et surtout pour le pire, qui n'appartenaient qu'à sa personne. Ainsi que l'avait bien vu Chalais en 1626, elle n'avait pas sa pareille pour envoyer à l'échafaud les imbéciles qui l'avaient écoutée avec trop d'attention. Homère en aurait fait une sirène et le voyage d'Ulysse se fût terminé dans ses bras.

« Mon petit Espalungue ! Quel bon vent vous amène ? Je ne vous avais pas vu depuis mon mariage... mon remariage, en fait. »

Ayant pris place dans la ruelle, tout près du lit où la duchesse était étendue...

« Madame, je ne serais pas venu troubler votre retraite conjugale sans raison grave. Je suis inquiet pour la reine.

— Nous le sommes tous, et depuis si longtemps...

— Une lettre chiffrée du cardinal de Retz a été saisie chez le curé Hilart... »

La duchesse éclata d'un rire argentin.

« Pardonnez-moi, c'est trop drôle ! Se faire torturer avec un nom pareil ! »

Madame de Chevreuse avait donc suivi la question de près.

« Drôle ou non, j'aimerais savoir ce que j'en dois penser. J'avais craint un mauvais coup de la part de Retz, bien que cela me surprît un peu. Comme me le disait hier le Mazarin, qui a une bonne connaissance des caractères, cet aigri " a plus de légèreté que de vraie méchanceté ". Je me demande à présent si le but de cette intrigue, au contraire, n'était point d'avertir charitablement notre grande amie par votre gracieux canal que notre premier ministre était parti en chasse aux dépens de sa tranquillité. Dans le cas où cette dernière hypothèse serait la bonne, j'aurais un souci en moins, car je puis vous dire que la reine est déjà au courant des recherches du Cardinal, qui m'envoie justement à Rome pour explorer le terrain. Et vous devinez bien qu'Anne peut compter sur moi comme elle peut compter sur vous pour ne jamais la décevoir sur l'essentiel. »

Madame de Chevreuse, très pensive, demeura silencieuse un bon moment.

« Je me suis, Baron, retirée justement des intrigues, qui étaient ma grande passion, pour ne plus y revenir, et je suis désormais en charge de mari, ce qui invite à la réserve. Mais je sais que vous avez de l'honneur, et je puis vous avouer que Retz, en effet, m'avait avertie de la proche arrivée d'un courrier, où je trouverais, dans des tulipes de Hollande, un petit animal qui intéresserait la reine parce que le Mazarin s'y intéressait de trop près. Je n'en sais pas plus, je ne veux pas en savoir davantage, et vous devez en savoir plus que moi. »

Soulagé d'un grand poids, j'embrassai la duchesse sur les deux joues et me retirai.

Dans le vestibule de l'hôtel, je croisai le comte de Terme, revenu tout récemment de son ambassade de Turquie, qui devait être en visite de politesse et attendait d'être introduit, et j'en eus un coup au cœur. C'est lui qui avait tué mon cher Athos le 23 décembre 43.

Comment empêcher un ami de boire ? D'Artagnan, Porthos, Aramits s'y étaient essayés aussi. Et le soir fatal, lorsque, prenant de Terme à part, je lui avais dit : « Vous voyez bien que Monsieur de Sillègue n'est pas en état de se battre », il m'avait répondu en riant : « Au contraire ! Il y a un bon Dieu pour les ivrognes. »

Mon sang bouillait. Un voile rouge était sur mes yeux.

Je m'arrêtai et lui lançai :

« Vous n'auriez pas le courage d'affronter un homme dégrisé, n'est-ce pas ? »

Ahuri, de Terme se retourna.

« Pardon ? À qui ai-je l'honneur ?

— Je ne croyais pas avoir tant changé ! »

Je me nommai et lui rappelai la tuerie, le traitant de fourbe et de lâche.

« S'il en est ainsi, Monsieur, je suis à vos ordres.

— Patientez, je vous prie, une seconde. Je reviens. »

Je courus à Madame de Chevreuse, pour lui présenter ma requête.

« Comment ? Vous voulez tuer de Terme dans mon vestibule ? Tout casser, tout salir ! Où vous croyez-vous ? »

Je plaidai ma cause avec tant de noble chaleur que je parvins à l'attendrir.

« Mais, me dit-elle encore, vous devez partir pour Rome. Songez un peu à la reine. Si vous receviez un mauvais coup chez moi... »

Je songeai aussi à Tristan, à mes filles, à ma femme, à mon curé, à mes maîtresses... Mais le mortel entraînement était trop fort, et j'étais sûr de vaincre.

Les domestiques ayant condamné la porte de l'hôtel en tremblant, nous tirâmes aussitôt l'épée. La rage ne m'aveuglait pas au point que ma maîtrise coutumière en fût déréglée, et l'escrime de mon adversaire était de qualité médiocre. Je fis durer le plaisir, le temps de voir la peur se lire sur un visage, la sueur perler sur un front, la respiration se faire haletante, et comme de Terme s'était bêtement pris les pieds dans un tapis, je lui perçai la gorge d'un coup heureux, suivi d'une pointe plus aisée à l'estomac, qu'il avait bien étoffé de pâtisseries orientales.

Madame de Chevreuse, qui n'avait pas quitté sa chambre, avait poursuivi sa lecture, soit par indifférence, soit par distraction, soit par sang-froid philosophique, soit par affectation, soit par implicite reproche de la chute tonitruante d'une grosse potiche sur le pavé de marbre, qu'elle avait dû ouïr en sursaut. Comment deviner ce que les femmes ont en tête ?

Elle referma calmement son livre après avoir marqué la page d'un signet.

« Bien aise de vous revoir sur pied ! Ce pauvre comte est-il mort ?

— Comme un turbot.

— Saviez-vous que j'avais eu des bontés pour lui durant cette épouvantable inondation de janvier 49, où l'on traversait Paris en barque ou à la nage ? Je me revois dans ses bras, alors qu'il me portait pour me faire traverser une place du côté de Saint-Germain-l'Auxerrois. De Terme était assez bel homme en ce temps-là...

— J'ignorais, Madame, que vous l'eussiez inondé à ce point de vos bontés. Vous n'en avez eu que plus de mérite à souffrir mes excès chez vous.

— Je suis bien la dernière à pouvoir vous faire ce reproche, Espalungue, moi qui ai chevauché en habit de garçon de Tours à Madrid et manié la rapière à l'occasion, mais quand serez-vous donc sérieux ? »

Le duel avait été la malédiction de ma vie. Passionné d'escrime, j'avais pourtant tout fait pour l'éviter du temps où le grand Cardinal faisait semblant de l'interdire, et je m'en étais plus soigneusement abstenu encore lorsque le petit Cardinal qui lui avait succédé avait négligemment abandonné la noblesse à ses démons ordinaires. Il est toutefois des circonstances où il faut en passer par cette extrémité. La société exige le duel, le clergé le tolère, les jolies femmes en raffolent, l'amitié le commande, l'honneur mondain a son mot à dire...

Et l'excitation de ce jeu mortel est si agréable ! Ah, comme je comprends les Romains ! Les chrétiens, mangés dans l'arène, s'étaient préparés, paradoxal retour des choses, à en occuper les gradins.

Un seul homme en France, si l'on excepte quelques métaphysiciens baveux, était résolument hostile au duel. Le roi m'avait dit un jour : « Je ferai passer cette mode, et vous me plairez en vous souvenant de ma prédiction. » Cette hostilité doit être un trait de jeunesse.

Je fis porter à Madame de Chevreuse deux potiches jumelles d'un bel effet, avec un mot de remerciement ému.

Alors que nous étions sur le départ à compter nos maigres bagages, j'annonçai la bonne nouvelle à d'Artagnan, qui s'en réjouit sans retenue.

« On peut dire que vous aurez saisi ce Terme au bond ! J'aurais aimé être à votre place. Athos peut à présent dormir tranquille avec ses bouteilles de vin d'Espagne. Buvons à sa mémoire ! »

Charles, qui aime pourtant à se donner du mouvement, était fâché de quitter Paris, car il avait fait quelques progrès encourageants auprès d'une veuve qui avait du bien et dont la fraîcheur était encore plaisante.

Un militaire de fortune ne saurait prétendre à la main d'une jeune fille richement dotée. La veuve s'impose, dont la conquête peut être facilitée par le souvenir des délices qu'elle a connues lors d'une première union sans nuage, voire, plus probablement, par la douce espérance de connaître enfin quelque homme désintéressé au sortir des éprouvantes désillusions d'un hymen mercantile et mal assorti. Mais chez la plupart de ces dames, une raisonnable méfiance l'emporte, qui les pousserait plutôt vers l'amant que vers un mari. Et si la veuve ne se méfie point, c'est d'ordinaire qu'elle est sotte, et une sotte n'est pas aimable longtemps, car il faut bien parler de quelque chose au saut du lit. Un heureux mariage reste toutefois la meilleure promotion à laquelle les officiers issus du bas de l'échelle peuvent prétendre. J'en suis moi-même la plus belle preuve.

IX

Le mercredi 29 mai, de bon matin, nous fîmes seller les montures, et nous piquâmes des quatre éperons et des huit fers vers Toulon, par une pluie battante. Pour être plus libres de nos mouvements, nous n'avions pas pris de valets.

Aucune menace ne semblait planer sur nous à l'aller, et l'on pouvait espérer, vu que le message chiffré du cardinal de Retz ne faisait plus problème, que le retour se passerait également sans ennui. Mais ce n'était nullement certain.

Si Retz et Mazarin, chacun de son côté, avaient pu s'informer au sujet de la malencontreuse missive de la reine au nonce, d'autres avaient pu le faire aussi... Et Cameleone lui-même, afin de faire monter les prix, n'aurait eu aucun scrupule à prendre langue avec des représentants de divers pays en rivalité avec la France. Mazarin, qui m'avait dit ne pas connaître personnellement ce Sicilien, le jugeait capable de tout.

Mais il faut quand même préciser que si le Turinois tient les Abruzzes pour pays sauvage, les gens des Abruzzes, d'où le Mazarin était issu, étant natif de Pescina, tiennent les Siciliens pour racaille. Le mépris va en Italie du Nord au Sud pour culminer à l'encontre des Maltais, alors qu'il va de l'Ouest à l'Est entre la Slovénie et la Macédoine. Chacun a besoin de mépriser pour regarder ses enfants avec orgueil.

Pourquoi ce cardinal besogneux avait-il attendu une

vingtaine d'années pour sortir ses cartes ? Sans doute n'avait-il pas été en position de le faire plus tôt, et le chapeau de cardinal, en lui ouvrant de nouvelles portes, lui avait-il donné de l'appétit. Un prêtre honnête, dès qu'il est revêtu de la dignité cardinalice, voit ses frais augmenter plus vite que ses revenus, et il risque tôt ou tard de succomber à l'attrait du Pactole.

C'était bien l'avis de d'Artagnan, qui se sentait plein d'aise en abordant la Provence, tel un cheval de dragon qui entend la trompette. L'accent chantant du lieu, le charme des mots, des racines familières, lui rappelaient sa Gascogne natale, bien que gascon et provençal fussent assez différents – sans parler du béarnais ! À ses yeux, la Loire restait une frontière, plus haute que les Pyrénées, les Alpes ou les Vosges, et le Nord rébarbatif commençait à Nevers. Pour nous autres du Midi, Paris sera toujours un exil, et le français, un pis-aller. Mais la politique commande, c'est la langue du roi aux plates sonorités qui fait loi, et les carrières se courent dans la capitale.

Du haut de la montagne, nous découvrîmes un soir, au coucher du soleil, la rade de Toulon, le *Telo Martius* des Romains, connu jadis pour sa manufacture de pourpre, un port bien abrité où Henri IV avait créé un arsenal ambitieux et sa darse. Ayant eu affaire plusieurs fois en Italie, j'étais déjà passé par là, mais le paysage était neuf pour d'Artagnan, qui n'avait pas encore vu Rome non plus.

« Peste, dit-il ! Que d'eau ! Que d'eau ! Nous allons nous embarquer là-dessus, et je ne sais même pas nager. »

J'aime la mer changeante, presque aussi belle que les peintures qu'ont accumulées Richelieu et Mazarin, avec une ardeur qui montrait bien qu'ils n'avaient jamais navigué beaucoup. Oui, j'aime la mer étale et paisible, et même qui moutonne ou se déchaîne... mais vue d'un calme rivage, d'une haute falaise où elle ne saurait m'attraper à moins de biblique déluge. Au fond, je partage les craintes de Charles pour cet élément instable et traîtreux dans la maîtrise duquel le duc de Beaufort, qui n'a encore commandé de vaisseaux que dans sa baignoire enfantine, est paradoxalement prié de se distinguer. Tous mes souvenirs de mer sont franchement détestables, le pire étant ce naufrage que j'ai fait en 36 sur les côtes de la Manche, en compagnie d'un espion espagnol qui a failli me faire pendre après m'avoir ramené obligeamment au rivage. Parlez-moi plutôt des bassins de Le Nôtre, où il fait si bon se prélasser en musique avec des dames sur des embarcations rassurantes qui rejoindront toujours la rive !

Dans sa paternelle bonté, le Cardinal avait prévu pour nous une galère. Rien de plus beau, de plus élégant, qu'une fine galère en son arsenal : le lettré pense à Thémistocle ou à Périclès, à Actium ou à Lépante, à des départs ailés comme à des retours glorieux. Mais dès qu'on met le pied dessus pour quitter le port, on s'aperçoit que c'est le navire le plus horrible et le plus décourageant.

Rames poussives, voilure insuffisante, artillerie dérisoire, la galère part à la dérive dès que la mer grossit, et les ingénieurs incurables la réservent à la Méditerranée, où les vagues sont plus violentes et plus courtes que dans l'Atlantique quand la tempête fait des siennes à l'improviste. En haute mer, on est aussitôt en péril. Et si, dans l'espoir d'un havre de grâce, on suit la côte en serrant les fesses, le mauvais temps vous drosse sur les rochers, où de sinistres naufrageurs, qui ont eu le bon sens de ne pas s'aventurer sur les flots, attendent de pied ferme les inconscients pour les égorger et les dépouiller.

À la poupe, s'aspergeant de parfums sur leur dunette pour supporter l'odeur épouvantable qui monte d'une bande de chenapans entassés dans une promiscuité barbare, l'état-major prend son mal en patience, ajoutant parfois de l'eau bénite au parfum pour conjurer le mauvais sort perpétuellement suspendu sur leur tête. Et si la place manque pour les rameurs, les matelots ou les canonniers, elle est presque aussi mesurée pour les officiers et les passagers, lesquels, à moins d'afficher des noms illustres, sont couramment et froidement sacrifiés.

Incapable de soutenir le feu d'un bâtiment de haut bord, la galère a beaucoup perdu de son intérêt militaire. Aujourd'hui, on s'en sert surtout pour faire voyager des personnages de marque ou des ambassadeurs, car si la périssoire arrive par chance à destination, c'est un superbe spectacle que de voir le merveilleux vaisseau entrer en eau tranquille, oriflammes déployées, ses rames brisant le miroir liquide en cadence, son capitaine tout emplumé et enrubanné, sous le regard d'une foule de notables et de curieux.

Autre intérêt de la galère : dans un État où aucune prison n'est prévue pour la purgation des peines de droit commun, le bagne offre une facilité dissuasive, dont les juges aux ordres se font une joie d'user largement.

Le bon sens populaire ne s'y est pas trompé. « Qu'allait-il faire dans cette galère ? » est passé en proverbe.

Après une nuit de repos dans une accueillante auberge ouvrant sur la rade, je dis à d'Artagnan, qui achevait de déjeuner en ma compagnie :

« Il va falloir raser votre moustache et votre menton.

— Et pourquoi donc ? !

— Parce que j'ai obtenu du Cardinal, afin que nous ayons à Rome les coudées plus franches sans qu'il puisse en être compromis, des passeports de service et des accréditations pour Cameleone établis à des noms d'emprunt. Sur ces documents, qui sont de vrais faux inspirant toute confiance aux plus difficiles, je suis le chevalier Du Pouye, natif de Pau, et vous êtes mon valet Dupoux, natif de Toulouse. Un valet doit être glabre, et vous me suivrez respectueusement, le dos rond et l'œil stupide... si tant est que vous en soyez capable !

— Pourquoi ces noms idiots ?

— Une fine ruse du Mazarin. À son avis, une coïncidence aussi ridicule ne saurait être que le fait d'un malicieux hasard. Ellc cxclut le coup monté.

— La ruse n'est sans doute pas plus mauvaise qu'une autre, mais je refuse catégoriquement de me raser. Tout le gentilhomme est dans ses fières moustaches, dans sa barbiche de bouc en rut...

— Mais, encore une fois, puisqu'il faut que vous soyez domestique !

— Et pour quel avantage, s'il vous plaît ?

— Là-bas, vous attirerez beaucoup moins l'attention et aurez plus de libertés, à toutes fins souhaitables. Les domestiques sont transparents au point que Madame de Montbazon se promène toute nue sous leur nez en se grattant le derrière.

— S'il en est ainsi, je préfère de beaucoup aller servir chez votre Montbazon, que j'aiderais peut-être à se gratter si ma transparence venait à faire défaut.

— Allons, Charles ! Ce sacrifice est pour la reine, qui ne l'oubliera point.

— Elle en a oublié d'autres ! Je me raserai à Rome.

— Vous vous raserez tout de suite. Il y aura peut-être sur cette galère des gens que vous reverrez chez le pape. »

D'Artagnan défendait une cause perdue. Le bon sens l'emportant, il fut bientôt imberbe, passant une main incrédule sur un visage désolé. Restait à le déguiser en premier venu insignifiant, ce qui n'était pas difficile pour peu qu'il y mît de la complaisance.

Comme je l'avais craint, le capitaine de *La Flamboyante*, sous prétexte qu'il avait à bord Mgr Léonidas Théopoulos, évêque latin *in partibus* de Trébizonde, nous poussa poliment dans un réduit rebutant. Les ecclésiastiques de haute volée abondent, qui font la navette entre Toulon et Civitavecchia. Sur une galère, il y en a toujours un pour prendre votre place sans s'excuser.

Vers dix heures du matin, nous n'étions pas encore partis : une brochette de forçats manquaient à l'appel. En temps habituel, la chiourme s'adonne languissamment à de petits commerces sur les quais, où elle se la coule douce. On conçoit que lorsqu'une galère appareille, ce qui est, par bonheur, devenu assez rare, les rameurs ne sont pas chauds pour courir à bord se faire caresser les côtes à coups de fouet.

Enfin, à midi, par une petite brise favorable, notre *Flamboyante* glissa majestueusement vers le large, au chant rythmé et entraînant de son équipage servile. Si un homme faisait une fausse note ou gueulait moins fort que son voisin de chaîne, les gardes-chiourme, qui semblaient avoir de l'oreille, se précipitaient pour le corriger. « Avec un peu d'entraînement, et les castrats en moins, ils seront fin prêts pour les chœurs de la chapelle Sixtine », dis-je à d'Artagnan. Mais Charles, s'il avait ouï dire des célèbres castrats du pape, qui faisait castrer à tour de bras, vu les pertes subies dans l'opération, ne savait ce qu'était cette chapelle fameuse. Il avait dû, non sans mérite, s'instruire tout seul, au hasard des rencontres et des occasions.

Le capitaine avait retenu à sa table non seulement, bien sûr, ses officiers, mais aussi l'évêque *in partibus* de Trébizonde, un maigre prélat qui chuchotait des banalités dans sa barbe, et les deux autres voyageurs d'une certaine condition présents à bord, à savoir moi-même et un homme d'un certain âge sobrement vêtu, d'allure timide, qui se disait plumassier du Saint-Siège et n'ouvrait guère la bouche que pour manger ou boire comme un oiseau. Ce plumassier se disait originaire du Vaucluse et se présentait sous le nom de Marius Espalissane.

L'invitation consolait un peu du logement. À bord des navires, si les matelots se repaissent de viandes grouillantes de vers, agrémentées de breuvages fétides, les officiers ont traditionnellement droit au meilleur, à charge pour eux d'éviter les balles perdues quand on en vient à l'abordage, car la faim engendre la haine, qui est mauvaise conseillère.

Après dîner, comme Toulon s'effaçait dans le lointain, je descendis faire un brin de sieste dans notre réduit, où je trouvai d'Artagnan en train d'attaquer les provisions que j'avais amassées comme pour soutenir un siège.

« Que pensez-vous, Arnaud, de cet évêque peu banal et de ce bourgeois effacé, que j'ai remarqués tout à l'heure sur la dunette ? J'ai aperçu l'évêque à Lyon, et le bourgeois, en Avignon.

— L'un et l'autre, l'un ou l'autre ont pu être dépêchés par le Mazarin afin de nous tenir à l'œil pendant la première partie du voyage. Son Éminence se méfierait de sa propre mère et, dans un exact gouvernement, il est bon que les espions s'espionnent sans défaillance. Nous en trouverons d'autres, sans doute, à Civitavecchia, puis dans la Ville éternelle.

— Serait-ce gênant ?

— Cela pourrait l'être. Mais sitôt parvenu à Rome, j'écrirai à la reine que j'ai décliné l'invitation du Cardinal de loger dans une dépendance de notre ambassade pour adopter une solution plus sûre et plus discrète, invoquant le risque d'être épié par l'ennemi. Un risque qui n'est d'ailleurs pas à négliger quand on se frotte à un Cameleone trop bavard. La reine en informera Son Éminence, qui en sera de toute façon pour ses frais.

— Que vous êtes ingénieux, mon cher Arnaud !

— C'est à force de vous fréquenter, mon cher Charles !

— Et où allons-nous descendre, en fait ?

— À l'endroit le plus agréable de la Ville, où beaucoup de pèlerins ont défilé lors de l'Année Sainte de 1650, qui en a vu 700 000 ! Je vous en ferai la surprise. »

Les heures s'écoulaient monotones au sablier marin. Les journées étaient longues, et il y avait toujours un vacarme quelconque pour gâcher les nuits. Les navires gémissent et grincent de partout, comme des rhumatisants à la veille de rendre l'âme. Mais à en croire le capitaine Chiffe, qui parlait de météorologie avec une tranquille autorité, nous tenions le beau temps, et nous ne devions pas perdre la côte de vue jusqu'à notre arrivée à bon port.

En tout cas, nous progressions à un train de sénateur. On est vite fatigué de ramer, la mauvaise volonté des voiles était patente, et la marche était encore ralentie par la crainte de rencontrer l'un de ces récifs dont la Providence a parsemé les abords des rivages pour punir les marins de leur mauvaise conduite.

Sur les grands voiliers, la sodomie fait rage, et sur les galères, ces cochons de forçats, retenus par leurs chaînes de faire pis, se branlent ou se sucent dès qu'on a le dos tourné. Dans ces conditions, nous pouvions nous attendre à un prompt naufrage, et pour des motifs métaphysiques, et pour des motifs subalternes, vu que le capitaine n'avait que des cartes imprécises à sa disposition et qu'il paraissait brouillé avec les amers qui voulaient bien se laisser voir quand les brumes de chaleur se dissipaient. À l'avant, on sondait fréquemment, et à l'arrière, les nœuds défilaient avec une paresse estivale.

Un matin, notre galère s'échoua sur un haut-fond sableux, il fallut souquer avec ardeur pour l'en sortir, et le capitaine, après avoir observé les Alpes dans sa lunette, montagnes qui constituaient un amer digne de sa compétence, décida audacieusement de couper au plus court en marchant tout droit sur Livourne. Gênes et son golfe devaient ainsi être laissés à main gauche – les navigateurs disent « bâbord », un mot hollandais, comme si le français ne suffisait pas ! Nous entrâmes donc en haute mer, et bientôt, non sans émotion, perdîmes toute terre de vue. Nous n'avions plus que le soleil ou les étoiles pour nous diriger, ce qui était loin d'être rassurant, car le soleil se cache et les étoiles se ressemblent au point de se confondre.

À Livourne, port qui devait sa prospérité aux Médicis, lesquels y avaient attiré une importante communauté juive, le capitaine avait dans l'idée de faire étape pour donner à vérifier l'état de la coque, que le haut-fond avait pu endommager.

Je lui demandai si nous ne risquions pas de manquer Livourne...

« C'est possible. Nous toucherons peut-être la côte dans les environs de La Spezia ou de Piombino. Quelle importance au fond ? Nous serons toujours quelque part. »

Devant une telle désinvolture, je vis d'Artagnan frémir.

Dans l'après-midi, le ciel se peupla de nuées sinistres, où le capitaine ne vit qu'une ondée bienfaisante, car nous étions déjà à court d'eau potable, le plus gros de nos tonneaux ayant fui. Mais la tempête fondit tout soudain sur nous, une tempête comme on n'en voit que dans Shakespeare, et qui se joua de notre esquif durant des heures interminables où tout le monde se crut mort vingt fois : mâts brisés, voiles arrachées, rames ne servant plus de rien dans des avalanches liquides hautes comme des maisons ;

la galère, trop basse sur l'eau et faiblement pontée, embarquant de plein fouet par le travers d'énormes paquets de mer avec leurs poissons qui n'en menaient pas large de se retrouver en croisière... Les forçats poussaient en chœur des hurlements de désespoir, suppliaient qu'on les déchaînât, le capitaine s'arrachait les cheveux, l'évêque de Trébizonde priait saint Christophe à deux genoux, le plumassier accumulait les signes de croix avec des regards noyés, d'autres vomissaient comme des chiens malades, tandis que la colique affligeait les plus braves. Cramponné à d'Artagnan, lui-même cramponné à un crampon, je lui hurlai dans l'oreille que j'avais vu pire. Et c'était vrai, mais non pas sur une galère, qui est bien l'invention la moins marine qu'on puisse imaginer !

Pour couronner le tout, alors que nous étions en voie de sombrer, et le capitaine, dans un beau souci d'humanité, ayant donné ordre de déchaîner enfin les captifs pour leur laisser une chance, au moins théorique, de survie, une dispute furieuse s'engagea entre le commandant du bord, ses officiers et le premier garde-chiourme sur le point de savoir s'il était opportun de déchaîner ou non. Les uns étaient pour, les autres contre, et certains changeaient d'avis selon que le bâtiment, privé de gouvernes, semblait s'enfoncer ou surnager dans cette affreuse débâcle. Quand ces messieurs, de roulis en glissades, arrivaient à se joindre, c'était pour se foutre des coups. Soudain, le capitaine, dans un saut de carpe, passa par-dessus bord avec son chapeau, qui devait faire partie intégrante de sa personne pour avoir jusque-là résisté au fléau, et les cinq ou six hommes déjà libérés de leurs chaînes se ruèrent aussitôt à la rescousse du parti libérateur.

Car sur une espèce de navire qui sombre avec une facilité déconcertante, la nature du gros de l'équipage pose un problème original. Si on libère la chiourme et que la galère coule, tout est pour le mieux. Si on libère la chiourme et que la tempête s'apaise, les forçats ont tôt fait de s'emparer de la galère, de jeter à l'eau leurs bourreaux, et de gagner un port barbaresque où on les recevra avec d'autant plus de plaisir qu'une notable partie des rameurs sont des esclaves musulmans, raflés le plus souvent par l'Ordre si charitable de Malte, qui s'en est fait une fructueuse industrie.

Cette satanée galère, contrairement aux prévisions pessimistes, ne voulant pas couler, je dus mettre la main à l'épée pour venir en aide aux partisans de la prudence. Être esclave à Alger pour y être sodomisé par de gros Turcs ne me tentait guère. Et après que j'eus tué ou blessé deux ou trois forçats qui s'efforçaient de m'estourbir avec des espars de rencontre tandis que d'Artagnan y allait d'autre part comme il pouvait de ses poings nus, les choses prirent une tournure plus satisfaisante, comme si la Providence venait de bénir ma sagesse. La querelle faiblit avec le vent, les rescapés rendirent grâce au Ciel avec ferveur, on se congratula, et j'entendis même un matelot soutenir que la disparition du capitaine, qui passait pour avoir le mauvais œil, allait désormais permettre un voyage plus tranquille.

Effectivement, la galère blessée put se traîner lamentablement jusqu'à Gênes, dont les vents nous avaient rapprochés, afin que les réparations les plus urgentes y fussent effectuées.

En d'autres circonstances, nous aurions admiré le paysage, mais j'enrageais de ce contretemps.

Mise en cale sèche, la carène de notre bâtiment apparut pourrie par endroits, et partout recouverte d'une collection de coquillages et d'animaux marins qui avaient freiné la marche et eussent fait honneur à un musée d'histoire naturelle. Le seul intérêt du bois, pour les constructions navales, est que ce matériau a la bonté de flotter, mais il ne présente autrement que des inconvénients. Les coques se recouvrent d'emprunts divers, d'autant plus vite que la mer est plus chaude, les assemblages jouent plus ou moins, l'eau s'infiltre, et les marins que la vérole des bouges ou les fièvres du grand large n'ont point terrassés passent le plus clair de leur temps à écoper à tour de bras. Il est de la nature des bateaux de faire eau par en bas comme par en haut.

Le premier lieutenant me dit que radouber et réparer

dans ces conditions ne se ferait pas en un jour, et que l'affaire risquait aussi de traîner du fait que le bateau était la propriété personnelle de Son Éminence, qui n'était jamais pressé de sortir sa bourse.

Dans l'attente de précisions, désœuvré, je me promenai trois jours durant dans Gênes avec mon domestique, une ville sur le déclin où je n'avais jamais fait relâche, qui ne valait certes pas Venise, mais présentait quand même quelques curiosités.

Au cimetière de Staglieno, coincé entre l'Apennin et la mer, j'entrai en conversation, par un bel après-midi, avec un gentilhomme anglais, un certain Lord Milford, attaché, à l'en croire, au consulat de la ville, qui me fit aimablement des commentaires sur tel ou tel de ces monuments funèbres d'un goût discutable dont les lieux étaient encombrés.

« À Gênes, me dit-il dans un français assez correct, le cimetière est plein comme un œuf. À la mortalité habituelle due aux pestes qui affectionnent les grands ports de commerce s'ajoute ce qu'on appelle, ici et en Corse, où le Génois domine, les *vendettas* : près d'un millier par an en moyenne depuis nombre de générations. La coutume est propre à beaucoup de cités italiennes, mais ici, on se distingue et met son honneur à venger l'arrière-grand-père ou le petit-cousin. Il n'y a aucune raison que ça finisse.

— Je n'aurais pas cru les Génois aussi sanguinaires que les Montaigu et les Capulet.

— Les Italiens ont perdu la réputation militaire qu'ils avaient autrefois. Tuer des inconnus sans profit sur le champ de bataille les excite de moins en moins. En revanche, se massacrer en famille demeure pour eux une incomparable jouissance, et le brigandage les séduit fort. À Gênes, les ruelles ne sont pas sûres. Vous devriez armer ce valet, qui semble borné, mais robuste. »

Je remerciai Sa Grâce du conseil.

Milford reprit, s'efforçant au plus beau naturel :

« Le Lord Protecteur, qui a eu quelques occasions de vous apprécier lors de vos missions à Londres, est soucieux de votre sécurité. Les représentants de l'Angleterre dans les pays où vous avez l'habitude de voyager ont été par conséquent requis, par circulaire générale, de se mettre à votre entière disposition, le cas échéant. Un simple geste d'amitié et de bon voisinage. Cromwell ne saurait oublier que Richelieu et Mazarin, dans la glorieuse ambition d'élargir un peu leurs frontières, ont sauvé la Réforme en Europe, qui se mourait sous les coups des Habsbourg.

— L'Angleterre ne peut élargir les siennes qu'en mettant les pieds dans l'eau !

— Nous mettons les pieds où nous pouvons... et parfois sur le pont de nos vaisseaux, qui ont envoyé l'*Invincible Armada* dans les profondeurs.

« J'imagine que vous allez à Rome ?

— Une fois encore. On m'a réservé un appartement à l'ambassade. Son Éminence brûle d'être pape un jour et je prépare le terrain, qui est plus mouvant que jamais. Nous sommes en pleine loterie. Et, pour compliquer les choses, le Saint-Esprit a aussi son candidat.

— Lequel ?

— Celui qui sera élu. C'est à cela qu'on le reconnaît.

— Je lui souhaite bon vent ! Toutefois, votre galère n'est pas près de flotter. J'ai été affligé du spectacle. Mais je puis vous procurer d'excellents chevaux pour que vous soyez plus vite rendu. »

Je remerciai de nouveau et acceptai de grand cœur.

Quand je rapportai cet insolite entretien à d'Artagnan, qui s'était tenu à distance ainsi qu'il convenait pour un suivant de son état, il me fit cette réflexion, qui allait d'ailleurs de soi :

« Cette prétendue "circulaire générale" me paraît assez particulière à l'Italie, Gênes est une étape courante sur la route de Civitavecchia, et l'on dirait que le Lord Protecteur est très intéressé à ce que vous parveniez à Rome sans encombres.

— Il se pourrait. On aura eu vite fait d'avertir les agents anglais de notre départ de Paris, où l'ambassadeur de Cromwell n'est pas manchot. L'or ne compte pas pour ces gens-là dès qu'il s'agit de renseignement, et l'or – on l'a dit et redit, mais cela reste toujours vrai – ouvre les portes les plus fermées.

— Si on a eu si vite fait, c'est que les galères sont lentes quand elles ne font pas naufrage corps et biens avec leurs forçats enchaînés ou déchaînés.

— J'aurais beaucoup moins confiance dans le Lord Protecteur pour le retour, où il peut être tenté de ramasser la mise de notre jeu.

— Mon cher Arnaud, je reprendrai les armes pour la circonstance !

— Mon bien cher Charles, après vous avoir persuadé d'abandonner moustaches et bouc, je vous demanderai une nouvelle faveur, celle de vous faire sourd-muet dès que nous aurons la moindre compagnie, de près ou de loin.

— Quelle mouche vous pique encore ? !

— La mouche de notre intérêt commun. Notre amicale familiarité en est venue à ce point avec les ans qu'il se pourrait qu'une phrase, une intonation malheureuse, peu compatibles avec votre humble condition, vous échappassent par mégarde si vous persistez à vouloir parler alors que vous êtes si bavard. L'idée que je vous suggère m'est venue en conversant avec cet Anglais, qui n'a pas l'oreille dans sa poche, et que nous sommes peut-être destinés à rencontrer de nouveau. Je ne sais s'il se doute que vous êtes un valet de comédie, mais s'il ne le sait point, il serait préférable qu'il demeurât dans l'ignorance. De plus, on ne se méfie pas d'un sourd-muet. L'aveugle sourd-muet fait un espion idéal, et s'il est paralysé de surcroît, les plus hauts secrets d'État sont à sa portée. »

D'Artagnan, qui n'était ni aveugle ni sourd, et encore moins paralysé, en demeura muet.

Sur des chevaux qui allaient comme le vent, nous brûlâmes sous les étincelles de nos fers neufs Carrare et ses marbres, Lucques et son crucifix miraculeux, Pise et sa tour penchée, Florence et ses étonnantes collections de bougres, Sienne et sa *Piazza del Campo*, passant entre les brigands comme la foudre et évitant les *vendettas,* pour arriver à Rome le dimanche 16 juin vers midi.

Les églises dégorgeaient massivement des paroissiens qui, à défaut de sortir des bains, comme sous Trajan, avaient revêtu leurs plus beaux habits, et beaucoup d'indigènes mâles s'étaient payé un supplément de péchés pendant la messe en lorgnant la femme du voisin. Dans un pays où l'élément féminin est reclus dans les familles ou dans les bordels, c'est sous prétexte de messe que les intrigues les plus captivantes se nouent.

La Via Flaminia, la *Piazza del Popolo* étaient noires de monde et, par une chaleur écrasante, des enfants nus barbotaient dans les fontaines. D'Artagnan ouvrait de grands yeux devant toute cette animation colorée. Nous mîmes pied à terre, pour longer bientôt, veillant de notre mieux à ne pas être suivis, la rive gauche du Tibre jusqu'à *San Giovanni dei Fiorentini*, en face de Saint-Pierre, dont le dôme se détachait à un quart de lieue de l'autre côté du fleuve.

Derrière Saint-Jean-des-Florentins, était une maison de bonne apparence, à la porte de laquelle je toquai avec autorité.

Madame Colomba faisait la sieste, on lui annonça ma visite, et elle vint aussitôt me rejoindre dans son salon frais et fleuri pour m'y embrasser joyeusement. Entre autres leçons encore plus plaisantes, elle avait amélioré mon toscan, j'avais amélioré son français, et je parlai la langue de Paris pour que d'Artagnan, oublié dans son coin, en pût faire son profit.

« Ô inaltérable beauté brune de ces lieux enchantés, dont les grands yeux de gazelle attirent et retiennent le chaland ! Ô source perpétuelle de jouvence, dont les multiples printemps ne connaîtront jamais l'automne ! Ô houri toujours vierge du paradis d'Allah, que le Prophète aurait prêtée au Seigneur Pape sans intérêt abusif ! Ô céleste et œcuménique vision !... »

En Italie, on aime la *vendetta*, mais aussi l'éloquence, d'autant plus goûtée que l'orateur se prend moins au sérieux. Toute la Péninsule, livrée à l'anarchie et au meurtre, rit pour ne pas pleurer.

« Bref, je ne passe sans doute que peu de temps à Rome, ma chère enfant, et vous me rendriez grand service en me logeant avec toute la discrétion dont vous êtes capable, cette discrétion qui est devenue votre plus belle parure, comme chez les confesseurs de la foi, qui ne donnent jamais l'adresse de leurs pénitents ou chez les médecins dignes de ce nom, qui ne donnent jamais l'adresse de leurs victimes. Pouvez-vous, en mon honneur, congédier vos pratiques habituelles durant quelques jours ? Je sors d'une galère en perdition pour descendre d'un cheval éreinté, je suis rompu, il me faut du repos et une calme réflexion pour mener à bien quelques affaires dont je vous dirai d'autant moins qu'elles sont encore pour moi des plus nébuleuses. Mon valet sourd-muet, qui connaît mes caprices et mes exigences, s'occupera de ma personne et ne vous gênera en aucune manière. Il est d'ailleurs un peu idiot et les belles femmes lui font peur. »

Cinq minutes plus tard, nous étions installés dans une chambre accueillante du troisième et dernier étage. Un escalier conduisait à une terrasse ombragée qui ouvrait sur le Tibre et le Vatican, où les travaux de la colonnade de la place Saint-Pierre faisaient relâche dominicale. Ces terrasses sont un des grands charmes de Rome.

Faisant admirer la vue à d'Artagnan…

« La Ville éternelle, lui dis-je, est en Italie, avec Venise, le plus grand centre de prostitution. Il y en a pour toutes les bourses, et les pèlerins distingués n'ont pas beaucoup de chemin à faire pour venir de Saint-Pierre sauter dans le grand lit de notre Colomba, où toute une procession pourrait tenir au large. Les dames galantes d'un bon rang, qui ont de l'instruction et maîtrisent les arts d'agrément, figurent, avec tarif et spécialité, sur un catalogue dont elles s'honorent, faute de mieux. Nous serons ici tapis à merveille pour ce que nous avons à faire. »

Charles était dans l'admiration, un sentiment qu'il exprima à mi-voix, cette voix que les faux sourds-muets prennent tout naturellement quand ils cessent de se taire, et que j'avais déjà entendue en faisant les gros yeux à des mendiants abusifs percés à jour.

« Que tout cela, ajoutai-je sévèrement, ne tourne pas pour autant à votre perdition.

« Sans doute, êtes-vous ici dans un énorme lupanar. Sans doute l'administration pontificale rendrait-elle des points à celle d'un Mazarin, avec un stupide vandalisme en plus : les papes, dont le luxe égale le gaspillage, n'ont pas craint de saccager toute la Ville antique pour édifier cet énorme pâté de Saint-Pierre-de-Rome que vous voyez là-bas, dont les proportions sont peut-être harmonieuses, mais dont le gigantesque paraît froid et indigeste à l'homme de goût. Sans doute les papes ne sont-ils même pas chez eux : ils n'ont d'autre titre d'occupation que la prétendue donation de Constantin, dont Lorenzo Valla a déjà démontré, dès 1440, qu'il s'agissait du faux le plus cynique de l'histoire. Sans doute, en fait d'abus de confiance, peut-on se demander également si la dépouille de Pierre est bien là-dessous : on n'a jamais eu l'honnêteté de vérifier la chose de près. Et c'est pour défendre un faux et du vent qui remplissaient leur caisse, que ces papes ont levé des armées, brouillé des nations, multiplié les excommunications abusives.

« Eh bien ! discourant comme un Réformé en souvenir des leçons d'une mère à la foi ardente qui m'a élevé à La Rochelle, défunt haut lieu de l'hérésie, je tirerai de cette diatribe une conclusion diamétralement opposée à celle de Luther, dont l'innocence douteuse et la foi peu sûre avaient été si choquées par l'éclatante corruption romaine : si le Ciel nous a donné des papes véhémentement scandaleux, souvent élus par brigue et marchandage dans un cercle restreint de grandes familles prévaricatrices du Latium, et avec un pied dans la tombe pour qu'ils laissent place plus vite à des incapables de même acabit, c'est pour que nous soyons fervents catholiques malgré eux, mieux qu'eux, avec eux en somme et en dépit de tout, et plus ils seront indignes, plus notre mérite sera éclatant de leur rester très respectueusement attachés.

« D'ailleurs, de 1378 à 1417, durant les trente-neuf années du Grand Schisme, l'Église a connu deux ou trois papes à la fois sans que les fidèles s'en portassent plus mal. Le pape est d'abord une grande idée, une merveilleuse abstraction. C'est quand on l'habille et le couvre de bijoux que les choses tournent mal.

— Le verriez-vous sortir tout nu ?

— Le spectacle serait plus plaisant que celui que nous voyons aujourd'hui.

— Arnaud, vous raisonnez encore mieux qu'Aramits, qui en savait pourtant long sur ces histoires ! Moi-même, je n'ai pas l'impression d'avoir tellement besoin d'un pape pour être catholique. Un pape en effigie me suffirait, et en attendant, un bon curé me suffit... même un mauvais ! Passons...

« Entre nous, puisque nous sommes à Rome et en fonds aux frais du Cardinal, pourriez-vous me procurer ce fameux catalogue dont vous me parliez si bien il y a un instant ?

— Madame Colomba doit l'avoir. Je vous le ferais monter si son usage n'était si dangereux.

— Ces filles seraient-elles vérolées ?

— Pire ! Beaucoup sont en cheville avec l'autorité. Sur ce point, la théologie du pape n'est pas originale. Souverain temporel, il doit bien s'accommoder des pratiques policières et y chercher son avantage. Mais nous pouvons faire confiance à Madame Colomba, qui a de belles relations et sait de quel côté la tartine est beurrée. »

Quel prêche plus éclairé, plus chrétien, aurait fait un Tristan à ma place, et avec quel résultat ? On a l'impression que toute parole est vaine, que chacun suit sa pente comme un glacier jusqu'à ce que le soleil le fasse fondre et disparaître sans l'éclairer. Pauvres de nous !

X

Après un dîner tardif, mais tout à fait succulent, égayé d'un guilleret petit frascati, d'Artagnan me demanda :

« Quel âge peut avoir cette Colomba ?

— Variable. Cela dépend des heures, des lumières, de l'habit ou du déshabillé. Elle est superbe dans son bain, avec des nichons comme des bouées de sauvetage qui font songer à d'heureuses perditions de galères. Disons... dans les vingt-huit ans depuis sept ans.

— C'est encore un fin morceau, et qui doit savoir y faire à ravir.

— Elle a inventé une trente-troisième position, avec un balai de sorcière et un goupillon comme accessoires.

— À en juger par cette installation, par cette robe, par ces dentelles, la fille doit être hors de prix.

— Puisque vous avez décidé, une fois pour toutes, de ne pas prendre mon argent, je ne puis vous offrir ce régal. Et le Mazarin n'est guère disposé à vous l'offrir non plus.

— Vous vous réservez Madame Colomba ?

— Pas même. Je n'y toucherai point cette fois-ci.

— Cette épouvantable galère vous aurait-elle dérangé ?

— Pas le moins du monde. Dès que j'ai le bonheur de m'accrocher à vous, mon cher Charles, j'ai le pied marin. Mais j'écris mes Mémoires pour mon fils, qui les lira peut-être un jour, et je ne tiens pas à y rajouter des turpitudes superflues. Vous connaissez Tristan de réputation. Ce garçon est trop beau pour être vrai, ce qui ne laisse pas de me faire impression et de me tracasser.

— Mais les Mémoires ne sont d'ordinaire que mensonges.

— C'est au lecteur à en être juge.

— Madame Colomba ne couche jamais gratis ?

— Seulement avec ses amants de cœur, à qui je n'ai pas été présenté. Elle a une affection particulière pour le clergé, des messieurs discrets et qui prennent leurs précautions, car ils n'apprécient vraiment que les enfants des autres. Vous n'êtes pas encore d'Église, que je sache, et bien négligent.

— Alors, si je suis privé de Colomba comme de catalogue, que vais-je devenir ? »

Charles était si chagrin que j'ai fait monter ce foutu catalogue, où Madame Colomba a eu vite fait de dénicher une perle rassurante à prix abordable : une petite cousine qui débutait. Et il s'est honteusement éclipsé, sans même que la menace de le coucher dans mes Mémoires d'un trait inoubliable pût le retenir.

Mais avant que de prendre la porte, il m'a lancé :

« Heureusement, je n'ai pas de fils, moi – du moins à ma connaissance – pour me nouer les aiguillettes ! »

Que le sourd-muet qui n'a pas péché lui jette la première pierre !

À trois heures de l'après-midi, comme je réfléchissais, ne manquant pas de sujets de réflexion, une soubrette vint m'annoncer qu'un certain Monsieur Chardon désirait me présenter ses respects, ce qui ne manqua pas de m'intriguer au plus haut point.

Assis dans ma chambre, j'avais devant moi, debout, le plumassier de la galère, qui avait retiré son chapeau pour le triturer d'un air pleurard.

« À quel heureux hasard dois-je attribuer, Monsieur Espalissane… ou Chardon, l'honneur imprévu de cette visite à cet endroit imprévu ?

— Félix Honoré Chardon, Monsieur. Et l'honneur est bien mince, car je suis le dernier des misérables. Espion de police, Son Éminence m'avait chargé de vous accompagner de Toulon à Civitavecchia, afin de surprendre dans votre conduite, dans vos propos, quelque anomalie qui aurait pu donner à croire que vos projets ne coïncidaient pas avec les siens. Des confrères que vous n'aviez jamais vus non plus devaient vous prendre en charge à partir du débarquement.

« Mais le Ciel, dans ses insondables décrets, ne l'a point souffert. Au plus fort de la tempête, alors que les eaux allaient m'engloutir, l'Esprit Saint est sorti des ténèbres pour éclairer mon âme de boue et lui montrer la voie du salut. J'ai opéré un retour sur moi-même et fait le vœu ardent de me réformer si je survivais. Après une vie d'infamies à faire rougir des singes, après tant de crimes et de compromissions, après avoir servi avec un même aveuglement un généreux Richelieu, un Père Joseph près de ses sous et un Mazarin des plus avares – une bien diabolique Trinité ! – c'est un homme neuf, un converti soudain passé de bâbord à tribord, qui ose présentement parler à Votre Seigneurie, un homme qui a trouvé son chemin de Damas dans l'une de ces tourmentes que l'apôtre Paul avait jadis éprouvées lui-même, parmi tant de tribulations, sur une mer en furie. Je suis, Monsieur, en toute humilité à votre service, et vous pouvez disposer de moi comme vous l'entendez. C'est le moins que je puisse faire pour tenter de réparer des fautes irréparables. »

L'ahurissement le disputait dans mon esprit à une instinctive méfiance. Et cet individu se prénommait Félix, ce qui ne plaidait guère en sa faveur : j'avais dû autrefois étrangler *in extremis* de mes propres mains un certain Félix, famélique étudiant en théologie qui avait médité d'avoir ma peau, de connivence avec ma future belle-mère Montastruc. « Quand un duel est hors de question, il faut bien envisager d'autres moyens », avouait sagement Catherine de Médicis à un familier en songeant à l'amiral de Coligny. Que devais-je dire à ce visiteur peu banal ?

« Mazarin vous a-t-il révélé, mon bon Félix, dans quel dessein je devais rencontrer le cardinal Cameleone di Calabria ?

— Vous pouvez bien penser, Monsieur, que le subalterne

dont je dépendais ne m'en a rien dit du tout. On ne livre aux espions les plus modestes et les plus décriés que le strict indispensable. Nous n'avons des grandes affaires que des échos dispersés, qu'il ne nous est pas facile de réunir en une symphonie bien cohérente pour en tirer par chantage un supplément d'ignobles profits.

— Comment Diable m'avez-vous suivi jusqu'ici ?

— Dès notre arrivée à Gênes, désespérant de cette galère avant vous, j'ai sauté à cheval pour trotter jusqu'à Rome, où je vous ai donc précédé et attendu. Vous suivre jusqu'à cette maison sans me découvrir était l'enfance de l'art.

« N'oubliez pas que je suis un espion de police qui a du métier et connaît la Ville comme sa poche. J'ai d'ailleurs de qui tenir et bon chien chasse de race. Mon père – Dieu nettoie là-haut en son purgatoire les écuries d'Augias de son âme trouble ! – était déjà espion de Sully sous Henri IV. Et ma mère – Dieu la sauve dans sa miséricorde ! –, fleuron en son temps du bordel le mieux achalandé d'Avignon, ne craignait pas de dénoncer ses pratiques pour quelques menus avantages temporels. Mais si l'expérience m'a pourri jusqu'aux moelles, si je suis né dans la réprobation, j'ai été baptisé dans la vraie foi catholique et romaine, et marche désormais sur le bon chemin.

— J'espère que vos honorables confrères ont en revanche perdu ma piste ?

— D'autant plus qu'ils étaient restés en carafe à Civitavecchia ! Mais ils iront naturellement vous guetter à l'ambassade, et sans doute, à la porte de ce Cameleone dont vous me parlez.

— Qu'est-ce qui vous donne à penser que je suis meilleur qu'un Richelieu, un Père Joseph ou un Mazarin ?

— Vous pouvez en croire un pécheur endurci, Monsieur : le mal commence quand on s'y adonne en toute liberté de choix et connaissance de cause. Je vous connais de réputation, et je sais que vous ne sauriez manger de ce pain-là. Votre liberté et votre connaissance, naturellement portées au vice, comme celles de chacun d'entre nous, ont de ces hésitations, de ces manques, de ces trous par où la Grâce divine peut se glisser. Ainsi que disait si bien l'apôtre : vous ne faites pas le bien que vous souhaitez, et vous faites le mal que vous ne voulez point. Je connais de reste ce type d'homme, dont il ne faut pas désespérer.

— Vous me faites là une vertu d'imbécile !

— Heureux les pauvres en esprit ! »

Ce Félix avait décidément de quoi plaire.

« Madame Colomba vous trouvera une chambre ici, où je ne suis descendu quelques jours, vous pouvez vous en douter, que pour d'honnêtes motifs, et vous resterez à ma disposition. Nous pourrons de la sorte... nous surveiller mutuellement à loisir ! Si vous me donnez satisfaction dans ces tâches pieuses et morales que je m'efforcerai désormais, dans toute la mesure du possible, de vous confier jusqu'à mon départ, je vous paierai beaucoup mieux que le Mazarin, qui n'attache pas ses chiens avec des saucisses.

— Le Cardinal doit les garder pour sa reine ! » gémit Monsieur Chardon, en versant des larmes de reconnaissance. Il pleurait facilement, par sincérité ou comédie, et sa voix douce et mouillée avait d'émouvants accents.

Ce serait faiblesse d'esprit que de nier toute possibilité de conversion brutale. L'histoire religieuse et laïque nous en donne des exemples qui, pour être, il est vrai, fort rares, n'en sont pas moins avérés. Mais il est aussi des conversions fugitives, la bête retournant vite à son vomissement avec entrain.

Rentrant satisfait de son rendez-vous galant, d'Artagnan tomba d'accord avec ma politique. Illuminé ou faux jeton, du fait que Monsieur Chardon avait situé notre refuge, nous n'avions rien à perdre à lui offrir l'hospitalité.

Le cardinal Annibal Cameleone di Calabria s'était fait bâtir dans les jardins du mont Pincio, entre la Villa Médicis et *Trinita dei Monti*, une gracieuse « folie » en vue de ses séjours à Rome. On y respirait, avec le parfum des résineux et des fleurs, un calme olympien et une volupté ecclésiastique sans outrancière prétention.

Dès le lendemain matin de notre installation, je fis tenir par mon sourd-muet un mot à Cameleone, où je lui annonçais ma présence et sollicitais une entrevue, qui fut fixée par retour pour le soir même, après la tombée du jour ; et je chargeai Monsieur Chardon de vérifier si les abords de ladite « folie » étaient nets d'espions, quels que fussent leurs maîtres réels ou présumés.

Au souper, il fut en mesure de me dire qu'il n'en avait vu que deux de sa connaissance, qui étaient au Mazarin, et qu'il avait expédiés vers l'ambassade de France, sous prétexte que le bruit avait couru que j'y étais enfin arrivé.

Par une nuit claire, les lumières de la Ville brillant en contrebas, je me présentai, comme convenu, avec d'Artagnan à une petite porte du parc, Monsieur Chardon gardant les chevaux et surveillant les alentours avec un ostensible dévouement.

Le cardinal, dans une tenue d'intérieur, vint nous ouvrir en personne, lanterne sourde à la main, avec des airs de conspirateur, et il nous conduisit à un bureau de travail encombré de livres et bizarrement consacré à Hannibal. Buste d'Hannibal, gravures retraçant l'épopée du héros : Hannibal à Trasimène, Hannibal dans les délices de Capoue, Hannibal à Cannes, Hannibal à Zama, mort d'Hannibal, obsèques fantaisistes d'Hannibal…

Cameleone était un gros homme dont l'âme, comme la graisse, manquait visiblement de fermeté, en dépit du buste et des gravures, si déplacées chez un Italien. Peut-être avait-il la trahison de Rome dans le sang, et l'un de ses ancêtres siciliens avait-il été le fruit d'une copulation punique dénuée de bonne foi ? En tout cas, le cardinal avait peur, comme s'il avait entrepris d'avaler un morceau trop rude pour son gosier, mais trop tentant pour sa gourmandise. Nous autres duellistes avons un sixième sens pour flairer la peur, dont le moindre signe nous met en alerte et nous intéresse, comme le signal de la curée.

Méfiant, le cardinal considéra longuement nos accréditations et insista, avec une prudence louable, pour que nous procédions à la destruction des billets que mon valet infirme avait portés et rapportés dans la matinée.

« Ainsi, vous êtes béarnais, chevalier Du Pouye ?

— Pour vous servir, Éminence.

— Un beau pays. Jolies filles, joli vin blanc de Jurançon. J'ai connu autrefois un évêque de Pau.

— L'évêché est à Lescar. Votre Éminence a dû rencontrer un imposteur, qui aura surpris sa bonne foi.

— En tout cas, il m'a offert un ouvrage en béarnais. Les Italiens instruits comprennent assez facilement les langues d'oc. Le provençal ne me fait pas difficulté, mais le béarnais me résiste... »

L'Éminence alla prendre dans sa bibliothèque l'ouvrage en question, où étaient compilées des coutumes du siècle dernier, me pria d'en lire une page, puis de la traduire, et se déclara enfin satisfait.

« Votre Éminence, demandai-je, peut-Elle me dire pourquoi le cardinal Mazarin lui enverrait un faux Béarnais avec une vraie accréditation ? »

Cameleone eut un sourire faux, et entra dans le vif du sujet.

« J'ai donné congé à mes gens et nous sommes seuls. Il est de première nécessité pour tout le monde que rien ne transpire de cette affaire.

— Ce n'est pas mon domestique qui parlera ! »

Notre hôte s'exprimait en bon français, presque sans accent.

« La copie de la lettre que Votre Éminence a reçue de la reine Anne d'Autriche en décembre 1637 est-elle entre les mains de Votre Éminence ?

— Certes. Et même depuis trois semaines. J'attendais chaque jour l'envoyé du Palais-Royal. Je n'avais jamais entendu parler de vous, mais ça n'en vaut que mieux.

— C'est comme si je n'existais pas !

« Puis-je voir cette copie ? »

Cameleone la sortit d'un sous-main et me la présenta du bout des doigts.

> *« Plaise à Votre Grandeur de savoir qu'après la représentation des* Filles de Lot, *hier vendredi 11 décembre, Son Éminence le cardinal de Richelieu m'a prise à part dans son cabinet des Rubens avec le dessein de me convaincre, sous des menaces voilées et qui n'en étaient*

que plus terrifiantes, d'ouvrir ma couche à. . . . .
. . . . . .afin que mes chances fussent accrues de donner enfin un héritier à la Couronne de France.

« Si la crainte, dans ce pays qui m'est resté étranger par la liberté de ses mœurs et la brutalité de ses coutumes, me réduisait à cette lamentable extrémité, Sa Sainteté doit savoir à Rome, quelle que soit la suite des événements, et à toutes fins utiles, le rôle qu'un prince de l'Église n'aurait pas rougi de jouer dans cette déchéance, que je n'aurais pas assez du reste de mes jours pour pleurer, avec les deux personnes de mon entourage que j'ai dû mettre dans ce honteux secret.

« Assurée de la charitable sympathie de Votre Grandeur, et confiante dans l'éventuelle protection du Saint-Siège, qui n'a jamais manqué à mes ancêtres et à mon frère d'Espagne, je prie Votre Grandeur, en fille soumise de l'Église, etc. »

La copie était conforme à mes souvenirs.

« Pourquoi ce blanc ?

— Tout le prix de la chose est là, me fit remarquer Cameleone d'un air rusé. »

Je murmurai le nom de l'heureux prétendant à l'oreille du cardinal, qui en fut au dernier degré stupéfait et déconfit.

Reprenant contenance, il demanda :

« Pourquoi Mazarin désire-t-il une copie dans ces conditions ?

— Il est naturellement curieux du texte intégral de cette lettre, qu'il ignore, désireux de savoir dans quelle mesure elle compromet Richelieu, pour qui il a gardé une sorte de vénération, et une reine à qui sa dévotion est acquise. »

Je repoussai la copie négligemment.

« Mais dans l'état actuel des choses, rien ne dit, Éminence, que cette copie soit le fidèle reflet de l'original.

— Vous mettez mon honnêteté en doute ?

— À Rome, du train où vont les choses, tout est possible...

« Parlons net. Vous devez comprendre que je ne puis acheter chat en poche, et mes instructions formelles sont de comparer copie et original avant d'autoriser tout paiement. Mazarin se doute bien que vous n'auriez pas l'audace de vous moquer de lui, mais il n'en est pas absolument sûr. »

Cameleone était empoisonné. Marchant de long en large, il semblait chercher une inspiration dans les exploits du rusé Hannibal.

« Je comprends bien... Et pourtant, vous demandez la lune ! s'exclama-t-il enfin. Je ne puis sortir des archives pontificales une pièce de cette importance. S'il lui arrivait malheur, je serais le premier soupçonné, ayant été autrefois le destinataire de cette lettre, et d'autant plus suspect qu'on compte sur les doigts aujourd'hui ceux qui sont dans le secret. Alexandre VII, docte et vertueux, est de nature paisible, mais son secrétaire d'État, le cardinal Rospigliosi, qui fait tout marcher à la baguette, est un homme terrible : il me jetterait aux lions si je me faisais prendre. »

Je haussai les épaules, ordonnai d'un geste à mon valet de me suivre, et fis mine de me retirer.

Le cardinal me courut après...

« Puisque Mazarin l'exige, je m'arrangerai... Je vous ferai lire l'original dès demain soir à la même heure et au même endroit.

— Vous en serez quitte pour le remettre en place le lendemain.

— Oui, au plus vite ! Ce serait bien le Diable, après tout, qu'on s'aperçût d'une si brève absence. »

Pour sceller notre accord, Cameleone m'offrit un verre de lacryma-christi, ce vin blanc délicieux qui pousse au pied du Vésuve et qu'il affectionnait au point de l'avoir retenu pour sa messe.

« Qu'a pensé, sur le moment, Votre Éminence de cette royale communication ?

— J'en ai été, bien sûr, sidéré, et j'ai fait suivre au pape.

— Qui était, en ce temps-là, Urbain VIII ?

— En effet. Sa Sainteté m'a fait répondre que moins on en parlerait, mieux ça vaudrait.

— Quelle sagesse !

— Après tout, la lettre était peut-être calomnieuse : la reine haïssait cordialement Richelieu. Et si pressions il y avait eu de la part du cardinal, rien ne disait… en dépit de quelques apparences, qu'elles seraient suivies d'effet. Anne d'Autriche a accouché d'un Dauphin, mais le roi Louis XIII, qui l'a honorée avec répugnance dans la nuit du 5 au 6 décembre, est peut-être son père malgré tout.

— Pourquoi pas ? Cependant, Louis XIV ne ressemble guère à Louis XIII…

— …qui a certainement fait tout seul, deux ans plus tard, son second fils Philippe, lequel paraît déjà bien efféminé. Oui, je sais, on l'a déjà remarqué.

— Il m'étonne que Votre Éminence ait tant attendu pour engager une telle négociation.

— Je ne m'y suis pas décidé pour moi, mais pour mes neveux. J'en ai six !

— Les papes donnant l'exemple du népotisme, on ne saurait critiquer Votre Éminence !

— Je vous remercie de m'absoudre, mais vous n'êtes pas qualifié. »

Ce sursaut de dignité sonnait l'heure du départ.

Comme Monsieur Chardon nous amenait les chevaux, Charles me dit avec amertume :

« Je veux bien être sourd et muet, mais cela me fâche de ne pas boire mon soûl.

— Rassurez-vous : nous boirons toute la bouteille à notre prochaine visite. »

Monsieur Chardon n'était pas favorable au rôle que j'avais imaginé pour d'Artagnan. Rien n'était plus malaisé, à son avis, que de contrefaire longtemps surdité et mutisme : tôt ou tard, le sang-froid devait manquer. Le point était à considérer.

Le lendemain, comme je me promenais dans la Ville éternelle le nez au vent après la sieste, je tombai sur mon demi-frère Matthieu, qui sortait de l'Hôtel de Suède. Je me frottai les yeux : c'était bien lui !

« Le Diable me patafiole ! Tu refuses de m'accompagner

à Rome, tu disais être fatigué de courir, et qu'est-ce que je vois en arrivant ?... »

Matthieu n'était pas très à l'aise.

« J'ai été appelé ici pour traiter de ces affaires de Chine avec le général de l'Ordre et le cardinal Rospigliosi. L'avenir chrétien d'un continent est en jeu. Qu'aurais-je fait de toi, dont les affaires profanes sentent toujours le soufre et dont les plaisanteries sont d'un goût si douteux ?

— Pourquoi cet avenir chrétien incontinent ne serait-il pas celui des Chinois si ça peut leur faire plaisir ?

— J'ai dit : l'avenir d'un continent. »

S'apercevant tout à coup que je faisais l'âne pour avoir du foin, il s'énerva.

« Quand le duc de Beaufort confond les continents et les incontinents, au moins il ne le fait pas exprès ! Tu devrais avoir honte de blaguer avec ce qui me tient à cœur, avec vingt ans de ma chienne de vie. »

Je m'excusai et l'embrassai.

« Que faisais-tu chez les Suédois ?

— J'ai, comme tu le sais, une certaine réputation de théologien et la reine Christine avait demandé à me voir. Une femme étonnante, d'une culture, d'une curiosité universelles. Nous avons parlé de la mort de Monsieur Descartes à Stockholm, saisi par le froid dans cette contrée nordique inhospitalière. Que n'était-il venu vivre sous le soleil de Rome ?

— Le pape l'eût regardé de travers.

— Il craignait, en effet le sort de Galilée. Mais Galilée, qui n'avait pu prouver ses assertions de manière irréfutable, n'a été condamné qu'à relire les psaumes de la pénitence. Revenu se mettre au travail dans sa ravissante villa florentine d'Arcetri, il y est mort avec une bénédiction spéciale de Sa Sainteté, sans que le versement de sa pension pontificale ait jamais été interrompu. Comme notre sainte Inquisition est indulgente pour ses fils les plus imprudents !

— Mais la terre tourne peut-être autour du soleil ?

— C'est bien possible. En attendant que ce soit scientifiquement prouvé, c'est une fausse nouvelle qui crée des agitations impies.

« Je me suis aussi entretenu avec la reine d'astronomie, de dogmes, de Pékin…
— Elle ne t'a pas tapé ?
— Elle m'a au contraire offert une image pieuse, bénite par le pape. »

J'entraînai Matthieu sous la treille d'une proche auberge, où je lui offris un petit vin blanc qui sortait du puits.

« Quand rentres-tu à Paris revoir ta Maison professe ?
— Je pars dans deux jours pour Gênes, où je dois prêcher à la cathédrale Saint-Laurent sur le mystère de la Trinité, puis je m'embarque pour Toulon sur une belle galère du Mazarin, *La Sémillante.*
— Je suis venu moi-même par *La Flamboyante.* Ces galères ont la meilleure réputation et tu y seras comme un coq en pâte. Seules les plus terribles tempêtes pourraient les inquiéter, mais il n'y en a pas tous les jours, et les joyeux forçats, à grands coups de rames, sont là pour vous tirer d'affaire en chantant lorsque les voiles se sont par hasard envolées.
— Dieu y pourvoira. Lorsqu'on vient de Canton parmi les noirs typhons, on peut gagner Toulon sans faire le plongeon.
— Mais tu parles en alexandrins !
— Je ne l'ai pas fait exprès. Dès qu'on parle mandarin en miaulant comme un putois sur tous les tons, l'alexandrin est facile : des pieds qui se traînent, avec le coup de gong de la rime pour les réveiller…
— J'ai une faveur à te demander.
— Honnête ?
— On ne peut plus !
— J'ai peine à le croire.
— Il s'agit de rapporter à la reine un document qu'elle attend avec impatience.
— Pourquoi ne le lui rapportes-tu pas toi-même ?
— Parce qu'on pourrait me tuer en route pour le prendre.
— Grand merci d'avoir pensé à moi !
— Personne ne saura que tu t'es chargé de cette mission, et ta robe te protège.

— Tous mes frères jésuites martyrs de la foi s'en sont aperçus !

— Aurais-tu peur du martyre ?

— Pour une cause douteuse, assurément.

— Mais, t'ai-je dit, il s'agit de la reine !

— Qu'est-ce que ce document ?

— Je ne puis te le dire qu'en confession. »

Matthieu eut un rire sarcastique.

« Ah, ah ! On les connaît, tes confessions ! Tu as osé faire le coup à Richelieu, peut-être même au Père Joseph ! Tu t'en sers, telle une araignée venimeuse, pour paralyser tes victimes. Soupçonné, pris au piège, tu y avoues des fautes que le confesseur naïf devient incapable de sanctionner. " Mon père, je m'accuse d'avoir profané l'Eucharistie, mis le feu à votre église, séduit votre gouvernante, sodomisé votre dindon, empoisonné vos salades..." Tu ne m'y reprendras pas.

— Seigneur, tu divagues ! Je te répète et te jure sur l'Évangile que ce document intéresse au plus haut point l'honneur de la reine et la tranquillité de l'État.

— On les connaît, tes serments sur l'Évangile, tout pétris de restrictions mentales ! De nous deux, le jésuite, c'est toi. Et un jésuite protestant ! J'ai eu beau te convertir – quelle idée ai-je donc eue là ? ! –, un vieux fond de libre examen et d'impie sarcasme persiste dans ton cœur partagé. »

Je me penchai vers Matthieu et lui dis tout bas :

« Tu as été toi-même confesseur de la reine un jour. L'affaire dont je te parle est en étroit rapport avec cette époque. »

Mon frère changea de visage.

« Songe à ces nuits où notre roi fut conçu... d'une manière ou d'une autre, par l'un ou par l'autre, alors que, prisonnier du beau secret de la confession, tu tenais la chandelle comme un benêt.

— Tais-toi, par le Ciel ! »

Il fut entendu que je lui remettrais le document à une heure du matin devant le Colisée, qui s'était révélé trop gros pour passer dans Saint-Pierre, et le rendez-vous ne pouvait manquer.

D'Artagnan fut enchanté d'apprendre que Matthieu allait nous tirer une belle épine du pied.

« Mais, dit-il à la réflexion, nous n'aurons pas la copie ce soir. Cameleone ne lâchera son bien qu'une fois payé. »

Nous étions tous deux seuls, au coucher du soleil, sur la terrasse de Madame Colomba.

« Mon cher, murmurai-je, nous ne passerons pas la nuit à Rome. »

Charles eut un long sifflement, qui effraya un pigeon (il y a autant de pigeons que de pauvres à Rome, les premiers dévorant la pitance des seconds), et je lui expliquai point par point à quelle extrémité les circonstances nous invitaient.

J'ajoutai :

« Avez-vous perfectionné votre anglais lors de votre dernier séjour en Irlande ?

— Je parle anglais mieux que les Irlandais ! Le Lord Protecteur est un mauvais maître d'école. Il ne connaît que la férule, et les derniers de la classe sont pendus, ce qui ne leur apprend rien.

— J'ai vu tout un rayon de livres anglais dans la bibliothèque de Cameleone. Il doit comprendre l'anglais.

— Où voulez-vous en venir ?

— Êtes-vous capable de vous écrier : “Enfer et damnation ! Désolé, Éminence !”

— Facile. Mais je suis muet !

— Cela se guérit à l'occasion. L'important est qu'elle soit bonne. »

XI

La nuit était obscure, ce qui n'était pas plus mal, et je réfléchissais encore, *Les Travaux de Mars* dans mes fontes, à tous les détails de l'opération, tandis que nous cheminions par les allées du Pincio, Monsieur Chardon éclairant la marche.

Bis repetita placent. La même procédure que celle suivie la veille nous introduisit, d'Artagnan et moi, au cœur de la place.

Le lacryma-christi ayant coulé dans deux verres de Venise multicolores à longs pieds, je vérifiai que la copie – à un blanc près – était parfaitement conforme.

J'avais sous les yeux l'original de cette lettre qu'une reine affolée avait cru malin d'adresser à un nonce qui n'était pas si fou.

Depuis qu'en août 37 Anne d'Autriche avait été prise sur le fait, au Val-de-Grâce, à communiquer des secrets politiques et militaires à son frère le roi d'Espagne, depuis qu'elle avait échappé d'un poil à l'échafaud, à la prison, à la répudiation, pour l'unique motif qu'on espérait de la repentie un improbable Dauphin, son animosité contre Richelieu, contre son mari, contre la France elle-même, et sa rage de concevoir un enfant qui la mettrait une fois pour toutes à l'abri du malheur, avaient encore monté d'un cran. Seule la naissance de Louis devait la faire changer de sentiment : très vite, une femme ardemment catholique allait subordonner les intérêts de sa croyance aux intérêts présumés d'une patrie d'adoption.

Et même, avant que d'être débarrassée de Richelieu et de Louis XIII, la reine avait commencé de montrer patte blanche en dénonçant le complot de Cinq-Mars au grand Cardinal. Mais qui reprochera à une femme d'envoyer à l'échafaud le favori dispendieux d'un époux détesté ?

Cameleone s'impatientait...

« Je vous l'avais bien dit. À défaut d'honnêteté, le bon sens m'aurait retenu de tromper un Mazarin qui a gardé à Rome tant d'attaches.

— J'en prends acte. Mais avant de parler paiement, je dois vous poser une question de confiance, dont la réponse importe énormément à mon Maître.

— J'y répondrai... si je puis.

— Pour écouler copie... ou original, auriez-vous pris contact avec d'autres puissances ? »

Le cardinal était visiblement très ennuyé de ma curiosité ; il essaya de biaiser, mais je le ramenai fermement au sujet.

« Comme je vous l'ai déjà expliqué, Monsieur le Chevalier, la vente de l'original était en principe exclue. Je dois avouer que Cromwell m'a fait des offres tentantes pour obtenir cette pièce capitale. Mais j'ai finalement donné la préférence à Mazarin, et sous forme de copie, par fidélité à la cause catholique.

— Le Ciel vous en saura gré.

— Le Lord Protecteur est un ennemi féroce et avéré des monarques légitimes et des prêtres, il se régalait d'avance d'avoir en main une arme odieuse, dont il aurait pu faire tôt ou tard l'usage le plus scandaleux. Avec un Mazarin, si attaché à la reine et à la France, j'étais tranquille : l'affaire ne pouvait aller plus loin.

— Qu'avez-vous dit aux Anglais de cette arme odieuse ?

— Ce que j'en avais dit d'autre part à Mazarin : qu'elle concernait... la légitimité du roi de France.

— Avez-vous laissé entendre à Cromwell qu'il était en concurrence avec le Palais-Royal ?

— Euh... oui.

— Et à Mazarin, que Cromwell était sur les rangs ?
— Euh... non.
— Une certaine pudeur vous a sans doute retenu ?
— Si vous voulez...
— Aucun autre prétendant dans la course ?
— Aucun. Sur l'Évangile !
— Vous n'avez pas pensé à l'Espagne ?
— Pas une seconde. Anne d'Autriche est la sœur de Philippe IV. Plutôt que de me verser de l'argent, ce roi m'aurait fait dépêcher par des spadassins devant mon autel cathédral de Frascati ! On ne plaisante pas avec des Espagnols. »

L'horizon se dégageait.

Je me touchai le bout du nez, et d'Artagnan, d'un revers de manche, fit tomber sur le carrelage trois précieux verres de Venise qui étaient restés sur une desserte.

« Aoh ! Hell and damnation ! I am sorry, Eminence ! »

Le bruit douloureux de la casse, cette exclamation britannique si spontanée chez un sourd-muet toulousain, jetèrent le cardinal dans un profond saisissement. Tandis qu'il considérait Charles avec des yeux exorbités, je versai dans son verre de lacryma-christi à demi bu la poudre soporifique à effet rapide que Madame Colomba m'avait procurée. Certaines filles peu scrupuleuses en gardent une réserve pour mieux dépouiller leurs pratiques.

La peur, la méfiance, se lisaient à livre ouvert sur le visage effaré de Cameleone. J'étais peut-être béarnais, mais mon valet était anglais... à supposer que ce fût bien mon valet ! Car dans ce genre d'affaires, il n'est pas rare que l'on confie le premier rôle à un apparent comparse.

« Remettez-vous, Éminence ! Et videz votre verre : cela vous fera du bien. N'ayez crainte, je vais tout vous expliquer... »

Le cardinal vida docilement son verre, s'en versa un autre, en avala une longue gorgée, et me fixa d'un air interrogateur, en quête d'explications rassurantes.

« Nous sommes, Éminence, en pleine *commedia dell'arte*. Je suis bien le chevalier Du Pouye, enfant du Béarn, réformé fervent et aventurier de profession ; mais ce domestique est Lord Shylock, un familier de Cromwell, sous les ordres de qui j'ai été placé afin de l'assister dans cette délicate histoire. Nous allons emporter gratis copie et original, et quand les envoyés du Mazarin, retenus en route par nos soins, viendront aux nouvelles, vous en aurez de toutes fraîches et savoureuses à leur fournir. »

Avec une horreur sans nom, Cameleone regardait tour à tour ce mystérieux Du Pouye et ce Lord Shylock, qui lui semblaient être sortis des enfers pour le tourmenter. L'ombre menaçante de Rospigliosi était sur lui. Convaincu de forfaiture, il allait perdre la face comme un Chinois.

Je n'étais pas fâché de voir un cardinal dans un tel état de liquéfaction. Richelieu, Mazarin, Retz, ce caméléon par-dessus le marché, sans parler de ce cardinal manqué de Père Joseph, depuis le temps que des cardinaux de tout poil me mécanisaient, me manipulaient, m'empoisonnaient l'existence, j'avais une revanche à prendre.

« Vous êtes un misérable prévaricateur, un esclave de Mammon, damné depuis les mois de nourrice ! La foi qui aurait dû vous justifier vous confondra et le feu qui ne s'éteint pas fera fondre votre graisse, avec une odeur à peine moins infecte que celle répandue par votre âme sur tous les enfants de Dieu que vous avez scandalisés. Honte à vous, ministre indigne d'une Église indigne, qui a fait du Saint lieu une caverne de voleurs, et de l'Arche sainte, un réceptacle d'immondices ! Dieu vous frappe ce soir par notre bras puritain, car il est dit dans l'Évangile : “Je viendrai comme un voleur.” »

Cameleone, sensible au verbe comme une putain de banlieue, tomba à genoux et tendit à mon intention des mains suppliantes où étincelaient des bagues dérisoires, dont cet anneau que des fidèles moutonniers n'arrêtaient pas de baiser dévotement.

Je poursuivis mon discours avec une énergie décroissante, au fur et à mesure que l'œil porcin du cardinal se faisait plus vague : la drogue agissait comme promis. Enfin, le corps du dormeur se détendit et s'affaissa doucement sur une carpette que d'Artagnan, qui avait un moment fréquenté Tunis pour des histoires de corail où le Mazarin s'était embrouillé, identifia comme un tapis de prière en droite provenance d'un souk.

Je fis brûler, au-dessus d'un plat de faïence, l'original de la lettre, puis je m'assis au bureau et entrepris sans retard, à l'aide des *Travaux de Mars*, de coder la copie suivant la claire leçon de mon incomparable fils. D'Artagnan, tout en buvant du lacryma-christi, me regardait faire avec curiosité, séduit par la simplicité du système.

En dernier lieu, je me préoccupai de remplir le blanc.

« Par quel nom, me demanda d'Artagnan, avez-vous résolu de remplacer celui que nous ne connaissons que trop bien tous deux ?

— Ces caractères énigmatiques signifient :

« ...à Mgr Mazarin, seul jugé digne d'y accéder en raison de ses capacités, de ses vertus et de sa discrétion... »

D'Artagnan était en joie.

« Voilà une jolie pointe, Arnaud !

— C'est la meilleure possible, Charles ! Dès 1630, Mazarin tournait autour de Richelieu et de Louis XIII, il avait été nonce extraordinaire à Paris en 1635, pour succéder au Père Joseph en 1638, et devenir cardinal en 1641, à trente-neuf ans, obtenant ainsi, avant la fin du règne, le chapeau dont la mort avait privé l'*Éminence grise*. En 1637, le futur cardinal faisait la navette entre Rome et Paris, Richelieu lui accordait toute sa confiance, et la reine, comblée de gants et de parfums par l'intrigant, le voyait d'un œil favorable. Mazarin était déjà en position d'être distingué et de se distinguer.

— Je distingue quand même comme un défaut dans votre ambitieuse construction : un certain manque de vraisemblance. Éconduit par Anne d'Autriche, comment le grand Cardinal aurait-il pu imaginer un instant qu'elle souffrirait un Mazarin entre ses draps ? Elle n'a pas même daigné coucher avec lui quand elle a pu le faire sans risque.

— Mais la reine, à cette époque, haïssait cordialement un Richelieu décrépit, alors que le signor Mazarini, qui lui était sympathique, portait beau, et dans une affaire où l'enjeu était énorme, où le temps pressait chaque jour davantage. Le roi pouvait ne pas récidiver de quelque temps, et sa femme eût été mal venue de pousser une grossesse jusqu'à dix ou onze mois : le miracle eût été trop fort pour la plèbe. Qui nous dit que, si elle n'avait pas trouvé mieux dans l'immédiat, elle n'eût pas toléré notre future Éminence cette année-là ? »

D'Artagnan n'était pas persuadé.

« Je persiste à douter que le petit Cardinal, qui a oublié d'être bête, gobe cette énorme flatterie, et d'autant moins que le grand, par la force des choses, ne lui a parlé de rien.

— Richelieu aura attendu la décision de la reine pour informer son protégé de la faveur qu'il avait confraternellement préparée pour lui... »

Cameleone poussa un grognement répugnant dans sa carpette de prière, et je m'empressai de lui glisser un coussin sous la tête afin qu'il respirât plus à son aise. Un geste chrétien en passant ne coûte rien. Tristan appréciera !

La copie non chiffrée rejoignit l'original dans le plat de faïence, et j'allai jeter les cendres réunies par la fenêtre : une pluie légère arrosait le jardin.

« Vous voyez, mon cher Charles, la force de notre position. Mazarin pourra certes nous soupçonner d'avoir fait disparaître l'original pour modifier la copie, mais il n'aura jamais de certitude. Et lorsque Cameleone reprendra ses esprits, il sera convaincu d'avoir été roulé par Cromwell, conviction que le Palais-Royal pourra se faire un plaisir de renforcer en expédiant d'urgence un deuxième courrier qui sera pris pour le premier.

— Mais Cromwell saura bien qu'il a été roulé, et il passe pour être rancunier comme un rhinocéros.

— Ce n'est pas Cameleone qui va le lui apprendre puisqu'il s'imagine que ce sont des agents anglais qu'il a vus !

« Allons ! À chaque jour suffit sa peine...

« Songez au bonheur sans mélange de la reine quand elle pourra montrer cette lettre un peu arrangée à son Mazarin. Et une lettre dont l'original est en fait passé par la fenêtre de Cameleone avec sa copie en clair !

— L'heure tourne, Arnaud ! Il est temps de se sauver. »

Comme je rangeais *Les Travaux de Mars* dans la bibliothèque du prélat, où ils ne seraient pas plus mal qu'ailleurs, d'Artagnan me suggéra :

« Avant de partir, cachetez donc cette belle lettre chiffrée avec le cachet du dormeur. Si votre Matthieu se fait prendre, par une mauvaise chance, sur le chemin du retour, Cameleone sera soupçonné de lui avoir remis la chose de son plein gré, après avoir vérifié, de concert avec le porteur, la fidélité du Chiffre. Quand on se trouve dans une situation tendue, il importe de dégager de la fumée dans toutes les directions. »

Le conseil était plaisant, et c'est ce que je fis aussitôt.

Devant la villa du cardinal, je me défis de Monsieur Chardon, dont je n'avais plus rien à faire, non sans lui avoir remis une jolie bourse de consolation. Toute la vie, on va vers l'autre ou l'on s'en éloigne, pour le meilleur ou pour le pire, comme ces aimants qui s'attirent ou se repoussent, et il est souvent malaisé de dire si nous gouvernons notre barque ou si elle nous entraîne selon son caprice. J'avais le sentiment de jeter mon chien à l'eau.

Félix Chardon pleurait de nouveau... à moins que je n'aie pris la pluie pour des larmes.

« Cher Monsieur Chardon, à tous les motifs qui me contraignent de me séparer de votre personne, s'en ajoute un qui me suffirait : en y réfléchissant bien, je ne suis pas assez honnête pour souffrir un domestique de votre vertu. J'ai déjà chez moi un fils pieux que je soupçonne de jansénisme, un maître d'hôtel calviniste qui est un reproche vivant aux pécheurs, et une fille ardemment catholique qui est en odeur de sainteté. Passer de trois à quatre me gâcherait définitivement la vie. »

Les pleurs de Chardon redoublèrent, et cette fois-ci, la pluie n'était pas en cause.

Nous dévalâmes du Pincio et, par le Quirinal et le Forum, nous étions devant le Colisée avant une heure du matin. L'averse avait cessé. Entre les nuages, un croissant de lune luisait par instants, qui éclairait les entrailles du monument de façon particulièrement lugubre.

« Là, dis-je à d'Artagnan, avaient lieu jadis des duels passionnants, sur lesquels on prenait de gros paris, et tout un chacun pouvait se faire gladiateur. La noblesse seule a droit au duel aujourd'hui, et il est difficile de savoir si c'est un progrès ou une décadence.

— C'est là aussi, je crois, qu'on donnait des chrétiens à manger aux lions ?

— Et on tuait les lions ensuite à coups de flèches ou lors de sanglants corps à corps qui avaient fière allure. Puis, s'il faut en croire Tertullien, le lion qui avait mangé un chrétien était conservé empaillé comme relique dans les familles, avec un ruban rouge à la queue, à la place de l'autel des dieux lares, protecteurs du foyer païen. S'il avait dévoré une chrétienne, on lui mettait un ruban bleu autour du cou.

— Arnaud, quand vous plaisantez, tirez-vous l'oreille : ce sera plus clair ! On ne sait que croire à vous entendre.

— C'est que la réalité, mon bon Charles, sonne rarement vrai. Elle est plate, ou extravagante. »

Une forme noire se rapprochait dans la nuit, tel le fantôme d'un gladiateur, d'un chrétien ou d'un lion. Je laissai d'Artagnan pour entrer avec Matthieu sous la voûte imposante d'un *vomitorium* qui avait vu sortir des millions de spectateurs ravis.

« Voici la chose, mon Révérend Père. Si tu arrives à Paris avant moi, tu la remettras en main propre à la reine, qui a gardé le meilleur souvenir de son confesseur. J'ai chiffré en personne la communication et, dès mon retour, je procéderai moi-même au déchiffrement. Je pars cette nuit ventre à terre, ayant les meilleures raisons de ne point m'attarder.

— Qu'est-ce que ce cachet ? On dirait...

— Oui, celui du cardinal Cameleone di Calabria. »

Matthieu se raidit.

« Ne fais pas cette tête ! Ton ancienne et auguste pénitente n'a rien à redouter de cet envoi. Bien au contraire, je te le garantis !

— Mais enfin, Cameleone ne peut rendre le moindre service à la reine, sinon... celui de se taire à jamais.

— Il y est pourtant arrivé, et de la manière la plus gracieuse. Fais-moi confiance. Ai-je jamais trahi Anne d'Autriche ? Dès la naissance du Dauphin – où je suis d'ailleurs pour quelque chose ! – j'ai compris que le pouvoir, dans sa durée, était accroché à ses jupons et, après la mère, je caresserai le fils.

— Tu en es tout à fait capable !

— Les jésuites, qui sont admirablement renseignés, auront peut-être plaisir à apprendre que tout est en ordre de ce côté-là, et de façon définitive. Tu m'entends ? TOUT EST EN ORDRE.

— J'entends bien, mais il m'étonne beaucoup.

— Va en paix, sans trouble et sans regret. Tu es un homme de bonne volonté. Ce n'est pas ta faute si tes pénitentes ne valent pas plus cher que tes pénitents !

— Par quel chemin rentres-tu ?

— Par la route de terre, et par le plus court. Le comte d'Artagnan, qui m'accompagne, et dont tu as pu distinguer dans l'ombre le manteau tout à l'heure, a de l'eau une peur panique, la seule qu'il soit susceptible d'éprouver, et je ne suis pas loin de la partager. La mer est traîtresse comme une femme.

— Eh bien, je te souhaite néanmoins un excellent voyage.

— À toi aussi.

— J'espère que tu es en état de grâce ?

— Voudrais-tu me confesser ? Ce ne serait pas la première fois.

— Dieu m'en garde ! Un autre te donnera l'absolution que tu mérites. »

Nous nous embrassâmes longuement. Matthieu, avec ma sœur Claire, est tout ce qui me reste de ma parenté, un jésuite souple, et une sœur rigide, confrontés en décembre 1637 au même tragique cas de conscience, résolu par une double fuite : l'Orient et ses mirages pour Matthieu, et pour Claire, les « Filles de Sainte-Marie » de la rue Saint-Antoine, où l'on pouvait espérer que les mirages étaient plus consistants.

Nous bouclâmes notre bagage en vitesse, sans réveiller Madame Colomba, qui devait dormir comme une bienheureuse, mon or sous son oreiller ; d'Artagnan retrouva avec soulagement épée et bottes qu'il ne portait plus depuis Toulon ; et nous reprîmes, montés sur des chevaux fringuants, la Via Flaminia vers le Nord, qui nous conduisit promptement hors de la Ville, au-delà du dernier pont sur le Tibre. La nuit s'était éclaircie et les étoiles brillaient, où se trouvaient peut-être les nôtres, entre l'étoile polaire et Vénus, qui ne guident que les froids calculateurs ou les amoureux inconséquents. Cameleone devait s'être réveillé, mais comme les seules traces de notre passage chez lui étaient invisibles et inavouables, on distinguait mal ce qu'il aurait pu faire pour nous ennuyer.

XII

Le lundi 1er juillet, après un parcours sans autres incidents notables que les agaçantes déconvenues inhérentes à toute pérégrination dans cette Péninsule, nous suivions un chemin de montagne dans les environs de Gênes, lorsque des brigands nous coupèrent la route en force à un tournant, et nous firent prisonniers.

En Italie, ce genre d'incident n'est grave que pour les insolvables, dont la survie n'est pas garantie. Les gens de condition se hâtent de négocier et sont remis en liberté dès que l'argent est arrivé : pour ne pas tuer le commerce, le brigand italien est homme de parole. Les captifs en sont alors quittes pour prendre leur mal en patience. Bien que nous fussions fort pressés, ce fut donc avec quelque philosophie que nous nous retrouvâmes perchés sur un piton, dans une chapelle en ruine où la bande avait établi ses pénates.

Le chef de ces pouilleux, un certain Falcone, un grand gaillard hirsute, tenait sa troupe en main et faisait montre de courtoisie à l'égard de ses invités de marque, dont la fréquentation n'avait pas manqué de lui donner quelques usages ; certaines filles de la bande avaient même de l'attrait en dépit de leur crasse ; et le maigre défroqué en loques qui nous disait la messe n'avait pas oublié son latin. Admirable prévoyance de l'Église : on est prêtre *in aeternam*, ce qui fait que les brigands eux-mêmes, qui ont plus à se faire pardonner que d'autres, ne sont pas privés des secours de la religion dès qu'ils y sont sensibles.

Le plus sûr et le plus rapide pour se tirer d'affaire, était certes de recourir aux bons offices de Lord Milford, qui n'était à Gênes qu'à une journée de marche et qui n'aurait pas à s'inquiéter du remboursement.

Mais d'Artagnan se méfiait de cette solution facile.

« Ce guet-apens a pu être arrangé par Milford lui-même, à l'affût de notre lettre. Si nous lui demandons service, nous devrons parler avec lui, et si nous parlons avec lui, nous risquons de laisser échapper une bourde qui lui mettra la puce à l'oreille. Or de l'oreille de Milford à celle de Cromwell, la route est courte. »

Le risque me parut faible, et l'occasion, prometteuse. De toute façon, il était urgent de sortir du guêpier.

Dès le lendemain matin, Lord Milford, qui avait laissé son escorte au bas de la pente, fit son apparition, et Falcone eut la bonté de mettre son humble sacristie à notre disposition pour un entretien sans témoin.

« Je vois que votre valet est devenu gentilhomme ! Quelle promotion !

— J'ai été anobli par le pape, dit d'Artagnan. Ma bonne mine l'avait frappé *urbi et orbi.* »

C'était bien la première fois que j'entendais Charles parler latin !

« J'ai personnellement passé en revue, poursuivit Milford, ce que ces brigands vous avaient confisqué après vous avoir fouillés avec leur perspicacité habituelle, et j'en ai dressé inventaire, y compris le pouvoir à vous remis par Mazarin sur une banque romaine, afin que tout vous soit scrupuleusement rendu.

— C'est bien ce qui m'avait semblé, dis-je, et j'en remercie Votre Grâce. Si quoi que ce soit vous tente, parmi ces affaires – pouvoir excepté ! – nous vous en ferions volontiers cadeau.

— Vous êtes trop aimable.

« Je viens de recevoir à l'aube, par courrier spécial, des nouvelles fraîches de Rome. Figurez-vous que le cardinal

Cameleone di Calabria s'est empoisonné avec de la poudre de cantharide. »

J'eus la présence d'esprit de rire.

« Pas possible ! Mais c'est un puissant aphrodisiaque ! Le cardinal a dû mourir le sourire aux lèvres et la main alerte.

— C'est aussi un redoutable toxique à trop forte dose.

« Vous n'auriez point, par hasard, rencontré Cameleone, à l'occasion de votre bref séjour ?

— Je n'ai rien à cacher à un ami du Lord Protecteur, et je jouerai cartes sur tables, comme dans une honnête auberge anglaise... Ne protestez pas si modestement ! J'en ai vu ! Et le gigot bouilli à l'eau de source et arrosé de bière bien tiède y est excellent quand il pleut.

« Le cardinal Cameleone avait promis à son confrère Mazarin de lui procurer l'original d'une certaine lettre susceptible d'intéresser – comme vous devez vous en douter, vu votre présence ici – l'honneur de la Cour de France, et Son Éminence m'avait expédié à Rome pour aller l'examiner. Cameleone espérait naturellement faire une affaire plus fructueuse avec l'original qu'avec une copie, dont la fidélité est toujours discutable, et il avait mis en avant l'extrême difficulté de faire sortir la pièce des archives pontificales sans éveiller de soupçons pour en exiger une forte somme.

« Vous me suivez ?

— Jusque-là, c'est très clair.

— Nous arrivons un soir à la villa du Pincio, et nous trouvons le prélat dans un état pitoyable : il était criblé de dettes, avec une tribu de neveux et de nièces aux dents longues, et le fameux original avait récemment disparu des archives, consommant sa ruine. C'est comme je vous le dis ! Le cardinal Rospigliosi, sans doute averti par ses espions qu'il se tramait quelque chose de pas trop catholique, l'avait donné à garder ailleurs, à l'abri des curieux. Cameleone se tordait les mains de désespoir, à ce point que le comte d'Artagnan et moi pouvons attester avoir entendu des propos vraiment étranges tomber de la bouche d'un cardinal romain : “Je suis un grand pécheur, c'est le Ciel qui punit mes forfaits, il ne me reste plus qu'à me noyer dans le Tibre, etc.” Qu’il se soit donné la mort dans ces conditions n’est guère surprenant, et il aura préféré les cantharides échauffantes à l’eau froide du fleuve, ce qui est tout naturel chez un sybarite de son espèce.

— Je l’ai même ouï s’écrier, intervint d’Artagnan : “Je suis damné ! Un feu infernal me dévore déjà les entrailles et me cuit les rognons.” Et il s’est jeté sur une bouteille de lacryma-christi pour éteindre l’incendie. »

Préoccupé – on l’eût été à moins –, je demandai à Milford :

« Cameleone n’a rien écrit avant de faire le plongeon ?

— Pas à ma connaissance.

— Vous aviez un espion chez lui ?

— Deux. Un espion peut toujours tomber malade.

« C’est grand dommage que le cardinal n’ait pas pris la plume, comme on le fait d’ordinaire à ces moments-là. Dans une histoire aussi nuageuse, quelques vérités auraient pu couler de son encrier.

— Qu’aurait-il avancé à sa décharge ? Et il ne se serait chargé qu’au détriment de la réputation de l’Église et de sa famille.

— Ce doit être l’explication.

— Voilà pourquoi ces brigands n’ont pas trouvé de lettre sur nous. Ils ne sauront jamais ce qu’ils ont perdu. Mais nous ne le savons, hélas, que trop bien, Votre Grâce et moi !

— Le Lord Protecteur ne sera pas content. Vous avez déjà saisi qu’il eût donné beaucoup pour avoir l’original, dans la mesure où il se serait révélé aussi intéressant que notre enquête nous l’avait donné à croire. Si vous me menez en bateau, si ce document est parti de Rome par un autre courrier et que nous puissions l’intercepter par votre entremise, votre fortune est faite à tous les deux. Mazarin paye fort mal. Il est temps de changer de maître.

— My Lord, vous m’insulteriez encore si j’étais à vendre ! »

D’Artagnan s’avança, une main sur la poignée de son épée, l’autre sur la hanche, avec cette allure bravache qui n'appartenait qu'à lui, et après m'avoir fait un clin d'œil appuyé dont le sens m'invitait à réfléchir...

« My Lord, considérez-moi comme insulté, puisque je suis à vendre !

« Le baron d'Espalungue, qui ment comme il respire depuis le berceau, vous mène effectivement en bateau. Il est exact que la lettre originale a disparu des archives du Vatican, mais avant que de disparaître lui-même sous le coup de cette amère déception, le cardinal Cameleone di Calabria nous en avait remis une copie, qui n'avait plus grande valeur marchande à partir du moment où la lettre de référence avait été escamotée par les soins du redoutable secrétaire d'État Rospigliosi, mais dont la fidélité ne fait pas question. Cette copie conforme, préalablement chiffrée par nos soins et sous la surveillance du cardinal, a effectivement été confiée, comme Votre Grâce l'avait si bien deviné, à un autre courrier, parti deux jours après nous.

— Et qu'y a-t-il exactement, dans cette copie ?

— Le cardinal Richelieu y fait une proposition déplacée à la reine, qui paraît... en état de faiblesse.

— Diable !

— Votre Grâce dispose-t-elle de quarante mille livres ?

— Pour une simple copie... douze mille. Et encore à condition que son honnêteté ne soit pas douteuse !

— Quinze mille !

— Adjugé !

— Je fais toute confiance à la parole de Votre Grâce.

— Vous pouvez. Plus une affaire est suspecte, plus la parole a de prix. Dès que la pièce sera en notre possession, vous serez payé rubis sur l'ongle où vous voudrez.

« Qui est donc ce courrier, et quelle route suit-il ? »

La main sur la poignée de mon épée, l'autre sur la hanche, avec un grand air de vieille noblesse qui n'appartenait qu'à moi, et sans faire de clin d'œil à personne...

« Allons au grand soleil, comte, vider notre querelle ! Vous parlerez à ce maudit Anglais quand je serai mort. »

Après nous être salués de nos feutres, nous tirâmes l'épée et croisâmes le fer devant la chapelle, entourés de brigands attentifs, qui goûtaient fort ce spectacle gratuit et semblaient prendre des paris dans leur patois ligurien.

Très inquiet, Lord Milford menait une discussion animée avec le chef Falcone, s'efforçant, moyennant finances, d'obtenir de lui qu'il fît mettre fin au combat. Mais je lançai à Falcone en bon toscan : « Je suis plus riche que cet Anglais. Quelle que soit la somme qu'il t'offre, je te donne le double. » Falcone comprenait la langue de Dante, et je pus d'autre part lui confirmer de ma main libre le montant du supplément qu'il était en train de gagner sans rien faire, détachant deux doigts, puis trois, puis quatre, au fur et à mesure que la négociation progressait...

Exaspéré, Milford tira l'épée lui-même.

« Tenez bon ! Je viens à la rescousse, comte d'Artagnan !

— Il s'agit d'une affaire d'honneur, My Lord. Si vous approchez, je joindrai ma rapière à celle du baron d'Espalungue pour vous ramener à la raison. »

Lord Milford, dépassé par l'événement, s'assit sur une pierre, priant le Dieu jaloux des puritains de veiller au grain.

C'était là mon second duel contre d'Artagnan et, en vingt et un ans, il avait fait des progrès, ayant gagné en science et en expérience plus qu'il n'avait perdu en souplesse et en vivacité. J'avais heureusement fait beaucoup d'escrime en salle chez les meilleurs maîtres avant de courir les routes, une formation irremplaçable, et l'on me tenait encore pour l'une des meilleures lames du royaume.

La rencontre me rappelait, par la force des choses, mon duel contre le petit Ulysse de Montastruc, mais l'issue de celui-ci devait être heureusement moins sanglante, et je n'avais pas un amoureux à la mine suppliciée devant les yeux. Quand d'Artagnan ou moi-même tournait le dos à Milford, celui dont la face lui était cachée suggérait à mi-voix à son adversaire telle ou telle passe d'armes où le vaincu succomberait honorablement sans renoncer à se bien porter.

Nous tombâmes enfin d'accord. D'Artagnan, par une escrime d'école, me refoula peu à peu vers le mur ouest de la chapelle, qui était encore dans l'ombre à cette heure matinale et, dans un assaut brillant, me perça au-dessus du coude le bras droit, qui laissa aussitôt choir son épée. Dans le même temps, trébuchant sur une pierre, je tombais à la renverse, et le comte me mettait son fer sur la gorge.

« Je me rends ! Grâce ! Pensez, pour l'amour du Ciel, à notre ancienne amitié !...

— Nous n'avons pas besoin de ce témoin, cria Milford. Crevez-le donc, et trouvons-lui un bon trou ! »

On ne pouvait lui en tenir rigueur : le savoir-vivre élégant n'a pas de place en politique, où une froide efficacité domine. Le père de famille le plus délicat et le plus doux devient un fauve altéré de carnage dès qu'il pénètre dans les coulisses du pouvoir.

D'Artagnan essuya la pointe de son épée souillée de mon sang sur une touffe d'herbe desséchée par le soleil estival, et se redressa.

« On achève peut-être les blessés en Angleterre ou dans les solitudes de l'Irlande martyre, My Lord, mais pas en France.

— Mais nous sommes en Italie, chez des brutes ! »

L'idée que se font les Anglais des étrangers m'a toujours surpris.

« My Lord, reprit d'Artagnan, les Français, sel de la terre et professeurs de l'Europe, sont chez eux partout... ou le seront bientôt. Et à l'avant-garde des Français, il y a les Gascons... et les Béarnais, ajouta-t-il *sotto voce*, avec une courtoisie dont je lui sus gré. »

La main sur la poignée de son épée, l'autre, sur la hanche, avec un grand air de férocité qui n'appartenait qu'à lui, le chef Falcone marcha droit sur Milford.

« Vous avez bien dit " brutes ", Monsieur ? »

À force de capturer aussi des Français, ce sombre brigand avait acquis un brin de vocabulaire.

J'intervins précipitamment.

« Nous sommes tous des brutes quand nos intérêts vitaux sont en jeu, et inclinés à la politesse si ces mêmes intérêts commandent. Lord Milford, estimable Falcone, va vous présenter ses plus plates excuses. Le mot aura dépassé sa pensée, et d'autant plus facilement que les Anglais, enfants du brouillard, pensent peu, rarement et court.

— I am sorry, laissa tomber Milford en grinçant des dents.

— Que bafouille ce grand singe, avec ses longues dents de cheval d'équarrissage ? me demanda Falcone. Ce n'est pas clair.

— L'Anglais a coutume de s'excuser en anglais. Le Lord s'est comparé à une souris craintive sous les griffes acérées du lion italien.

— *Sorry* veut dire souris en anglais ?

— Le français vient de l'italien, et l'anglais vient du français. Guillaume le Conquérant a débarqué en Angleterre pour apporter à ces sauvages une langue convenable, avec des imparfaits du subjonctif, mais ils se sont acharnés à l'abîmer. »

Cela dit avec un regard vers Milford, par où je sollicitais compréhension et indulgence.

Le fâcheux incident était clos. J'avais en tout cas la vie sauve, et c'était l'essentiel.

Tandis que le défroqué, tout en me proposant des secours spirituels à prix d'ami, pansait avec des toiles d'araignées et des chiffons douteux mon bras qui saignait au-dessus du coude assez abondamment, d'Artagnan, toute honte bue, consommait sa haute trahison.

« Le demi-frère jésuite du baron d'Espalungue, le Père Matthieu, doit s'embarquer incessamment à Gênes pour Toulon, sur une galère du Mazarin. Il vaut mieux faire le coup à Gênes qu'à Toulon, car si on sait quand partent les galères pourries du Cardinal, on ne sait jamais quand elles touchent terre.

« Je vous introduirai, My Lord, auprès de ce jésuite, et vous aurez tout loisir de noter le texte de la lettre chiffrée avant que de la rendre à son possesseur.

— Pourquoi laisser un jésuite en vie ? »

La douleur que j'éprouvais au bras m'arracha un long gémissement, que Milford interpréta au mieux de ses infâmes espérances.

« Nous autres Français, dit d'Artagnan avec une imperturbable dignité, ne tuons pas plus nos prêtres que vous ne tuez vos pasteurs. Chaque pays a ses coutumes en la matière. Ce n'est pas parce que vous assassinez à Londres les jésuites qui vous tombent sous la main qu'il faut en assassiner en Italie. Le Père Matthieu repartira libre avec sa copie. C'est à prendre ou à laisser.

— Je prends ! »

Lord Milford était l'homme des décisions rapides.

« Et en décachetant cette copie, ajouta d'Artagnan, vous pourrez constater, My Lord, que son cachet intact est celui de Cameleone di Calabria, ce qui prouve d'abord que le cardinal nous l'a remise comme j'ai eu l'honneur de vous le dire avant que le baron d'Espalungue ne me sautât dessus l'épée haute comme un furieux, ce qui prouve ensuite que le texte n'a pas été modifié – si tant est qu'un soupçon aussi déplacé puisse venir à un Anglais intelligent ! »

Vexé, déçu des limites que le comte d'Artagnan avait posées à son arbitraire, Milford n'en rayonnait pas moins d'une satisfaction qu'il avait du mal à dissimuler. Il fut entendu que je resterais prisonnier des brigands jusqu'à ce qu'on vînt me prévenir que je pouvais aller me faire pendre ailleurs.

Je retrouvai Charles trois jours plus tard, attablé dans une auberge rustique au-delà de Gênes. En train de dîner avec appétit à l'ombre d'une tonnelle, il avait l'air satisfait du chat qui a attrapé sa souris.

« Comment se porte votre bras, Arnaud ?

— J'ai connu pire.

— Vous savez comme il est difficile, dans un duel arrangé, de viser juste. Je m'étais efforcé d'atteindre plutôt votre avant-bras...

— Le coup n'en était que meilleur pour Milford.

— Jc l'ai conquis !

— Avez-vous aussi conquis Matthieu ? »

Le visage de Charles s'assombrit.

« J'ai eu l'occasion de lui parler, ainsi que je l'espérais, à l'heure de la sieste, dans sa chambre jésuitique de Gênes, avant l'arrivée de Lord Milford, mais de lui parler trop brièvement. Un plus long entretien aurait vite paru suspect à l'Anglais. Vous savez que je n'avais pas eu l'avantage de fréquenter votre demi-frère autrefois, et quand je l'ai prié en votre nom, sans pouvoir lui fournir autrement de détails, de montrer à un hérétique le précieux dépôt que vous lui aviez confié, et auquel l'honneur de la reine était attaché, il a naturellement cru à une trahison. Mettez-vous un peu à sa place.

— C'est bien ce que je craignais.

« Et alors ?

— Et alors... À l'entrée de Milford, qui ne put se retenir de faire une épouvantable grimace à la vue d'un jésuite exécré, Matthieu, en désespéré, a essayé de manger la lettre...

— Mon Dieu !

— Mais, ayant laissé des dents en Chine, il n'a pu en avaler qu'un petit bout sur un bord. Le texte auquel vous aviez si génialement travaillé est sauf.

— Ah, la bonne heure !

— Milford a dû assommer Matthieu à coups de Bible pour lui faire rendre gorge.

— Non ? !

— Mais il a été seulement étourdi.

— Ah, bon !

— Nous l'avons ficelé, bâillonné, et enfermé dans l'armoire, en compagnie de draps parfumés à la lavande.

— Par le Ciel ! Était-ce vraiment nécessaire ?

— La lavande ?

— De l'enfermer dans le noir, robe noire et bonnet noir, avec ou sans lavande ?

— Il fallait bien donner à Milford le temps de prendre note. Je lui ai révélé que ses deux espions à demeure trouveraient dans la bibliothèque du défunt Cameleone *Les Travaux de Mars* qui permettent un déchiffrement immédiat.

— Bonne idée. Vous avez bien mérité vos livres sterling.

— Mes affaires de mariage vont s'en trouver facilitées.

— Je vous le souhaite cordialement. Le malentendu dissipé, nous ferons baptiser les bébés par Matthieu, s'il arrive à sortir de son armoire, un brin de lavande à sa soutane. »

En somme, ça aurait pu se passer beaucoup plus mal.

« À présent, poursuivit d'Artagnan, nous allons nous séparer pour nous rejoindre à Paris. Le Lord Protecteur semble avoir des espions derrière chaque arbre, et nous devons entretenir jusqu'à nouvel ordre la fable de notre brouille sanglante.

— Si Matthieu y parvient avant nous, il va s'empresser de se plaindre de l'agression et semer la panique au Palais-Royal.

— Nous y parviendrons avant lui. J'ai demandé à Lord Milford de s'en occuper : il ne tient pas plus que nous à ce que le Père Matthieu déchaîne autour de cette affaire une agitation désordonnée et prématurée.

— Grands dieux ! Milford ne va pas le faire assommer et mettre au placard une fois de plus, à Toulon ou à Bourg-la-Reine ? !

— Mais non ! Chaque fois que c'est possible, les Anglais, tout comme Mazarin, préfèrent la corruption aux actions brutales. Notre ami a graissé la patte au capitaine de *La Sémillante* pour que le départ soit retardé de trois jours et pour que la chiourme ne fasse pas de zèle. C'est plus qu'il n'en faut pour nous assurer une marge suffisante. D'ailleurs, voyageant séparément, l'un de nous deux doit en tout cas arriver dans les temps.

— Un détail m'inquiète, mon cher Charles, dans cette symphonie : je me demande comment le Mazarin va prendre nos accointances avec ce Milford, qu'il est d'autant moins question de lui cacher que vous vous êtes personnellement distingué avec cette armoire.

— Je crois que nous pouvons faire confiance à l'intelligence d'un Mazarin. Dès que je vous eus adressé un clin d'œil complice, ne m'avez-vous pas parfaitement saisi et suivi, et avec une promptitude tout à l'honneur de votre présence d'esprit ?

— Merci ! La lettre donne effectivement l'impression que la reine s'apprête à succomber pour raison d'État. Mais on sait, de toute évidence, qu'elle n'a pas couché avec le Mazarin. L'honneur est donc sauf, le Cardinal est flatté, et la copie que Matthieu a dans ses bagages fait même fonction de brevet de vertu. Les bruits désastreux qui avaient entouré la conception de l'*enfant du miracle* sont donc définitivement dissipés, et il n'est pas mauvais que les ennemis de l'État en France comme les ennemis de la France à l'extérieur soient officieusement mis au courant du fait.

— Mon cher Arnaud, votre talent – sans parler du mien ! – l'emportant de cent coudées sur celui du Mazarin, je ne doute pas que vous ne puissiez lui dorer la pilule en artiste.

— C'est vite dit. Le Cardinal est la méfiance en personne et il a coutume de ressasser sans se décourager toutes les hypothèses concevables. De quoi ce cerveau en constante ébullition ne va-t-il point me soupçonner ?

— De tout, c'est-à-dire de rien. »

XIII

Crevant sans lésiner une foule de chevaux, j'étais de retour à Paris dès le lundi 22 juillet, où je fis le mort chez l'hospitalier Monsieur de Brienne en attendant Matthieu et sa lettre chiffrée, dont l'arrivée devait seule me permettre de présenter à la reine et au Cardinal un bilan convaincant de mes activités italiennes. Tel que je connaissais mon frère, il irait directement à sa Maison professe de la rue Saint-Antoine déposer son bagage et prendre le pouls de son supérieur avant que d'aborder la reine, dont il devait appréhender l'accueil après sa mésaventure génoise.

Le 25, Charles était de retour à sa modeste auberge de la rue Saint-Denis, où la patronne, une plantureuse Flamande, lui offrait chaque jour le gîte, souvent le couvert, et parfois le reste. Madame Vandeput avait la passion de tout astiquer, et le va-et-vient de son poignet avait fait rêver plus d'un mousquetaire. J'invitai Charles à faire le mort quelques jours, lui aussi. Et pour tromper mon ennui, j'achetai chez un libraire de la rue Saint-Jacques un nouvel exemplaire des *Travaux de Mars*, après avoir vérifié que la page 94 s'y retrouvait fidèlement.

Le vendredi 2 août, le Suisse qui faisait fonction de portier à la Maison professe me fit prévenir vers midi que mon frère était au gîte, et j'allai le visiter aussitôt. Il était en train de dîner tristement dans sa chambre, en face d'un poulet mélancolique, auquel il avait à peine touché.

« Ah, te voilà enfin ! Je crois que tu me dois des explications. »

Je les lui donnai à loisir, franches, complètes, avec une émouvante éloquence, insistant sur la raison d'État, un concept aussi familier aux reines qu'aux jésuites, qui ont pour habitude de s'en satisfaire sans trop se plaindre.

« Et c'est pour raison d'État que ton mousquetaire et son Anglais m'ont bouclé dans ce meuble après m'avoir tout étourdi à grand renfort de Bible ! J'ai manqué l'heure de mon prêche à la cathédrale Saint-Laurent, où l'on m'a attendu en vain. On me croyait enlevé par des brigands ou victime d'une *vendetta*.

— J'en suis très sincèrement consterné. J'avais souhaité... et même prévu, une confrontation amiable avec ces deux émissaires dont tu savais que l'un m'était fidèlement attaché. En tout cas, je ferai valoir tes mérites auprès de la reine. Tu es l'un des plus touchants martyrs de sa cause... quoique beaucoup d'autres, il faut bien l'avouer, aient souffert davantage encore.

— Qu'on ne me parle plus de cette femme ! Les compliments hypocrites que tu pourrais lui faire à mon sujet ne me consoleraient point.

— Soit.

« À présent, donne-moi ce que je t'avais confié devant le Colisée, je te prie.

— Mais je ne l'ai plus.

— Hein ? !

— Tu n'imagines pas que j'allais garder par-devers moi cette chose qui attirait les espions et les coups !

— Qu'en as-tu fait ?

— Dès mon débarquement à Toulon, je l'ai confiée à un honorable jésuite castillan de mes relations, le Père Escamilla, qui montait directement sur Paris, avant de poursuivre sur la Suisse, où il doit séjourner jusqu'à l'automne. Comme je me suis arrêté deux jours à Auxerre, ce Père a dû arriver dans la capitale avant moi...

— ...où il a vu la reine sur-le-champ ?

— Sa Majesté ne le connaissant point, et l'Espagne – au moins théoriquement – étant toujours en guerre avec la France, je l'ai prié de porter de ta part cet envoi chiffré chez Rossignol, qui est de toute confiance et travaille aussi pour les jésuites à l'occasion…

« Pourquoi cette mine ? Je n'aurais pas dû ?

— En principe, Rossignol n'avait pas à intervenir dans cette affaire et j'aurais dû penser à t'en avertir. Ce n'est pas bien grave, et l'erreur doit être réparable. »

Je me précipitai à Juvisy, où le bonhomme Rossignol me déclara fièrement :

« La lettre chiffrée que m'a apportée hier le Père Escamilla m'aurait fait perdre du temps si Tristan ne s'en était point chargé. Il devait connaître le code, car je l'ai vu prendre un livre dans ma bibliothèque et, en moins de temps qu'il ne faut pour le dire, l'affaire était faite et il me remettait le texte en clair. Le voici ! »

C'était à se demander combien d'exemplaires le marquis de Lourmarin avait écoulés de son traité ! Il est vrai que Rossignol, pour garnir ses rayons, faisait rentrer toute nouvelle publication d'un certain intérêt, et que, ne faisant point la guerre, il était d'autant plus curieux de la façon dont elle se pouvait faire en théorie. Chez chaque bourgeois dort un stratège doublé d'un tacticien.

Je jetai un coup d'œil sur le texte, et ce n'est pas sans mal que je demeurai impassible. « …à Mgr Mazarin, etc. » avait été remplacé par : « …à une personne que je n'oserais dire… » Pourquoi ? Mais pourquoi ?

« Quel coquin, ce Richelieu, quand même ! »

Rossignol en avait tant vu et tant lu que ses indignations n'étaient jamais véhémentes, ct sa religion aussi sincère que solide lui faisait trouver tout naturel que le monde fût un bourbier. Il n'y a au fond que deux races d'hommes : ceux qui croient au péché originel et qui ont facilement réponse à tout ; ceux qui n'y croient point et qui n'ont difficilement réponse à rien.

À peine descendu de cheval, je remontai en selle, galopai vers Paris, passai prendre mes *Travaux de Mars* chez

Brienne, et rentrai enfin à mon hôtel vers l'heure du souper.

J'avais beau griller d'interroger Tristan, qui travaillait comme d'habitude dans son appartement, j'allai d'abord embrasser Félicité, après avoir embrassé sa mère et ses sœurs. Elle ne semblait pas aller plus mal. La vie de l'âme s'était substituée à celle du corps, et l'âme se portait bien.

« Enfin de retour, mon cher papa ! J'ai été très inquiète. Je vous imaginais en grand péril.

— Le péril, ma chère petite, n'est pas seulement sur les routes. Paris n'est pas moins périlleux.

— Me direz-vous un jour ce que vous faites au loin ?

— Je m'occupe des affaires du roi, qui sont très compliquées.

— Faut-il intriguer et mentir pour s'occuper des affaires du roi ?

— Le roi ne ment qu'à ses ennemis, qui sont des fourbes et ne méritent pas mieux. Et si je mens au service du roi, le mensonge du roi me lave du péché.

— Le roi ne fait que de pieux mensonges ?

— Il s'y efforce, et ses serviteurs s'y efforcent pour lui plaire.

— Je n'aime pas beaucoup ça.

— Moi non plus. J'avoue qu'il est parfois difficile de distinguer le pieux mensonge du mensonge qui l'est moins.

— Ainsi, vous ne pouvez me promettre de ne plus mentir ?

— Je vous mentirais.

— Alors, je dirai la vérité pour vous ! »

Tout soupirant, je passai chez Tristan, occupé à de la géométrie, l'art de perdre son temps à démontrer que les quatre côtés d'un carré sont égaux, alors qu'on le savait d'avance.

Agitant d'une main la lettre chiffrée et le texte en clair de l'autre...

« Quelle tarentule vous a mordu ? Qu'est-ce que cette substitution ?

— Vous savez, Monsieur, à quel point je méprise la politique, mais quand il m'arrive de m'en mêler pour rendre service, il me semble que j'ai bien le droit, et même le devoir, d'émettre une suggestion. Libre à vous ensuite, selon les circonstances, de faire ce que vous voudrez.

— Je n'y manquerai point !

— Réfléchissez un peu.

« Il s'agit d'une lettre de la reine à un évêque.

— C'est assez apparent ! Datée de 1637 et adressée au nonce Cameleone di Calabria.

— Qu'est devenu l'original ?

— Par un bienheureux hasard, les rats des archives vaticanes l'ont mangé.

— Existe-t-il des copies de ce document ?

— Je me flatte d'avoir rapporté de Rome la seule et unique, et ça n'a pas été sans mal !

— En dehors de ce Cameleone, combien de personnes ont-elles pu lire le texte dans l'original ?

— Voyons... Ma sœur, qui a pris le voile. Urbain VIII et Innocent X, morts. Innocent X n'a pas régné quatre mois : le détail a pu lui échapper...

— Il n'a pas eu à se plaindre. Parmi les prédécesseurs d'Urbain VIII, un monstre de longévité qui a tenu vingt et un an, Marcel II a duré trois semaines ; Urbain VII, douze jours ; Grégoire XIV, dix mois ; Innocent IX, deux mois ; Léon XI, vingt-six jours et Grégoire XV, vingt-neuf mois. Le bruit a couru qu'Urbain VIII avait réussi à se faire élire en se donnant pour mort. Comme quoi les conclaves n'ont pas toujours une mauvaise influence sur la santé de l'élu. C'est réconfortant.

— Quelle mémoire vous avez des noms et des chiffres !

— Elle se cultive. Pourquoi laisser sa mémoire en friche ? La liste des 230 papes qui ont précédé Urbain VIII est un bon exercice. Je puis vous la réciter à l'endroit, à l'envers, ou dans le désordre, avec les dates des avènements et des décès chaque fois qu'elles sont connues. Jusqu'en 189, les dates sont approximatives. On ne sait pas grand-chose.

— Vous seriez capable de réciter cette liste dans le désordre ? !

— C'est le plus facile.

— Allons donc ! J'aimerais bien voir ça !

— Homme de peu de foi ! Pariez-vous cinquante livres ? Le gain serait pour mes pauvres.

— Ils en auront trois cents si vous gagnez ! Mais je les veux tous et sans faute ! »

Tristan me fit asseoir, ouvrit sur mes genoux à la page idoine un gros bouquin qui se terminait par ladite liste, et me remit un crayon.

« Chaque fois que je nomme un pape avec les dates en rapport, vous inscrivez une croix en marge… »

Ce fut vite expédié, avec une aisance déconcertante. Oui, je venais d'être témoin de cet impossible exploit.

« Pourquoi avez-vous dit que c'était plus facile dans le désordre ?

— Parce qu'un ordre n'est pas toujours significatif, alors qu'un désordre peut être ordonné par nos soins. Toute la science consiste à organiser le désordre de façon artificielle afin de donner quelque prise sur l'inconnu.

— Il s'agissait donc d'un faux désordre ?

— Vous divisez la difficulté en petits paquets, chaque espèce de papes ayant son compartiment. Classement par origines géographiques, Italie et Latium en écrasante majorité, mais aussi le monde hellénistique, la Province d'Afrique, le pays des Goths, la Dalmatie, la Dacie, l'Espagne, le Portugal, la France, l'Allemagne, l'Angleterre, les Pays-Bas, la Pologne… Classement par durées de règne : ceux qui ont régné plus de vingt ans, ceux qui ont régné moins d'un mois. Classement par causes de décès : les martyrs, les morts en exil ou en prison, les assassinés ; deux sont morts de blessures reçues au cours d'émeutes, et un a été tué par l'effondrement d'un plafond. Classement par activités politiques, religieuses ou amoureuses : tant d'amateurs de femmes d'un côté, tant de bougres de l'autre…

— J'ai compris.

— Reste à ordonner à l'intérieur des classements, à ordonner les classements entre eux, et à poser tous recoupements utiles. Vous voyez comme c'est simple.

— Pour vous, peut-être ! »

Cette affaire me donnait le tournis. J'avais un trésor chez moi, et je ne l'avais pas exploité.

Tristan revint à nos oignons.

« Nous en étions au nombre de personnes qui avaient pu lire l'original, et vous aviez cité une sœur vivante et deux papes morts...

— Eh bien, on en arrive au pape en exercice, à son secrétaire d'État, auxquels on pourrait ajouter, bien sûr, quelques secrétaires ou archivistes tenus au plus rigoureux secret... Cela ne va pas loin.

— J'imagine que le nonce, après avoir fait suivre la lettre au pape, a gardé le silence, lui aussi ?

— Très religieusement. Et il vient de périr sur son secret.

— Vous êtes donc libre, en pratique, d'effectuer une substitution sur une copie sans risque d'être contredit. Risque d'autant plus faible que Rome n'oserait protester en l'absence de l'original. Je vois que ma suggestion, ainsi que je l'avais espéré, tient la route.

— Pourquoi cette suggestion plutôt qu'une autre ?

— Parce que c'est la plus prudente. Si le nom de Son Éminence demeure, un enfer de complications sont à craindre, que je vous laisse le soin d'imaginer, la première étant qu'on peut vous soupçonner d'avoir remplacé tel ou tel nom par celui du Cardinal, en vertu de telle ou telle arrière-pensée. Alors qu'avec ma version, l'histoire se perd dans les sables, et vous êtes couvert quoi qu'il advienne.

— Mais à ce compte-là, on peut aussi bien me soupçonner d'avoir remplacé un nom quelconque par "une personne que je n'oserais dire" !

— Certes, mais le soupçon vous engage moins et vous fait la partie plus belle.

— L'ennui, mon cher garçon, est que, pour tout vous avouer, un agent de Cromwell a déjà recopié cette copie à Gênes.

— Que n'osiez-vous le dire plus tôt ! Si vous égarez à présent vos papiers en cours de route, je ne puis plus rien pour vous.

— Celui-là, d'Artagnan avait fait exprès de l'égarer, et avec mon entière approbation.

— À mon avis, il fallait faire exprès de ne pas le faire. Vous êtes de vraies têtes brûlées, tous les deux. »

Depuis que j'étais devenu le père de mon fils, les leçons de Tristan avaient changé de style. L'implicite maussade s'était tourné en affectueuses manifestations d'une compétence supérieure.

Avais-je vraiment fait une boulette en rendant cet hommage inattendu au Mazarin ? J'ai un penchant irrésistible pour les plaisanteries dangereuses.

À onze heures passées, j'étais au Palais-Royal, avec la copie chiffrée rapportée par Matthieu et mon traité militaire sur le cœur. La reine, qui avait fini de souper, s'était retirée dans sa chambre, où Madame de Motteville m'introduisit sur-le-champ. Anne d'Autriche était mollement étendue devant une tasse de chocolat à la cannelle, et Mazarin, assis dans la ruelle, se leva à mon entrée, comme mû par un ressort.

« Avez-vous fait bon voyage, mon cher Monsieur d'Espalungue ?

— Une réussite, Éminence, et au-delà de toutes les espérances.

— Dieu Tout-Puissant ! Serait-ce possible ?

— Cette lettre existait bien, sans que Sa Majesté la reine puisse être critiquée le moins du monde pour avoir soutenu le contraire.

— Je n'avais jamais douté de l'excellence de ses motifs !

— Le cardinal Rospigliosi, fort soupçonneux, avait retiré l'original des archives, lequel est désormais inaccessible, et le cardinal Cameleone aux abois en a été si marri qu'il s'est empoisonné, la nuit de notre départ, à la poudre de cantharide. Mais dans son désespoir, il nous avait remis une copie que j'ai détruite après l'avoir chiffrée selon les instructions de Votre Éminence, et une copie gratis !

— Gratis ! C'est un miracle.

— Comme on n'en voit qu'à Rome !

« Cette lettre est réconfortante, et je vais avoir le plaisir de la déchiffrer sous les yeux de Sa Majesté, qui verra que son repos est à l'avenir bien garanti.

— Plût au Ciel ! »

Je m'installai à une table, y posai le document et *Les Travaux de Mars*, ouverts à la page 94, expliquant, au fur et à mesure du décryptement, la méthode que j'avais employée. Le Cardinal suivait la progression de mon travail en regardant par-dessus mon épaule gauche, et la reine, qui s'était levée pour la circonstance, regardait par-dessus mon épaule droite.

Je parvenais au passage crucial quand je me permis une observation :

« Votre Éminence peut constater que Richelieu n'est pas stigmatisé ici en tant que suborneur, une folie que les appas de sa souveraine auraient pu en partie excuser, mais en tant qu'intermédiaire, ce qui est plus grave si possible : sortant d'un cuisant échec personnel, il a l'inconscience, pour assurer à tout prix un héritier à la Couronne, de proposer un remplaçant à une souveraine irréprochable. Les instructives réticences de la reine à révéler cet outrage à tout autre qu'au nonce s'expliquent par le fait qu'elle avait dû mentionner un nom illustre, qui lui était déjà cher. Elle espérait ne pas avoir à le révéler deux fois.

« Et nous arrivons à l'essentiel...

À MGR MAZARIN SEUL JUGE DIGNE D'Y ACCÉDER
EN RAISON DE SES CAPACITÉS DE SES VERTUS ET
DE SA DISCRÉTION

« Il n'y avait en effet qu'un homme en France qui pût mériter le compliment, et le grand Cardinal, en dépit de ses fautes, ne s'y était point trompé. »

Avec une présence d'esprit admirable et une pudeur sans pareille, la reine s'écria en se voilant le regard : « Ô Giuglio, j'aurais donné ma couronne pour m'épargner cette honte ! » Elle tomba en pâmoison, et nous la guidâmes jusques à sa couche, où elle s'allongea, les yeux chavirés. Madame de Longueville apporta des sels, nous laissâmes bientôt à ses soins la dolente, qui désirait naturellement une compagnie féminine, et Mazarin m'entraîna dans son bureau. Le buste de Néron avait été remplacé par un buste en marbre de Marc-Aurèle, reconnaissable à sa barbe, où des serins auraient pu faire leur nid.

Giuglio, lui, n'était pas honteux du tout. Au septième ciel, il avait du mal à ne pas gambader comme un cabri calabrais.

Les esprits revenant peu à peu au Cardinal, il me demanda de lui déchiffrer le restant de la lettre, dont la teneur mitigea quelque peu son plaisir. Je n'avais en rien changé ces phrases peu flatteuses, où Son Éminence était qualifiée de « lamentable extrémité », pour ne pas être soupçonné d'une modification sur un point plus plaisant.

Réprimant un soupir, Mazarin se consola par une haute pensée :

« Enfin, Richelieu a pensé à moi dans cette épreuve. Il avait deviné de quelle étoffe j'étais fait. Et seul le pieux refus de la reine l'aura retenu de me mettre au courant. »

J'ajoutai, pour adoucir l'épreuve :

« Votre Éminence, qui connaît le cœur des femmes, peut sentir, sur la fin de cette lettre, comme un instinctif désir de se rendre sous la banalité très formelle de la plainte. Je soupçonne mon demi-frère Matthieu, alors confesseur de la reine, d'avoir su détourner sa pénitente d'une extrémité plus lamentable pour lui que pour elle. »

L'œil rêveur de Son Éminence revint au texte.

« Je crois distinguer, en effet, quelque chose de ce genre... »

Mais l'attendrissement fut de brève durée.

« La reine parle de "deux personnes de son entourage qu'elle a dû mettre dans le secret". Votre frère, en tant que confesseur, ne peut être en cause. Il est naturel de ne rien celer à un directeur de conscience. Voyez-vous de qui il pourrait s'agir ?

— Comment le saurais-je ? Le mieux est de le demander à Sa Majesté. Mais depuis le temps, elle a peut-être oublié...

— C'est à craindre. Sa mémoire est souvent capricieuse. »

Je dus raconter à ma façon toute l'expédition dans le dernier détail, et plus j'allais, plus le Mazarin était content. Son euphorie était telle que l'histoire Milford elle-même lui parut le fin du fin.

« Bien joué, mon vaillant Espalungue ! J'imagine la tête de

Cromwell devant cette révélation bouleversante, qui lui aura coûté la bagatelle de quinze mille livres ! Désormais, l'histoire est close, et il nous fichera la paix. De plus, vous avez manœuvré de façon à ne compromettre personne. Nous avons les mains nettes, et le Lord Protecteur lui-même, dont l'alliance m'est précieuse, ne peut que nous remercier.

« Je verrai ce que je peux faire pour d'Artagnan... bien qu'il ait déjà en vue une belle récompense. Pour le Père Matthieu... ce brave Colbert lui trouvera bien une armoire sobre et dépouillée, digne d'un ascète, qui lui rappellera longtemps son émotion et son dévouement.

« Quant à vous, qui comprenez si bien mes pensées et dont les services sont inestimables, je me sens tout découragé à l'idée de les estimer. Pourquoi, d'ailleurs, êtes-vous devenu si riche ? Que pourrait-on vous offrir que vous n'ayez déjà en double ou en triple ? »

Le Cardinal se leva, mettant fin à l'audience.

Comme il avait la bonté de faire gratuitement quelques pas en ma compagnie, il s'arrêta soudain pour me dire avec une douceur charmante :

« À présent que l'original est hors de portée, un mauvais esprit pourrait vous soupçonner d'en avoir pris à votre aise avec le texte, m'y faisant figurer pour me faire plaisir. Mais le plaisir est si grand que je vous pardonnerais ! »

Et voilà ! Le soupçon était tôt venu, et le Mazarin allait le creuser sans désemparer !

« On ne peut rien vous cacher, dis-je en riant. Richelieu avait songé au pape, et j'ai songé à vous ! »

Il était temps de changer de conversation.

« Joli buste, belle barbe.

— N'est-ce pas ? On m'a dit que c'était une tête d'Hadrien, l'amant d'Antinoüs.

— Pour le coup, il s'agit bien de Marc-Aurèle, Éminence.

— Oh ? Vous êtes sûr ?

— Absolument. Le modèle est classique. Marc-Aurèle a tué plus de chrétiens que Néron, mais les philosophes, dont l'humanité connaît des éclipses quand leurs préjugés sont en jeu, lui ont fait la réputation d'un aimable garçon, toujours prêt à formuler une sentence exemplaire.

— En effet. Et puisque sa réputation est meilleure, il n'est pas déplacé ici. Ne vivons-nous pas tous sur notre réputation ? »

La reine désirait me voir privément. Elle était assise dans sa chambre, une cassette sur les genoux.

« Venez, me dit-elle. Je vous ai donné autrefois un diamant, quand vous m'avez tirée par les cheveux de cette maudite affaire d'Arétin, qui rend à présent Monsieur le Cardinal si heureux. Je veux faire ce soir beaucoup plus. Prenez ce qui vous fait plaisir. Mais ne le dites pas à Giuglio, qui me gronderait ! »

Il y avait là un entassement de diamants superbes. J'aurais froissé en refusant. Je ne pouvais prendre ni le plus gros ni le plus petit. Et je ne pouvais pas non plus m'attarder à choisir.

« Quel est le diamant, demandai-je enfin, qui tient le plus au cœur de Votre Majesté ? »

Anne me le donna.

« Il me vient de mon frère d'Espagne, dont j'ai si bien, puis si mal, défendu la cause, depuis que je suis mère. Je ne suis plus digne de le porter.

— Je mentirais, Madame, en disant que j'aurais un si beau scrupule ! »

Je passai la bague à mon petit doigt. Très pure et pleine de feu, la pierre pouvait faire à vue de nez de quarante à soixante mille livres. C'était une pièce princière.

À voix basse, la reine poursuivit :

« Est-il vrai que Rospigliosi a retiré la lettre originale des archives ?

— Il avait bien d'autres chats à fouetter, Madame.

— Alors, pour l'amour de Dieu, où est-elle ?

— J'ai convaincu Cameleone de me la montrer pour comparaison avec la copie, d'ailleurs incomplète, qu'il en avait tirée. Et après avoir chiffré le texte comme vous savez, j'ai brûlé original et copie.

— Ah, que de grâces j'ai à vous rendre !

— Si on laisse de côté un séjour en galère, j'ai eu grand plaisir à ce voyage, et je défendais aussi mes propres intérêts en brûlant une lettre dont ma sœur m'avait donné verbalement un compte rendu exact et dont je m'étais librement entretenu avec Votre Majesté par la suite.

— Vous avez empoisonné ce Cameleone ?

— Je l'eusse fait pour vous, Madame, et avec joie. Mais il m'a suffi de l'endormir. C'est son réveil qui l'a tué : le marchand avait perdu son fonds de commerce et quelques remords avaient dû le perturber.

— C'était un homme horriblement corrompu.

— Il y en a bien d'autres ! Cameleone di Calabria était surtout un faible, qui n'avait pas grand talent pour les affaires louches. Alors que notre Cardinal a des talents pour tout. Un nouveau Richelieu, avec un style plus aimable. Quel homme habile et séduisant !

— Ne vous forcez point. Je sais que vous ne l'aimez pas. Et comme il a tout l'esprit qu'il faut pour le deviner, c'est un mauvais présage pour vous, qui vous croyez si habile.

— Dieu me garde, Madame, comme il a su vous garder jusqu'à présent !

— Nous avons eu plus de chance que de mérite, mon ami, et nous avons bénéficié de la miséricorde des circonstances. »

Je m'agenouillai aux pieds de la reine et je lui dis :

« Il est important pour moi, Madame, que l'on ait quelque raison de croire que Rospigliosi a bien mis l'original en lieu sûr. Car s'il apparaissait que je l'avais détruit, je pourrais difficilement justifier cette action, vu la nature du faux qui a tant flatté Son Éminence. Je puis être soupçonné, mais non point convaincu de fraude.

— Naturellement.

— Votre Majesté peut-Elle me promettre de garder un secret où sa réputation est d'ailleurs aussi intéressée que la mienne ? Je ne crains pas les coups d'épée, mais la seule vue du bourreau et des brodequins me ferait vendre la mèche.

— Je vous le jure sur ce que j'ai de plus sacré !

— Son Éminence est tellement persuasive…

— Je ne lui dis pas tout… et lui non plus ! »

Je baisai le bas de la robe et pris congé.

XIV

Sortant du Palais, je fus abordé dans la nuit épaisse par un homme chapeau bas, qui m'inspira un premier mouvement de recul. Par insouciance ou nécessité de discrétion, je me faisais rarement accompagné dans Paris aux heures tardives, alors que la plupart étaient flanqués de troupeaux de valets, avec pistolets et lanternes.

Et soudain, à ma vive surprise, je reconnus Monsieur Félix Chardon !

« Que faites-vous ici ? Et que me voulez-vous encore ?

— J'apporte à Votre Seigneurie les dernières nouvelles de Rome, où je m'étais attardé quelques jours avant de gagner Paris avec le pécule que Votre Seigneurie avait eu la bonté de me remettre lors de mon congé. »

Je me radoucis.

« Ma Seigneurie vous remercie.

« Quelles sont donc ces nouvelles ?

— J'en ai d'abord une franchement mauvaise.

« Le cardinal Cameleone s'étant empoisonné, le secrétaire d'État Rospigliosi a fait opérer aussitôt une vérification aux archives pontificales, d'où un document de la plus haute importance aurait disparu.

— Et comment le savez-vous ?

— Rospigliosi est un homme coléreux, qui a fait un éclat devant ses familiers, a cassé quelques bibelots, dont il a furieusement piétiné les débris, et le bruit de sa déconvenue a franchi les portes de son palais pour se répandre par la Ville.

— Le secrétaire d'État est un comédien : c'est lui qui a dû cacher ce document.

— Qui suis-je, Monsieur, pour vous contredire au nom d'une quelconque vraisemblance ?

— Passons !

— J'en ai ensuite une particulièrement mauvaise.

« Cameleone était toujours conscient lorsque ses domestiques l'ont trouvé gisant et se tordant de douleur sur le pavé de sa chapelle particulière, où il était peut-être venu, un peu tardivement, recommander son âme à Dieu.

— Et alors ?

— Alors... le cardinal accusait sans relâche deux envoyés de Cromwell, un chevalier béarnais protestant et un certain Lord Shylock, de lui avoir volé original et copie du document en question. »

J'eus un bref étourdissement.

J'avais le sentiment d'être revenu au temps où ma future belle-mère, honteusement riche, avait mis ma tête aux enchères chez tous les spadassins de la capitale. Et je me revoyais grièvement blessé, quasiment *in articulo mortis*, assiégé par un Père Joseph qui voulait faire de moi un capucin.

« D'où tenez-vous ces détails ?

— J'ai fait bavarder un valet.

— Le Lord Protecteur avait deux espions à demeure chez Cameleone.

— Il ne m'étonne point. L'espionnage anglais est de premier ordre.

« À propos de nouvelles, Monsieur, j'en ai une plus mauvaise encore, si possible.

— C'est impossible !

— Depuis mon enfance, je suis sujet à des rêves prémonitoires insistants. Si je vois une personne sur son lit de mort, c'est qu'elle va se marier. Inversement, si je la vois se marier, c'est que sa mort est imminente. Or, trois fois, depuis Rome, j'ai vu en rêve Votre Seigneurie en plein hyménée à Saint-Sulpice, avec grandes orgues, chœur angélique de castrats, et foison de fleurs aux divins parfums. Les fleurs, spécialement les lys et les tulipes, sont signe de mort violente.

— Sottises, que tout cela !

— Vous n'avez pas entendu le pire.

— Je m'en passerai.

— Pour en avoir le cœur net, Monsieur, j'ai tiré votre horoscope, à partir d'une date de naissance que j'avais trouvée dans un almanach. Ma mère, en son bordel pontifical d'Avignon, avait un certain talent pour les horoscopes, qui réjouissait fort ses pratiques et, entre deux visites, quand elle me tirait de mon réduit où elle m'avait laissé avec de belles images, elle m'initiait libéralement à cet art majeur.

— Je ne crois pas à ces balivernes.

— Et pourtant, astres et planètes exténués ralentissent votre rythme vital ; Mercure se cache derrière une lune à son déclin, tandis que Jupiter est en violente opposition avec Saturne ; Mars est tout rouge de sang aux abords inquiétants de l'écliptique ; la conjonction entre le Capricorne et la Grande Ourse n'est pas favorable ; l'astre solaire cesse d'égayer vos jours et l'étoile du soir vous abandonne. La peur m'a pris à cette accumulation de signes néfastes. Seule la présence imprévue d'Orion dans le dernier quartier de Belphégueuse donne quelque espoir. C'est le moment, Monsieur, de prendre une douce médecine et de fermer votre porte aux fâcheux. J'appréhende pour vous une bien pénible visite.

— Foutaises que tout cela ! C'est plutôt une forte médecine qu'il me faut !

— Comme il vous plaira...

« Je suis descendu, Monsieur, chez Madame Vandeput, où loge déjà votre ami le comte d'Artagnan. Ainsi, je serai à disposition si Votre Seigneurie a de nouveau besoin de mes services.

— Au point où nous en sommes, il se pourrait bien...

« Prenez ces quelques louis en attendant, et disparaissez. Vous avez pu constater que ces nouvelles ne m'étaient pas agréables. »

Monsieur Chardon se fondit tristement dans la nuit.

J'étais inondé de sueur, et je fis demander une escorte à Guitaut. C'est ce Guitaut qui, le 5 décembre 1637 au soir, par une succession de fines et obliques manœuvres, avait réussi à conduire un Louis XIII rétif comme une mule jusqu'au lit de sa femme au Louvre, et j'avais été le premier à annoncer à Richelieu l'apparente réussite du rapprochement. Comme d'Artagnan ou moi-même, Guitaut était l'un des plus sûrs appuis de la monarchie, qui sera de droit divin tant qu'on fera de Dieu un juriste complaisant.

Dès mon retour, Hermine m'annonça qu'un visiteur m'attendait au grand salon.

Lord Milford, égal à lui-même, se leva à mon approche, et me dit avec un parfait sang-froid :

« Vu le rôle que j'ai été amené à jouer en Italie dans notre affaire, le Lord Protecteur m'en a confié à Paris les délicates investigations.

— Je vous félicite sincèrement. Vous avez tout pour inspirer confiance.

— Chevalier Du Pouye, j'ai reçu des nouvelles fraîches de Rome…

— Épargnez-les-moi, je les connais déjà ! Il s'agit d'un tissu d'erreurs. Rospigliosi trompe son monde comme d'habitude, et le délire funèbre d'un Cameleone ne saurait être pris au sérieux par personne.

— Vous m'avez indignement trompé, votre Shylock shakespearien et vous-même, en m'aiguillant, avec un vice inouï, sur la fausse piste de cette copie chiffrée à quinze mille livres qui ne valait pas deux sous – quand je pense que nous venons de les payer ! –, où le nom du Mazarin apparaît comme un cheveu sur la soupe, tandis que l'original, qui devait naturellement porter un autre nom, était acheminé jusque chez Rossignol par le biais d'un autre jésuite, castillan celui-là, dont nous avons réussi à apprendre qu'il s'appelait Pedro Escamilla. Un drôle de pistolet, qui circulait en France sous le nom de Gustav Fischgesang.

— Mais c'est du pur roman ! Si Cameleone

m'avait remis l'original, pourquoi aurait-il abouti chez Rossignol ?

— Parce que Pedro Escamilla, étant espagnol, n'avait pas à fréquenter le Palais-Royal. Rossignol, gardien des plus importants secrets d'État, paraissait alors tout indiqué. Escamilla a d'ailleurs été vu à Juvisy. Nos services tiennent depuis longtemps le château sous surveillance. Les allées et venues y sont des plus instructives.

— Enfin, que voulez-vous ?

— Quel est le nom porté sur l'original, passé par votre industrie des archives pontificales aux pattes de ce Rossignol ?

— Je l'ignore. Et si par hasard je le savais, il va de soi que je ne le vous dirais point.

— Soit. Je n'en attendais pas moins de vous.

« Cette mauvaise plaisanterie a mis Cromwell dans une épouvantable fureur. La face rouge brique, arpentant son bureau comme un buffle, il a juré d'en avoir le fin mot.

— Qu'on lui administre donc quelques cantharides pour le mettre de plus joyeuse humeur ! »

Milford faillit perdre son sang-froid.

« Cet original, je l'aurai. L'honneur de l'Angleterre est en jeu et ma carrière en dépend. C'est “ le grand singe tourné en souris ” qui vous le promet ! Et vous vous épargneriez de grands malheurs en me le procurant tout de suite.

— S'il était chez Rossignol – ce dont je doute fort ! –, il n'y resterait pas longtemps : le Mazarin réclamerait bientôt la pièce, dont la reine exigerait sans doute la destruction.

— Tel que je connais le Cardinal, il en prendrait au contraire le plus grand soin et ne soufflerait mot de l'affaire à la reine, sinon pour accroître encore son emprise. Dans ces conditions, l'original ne saurait être plus en sûreté qu'à Juvisy où il est déjà.

— Vous rêvez !

— Ne prenez pas la peine de me raccompagner…

« J'espère tirer l'épée contre vous dès que cette histoire sera terminée.

— Je suis à votre entière disposition, My Lord, et je préférerais même de beaucoup vous tuer sur-le-champ.

— Vous patienterez. Nous sommes tous deux prisonniers de la raison d'État, et nos convenances personnelles passent au second plan. »

C'était bon à savoir. Comme j'étais nettement plus robuste que cet insolent, je lui donnai une bonne pichenette sur le nez qui lui fit venir les larmes aux yeux, et il s'enfuit cuver sa honte avec sa raison d'État sous le bras, ce qui ne me réconforta guère.

Hermine me découvrit effondré dans le salon, en proie aux plus funèbres pensées. Le Cromwell et le Mazarin allaient conjuguer leurs soupçons pour me mener la vie dure. À force d'habileté, je m'étais montré habile une fois de trop. Par bonheur, l'innocent Rossignol, que j'avais mêlé à mes intrigues par un néfaste hasard, était sous bonne garde.

« Quelque chose ne va pas, mon ami ?

— C'est tout qui fout le camp, Madame, à ce jour ! Je vous en reparlerai quand j'aurai mis un peu d'ordre dans ma tête. »

Le lendemain samedi à l'aube, après une nuit qui m'avait quelque peu rasséréné, j'allai réveiller Tristan pour lui narrer les traits, grands et petits, de toute l'affaire, ne lui cachant que le nom dont j'avais fait disparaître la trace à Rome. Un esprit neuf de cette qualité pouvait me dispenser de judicieux et raisonnables conseils...

« Pour les conseils, vous venez à cette heure matinale un peu tard. Qu'aviez-vous besoin, à votre âge, et avec votre riche expérience, de vous glisser entre l'arbre et l'écorce, de tenter le Diable, de jouer avec le feu comme un apprenti ? Prenez garde seulement que mon futur beau-père, que vous avez exposé au danger avec votre légèreté habituelle, ne devienne pas bientôt victime de vos intrigues. »

La mercuriale était sévère, mais en partie justifiée. Ennuyé au possible, je m'efforçai de rassurer mon fils, visiblement plus inquiet pour Rossignol qu'il ne l'était pour moi : ses amours étaient à Juvisy, comme en témoignait un petit portrait de Marie souriant à son chevet.

Fait curieux, Tristan ne s'inquiétait guère de savoir si Louis XIV était de son père officiel ou du bedeau de la paroisse. Exception faite des peines corporelles, que seuls les stoïciens se disaient capables de mépriser, les choses n'ont évidemment que l'importance qu'on leur attache et les géomètres n'ont pas une sensibilité ordinaire. Ce peut être un avantage. Ce peut être aussi un inconvénient lorsqu'ils tombent dans un puits en regardant la lune.

Autre corvée, celle d'informer d'Artagnan de la cascade de tuiles qui nous étaient tombées dessus la veille par une malchance insigne, alors que tout avait été si bien combiné. Un Rospigliosi hors de lui, un Cameleone expirant cinq minutes trop tard, un jésuite polonais de trop, avaient suffi à dérégler la mécanique dont j'avais été si fier. Mais comment prévoir les plus imprévisibles hasards ? On ne ferait jamais rien si l'on avait la hantise des particules impondérables, des vents capricieux et des tourbillons malins.

Madame Vandeput, tout en astiquant un chandelier de cuivre avec son entrain coutumier, m'introduisit dans la chambrette en désordre du mousquetaire, où des collections de bottes, de feutres emplumés, d'épées et de pistolets tiraient l'œil.

Mis au fait, Charles se montra aussi pessimiste que Tristan – mais un peu moins alarmé que je ne l'étais, vu qu'il se trouvait quand même en seconde ligne dans la bataille. La présence d'un Félix Chardon, qui se confondait avec les meubles quand il n'aidait pas chrétiennement Madame Vandeput à astiquer ou à écosser des fèves, n'était pas de nature à le rassurer beaucoup. Le bon apôtre en rajoutait dans l'humilité avec une ardeur qui aurait pu sembler suspecte à qui n'aurait pas cru à la toute-puissance de la Grâce.

Le dimanche 4 août, le Mazarin me fit dire de le passer voir au Louvre, où je le trouvai dans son bureau, vers neuf heures et demie du matin.

Ce logis, qu'il avait occupé avant que de s'installer à cheval sur le Palais-Royal et sur l'Hôtel Tubeuf, avait été dégarni des ornements les plus luxueux, et ne lui servait plus que de temps à autre, lorsqu'il voulait sans doute se repaître des progrès accomplis en quinze ans. Dans ce bureau, point de Néron, de Marc-Aurèle ni de Mignard, mais un Greco qui n'avait pas la cote, une œuvre vigoureuse, certes, mais tout en longueur, que le Cardinal n'aimait guère, la jugeant excessive et d'un goût discutable. C'était d'ailleurs le seul Greco de sa collection.

Il faisait très chaud et, par la fenêtre grande ouverte, montaient les rumeurs dominicales et les odeurs fortes de Paris.

À mon entrée, Mazarin, qui regardait couler la Seine, se retourna pour m'accueillir et serrer gracieusement mes deux mains dans les siennes.

« Cher, très cher Monsieur d'Espalungue ! La reine me répétait encore hier soir toute la reconnaissance que vous doit la Couronne. Quel avantage, pour un homme encore plein d'avenir, que d'être dans les petits papiers de la plus grande princesse d'Europe, fille, sœur et épouse de tant de rois !

« Et je distingue que vous avez au doigt un bien beau diamant. Je m'y connais en diamants ! Après la gloire et la prospérité de l'État, c'est l'une de mes passions.

— Mes maîtresses se sont cotisées, Éminence, pour me l'offrir, et ma femme a payé la monture.

— Ah, ah ! Toujours le mot pour rire, ce bon Espalungue !

« Mais allons nous asseoir... »

Le Cardinal referma la fenêtre en passant, à croire que les secrets d'État risquaient de la franchir pour courir les rues jusqu'aux Halles, où le duc de Beaufort avait fait de la démagogie auprès des harengères pendant la Fronde. Puis, caressant machinalement des papiers épars sur son bureau, il me regarda fixement durant quelques minutes, comme s'il avait voulu sonder mes reins et mon cœur, et je lui rendis la pareille avec assurance, quoique sans aucune ambition de sonder des reins fatigués et un cœur multiple.

« Imaginez-vous, Espalungue, que d'Entremont, notre ambassadeur à Rome – qui a tant regretté de ne pas vous voir lorsque vous êtes passé là-bas comme la foudre ! –, me communique que le secrétaire d'État d'Alexandre VII se plaindrait amèrement de la disparition d'une certaine pièce de ses archives. Le cardinal s'en tenait pour responsable et une éventuelle forfaiture de Cameleone di Calabria lui serait fort douloureuse.

— Des plaintes qui ne me surprennent point. Ce vieux renard de Rospigliosi cherche à égarer les curieux pour avoir la paix. Je tiens pour probable qu'il conserve la lettre originale sous son presse-papiers... à moins qu'on ait tout simplement modifié le classement aux archives de façon à décourager toute recherche. Dans ce fouillis poussiéreux...

— C'est possible. Rospigliosi est un rusé.

« Mais le bruit court aussi dans la Ville éternelle que des agents anglais auraient volé ledit original chez cet infortuné Cameleone.

— Alors, Éminence, Lord Milford aura payé une copie quinze mille livres au comte d'Artagnan pour innocenter ses émissaires et donner à penser que l'original n'était pas chez lui.

— Pourquoi pas ? Reste une autre hypothèse. Ces agents ont pu se faire passer pour anglais.

— Mais en comptant Rospigliosi, cela fait déjà trois hypothèses, c'est-à-dire deux de trop. Si c'est la troisième qui a les faveurs de Votre Éminence, on peut se demander ce que je pourrais bien faire de cet original, qui n'aurait de valeur que si j'étais homme à le négocier, et mon attachement pour la reine fait justice du soupçon.

— Si je voulais à tout prix vous soupçonner, Monsieur, d'avoir dévalisé le cardinal Rospigliosi en parlant la langue de Cromwell – ce qui eût été, certes, du dernier plaisant ! –, je ferais suffisamment crédit à votre fidélité comme à votre prudence pour détruire l'original plutôt que pour le vendre.

« Mais quel reproche vais-je vous faire là ? N'y aurais-je pas gagné, en fin de compte, une délicieuse surprise ?

— Et l'État y aurait gagné la tranquillité. Votre Éminence aurait-Elle vraiment préféré découvrir un autre nom sur cette lettre ?

— Oui, à tout prendre ! Je n'hésite pas à le dire. Car si ce personnage n'est pas mort, sa vie est une menace perpétuelle et gravissime pour la dynastie. »

Après cette fort pertinente sortie qui ne présageait rien de bon, Mazarin poussa un gros soupir et poursuivit :

« Serait-ce un ami à vous ? Ou bien la reine, au mépris de ses propres intérêts, vous aurait-elle fait promettre de taire ce nom qui m'inspire tant de crainte ?

« Ah, Espalungue, nous devons défendre contre elles-mêmes les femmes que nous aimons ! Avec leurs pudeurs et leurs humeurs, elles sont si désarmées devant la vie ! »

Un silence, et le Cardinal changea brusquement de sujet, le verbe émouvant se faisant sévère.

« Ce mois de décembre 1637 persiste à m'intriguer. J'ai envoyé interroger votre sœur à son couvent. Elle était demoiselle d'honneur d'Anne d'Autriche en ce temps-là, et fort intime avec elle, alors que votre demi-frère jésuite – vous me l'avez rappelé vendredi soir – avait été nommé par Richelieu confesseur de la reine. Et vous-même aviez eu l'occasion de rendre à votre souveraine de ces services qui établissent une relation de confiance toute particulière entre un homme et une femme.

« Lorsque la reine parle de “ deux personnes de son entourage qu'elle a dû mettre dans le secret ”, c'est sans doute pour signaler au nonce en passant que l'affaire a eu des témoins dignes de créance, et ces témoins, on doit encore les pouvoir trouver. Ne serait-ce point, par hasard, votre sœur et vous-même ?

— Qu'a raconté ma chère sœur ?

— Vous aimeriez bien le savoir ? Eh bien, la Mère supérieure des filles de Sainte-Marie de la rue Saint-Antoine a interdit qu'on dérangeât cette recluse, qui était, paraît-il, plongée en oraison.

— Claire ne cesse de prier et de se sacrifier pour Votre Éminence, pour le roi, pour la France, pour les Chinois... La pureté de sa foi est admirable. Votre Éminence devrait comprendre ces choses-là.

— Je suis capable de les comprendre, bien que j'éprouve moi-même beaucoup de mal à prier. J'ai vu tant d'ignominies, que la liberté donnée à l'homme par un Dieu de bonté ne paraît pas expliquer de façon bien claire.

« Suivez-moi... »

Mazarin me conduisit à un appartement que je connaissais bien, celui de la reine, qui avait été démeublé, mais, dans la chambre, le grand lit était demeuré en place.

« Vous voyez ce lit, Espalungue ? C'est là que Louis fut conçu, dit-on, le soir du fameux 5 décembre. Les filles d'honneur de la reine étaient de service de nuit par roulement et couchaient alors devant la porte de leur maîtresse. Il m'est revenu de bonne source que votre sœur a été souvent retenue pour la nuit après le 5 décembre, et jusques au milieu du mois. Et Richelieu avait la haute main sur les gardes, qui ne songeaient, dans l'ensemble, qu'à lui plaire, et qu'il pouvait corrompre ou congédier à sa guise.

— Si la reine, par raison supérieure, a pris un amant très utilitaire et très épisodique, les banales constatations de Votre Éminence n'en apportent pas la moindre preuve pour autant.

— Eh, je sais bien !

— Et puisque le roi Louis XIII a, de toute façon, ouvert le bal, une chance... ou un risque ? ! demeure que l'enfant soit de lui.

— En effet. Une incertitude qui pourrait être de grand poids quelque jour ! »

Comme nous revenions au bureau sans mot dire, le Cardinal me lança tout à coup :

« Fouquet a pris langue avec Cromwell à propos de Belle-Île. Le Lord Protecteur est sollicité de le soutenir dans le cas où il lui arriverait des ennuis. Ce plan subversif du surintendant paraît plus grave que vous ne m'aviez dit.

— Du vent ! L'Angleterre n'ira jamais risquer une guerre pour les beaux yeux d'un Fouquet.

— Je veux bien le croire. En attendant, je vais prévenir le roi. S'il m'arrivait de rendre mon âme à Dieu subitement...

— Votre Éminence a encore de longues années devant Elle.

— Ma santé n'est plus si bonne. Je suis accablé de tracas, que je supporte de plus en plus malaisément, et vous avez part maintenant à ces inquiétudes, dont je me passerais bien. Vous savez que je ne suis pas un violent. J'aime à demander à l'amitié, à de franches explications, tout ce qu'elles peuvent donner. Mais je n'aime pas non plus qu'on se moque de moi, et si vous me fâchez pour de bon, ce n'est pas la reine qui vous sauvera la mise, croyez-le bien.

— Je ne doute pas que l'autorité de Votre Éminence puisse aller jusque-là. L'autorité sans cesse branlante de Richelieu avait pour bornes l'inconstance et la versatilité d'un monarque. Celle de Votre Éminence ne se heurte qu'à l'indolence espagnole d'une souveraine qui lui est indéfectiblement attachée.

— Oui, par ce côté-là, j'ai la partie plus belle, et j'ai appris à la jouer. »

Et revenant à Cromwell :

« J'aimerais que vous fissiez un de ces jours un saut à Londres. Le Lord Protecteur, en dépit de son caractère de chien, vous a toujours reçu avec faveur, et j'aurais pour agréable que vous lui prissiez le pouls au sujet de Belle-Île.

— De graves affaires me retiennent, Éminence.

— Dégagez-vous.

— Ce n'est pas urgent.

— Plus que vous ne pensez. Le roi va s'inquiéter, et j'aimerais avoir de quoi dissiper ses craintes.

— Je ferai tout mon possible.

— Comment se fait-il que Cromwell vous regarde d'un œil favorable ?

— Votre Éminence oublie que j'ai été éduqué dans le

calvinisme de La Rochelle. Je connais les puritains et quelles sont les fables qu'ils ont plaisir à entendre. Dans un monde réprouvé, ils font partie du petit troupeau des élus. Caresser la bête dans le sens du pelage métaphysique est donc aisé.

— Autant ces fables-là que des vérités pénibles ! »

Vu les circonstances, j'avais envie d'aller à Londres comme de me pendre.

XV

De retour au bureau, Mazarin tira un papier d'un tiroir pour me le mettre sous le nez...

« Cette gentillesse est de 1654, parmi des milliers d'autres. Peut-être de la plume de Cyrano de Bergerac, un athée burlesque qui nous a quittés il y a trois ans pour aller vérifier ses théories plus haut. Ce Cyrano ne dédaignait pas la chansonnette.

« Lisez, lisez donc... »

Sire, vous n'êtes qu'un enfant,
Qu'on vole bien impunément,
Et le larron fout votre mère.
Lère la lère lan laire,
Lère la laire lan la.

Même on dit qu'il a protesté
De foutre Votre Majesté
Aussi bien que Monsieur son frère.
Lère la lère lan laire,
Lère la lère lan la.

« Ne vous méprenez pas sur la nature de mon autorité. Je ne fous personne, pas même le jeune Philippe, qui ne s'en porterait pas plus mal, vu ses précoces talents. L'influence que le sexe donne sur les femmes est fugitive et superficielle. J'obtiens régulièrement ce que je veux parce que je connais mes dossiers et sais les mettre en valeur auprès d'une auguste personne qui m'est reconnaissante de lui épargner tout souci. Le jour où vous deviendriez un vrai souci pour la reine, elle vous oublierait comme elle a déjà fait de quelques autres – un Beaufort, notamment – pour se consoler avec des saucisses et du chocolat.

— J'incline à faire tout ce crédit à Votre Éminence.

— Alors tenez-en compte !

« De vous à moi, cette chambre vide, où ne figurait plus qu'un lit désert, m'a fait penser au duc de Beaufort.

— Et... pourquoi à lui plus qu'à un autre ?

— À la réflexion, même si l'hypothèse doit contrister ma vanité, je pense que la reine, si elle a fauté, n'a pu jeter son gant qu'à un prince du Sang. Or, fin 1637, le choix n'était pas large.

« Condé avait dans les seize ans et son frère Conti en avait huit de moins. Le comte de Soissons, soupçonné d'un attentat contre Richelieu l'année précédente, avec la complicité de Gaston d'Orléans, était en disgrâce. Gaston d'Orléans lui-même, que la reine avait pourtant médité d'épouser un jour que son mari était à la mort, n'était plus dans la course, Richelieu ne le pouvant sentir en raison de ses ambitions brouillonnes. Le duc de Vendôme, d'ailleurs bougre à plus en pouvoir, était en exil, son fils Mercœur avait peur de son ombre, mais son second fils, le duc François de Beaufort, assez étourdi pour se laisser circonvenir, répondait présent. Il était en tout cas du Sang d'Henri IV et, je le répète, à mon modeste avis, il fallait au moins ça pour entrer dans le lit d'une princesse de cette constitution. De plus le duc était jeune et robuste, en excellente santé, capable de produire un enfant superbe, et ce beau blond courtisait respectueusement une reine qui le trouvait aimable.

— À condition qu'il n'ouvre pas la bouche !

— Ce n'était pas à sa bouche qu'on en avait !

— Si Beaufort avait été retenu, le roi n'aurait pas tant de qualités.

— Il arrive que des pères stupides aient des enfants doués.

— Tout cela, Éminence, n'est que supputation. »

Le Cardinal insinua :

« Vous aviez vous-même, semble-t-il, des relations assez suivies avec ce Beaufort. C'est dans son jardin, si je ne m'abuse, que vous avez tué raide le frère de votre future femme, devant une assistance des plus choisies qui n'en attendait pas moins de votre réputation naissante...

— Je ne l'ai pas tué si raide, Éminence ! Ayant de la sympathie pour lui, je l'avais frappé au ventre, afin qu'il eût tout le loisir de faire une confession générale et de recevoir les derniers sacrements. Il m'en a beaucoup remercié à son dernier souffle.

— On vous reconnaît bien à cette gentillesse métaphysique !

« Et quand le 30 juillet 52, le duc de Beaufort a tué en duel d'un coup de pistolet son beau-frère le duc de Nemours au marché aux chevaux près de la place des Petits-Pères, pour une futile histoire de préséance, où étiez-vous ?

— J'étais en effet des quatre amis qui secondaient François dans cette épreuve absurde qu'il n'avait nullement cherchée. La haine stupide de Nemours se manifestait bien par le choix peu courant du pistolet chargé à plusieurs balles, dont les blessures ne pardonnent guère. Les seconds, qui ne se battaient que pour la gloire et le plaisir, se sont entre-tués à l'épée. Deux de mes compagnons sont morts de leurs blessures dans la journée, le troisième a survécu.

— Et vous-même n'avez pas été blessé ?

— Votre Éminence ne va pas me reprocher la constante protection dont le Ciel me favorise ! On ne fait rien de bon sans la chance.

— Autre chose me frappe, et qui en a frappé bien d'autres. Quand une dernière colique eut enterré Louis XIII, c'est à notre Beaufort, qui n'a pas trente ans, qui n'a jamais rien fait et est bête à brouter du foin, que la reine confie la garde de ses deux enfants, de ce qu'elle a de plus précieux, et le duc les escorte triomphalement de Saint-Germain au Louvre.

« Beaufort, qui se voit déjà premier ministre, refuse la charge de Grand Écuyer, qui n'avait pas été pourvue depuis l'exécution de Cinq-Mars, et ses assiduités à l'égard de la reine se font si fortes qu'il ne craint pas de l'aller surprendre dans son bain...

— La reine se baigne tout le temps, environnée de voiles pudiques ! J'en ai personnellement goûté la belle ordonnance un matin. Le duc, lors d'une affaire urgente, ne pouvait sans doute saisir la souveraine ailleurs...

— J'ai eu le plus grand mal – j'y ai passé des nuits entières ! – à faire comprendre à Sa Majesté que Beaufort ne pouvait en aucun cas diriger un gouvernement. La fonction eût été tournée en ridicule. En proie à de douces rêveries, Anne se flattait d'initier ce jeune homme inconsistant et bafouilleur aux affaires, alors qu'elle avait le plus urgent besoin d'y être initiée elle-même ! Nous l'avons échappé belle.

— Je ne saurais contredire là-dessus Votre Éminence.

— Vous l'avez d'ailleurs si bien saisi, que vous m'avez alerté, avec quelques autres, quand le duc avait posté des spadassins pour me faire passer de vie à trépas. Je vous en remercie encore. Mais enfin, il n'est pas courant qu'un prince du Sang décide d'assassiner un ministre qui débute et n'a encore que des amis partout. Ce coup de passion perverse n'est-il pas étrange ? Comme si nous avait opposés, lors de la Cabale des Importants, un différend personnel que la seule politique ne pouvait expliquer.

« Reste que cet incapable a failli, et d'un rien ! devenir premier ministre. Mais sous quel prétexte, je vous prie ? On le cherche encore. Quand Louis XIII, après avoir fait dépêcher Concini, l'a remplacé par Luynes, qu'il a couvert d'or et de titres, il y avait quand même, aux yeux du roi, un sérieux motif : Luynes s'y connaissait en faucons. Le seul atout de Beaufort était d'avoir une belle jambe.

« Voilà des faits, et non point des supputations. »

Mazarin tira un autre papier du tiroir.

« Goûtez-moi ce dialogue frondeur...

Le Roi commence : Ma Bonne Maman, pourquoi avez-vous pris la Régence puisque mon papa l'avait défendu à sa mort ?

La Reine répond : Mon Fils, pour être la maîtresse de toute la France sous votre autorité.

Le Roi : Ma bonne Maman, pourquoi ne m'avez-vous pas laissé entre les mains du duc de Beaufort, comme mon papa l'avait fait en mourant ?

La Reine : Mon Fils, c'est que je ne l'aimais pas comme Monsieur le Cardinal Mazarin.

« Même un Louis XIII n'aurait pas laissé son fils aux mains d'un Beaufort irresponsable. Mais pour le reste, ce n'est pas si faux. La déception avait de quoi énerver un prétentieux qui se serait cru élevé au pinacle par quelques talents d'alcôve entre chien et loup.

« N'êtes-vous point de mon avis ?

— Présomptions ne font pas preuve. Une bonne justice, Éminence, exige des certitudes.

— Mais ces présomptions sont concordantes.

« Réfléchissez encore. On vous retrouve un peu partout dans cette histoire et, ces certitudes, je compte sur vous pour me les rapidement fournir. »

Le Mazarin avait ramassé tout ce qu'il avait pu pour échafauder un faisceau troublant.

À onze heures, j'allai à la messe à Saint-Eustache, dont j'aimais les voûtes flamboyantes. Colbert m'avait dit un jour avec une feinte négligence qu'il ambitionnait de s'y faire bâtir un tombeau, mais il n'en est pas encore là, et ce n'est pas un tombeau qui lui fera rendre gorge. Fruit malsain des divagations de Monsieur Chardon, je voyais des tas de planètes danser la sarabande et me cligner de l'œil au-dessus de l'autel...

Au cours du dîner, tandis que Monsieur Sourdois, après nous les avoir présentés sur un grand plateau d'argent, découpait des canards avec sa dextérité habituelle, je demandai à Tristan ce qu'il fallait penser des horoscopes. Depuis que j'avais mis le nez dans ses *pensées*, je n'osais plus guère parler de finances à table, et ce sujet de conversation en valait un autre.

« Il s'agit d'une tromperie, Monsieur.

— Qui a ses partisans depuis la plus haute Antiquité ! Et les plus grands princes eux-mêmes...

— La foule des ignorants ne fait normalement autorité qu'en démocratie, et certains princes sont plus démocrates qu'ils ne le croient.

« Première question : le mouvement général des corps célestes pourrait-il avoir de l'influence sur nos destinées particulières ? La chose n'a jamais reçu le moindre commencement de démonstration.

« Seconde question : en admettant une influence quelconque, l'étude des signes du zodiaque, base de l'astrologie, peut-elle être féconde ?

« Les douze signes du zodiaque portent les noms des constellations avec lesquelles ils coïncidaient il y a quelque deux mille ans. Mais par suite de la précession des équinoxes, le point vernal rétrograde sur l'écliptique d'un signe zodiacal en deux mille cent cinquante ans. La roue tourne, et en vingt-huit mille huit cents ans, on en revient au même point. Ce qui signifie que, du temps de Socrate, on était dans le *Bélier*, et qu'on est dans les *Poissons* aujourd'hui. Ne serait-ce qu'en vertu de cette particularité, tous les horoscopes ne peuvent être qu'archifaux, puisqu'il y a constamment un décalage d'une unité.

« De plus, il existe, entre le *Scorpion* et le *Sagittaire* une treizième constellation, *Ophiucus* ou le *Serpentaire*, dont la présence avait échappé aux Anciens. Cela fait déjà deux motifs d'erreur.

« De plus, les signes du zodiaque sont définis par rapport aux zones tempérées de l'hémisphère nord, là où la plupart des observations avaient été faites jadis plutôt mal que bien. Si vous gagnez des régions tempérées de l'hémisphère sud, il ne faut pas oublier d'inverser les signes de votre horoscope sous peine de faire une erreur supplémentaire.

« Enfin, les zones tropicales ou polaires constituent des cas limites où le système ne marche plus.

« En résumé, une influence douteuse repose sur quatre

erreurs de fait, dont deux sont permanentes, et deux, circonstancielles.

« Mais dans deux mille ans, il y aura toujours des horoscopes en bonne place dans les gazettes. L'infecte race des Renaudot est éternelle. »

J'étais ravi de ce que j'entendais.

« Mon cher Tristan, dit Hermine, vous parlez comme un livre et donnez envie de vous croire. Quand j'étais jeune fille, un horoscope m'avait prédit que j'épouserais un homme très riche. Et vous voyez ce qui est arrivé...

— Pour une fois, la prédiction, Madame, n'avait pas menti. Monsieur d'Espalungue est effectivement devenu riche. Un peu plus tôt, un peu plus tard, c'est le résultat qui compte... »

Nous eûmes le bon goût de rire.

« Autre erreur, poursuivit Tristan, qui affecte toute prédiction, et qui est d'ordre logique. Si je prédis que vous mourrez demain dans vos pantoufles, il vous suffit de chausser vos bottes pour rester en vie et ridiculiser le prophète. Autrement dit, la prédiction est d'autant plus utile qu'elle est moins utilisable, alors que sa seule utilité serait d'être sans équivoque. »

Monsieur Sourdois, son couteau à découper en arrêt, toussota et intervint, une impertinence heureusement assez rare, mais qu'il fallait bien lui passer, car lorsque son Dieu de prédestination était en cause, sa tendance à rechercher le martyre n'était que trop évidente. Or la sagesse des nations recommande de ne pas multiplier les martyrs inconsidérément, leur sang pouvant faire illusion.

« Il y a, Monsieur Tristan, des prophéties dans la Bible.

— Je ne l'oublie point. Nous devons croire que la logique de Dieu n'est pas la nôtre, ce qui n'a d'ailleurs rien d'étonnant, puisque notre logique n'est qu'une pâle copie de la sienne. »

Et toc ! Mouché, Monsieur Sourdois se concentra sur son dernier canard.

Le bruit d'une dispute nous parvint bientôt de la pièce où dînaient nos deux filles, et Monsieur Sourdois, qui avait fini de régler la distribution équitable des canards, s'éclipsa pour rétablir l'ordre d'un froncement de sourcils. Il avait une autorité naturelle sur les enfants et sur les chiens... même sur nos chats !

« Et les rêves prémonitoires ? demandai-je à Tristan. Je présume que ce n'est pas sérieux non plus.

— La Bible nous en parle, le fait est d'autre part avéré, et il convient de distinguer avec soin.

« Première question : s'agit-il d'un rêve prémonitoire proprement dit ou du fruit d'un embarras gastrique ?

« Seconde question : cette participation occasionnelle à la connaissance du futur vient-elle de Dieu ou du Diable, étant entendu qu'elle ne saurait rationnellement venir que de là dans un monde où l'avenir nous serait autrement fermé tout à fait ?

« Comme les tentations diaboliques risquent d'être plus fréquentes que les grâces divines d'exception, je recommande – et les Pères de l'Église avec moi – la plus extrême prudence. Satan a vite fait de se déguiser en ange de lumière pour nous séduire. »

Monsieur Sourdois, qui était, sur ses entrefaites, revenu de sa démarche silencieuse, se permit une mine discrètement approbatrice. Je le soupçonnais d'espérer que le jansénisme encore assez raisonnable de mon fils tournerait un jour à un calvinisme sans nuance, afin de lui gâcher toute chance de carrière.

Il va sans dire que le second diagnostic de Tristan ne m'apportait pas grand-chose. Comment savoir si les rêves de Monsieur Chardon venaient du Ciel ou de l'Enfer, et même quelle importance, si la funeste prédiction venait à se réaliser ?

Après dîner, j'allai m'entretenir un moment avec Félicité, qui avait pu prendre du sirop d'orgeat sans répugnance et, pour la distraire, je lui racontai, en mettant les choses à son niveau, ce qui s'était dit à table des horoscopes et prédictions.

« Vous aurait-on fait récemment une prédiction inquiétante, mon cher papa ?

— Il se peut...

— Eh bien, je m'en vais vous en faire une bonne !

— Je vous écoute.

— Si vous êtes en état de grâce, vous n'avez rien à craindre.

— La vérité sort toujours de votre bouche. Vous êtes ma meilleure conseillère.

— Parce que ce n'est pas moi qui parle. C'est l'expérience. »

Avec ça, j'étais bien logé !

Dans l'après-midi, on vint me prévenir que le roi désirait me voir au Luxembourg, où il était en visite chez Madame de Choisy.

Une maîtresse femme de la plus vieille noblesse de robe, dont les multiples et brillantes relations, la princesse Marie de Gonzague, la duchesse de Savoie, la Grande Mademoiselle ou l'inévitable reine Christine, goûtaient fort la conversation et la persistante beauté. Elle avait un art consommé pour se pousser dans la noblesse d'épée, qui était à ses yeux la véritable noblesse et, ayant eu l'audace de déclarer au roi adolescent que, s'il voulait devenir honnête homme, il fallait qu'il eût souvent des entretiens avec elle, Louis lui avait accordé deux audiences par semaine avec une pension de huit mille livres. Ce n'était pas trop cher pour apprendre à parler, et Madame de Choisy, disait-on, y avait joint quelques privautés pour faire bonne mesure.

La dame avait deux filles, un fils conseiller au Parlement de Toulouse, un autre, protégé de Turenne, qui appréciait cet officier, le cadet étant destiné au clergé. Vu que le mari était, entre autres, chancelier de Gaston d'Orléans, la famille était logée au large dans le Palais du Luxembourg.

Accessoirement, Madame de Choisy avait su attirer chez elle le jeune Philippe, frère du roi, qui venait, costumé en fille, pour batifoler gaiement avec le cadet François-Timoléon, également costumé en fille pour faire honneur à l'illustre invité. Mais la mère tenait la main à ce que ces relations demeurassent dans les bornes d'une pudique extravagance.

Si le roi me donnait rendez-vous dans cette étrange

maison, c'était sans doute parce qu'il savait pouvoir compter sur la discrétion de l'hôtesse.

Arrivé un peu en avance, crainte d'être en retard, je vis dans le jardin un Philippe de dix-sept ans et un Timoléon de quatorze qui jouaient au volant avec une grâce digne de leurs robes.

À peine avais-je eu le temps de saluer Madame de Choisy, que le roi arriva et me prit à part.

« Le Cardinal m'a touché un mot des lubies de Fouquet et de vos bons conseils. Je n'ai jamais été plus étonné de ma vie !

— Une vie encore brève, Sire. Votre Majesté, si Dieu lui prête vie comme nous l'espérons tous, aura d'autres motifs d'étonnement. Je suis moi-même étonné de voir ici Monsieur votre frère et le petit Timoléon faire des effets de jupons avec des boucles d'oreilles. »

Le roi me regarda de travers. Il n'était pas fâché, au fond, que les penchants de Philippe le détournassent des affaires sérieuses.

Mais j'en avais assez dit. Pourquoi ajouter que ce misérable calcul était de surcroît impolitique, car si le roi était mort prématurément, son bougre de frère eût été incapable d'assurer la marche des affaires. Louis le savait. Mais les rois ne se voient point mourir.

« En revanche, ni ma mère ni mon parrain ne m'ont narré grand-chose de votre voyage à Rome, dont je reste fort curieux. Que pouvez-vous m'en dire ? »

La question, à laquelle je n'avais pu échapper, était empoisonnante. Il ne faut jamais mentir à un roi quand il y a le moindre risque de se faire prendre. La confiance perdue ne se rétablit point. Et la vérité était indicible. D'ailleurs, si le duc de Beaufort avait le bon goût de se noyer en chassant les Barbaresques, les soupçons du Cardinal n'auraient plus d'objet.

« Sire, dis-je enfin, il s'agit d'un secret qui ne m'appartient pas. Mais si l'affaire est encore d'actualité, votre mère ne manquera pas de vous mettre au courant un jour... sur son lit de mort en tout cas, de façon que Votre Majesté puisse aviser en conséquence.

— Vous parlez par énigmes, d'Espalungue ! Vous avez rencontré un sphinx en route, qui vous aura donné des leçons.

— Je puis heureusement rassurer Votre Majesté : avec un peu de chance, le danger qui menaçait le trône a été conjuré par les soins de Son Éminence et par les miens.

— Je vous remercie de votre franchise. Je ne l'oublierai point. »

Le roi excellait à des réflexions ambiguës, dont on était invité à faire son profit.

Je raccompagnai Sa Majesté à son carrosse. Passant près des deux « filles », Louis fit semblant de ne pas les voir. C'est ce qu'il pouvait faire de mieux. L'art de régner tranquillement est de ne pas voir ce qui ennuie. L'idéal est un roi borgne, dont l'œil unique ne distingue que le bon côté des choses.

XVI

À dix heures et demie du soir, Tristan n'était pas rentré de Juvisy. Mon inquiétude croissait d'instant en instant et j'avais envoyé deux domestiques aux nouvelles. Il n'avait pu être retenu que malgré lui.

« Que n'avez-vous tenu la main, me dit Hermine, à ce qu'il fût constamment escorté lors de ses fréquentes allées et venues ? Vous savez qu'on égorge les gens pour un oui ou pour un non dans Paris aussi bien que sur les routes. Il aura voulu imiter vos imprudences alors qu'il ne sait tenir une épée qu'en salle. »

À onze heures passées, il était là enfin, couvert de poussière et pâle comme un linge.

En fin d'après-midi, Marie n'était pas rentrée de la promenade qu'elle avait coutume de faire dans les environs immédiats du château avant souper. Peu après son départ, un saute-ruisseau avait apporté un mot qu'un inconnu l'avait chargé de remettre en main propre à Rossignol :

> « *La vie de votre fille dépend d'abord de votre silence, de votre complaisance ensuite. Vous devez savoir ce que vous avez à faire.* »

On avait bientôt retrouvé le poulain vagabond et le corps percé de coups du jeune domestique qui avait accompagné sa maîtresse, et le cheval du malheureux était rentré tout seul à l'écurie.

Madame Rossignol était revenue de province pour apprendre la nouvelle et partager le désespoir de son mari. Rossignol ne cessait, paraît-il, de gémir : « Ce sont mes honteux secrets qui me tuent depuis le Père Joseph ! Ils étaient trop lourds pour un chrétien ! Qu'allons-nous devenir à présent ? Dieu, aie pitié de moi ! »

Mais Tristan était d'un autre avis et ne craignait pas de m'accuser :

« C'est vous-même qui êtes le premier responsable ! Si Marie est perdue, comment pourrai-je jamais vous pardonner ?

— Nous n'en sommes pas là, mais vous augmenteriez vos chances de la retrouver saine et sauve en ne soufflant mot du fond de cette affaire au bonhomme Rossignol, que je pourrai ainsi réconforter plus aisément.

— Avec vos roueries habituelles ? !

— La nécessaire diplomatie n'est pas autre chose. »

Mais j'étais, de toute manière, impardonnable de ne pas avoir pressenti que cette enfant était en danger. L'enlever sournoisement était la façon la plus efficace de réduire et de tenir l'incomparable Rossignol à merci. Mais le Mazarin n'avait pas vu plus loin que moi, et le roi non plus. Quant à mon faiseur d'horoscopes et de prédictions, il avait manqué une belle occasion de se distinguer !

Je m'évertuai à rassurer mon fils, avec tous ces arguments séduisants qu'une longue expérience des êtres peut inspirer, mais il dut s'apercevoir que mon assurance était feinte.

Après une nuit blanche, je fus annoncer le rapt à Félicité, qui me dit :

« N'ayez crainte, mon cher papa. Vous la reverrez intacte. Ils se marieront et auront beaucoup d'enfants. »

Il n'y avait plus de ressources que dans le conte de fées.

À mes inquiétudes, ce lundi-là, quant au sort de Marie s'en ajoutaient d'autres quant au duc de Beaufort, depuis que le Mazarin m'avait chatouillé sur cet épineux sujet. Il était urgent de mettre le duc en garde, si tant est qu'il fût d'humeur à recevoir un avertissement intelligent, car les affaires d'État doivent passer avant les affaires privées chaque fois que les circonstances nous le permettent.

Ayant demandé audience à Son Altesse, je fus abordé, devant la porte de l'Hôtel de Vendôme, par un individu négligé d'une quarantaine d'années qui traînait une longue rapière et se découvrit avec politesse à ma vue. La mise était douteuse et le feutre avait vu des jours meilleurs.

« Je suis, Monsieur, le chevalier de Saint-Leu, pour vous servir.

— J'en ai autant, Monsieur, à votre service. Pourquoi m'avez-vous suivi jusqu'ici ?

— À ce qu'on dit, c'est dans le jardin de cet hôtel que vous avez assassiné jadis votre futur beau-frère avant que d'épouser une fille peu regardante sur le point d'honneur, maigre à faire peur, mais richement dotée ?

— Ceux qui l'ont dit, Monsieur, ne sont plus là pour le dire.

— Je suis bien la preuve vivante du contraire !

— Provisoirement. Toutefois, j'ai rendez-vous avec le duc de Beaufort à dix heures ce matin, et il est bientôt dix heures moins le quart, si j'en crois ma montre.

— Qu'à cela ne tienne ! Que diriez-vous du Pré-aux-Clercs, dans l'après-midi, à six heures ? »

L'insolent, qui paraissait fiévreux, fut déchiré par une affreuse quinte de toux.

« À la réflexion, dis-je, encouragé par ce visible délabrement, je serais fâché de vous laisser vivre jusque-là. Puisque je suis en relations courtoises, et depuis longtemps, avec le maître de maison, pourquoi ne pas profiter, une fois de plus, de son accueillant jardin ? »

Dans le vestibule, sept ou huit gardes du corps buvaient en jouant aux cartes ou aux dés. Prévenu de mon arrivée, le duc descendit m'accueillir courtoisement et je sollicitai la faveur d'expédier sur-le-champ un importun dans ce jardin qui me rappelait de si cruels souvenirs, mais m'avait néanmoins porté chance.

Me prenant à part, Beaufort me dit :

« Savez-vous qui est Saint-Leu ?

— Le nom me dit vaguement quelque chose...

— Je l'avais engagé, entre autres, courant 43, pour crever la p-p-panse du Mazarin. C'est un enragé de duels, qui a jusqu'à présent dix-neuf victimes à son rata-caca-catalogue. Il est de première farce... force. Que vous veut-il ?

— Il veut ma mort.

— Saint-Leu avait disparu durant sept ans. Il ramait, paraît-il, chez les pi-pi-pirates d'Alger. »

Une note caractéristique. Lorsque les plus fieffés gredins voulaient effacer des années troubles de leur *curriculum vitae*, ils prétendaient avoir été enlevés par les Barbaresques et s'en revenaient un beau jour avec l'auréole du martyr de la foi. Vincent de Paul lui-même aurait été vendu en 1605 à un alchimiste de Tunis pour réapparaître en 1607, et l'on ne savait trop ce qu'il avait pu fabriquer pendant ce temps-là. Espérons que les mœurs de l'alchimiste étaient pures...

« Votre Altesse est-Elle bien certaine que ce forcené fait partie de la noblesse ?

— Hélas ! Il a le droit ancestral de se battre contre ses pairs, tout comme nous autres. »

Ce que j'avais aussitôt subodoré ne devenait que trop clair. Certains experts en duels ne se bornent point à ferrailler pour le plaisir. Ils ne rougissent pas de louer leur épée au plus offrant pour assouvir une querelle particulière. Le prince du Sang y a recours, qui ne veut ou peut se battre lui-même, voire le lâche qui tremble à la vue d'un fer nu. C'est la façon la plus pratique et la plus sûre de se débarrasser de quelqu'un. Si la victime survit par hasard à un premier assaut, ce n'est que partie remise jusqu'à ce que mort s'en ensuive. Lord Milford, qui n'avait pas digéré sa pichenette sur le nez, était de toute évidence derrière cette provocation.

J'avais d'autant plus intérêt à régler l'affaire séance tenante que, dans le cas où le trop fameux Saint-Leu mordrait la poussière, l'accident pourrait en décourager quelques-uns.

J'empruntai à Beaufort une épée de Tolède d'un excellent équilibre, celle qu'il avait emportée un jour pour tuer son beau-frère Nemours, lequel avait finalement choisi, pour son malheur, le pistolet, et toute la compagnie passa au jardin. Beaufort et les siens étaient tout heureux de ce spectacle imprévu.

« Combien vous donne Lord Milford ? demandai-je discrètement à Saint-Leu avant que de tirer l'épée. Mille pistoles ?

— Trois mille.

— Je mets la réconciliation à sept mille.

— Impossible. Et ma réputation sur la place ? Mon honneur n'est pas à vendre comme le vôtre.

— À quoi l'honneur vous servira-t-il quand vous serez refroidi ? »

Pour toute réponse, l'honorable spadassin dégaina.

Il n'est pas mauvais, lors d'un duel, de troubler son vis-à-vis par des propos adéquats...

« Que va devenir Madame votre mère ?

— Elle est morte et enterrée.

— Et votre sœur ?

— Elle se meurt de la poitrine.

— Comme vous, peut-être ? Avez-vous seulement recommandé votre âme à Dieu ?

— Il s'en fout, moi aussi ! »

Et je dus essuyer en retour des insinuations ordurières de galérien qui m'eussent fait perdre mon sang-froid si j'en avais eu à perdre. D'où sortait ce grossier personnage ?

Au bout de dix minutes d'une escrime extrêmement technique, je n'avais rien gagné sur mon adversaire, mais lui non plus. Très concentré, l'individu avait renoncé à tousser pour jeter tout son sang-froid et toutes ses forces dans la balance, ce qui me retirait quelques atouts. Il était beaucoup plus coriace que je ne l'aurais imaginé à première vue.

L'assistance, d'abord vivement intéressée, s'impatientait, et il fallait en finir. En désespoir de cause, je saisis de ma main gauche la pointe de la rapière adverse, qui perça mon gant et ma paume, et portai vivement à Saint-Leu un coup heureux au visage, qui pénétra assez profondément dans l'œil.

Tandis que le chirurgien de l'hôtel pansait ma main, qui pissait du sang partout, le chapelain s'occupait de l'autre blessé, lequel se tordait comme un ver et trépignait des bottes sur le frais gazon arrosé à l'aube.

« Je n'y vois plus rien ! Je suis aveugle ! » gémissait Saint-Leu d'une voix à attendrir le Dieu dont il se foutait un instant auparavant. Sa toux misérable l'avait repris.

Beaufort me fit compliment de mon adresse :

« Joli coup ! La gauche se craspe... se crispe par réflexe sur l'épée, l'adversaire est désarmé, et la droite a dès lors le poids de la chouverture... le choix de l'ouverture. Mais il ne faut pas craindre de se faire abî-bî-bîmer la main.

— Une main gauche... Elle peut resservir : le trou est déjà fait !

— Beau cou-cou-courage ! Vous êtes l'honneur de notre vaillante no-no-noblesse. »

Je déclinai l'offre du chirurgien, qui voulait à tout prix m'administrer un lavement pour dissiper les humeurs, on emporta sur un brancard l'aveugle en fin de carrière, qui ne tuerait plus personne, et le duc m'invita à le suivre jusqu'à sa chambre, une vaste pièce où une immense carte colorée de la Méditerranée était étalée par morceaux sur des tables jointes pour la circonstance. Les vents dominants étaient symbolisés par des angelots joufflus soufflant dans des trompettes marines, et les principaux ports de guerre avaient été agrémentés de petits bateaux en bois figurant des galères ou des navires de haut bord, ce qui permettait d'apprécier d'un regard les forces en présence. Les arsenaux turcs regorgeaient de bâtiments. Un mignon petit râteau devait permettre d'organiser des batailles navales victorieuses.

« Par bonheur, me dit Beaufort, les Tu-Tu-Turcs sont nos bons amis depuis François Ier.

— Leurs flottes, Monseigneur, sont plus redoutables en nombre qu'en qualité. Les musulmans sont brouillés avec la mer et ne doivent leurs victoires navales qu'à des ingénieurs et à des équipages chrétiens. Mais la roue tourne, et depuis quelque temps, ils ont de plus en plus de mal à en recruter.

— Restent les Ba-Ba-Barbaresques, qui réduisent tant des nôtres en esclavage, des femmes, des jeunes filles… qui ne le sont plus pour longtemps.

— Le difficile est de les attraper, car ils courent vite sur leurs chébecs, encore plus agiles que nos galères.

— Certes. Et la mer est grande. Je n'aurais pas cru la Mé-Mé-Méditerranée si grande. C'est à s'y perdre. Et que de vents ! Avez-vous vu comme ces anges souffrent… soufflent dans leur trompette ? »

Avec une application des plus touchantes, le surintendant général de la navigation prenait ses responsabilités au sérieux et ses compétences géographiques se précisaient. De sa propre main, semblait-il, il avait inscrit au crayon sur sa carte : Nord, Sud, Est et Ouest, et ce, sans se tromper le moins du monde. On le sentait prêt à gagner le large, pavillon haut, sous l'étroite surveillance de capitaines confirmés.

Après ces lieux communs que la carte avait rendus indispensables, Beaufort me demanda :

« Alors ? Quoi de neuf au Pa-Pa-Palais-Royal ? »

Ce n'était pas le moment des circonlocutions.

Après avoir vérifié qu'il n'y avait personne derrière la porte de la chambre, non plus que derrière celle qui ouvrait sur la garde-robe…

« J'ai le devoir, dont je me passerais bien, de signaler à Votre Altesse qu'à force de méditations et de recoupements – qu'il aurait même pu faire plus tôt si le constant tracas des affaires ne l'en avait détourné – le Mazarin en est parvenu à cette conclusion que Votre Altesse serait peut-être pour quelque chose dans la laborieuse conception de l'*enfant du miracle*.

« Par bonheur, la lettre que vous savez de la reine au nonce Cameleone, qui introduisait une si désastreuse présomption, s'est récemment évaporée des archives pontificales et on ne la reverra point de si tôt. De la sorte, faute de ce document, la charge de donner le change repose à l'avenir, et plus que jamais, tout entière sur les larges épaules de Votre Altesse. Car la reine ne dira mot, ma sœur non plus, et Votre Altesse peut être assurée que je garderai pieusement pour moi les confidences que la reine et ma sœur ont eu la bonté de me faire. Quant à Richelieu et au Père Joseph, les chevilles ouvrières de cette tentative désespérée, ils sont morts. Si je parle ce matin à Votre Altesse de cette déjà vieille histoire pour la première fois, c'est qu'Elle devait être avertie de ses derniers développements. »

Chose extraordinaire, la satisfaction semblait l'emporter sur la crainte chez ce bel infatué.

« Je ne savais point que vous foutiez... que vous fussiez au courant. »

Il ajouta :

« J'ai gardé moi-même, jusqu'à présent, le silence de la tombe, et un silence qui m'a pa-pa-parfois pe-pe-pesé, car il y avait plutôt de quoi être fier. Le roi est tellement maléfique... mirifique... magnifique ! Cependant, j'avais p-p-promis à la reine.

— Monseigneur ! Il n'est pas question de vous dégager de ce serment !

— Et pourquoi pas ? J'avais pensé qu'un jour le roi n'aurait pas été fâché de patauger... de partager un tel secret avec sa mère et moi. Rien que nous trois ! Le Sang viril d'un Beaufort, descendant direct d'Henri IV, vaut bien celui anémié d'un Louis XIII ! Nous sommes certes de la main gauche, mais regardez les chi-chi-chiens de ch-ch-chasse. Les bâtards ne sont-ils pas souvent les plus réussis ? »

Une si prodigieuse inconscience me laissa sans voix un moment.

« Que Votre Altesse veuille bien me prêter une oreille attentive ! Le roi cultive une certaine image de sa mère, à laquelle, bien sûr, elle est passionnément attachée : elle a tout sacrifié pour lui... même un soupçon de vertu ! Le moindre bavardage de votre part, et la reine tomberait à la renverse, le Cardinal sauterait par la fenêtre, et le roi serait blessé au plus profond de l'idée qu'il se fait de sa personne. On ne vous pardonnerait point, et votre sûreté serait en jeu.

— Le roi n'oserait quand même pas s'en prendre à un prince du Sang qui a de bonnes chances d'être son p-p-propre p-p-père !

— Il se gênerait ! Priez seulement le Ciel que la reine mourante ne soulage pas sa conscience dans l'oreille de son fils afin de le mettre en garde contre de possibles fantaisies de votre part ! Ce jour-là, le destin de Votre Altesse serait promptement scellé.

— J'aurais un fils de ce genre ? Vous me faites p-p-peur !

— Il est très précisément de ce genre-là ! Une raison d'État sur deux jambes de danseur. Afin d'ensevelir un tel secret, le roi sacrifierait quarante Beaufort. En mettant les choses au mieux, vous vous retrouveriez en prison avec un masque et seriez enterré sous un nom d'emprunt ! »

À défaut d'autre sentiment, j'avais inspiré cette peur qui est le début de la sagesse.

Avisant une Bible près du lit...

« Plaise à Votre Altesse, dont les sentiments chrétiens n'ont fait que se renforcer avec le temps, de renouveler sur ce Livre le serment jadis prêté à la reine.

— C'est Anne qui me le demande ?

— Oui. »

En fait, elle l'aurait demandé plutôt deux fois qu'une si elle avait pu se douter des alarmantes dispositions du sujet !

Le duc s'exécuta.

« Ce serment, Monseigneur, signifie aussi que Votre Altesse se donnera les moyens de le tenir, avec toute son habileté, avec tout son esprit.

— On m'a dit que je n'en manquais pas.

— Il ne faut pas non plus en rajouter !

— Je garderai la b-b-bonne mesure. Je m'y suis habitué, à f-f-force.

— La reine veut vous faire confiance. Vous gardez une place de choix dans son cœur.

— Elle m'a pourtant bien laissé tomber pour inviter un vulgaire Mazarin à griller les plats... à piller l'État. Et j'ai passé cinq ans à Vincennes à me pourfendre... à me morfondre !

— Anne me disait encore hier combien elle le regrettait.

— Vraiment ? »

Le visage du duc de Beaufort rayonnait.

Son Altesse avait le plus grand mal à saisir qu'à partir de l'instant où Elle s'était rhabillée pour de bon, Elle était devenue une gêne cruelle pour ses commanditaires.

L'idée faisait frémir que le sort de la dynastie était aux mains d'un tel naïf, mais le vin était tiré...

À la décharge de ce phénomène, il fallait bien reconnaître que ce n'était pas une mince chose que d'être le possible père d'un roi comme le nôtre. L'élu devait y trouver chaque jour un sujet d'intime satisfaction, et que vaut une satisfaction quand elle n'est point partagée ?

Je demandai à Beaufort de me prêter quatre cavaliers jusqu'à nouvel ordre pour me servir de gardes du corps, mes domestiques ne valant pas grand-chose pour cet office. Avec quatre hommes autour de soi, les provocations ou agressions des spadassins stipendiés ne sont pas si faciles.

J'étais à Juvisy vers l'heure du dîner, sous un soleil de plomb. Personne n'avait faim, Tristan jeûnait comme les autres et la plus profonde consternation régnait. On me regardait de travers et ma main blessée n'impressionnait personne. Seule Madame Rossignol semblait réconfortée par ma vue, comme si j'étais capable d'apporter une solution dans ma poche. Nous étions tous deux de la noblesse, ce qui crée des liens, et elle me savait adonné aux intrigues, alors que son mari, sorti de son Chiffre, ne comprenait pas grand-chose à un monde agité qui dépassait son entendement bourgeois et étriqué. Je le soupçonnais même de fermer volontairement les yeux sur des affaires qui auraient pu causer des problèmes de conscience à un catholique pratiquant. Mais ces affaires, longtemps négligées, venaient de rattraper le bonhomme et de le frapper de plein fouet.

Madame Rossignol s'étant éclipsée avec le jeune Bonaventure qui avait adopté le parti de pleurer comme une fontaine, Rossignol, Tristan et moi-même nous retirâmes dans le bureau du maître, où je pris aussitôt la parole en ces termes :

« Faisons le point de la situation. Par suite du plus malencontreux des hasards, une certaine puissance étrangère en est venue à s'imaginer que Monsieur Rossignol possède un document original qu'il ne possède point et qu'il ne possédera jamais puisqu'il a été détruit. Je ne puis en dire davantage là-dessus : secret d'État. »

À ces deux mots magiques, le père infortuné rentra la tête dans les épaules et baissa les yeux vers le parquet. Il savait tout ce que l'expression pouvait couvrir de turpitudes et d'héroïsme, de crimes et de sacrifice, de mensonges et de vérité. Depuis Richelieu, Rossignol était l'esclave doré du secret d'État, et la dorure était subitement devenue lourde.

Je poursuivis :

« Dans l'immédiat, ainsi que le recommandait le billet reçu avant même que l'enlèvement ne fût consommé, il convient de garder le plus complet silence sur l'affaire, et pour deux raisons : la sûreté de Marie peut en dépendre, et si le Cardinal avait écho de ce qui se passe, il pourrait perdre confiance dans la discrétion de Monsieur Rossignol, qui est tout son capital. Heureusement, le rapt n'a pas eu de témoins et l'on peut compter sur la fidélité de quelques domestiques habitués de longue date à se taire, surtout si l'on achève de se les assurer par des gratifications en rapport. Il serait opportun de répandre le bruit que Marie a été envoyée chez des parents en Albigeois.

« D'ailleurs, les moyens que pourrait avoir Son Éminence de retrouver promptement la jeune fille ne sont pas meilleurs que les nôtres, dans une histoire que je connais mieux qu'Elle, vu que j'ai été chargé de l'éclaircir sur son ordre. J'ai mon épée, l'*ultima ratio* de la bonne noblesse, et j'ai de l'argent pour corrompre.

— Au fond, dit timidement Rossignol, il s'agit, à ce que j'ai cru saisir, d'un simple malentendu, et les malentendus sont faits pour être dissipés, n'est-ce pas ?

— Exactement ! D'une façon ou d'une autre... »

J'appréciais ce terme de « malentendu », qui édulcorait à son heure un potage saumâtre.

Tristan intervint :

« N'y aurait-il pas lieu de satisfaire cette "puissance étrangère" en lui révélant le contenu de l'original qui a été détruit si légèrement ? Un seul nom, Monsieur, suffirait, si je me fie à ce que vous m'avez dit.

— À quoi bon révéler quoi que ce soit sans la moindre preuve à l'appui ? Nous serions toujours soupçonnés de ruse, nos intérêts ne s'en porteraient pas mieux, et ceux de l'État ne pourraient que s'en porter plus mal. Une haute trahison gratuite serait le pire des expédients.

— Alors, il n'y a point d'issue.

— Pas d'autre issue, en effet, que de remettre la main sur Marie. Je m'en charge au plus vite ! Faites-moi confiance. »

Devant un scepticisme affligeant, redressant ma taille avec toutes les apparences d'une détermination éclairée, je pris la porte.

Derrière ladite porte, patientait un palefrenier entre deux âges tout pleurard, le bonnet à la main et le bras droit en écharpe. L'homme, soi-disant, avait une confession à nous faire.

« Hier, nous avoua-t-il, étant à l'*Auberge des Quatre Routes* sur le coup de midi, je fus abordé par un valet inconnu qui se disait mandaté par Monsieur Tristan et m'offrit trois écus pour laisser Mademoiselle Marie devant le calvaire de la Croix-Bernard, où nous faisions d'ordinaire souffler les montures. Selon cet homme, Monsieur Tristan voulait faire à Mademoiselle l'amoureuse surprise d'un entretien particulier afin de lui déclarer sa flamme sans témoin. Arrivé au calvaire, je devais brusquement rebrousser chemin au galop, le poulain ne pouvant suivre. Mais je me suis démis l'épaule en ferrant un cheval après dîner et, pour son malheur, le jeune Armand m'a remplacé, à qui je n'avais rien dit pour ne point partager les trois écus. Ah, je suis un grand pécheur ! Mais comment aurais-je pu deviner ? »

Le bonhomme Rossignol regardait le coupable avec l'horreur de qui a nourri une vipère dans son sein.

Il était temps de faire parler la raison.

« Comment, dis-je, aurais-tu pu deviner, en effet ? Armand n'a pas eu de chance. Mais que cela te serve de leçon ! Quand on se laisse graisser la patte, c'est rarement pour la bonne cause. Voici un louis pour te rappeler la leçon, et un autre pour t'inviter à ne souffler mot de l'histoire à personne. Vu ton repentir, Monsieur Rossignol veut chrétiennement oublier ta bêtise, dans l'espoir que tu te montreras moins confiant à l'avenir. »

Le palefrenier s'étant retiré en larmes, je fis observer à mes deux auditeurs :

« Vous discernez comme moi tout ce que cet épisode a de rassurant. Nous n'avons pas affaire à des barbares. Ils avaient pris leurs précautions pour ne point verser le sang, et cette délicatesse fait augurer que Marie sera traitée avec le respect qu'on lui doit. »

Le bonhomme Rossignol était tout ragaillardi de la perspective, et il n'entendit pas Tristan murmurer : « Armand doit être d'un autre avis. » On ne peut contenter tout le monde et son père.

D'Artagnan, qui avait obtenu un congé pour se remettre des fatigues de notre randonnée italienne, se reposait dans la chambre de son auberge lorsque je vins l'avertir de l'enlèvement de Marie, qui lui causa de l'émotion.

« Mordiou, Arnaud ! Quel malheur ! Une chaîne n'est jamais plus forte que son maillon le plus faible, et Marie était ce maillon. Je me battrais de ne pas l'avoir deviné.

— Je me suis battu avant vous !

— Il n'y a plus de congé qui tienne pour moi tant que cette petite n'est pas rentrée au bercail. Disposez de ma personne comme de la vôtre. »

Je le serrai contre moi avec une émotion égale, retenant le cri de douleur que ma main blessée m'arrachait, et nous parlâmes une heure pour ne rien dire, vu qu'il n'était pas aisé d'imaginer une parade dans le brouillard où nous étions encore.

En sortant, j'avisai Monsieur Chardon, qui regardait mélancoliquement jouer aux échecs dans la salle commune, et il vint à moi dès que j'eus posé les yeux sur sa personne. Je lui appris le rapt, et l'engageai à aller rôder du côté de Juvisy, au cas où il y aurait quelque chose à glaner par là.

« J'espère, mon brave Félix, que vous avez quitté le service du Mazarin ?

— Autant qu'il m'était possible, Monsieur, invoquant des prétextes de santé. Quand on est dans cette sorte d'engrenage, il n'est pas facile de s'en dégager. Comme vous pouvez penser, les sbires de Son Éminence me tiennent en raison de quelques crimes bien hideux que j'ai commis autrefois. Mais si je suis de nouveau pressenti pour des missions peccamineuses, je ne manquerai pas de vous tenir informé, vous en saurez autant que moi et serez à même de me prodiguer de bons conseils.

— Votre santé ne paraît pas mauvaise...

— Juste une vieille vérole, qui me taquine parfois à la nuit tombante. Mais des bains de mercure, grâce à Dieu, y ont mis bon ordre. »

Je lui donnai de quoi prendre des bains.

« Que la Sainte Vierge, Monsieur, vous bénisse et protège ceux qui vous sont chers en dépit des sinistres présages ! Il n'y a pas que les rêves et les horoscopes. Madame Vandeput a justement vu ce matin un chat noir qui traversait la rue en allant de droite à gauche. C'est mauvais signe... »

Chacun a ses petits défauts. J'allais devoir m'y habituer !

En fin d'après-midi, je saisis Matthieu alors qu'il sortait de la chapelle de sa Maison professe, je l'entraînai dans la cour pour lui demander son aide, et nous tournâmes autour du puits comme des ânes autour d'une meule.

Le réseau de renseignements édifié par le Père Joseph et dont le Mazarin utilisait les restes n'avait d'équivalent que celui des jésuites, avec cette supériorité pour les bons Pères que le leur était encore plus international que l'autre. À force de s'appliquer à prendre partout les leviers de commande *ad majorem Dei gloriam*, le jésuite savait tout partout, le seul problème étant de le faire parler.

Avec tous les dehors de l'humilité chrétienne, affichant le repentir d'un honnête homme fourvoyé dans les détours du siècle, j'expliquai à mon frère ce dont il retournait et soutins ma cause avec une chaleur qui ne pouvait laisser insensible un cœur de prêtre.

« Je vois, dit-il, que, dans l'ennui, le loup s'est fait agneau.

— C'est notre petite Marie qui est d'abord dans l'ennui. Une vierge chrétienne aux mains d'hérétiques qui sont les ennemis les plus déterminés et les plus cruels des jésuites ! Je ne plaide plus, comme jadis en Alsace, pour une aimable religieuse enfermée dans le bordel des officiers de Saxe-Weimar.

— Je l'admets. Enfin une vierge incontestable ! Cela te change. Et le fait que tes astuces aient réduit la chaste fiancée de ton fils à cette extrémité ne rend certes pas son cas moins intéressant.

— Au contraire ! S'il arrive malheur à cette enfant, Tristan verra en moi un bourreau – pire, un maladroit ! – et ce, juste au moment où nos relations, par la grâce du Ciel, prenaient un tour chrétien, et même exemplaire. N'aurais-je retrouvé ce fils que pour le perdre ? !

— Hélas, ce n'est pas en Chine que je me suis tenu au courant des affaires ! Attends-moi. Je vais consulter...

« Mais c'est bien pour la reine que je consens cet effort : depuis qu'elle n'est plus ma pénitente, ne mène-t-elle point une vie pleine de dignité ? »

La direction de conscience crée des rapports ineffaçables entre le prêtre et le pénitent. Même si ce dernier oublie ses péchés, le prêtre s'en souvient avec amertume.

XVII

Je m'assis sur la margelle du puits et crachai distraitement dans l'eau pour passer le temps.

Un jeune jésuite qui lisait son bréviaire en cheminant sous le portique vint à moi et se présenta d'une voix douce, teintée d'un léger accent britannique.

« Je suis le Père Macbride, Écossais. »

Poliment, je me découvris, et j'allais me nommer...

« On vous serait des plus reconnaissants, Monsieur, de ne point cracher dans l'eau que nous buvons à notre réfectoire. »

Confus, je me levai précipitamment.

« C'était sans mauvaise intention, mon Père. Je vous supplie de me pardonner.

— Je vous pardonnerais bien volontiers, mais je ne puis pardonner pour les autres, exposés à boire tantôt vos crachats le nez en l'air.

— Est-il bien nécessaire de les en informer ?

— Vraiment ? Me conseilleriez-vous d'ajouter la dissimulation à votre singulière désinvolture ?

— Mais si c'est tout ce que vous avez à boire ici, on ne peut indéfiniment condamner ce puits pour si peu ; et puisqu'il faut boire, autant boire les yeux fermés.

« Telle est en tout cas la doctrine du moindre mal que votre éminent casuiste Molina a si bien développée.

— Je distingue que vous êtes vous-même un fin casuiste quand il s'agit de vous tirer d'un mauvais pas.

— Je suis le baron d'Espalungue, demi-frère du Père du même nom, qui a converti tant de Chinois en train de cracher partout. C'est lui qui m'a fait valoir les vertus jésuitiques de Molina, dont la plus belle est de s'adapter à ravir aux situations délicates par le jeu d'une grâce *suffisante*. Molina est de beaucoup préférable à un Pascal, qui a plus de verve que d'esprit pratique et dont *Les Provinciales*, récemment parues, sont un impérissable monument de mauvaise foi.

— Comme l'indiquent vos connaissances éclairées, vous devez être un ami de notre Maison.

— J'ose dire respectueusement que le roi, la reine, le Cardinal même, qui sont fervents amis des jésuites, sont aussi de mes amis.

— Nous avions en effet ouï dire de vous et de ces illustres personnages.

— Je vous ferai tenir quarante bouteilles de vin du Rhin. Vous en verserez vingt dans le puits, et vous boirez le reste à ma santé. »

Le Père Macbride se déclara satisfait et retourna à pas menus sous son portique. Je me rassis et poursuivis mes réflexions, tandis que les ombres s'allongeaient.

À la nuit, j'étais toujours en cette cour à me ronger les sangs, n'osant même plus cracher dans l'eau malgré la disparition de Macbride, lorsque Matthieu vint me retrouver.

« Tu pardonneras mon retard. Les consultations ont été plus longues que prévu, j'ai pris un en-cas frugal, bu l'eau fraîche de notre puits, et participé à l'oraison du soir, qui est toujours pour nous un moment de fraternel réconfort avant les ancestrales terreurs de la nuit où les âmes se retrouvent seules devant leur néant. Le jour, sais-tu, pourrait ne plus se lever… ou nos yeux ne plus le voir, ce qui reviendrait au même.

— Je te pardonne si tu me rends un peu d'espérance par un simple et clair discours. Le temps n'est plus au prêche.

— Tout est prêche pour qui sait écouter. Viens t'asseoir avec moi sous le portique, du côté éclairé par la lune.

J'aime voir le visage des gens à qui je m'adresse. Celui des Chinois ne m'apprenait rien : ils se ressemblent tous et sont terriblement formalistes. Mais celui d'un proche parent devrait être un livre ouvert. »

Quand nous fûmes assis, Matthieu me dit, sous forme de digression, mais une digression qui devait bientôt éclairer le sujet d'un jour tragique :

« Il était une fois, dans les neigeux monts d'Écosse, une petite fille possédée du démon, Leonora Macduff : à cinq ans, elle martyrisait les mouches de ses doigts mignons ; à sept ans, entre deux pages d'écriture, elle crevait les yeux des chatons avec sa plume ; à quinze ans, c'était déjà une des sorcières de Macbeth – ce pieux roi qui fit le pèlerinage de Rome en 1050 et que Shakespeare a tant calomnié. Des générations durant, à chaque printemps, les ancêtres du clan Macduff – tous les Écossais sont plus ou moins Mac – étaient descendus de leurs hauteurs glaciales, où ils mangeaient des choses innommables ou innomées, pour piller les paysans des basses terres, et Leonora avait dans le sang ce goût de la violence et de la rapine qui tourne à l'économie et à la dissimulation quand on n'a plus rien à voler. Ses parents, dans leur manoir exposé à tous les vents, n'avaient pu lui enseigner que le brigandage et le puritanisme, tandis que ses six frères ou sœurs disparaissaient les uns après les autres, par le fer ou par la famine.

« À seize ans, soupçonnée de sorcellerie après avoir perdu père et mère, la jeune fille fait son petit bagage et s'enfuit chercher fortune à Londres, où elle abandonne vite le presbytérianisme pour l'anglicanisme afin de se faire bien voir. Son ostensible piété, sa beauté, son esprit, sa noblesse médiocre, mais incontestable, la font remarquer par un vieux gentilhomme de la Cour du roi Charles Ier, le baron John Merrick, qui commet la folie de l'épouser et meurt empoisonné trois semaines plus tard, ne laissant à sa veuve qu'une fortune modeste. Lady Merrick accouche d'un garçon – de son mari ou d'un autre ? –, qui meurt à son tour, âgé de trois mois, noyé comme un chat dans son bain où l'on s'efforçait, paraît-il, de le débarrasser de sa gale. À défaut d'autre chose, Leonora a acquis liberté et considération, et son titre de baronne l'incite à mettre en veilleuse ses talents de sorcière jusqu'à nouvel ordre.

« La reine Henriette-Marie, toujours trop bonne, s'attache à l'orpheline, veuve et mère éplorée, et Lady Merrick suivra cette princesse en France quand les Stuart y trouveront refuge. La suivante de la reine caresse alors les francs-maçons que la bande des Stuart a introduits chez nous, un groupe bizarre qui prétend ressusciter les traditions des bâtisseurs de nos cathédrales. Le pape s'en méfie, et il n'a pas tort.

« Tu sais qu'après l'exécution de Charles Ier, il y a une dizaine d'années, Son Éminence a joué sans vergogne la carte de Cromwell, se désintéressant peu à peu du sort de la malheureuse Henriette, réduite à une noble mendicité après avoir vendu ses joyaux. Il y a de bonnes raisons de penser que quelques-uns des bijoux de la fille d'Henri IV se sont égarés dans l'escarcelle de Lady Merrick, et de meilleures encore, pour imaginer que la dame a espionné sa maîtresse pour le compte du Lord Protecteur d'un côté, du Mazarin, de l'autre.

« Lorsque Leonora n'a plus grand-chose à gratter dans l'escarcelle de la reine exilée, elle prend ses distances, tout en demeurant en bons termes avec les Stuart, avec l'ambassade d'Angleterre, et même avec le Cardinal, sans cesse à l'affût de nouvelles d'outre-Manche. C'est que l'aventurière a en vue une opération des plus audacieuses, qui doit la mettre pour longtemps à l'abri du besoin.

« Jusque-là, Lady Merrick, qui a fait sous le manteau une grosse consommation d'amants divers, a réussi à conserver une réputation à peu près intacte, qui lui sert à s'introduire chez de Loursais, procureur du roi au Châtelet, gâteux, mais cousu d'or. Ce Loursais, toutefois, n'est pas assez gâteux pour offrir le mariage à la séductrice, qu'il installe sans plus à son hôtel à titre de dame de compagnie.

« Notre procureur ayant succombé à de véhémentes douleurs d'entrailles, ses héritiers ont la stupéfaction d'apprendre que leur parent avait épousé Lady Merrick à Pontoise trois semaines plus tôt et qu'un testament en bonne et due forme, déposé chez un notaire du quartier des Halles, lui lègue la totalité des biens, à l'exception de quarante mille livres, destinées à la Caisse des missions des jésuites.

« Ce legs surprenant avait été conseillé à la bénéficiaire par un jésuite de Plaisance honteusement chassé de l'Ordre pour malversations et démonologie, le Père Negroni, afin de rendre plus difficile la contestation du testament.

« Une enquête laborieuse fait apparaître que ledit testament est un faux et que c'est ce Negroni lui-même, se faisant passer pour Loursais, qui a joué le rôle du marié à Pontoise, abusant de l'innocence d'un vicaire nouvellement promu.

« La fortune du procureur échappe à Lady Merrick et les quarante mille livres échappent aux jésuites. Sans tambour ni trompette, Negroni, dont la qualité de prêtre suscite l'indulgence, est condamné aux galères et son associée est condamnée à mort. Mais ils sont promptement graciés, et la peine commuée en bannissement perpétuel. La fille Macduff, devenue Merrick, qui s'est empressée d'embrasser le catholicisme pour attendrir ses juges, a quand même reçu le fouet sur la place publique et a été marquée au fer rouge à l'épaule, ce qui n'a pas dû lui faire plaisir.

« À noter que les jésuites, pour l'honneur de l'Ordre, mais aussi l'Angleterre et le Palais-Royal, pour des motifs aisés à saisir, ont poussé à la roue afin de soustraire les criminels à une peine irrémédiable. Le pouvoir a partout tendance à protéger ses espions, car l'échafaud délie fâcheusement les langues.

« Après un séjour de six mois en Hollande, le couple rentre en France sur la pointe des pieds, où il cherche à se faire oublier, tandis que Son Éminence, qui a d'ailleurs de plus graves préoccupations, ferme les yeux. Faute de surveillance efficace aux frontières, le bannissement tourne neuf fois sur dix à la plaisanterie. Paris regorge de bannis qui se moquent de toute autorité.

« Que vont faire Leonora et son amant italien de sac et de corde ? C'est le moment, pour Lady Merrick, de renouer pour de bon avec ses démoniaques premières amours : depuis près de sept ans, elle s'occupe avec

Negroni d'invoquer les puissances infernales, de tirer des horoscopes, de jeter des sorts, de réconcilier des amoureux ou de faire réussir des mariages, de lever des trésors cachés dans les souterrains des châteaux, de transmuter le plomb en argent, de vendre des remèdes miracles et des produits de beauté, à grand renfort de sperme, de sang menstruel, de mandragores, de crapauds, de doigts ou mains de pendus, de poudres et herbes diverses...

« Ces magiques spéculations sur l'humaine bêtise ne seraient point pendables si ne s'y ajoutaient, plus que probablement, d'autres activités nettement criminelles. Lady Merrick et Negroni sont en effet soupçonnés d'avortements, d'infanticides, d'empoisonnements, de chantages, de messes noires, où seul un vrai prêtre peut vraiment se distinguer. Ce ne sont que bruits, mais bruits insistants et concordants.

« Chez ces assidus des plus affreuses turpitudes, les fourneaux ronflent, au creuset desquels mijotent aussi bien des produits anodins que de la fausse monnaie ou des drogues mortifères. Une sorcière experte dose sans scrupule ciguë ou feuilles d'aloès, renoncule scélérate ou champignons vénéneux, suc d'oignon de scille, petite joubarbe, joubarbe des toits ou eau de coquelicot, voire l'arsenic, dont l'administration, directe ou indirecte, comporte maints raffinements pervers : le bas de chemise d'un mari gênant étant, par exemple, lavé au savon noir mélangé d'arsenic, il en résulte une éruption qui fait croire à une maladie vénérienne, en attendant que la santé de la victime déshonorée soit définitivement compromise par d'autres agressions parallèles.

« C'est au nord de la capitale, entre la rue du Temple et la rue Montmartre, traversé par les rues Saint-Denis, Montorgueil et Saint-Marcel, que se situe le principal domaine des sorcières à tout faire, veuves ou lesbiennes pour la plupart, qui échangent pratiques et recettes d'une porte à l'autre.

« Ces dames ont, hélas, des protections, car la crédulité, la passion de mal faire, sont aussi fortes parmi les Grands que parmi les humbles, et la police, qui tire, de temps à autre, des renseignements utiles de ce milieu, hésite à aller trop profond par crainte de compromettre des personnes de qualité. Son principal souci est d'ailleurs de nature politique, où il y a quelque chose à gagner, alors que les affaires de droit commun ne lui rapportent qu'une considération passagère. De même, l'espionnage étranger ne se fait pas faute de puiser dans ce vivier, avec l'arrière-pensée d'y trouver prise sur quelque femme de la société que des imprudences auraient rendue vulnérable.

« Lady Merrick a un pied-à-terre fort achalandé rue Montorgueil, où le honteux va-et-vient des amateurs de toutes conditions est permanent. Une duchesse y croise une souillon, et l'argent rentre à flots. La réussite financière, que Leonora n'a pu obtenir par des crimes ordinaires, lui est venue, la trentaine passée, par le biais de Satan, et elle fait figure de patronne avertie parmi ses adorateurs.

« Si je te parle si savamment de cette créature et de ses complices, c'est parce que nos Pères, à leur corps défendant, ont été intéressés à son procès, et qu'une torture – trop vite interrompue par ordre supérieur – a permis, malgré tout, de reconstituer le gros de son itinéraire.

« Lady Merrick, les jambes broyées par le bourreau, doit aujourd'hui s'appuyer sur une canne, et la méchanceté innée de cette jolie femme en a été accrue. Chez les Espagnols, chez les Italiens, la sainte Inquisition, qui torture peu et rarement, a établi des règles strictes en la matière : torturer sous surveillance médicale, ne pas torturer au-dessous d'un certain âge, ne retenir que des tourments qui ne laissent point de séquelles, donner du repos aux femmes durant leurs menstrues... Que de pieuses et humaines délicatesses ! Alors que les mêmes bourreaux au service de l'État travaillent n'importe comment, plus préoccupés d'aveux que de vérité.

« Autre considération : la sainte confession nous a également procuré de précieux indices... »

Je sursautai. Calviniste repenti, après m'en être moqué, j'étais devenu chatouilleux sur le point de la confession, qu'il m'était arrivé d'utiliser à mon avantage, et j'étais fort attaché au secret d'une chose si utile, qui renforce les liens entre Dieu et l'homme, mais aussi entre les hommes eux-mêmes. Le confesseur traite l'âme de son pénitent... et réciproquement à l'occasion.

« Des indices ? Qu'entends-tu exactement par là ?...

— ...que le secret de la confession est d'ordre particulier, et non point statistique. Bon an mal an, les prêtres sont appelés à signaler les péchés stagnants dans le marécage de la faute originelle, mais aussi les péchés en diminution ou les péchés en recrudescence.

« Ainsi, l'archevêque pourra dire au lieutenant criminel : "Heureuse année pour la masturbation juvénile ; de plus en plus d'enfants bien élevés sont contraints de s'endormir les mains en évidence sur leur drap", ou bien : "mauvaise année pour l'avortement", ou bien encore : "ceux qui méditent d'empoisonner le roi n'ont jamais été plus nombreux". Et il n'est pas interdit d'extraire quelques conséquences pratiques de ces données générales : la surveillance de la table royale sera renforcée.

« Or depuis quelque temps, toutes les formes du satanisme sont en renouveau flamboyant là où le feu n'était que braises jusqu'alors. Les églises elles-mêmes servent de repaires à d'infâmes conciliabules.

— Je veux bien l'admettre. Mais enfin, quel rapport avec le rapt de Marie ?

— Des coïncidences, qui pourraient être significatives. Lady Merrick, puritaine, anglicane ou catholique, honorable veuve ou marquée au fer, n'a jamais rompu avec les agents de Cromwell. Tantôt elle siège rue Montorgueil, tantôt elle va s'enfermer dans sa mystérieuse maison de Longjumeau, sise, comme par hasard, à une lieue de Juvisy. Mets-toi à la place de Lord Milford. Si c'est lui qui a fait enlever cette petite pour forcer la main de son père sur quelque sujet que ce fût – l'imagination s'égare vu les secrets que ce Rossignol, poire juteuse entre toutes, collectionne sagement depuis des lustres ! –, il était tentant, et des plus pratiques, de remettre la jeune fille à la nuit tombante aux mains d'une voisine vénale qui n'avait rien à refuser.

— La fiancée de mon fils unique serait au pouvoir de ce démon femelle ? !

— Peut-être pour une première étape ?... Mais Marie, très probablement, ne saurait être maltraitée que sur ordre exprès.

— Ah, comme c'est rassurant !

— Tu n'es pas obligé en conscience de détailler à Tristan toutes les qualités de ce monstre.

— Merci du conseil !

— Tout à fait entre nous, le Père Macbride estime que l'enfant aurait pu être retenue prisonnière, au moins pour une nuit, chez Lady Merrick, aux *Tilleuls*, à la sortie est de Longjumeau. Macbride, Écossais d'origine comme notre suspecte et tout fier de l'être, a des antennes chez les Anglais de Paris, dont il est le confesseur attitré. (Tu sais la paresse congénitale de ces insulaires à apprendre des langues étrangères.) J'ajouterai que le jésuite, capturé à Édimbourg par la police du Lord Protecteur et affreusement martyrisé, n'a dû son salut qu'à un miracle. C'est un garçon parfaitement sûr. S'il parle d'une voix si douce, c'est parce que... enfin bref. »

Héroïque petit Macbride ! Ces nouvelles me rendaient courage et d'intéressantes possibilités se dessinaient...

« Nous ne sommes nullement certains, mon cher Matthieu, que Marie ait été ou soit encore aux *Tilleuls*. Mais vu les informations que tu me donnes sur Lady Merrick et ce Negroni, il devrait être aisé de prendre langue avec eux pour commander un empoisonnement, un infanticide ou une messe noire, et ainsi, de fil en aiguille, une fois dans la place...

— C'est bien pour cela que je te les ai fournies ! Mais la plus extrême prudence s'impose. Les sorcières ont un sixième sens pour déceler les imposteurs et ne font pas plus de cas de la vie humaine que d'une guigne.

— Sois tranquille ! Je ne me jetterai pas en aveugle dans la gueule du loup, et pour ce qui est de la vie humaine...

— ...tu n'as de leçons à recevoir de personne.

— Mais je n'ai pas tué dans ma vie plus qu'il ne fallait !

— J'aimerais à le croire.

« Qu'as-tu à la main gauche ? Te serais-tu encore battu ?

— C'est une juste punition du Ciel pour tous les bâtards que j'ai dû faire de cette main-là.

— Veille sur ta droite, qui n'est guère plus propre ! »

Avec les théologiens, il convient de filer doux. La perfection seule les satisfait.

Durant le souper – Tristan n'étant pas revenu de Juvisy –, Hermine ne fit aucune allusion à ma blessure, et je lui en sus gré.

En revanche, j'eus du mal à apaiser les craintes de Félicité, que mes propos fallacieux au sujet de ma main bandée trouvaient incrédule. Dès qu'on ment à Félicité, elle s'en aperçoit aussitôt.

« Je me demande, mon cher papa, si vous ne vous seriez pas battu en duel une fois de plus et si vos explications peu convaincantes n'auraient pas pour charitable dessein de me rassurer à bon marché.

— Oui, c'est un fait, avouai-je enfin en soupirant. Je me suis battu. Des méchants m'avaient envoyé un méchant et il a bien fallu que ma main valide vous conservât un père. Vous savez le rôle que le duel tient dans notre société, et il serait vain de vouloir y échapper à tout coup. Il vous faut comprendre que le véritable honneur, qui a si naturellement et si justement vos délicates préférences, n'est pas le seul en jeu. L'honneur mondain existe aussi, auquel nous sommes parfois tenus de sacrifier. Et le meurtre ainsi réglé par la coutume a au moins pour vertu d'interdire des assassinats que plus rien ne réglerait.

— Le bel argument !

— Un ami m'a prêté quatre cavaliers qui veilleront sur moi et m'épargneront de mauvaises rencontres à l'avenir.

— Je suis bien aise que vous ayez des amis.

— Et moi donc !

— Monsieur Vincent de Paul est passé cet après-midi, à qui maman a remis douze mille livres pour ses pauvres. Je l'ai trouvé cette fois-ci bien vieilli et j'ai eu peine à lui rendre quelque ressort.

— Il va sur ses quatre-vingts ans et n'a pas votre jeunesse. »

Le Père Vincent avait fait partie d'un Conseil de conscience qui avait pour mission d'aider la reine à choisir de bons évêques ; mais, le Mazarin ayant troublé le jeu pour y pousser ses pions, il s'en était dégoûté. Depuis, il faisait plus que jamais du porte à porte afin de persuader les riches d'abandonner quelques miettes de leur superflu. Il devait avoir l'impression de jeter des gouttes d'eau bénite dans un océan d'égoïsme et son éloquence ne pouvait qu'en souffrir. Comme nous tous, il était prisonnier d'un monde sans merci, dont les galériens rivés à leur banc lui avaient donné jadis une fidèle image.

J'embrassai ma Félicité avec tendresse. Elle avait encore maigri et ses mains généreuses étaient devenues diaphanes.

En pleine nuit, je reçus en robe de chambre au salon Monsieur Chardon, encadré par deux des hommes de Beaufort, qui avaient l'air passablement endormis.

« Je n'ai plus besoin de vous, leur dis-je. Monsieur Félix Chardon est l'un de mes plus loyaux serviteurs, que vous pouvez introduire en confiance à toute heure du jour ou de la nuit. »

Je le fis asseoir et, le chapeau sur les genoux, il me dit :

« J'ai fait chou blanc dans les environs du château des Rossignol. Personne, dimanche soir, n'a remarqué quoi que ce fût d'anormal. Aussi suis-je aller rôder à Longjumeau, une localité voisine où se trouve, comme vous devez le savoir, un important relais de poste. Il est rare, en faisant parler les gens, qu'on ne puisse apprendre quelque chose dans un relais, dont les tenanciers eux-mêmes sont une continuelle source d'informations pour la police. Le maître de poste est, depuis quatre ans, un certain Monsieur Chapon... »

Mes oreilles se dressèrent.

« Un gros homme, qui était autrefois maître de poste en Limousin ?

— Tout juste. L'auriez-vous déjà rencontré ?

— Passant par Arnac, au nord de Limoges, en 1637, j'ai eu en effet l'honneur de l'apercevoir en son modeste relais de poste. Il venait de se faire castrer par de nobles et gais chasseurs pris de boisson. J'ai dû en tuer un, puis d'autres... Une affaire des plus malencontreuses, qui a permis au Père Joseph de me mettre le grappin dessus jusqu'à mon mariage. Ces rancuniers d'Arnac ont été mon cauchemar des années durant.

— Toutes mes condoléances, Monsieur. Je vois que de bonnes actions même peuvent avoir des suites fâcheuses.

— Une bonne conscience est d'un faible secours dans le malheur !

— Maître Chapon vous aurait-il été reconnaissant d'avoir pris avec tant d'énergie sa défense au passage ?

— J'en doute. Après le massacre, Chapon craignait que les survivants dégrisés, qui avaient mis ses couilles dans un bocal à cornichons, ne vinssent l'achever dans son lit, par manière de vengeance.

— C'est humain.

— Qu'avez-vous donc découvert au relais de poste de Longjumeau ?

— J'ai fait bavarder une servante, qui en avait fait bavarder une autre, venue en renfort le dimanche. Cette fille, une certaine Fanchette, travaille en semaine aux *Tilleuls*, chez une prétendue comtesse d'Innorge, et elle avait été intriguée qu'un lit avec sa literie eût été descendu le samedi dans un débarras du sous-sol...

— Innorge ! Mais c'est l'anagramme transparent et cynique de Negroni ! Et Negroni est l'âme damnée de Lady Merrick, laquelle possède justement cette maison.

— La femme Merrick ? ! Cette rouée qui opère rue Montorgueil ?

— Je présume que la Fanchette dont vous me parlez est retournée chez sa maîtresse, pour ne revenir au relais que dimanche prochain ?

— Vous présumez juste, Monsieur. De la sorte, nous ne pouvons savoir, dans l'immédiat, si Mademoiselle Marie est ou non à demeure. Forçant une maison vide, nous donnons l'alerte inutilement, ce qui ne facilite pas les progrès ultérieurs.

— Mais si Marie est là et que je ne bouge point, je ne

me le pardonnerai jamais, et mon filleul me le pardonnera moins encore. »

Cette enfant, que je connaissais à peine, était devenue ma hantise.

« Allons, il n'y a pas une minute à perdre... »

Monsieur Chardon m'alla quérir dans le vestibule les quatre hommes qui étaient à Beaufort...

« Messieurs, comme dans les contes qui ont bercé votre enfance studieuse, nous allons de ce pas délivrer une pure jeune fille, promise à mon filleul et enlevée par des brigands sans aveu. Mille livres pour chacun, quoi qu'il advienne ! »

La relative importance de la somme les réveilla tout à fait, je pris des masques dans un tiroir, enfilai des gants à longs crispins pour cacher ma blessure et, avant que de partir pour Longjumeau, j'allai tirer du lit d'Artagnan où, par chance, il dormait fraternellement avec mon grand Porthos, en visite à Paris pour affaires de chicane. Porthos avait reporté sur les procès l'énergie qu'il ne dépensait plus dans les camps, et Monsieur de Tréville avait suivi la même pente.

Chemin faisant, j'exposai le problème à mes deux compagnons.

D'Artagnan, qui savait mon attachement pour Tristan et sa fiancée, paraissait perplexe, alors que le riche Porthos, qui prêtait gracieusement son épée par accident, voyait les choses de plus haut.

« Il sera bien temps, nous dit-il dans le vent de la course, de s'inquiéter là-bas... En attendant, je suis content de prendre un peu d'exercice. Je suis las des plaisirs de la chasse cn Béarn. Les palombes se font rares en saison et les sangliers, avec leurs robes sombres et leurs dents jaunes, se ressemblent comme des curés en procession. »

Ainsi qu'Aramits et moi-même, Porthos était d'origine protestante et avait abjuré sans trop de douleur. La noblesse du Béarn, d'épée ou de robe, pressée de piller les biens d'Église, avait rejoint en masse la Réforme, alors que le peuple, attaché aux apparences du culte traditionnel, demeurait réticent. Il en avait résulté que le protestantisme avait décliné en une génération.

Je ne pouvais tenter ce coup de dés sans demander l'avis de Tristan, que je tirai du lit à son tour en passant par Juvisy. Partagé entre l'excitation et l'angoisse, il insista naturellement pour nous suivre.

« Jurez-moi, insista-t-il en chemin, de ne rien faire qui puisse mettre en péril la vie de ma chère Marie. »

Je jurai. Si l'affaire tournait mal, ce serait la faute du destin, dont il serait malséant de discuter les arrêts.

Et j'ajoutai :

« Félicité m'a promis que vous reverriez votre Marie en bon point.

— Ah ? Alors… si Félicité l'a dit. »

XVIII

Avant quatre heures du matin, par une nuit assez claire, nous étions devant *Les Tilleuls*, une vaste maison de briques soulignées de pierres de taille, qui se dissimulait, sous sa toiture d'ardoises, entre parc et jardins, derrière de hauts murs. Au-delà d'une grille ouvragée, close à cette heure, une longue allée de tilleuls taillés en charmille conduisait à la propriété. Chaque pilier soutenant la grille était agrémenté d'une statue : saint Michel terrassant le dragon, à droite ; saint Sébastien criblé de flèches, à gauche. D'où il ressortait que les archanges se tiraient mieux d'affaire que les saints.

Alors que nous méditions devant ladite grille, que jouxtaient d'un côté un pavillon de gardien, et de l'autre, une serre, quatre énormes mâtins sortis d'on ne sait où se précipitèrent pour nous injurier, crocs découverts et langue baveuse, de derrière les barreaux, et nous battîmes en retraite pour nous concerter au creux d'un bois touffu, où nous attachâmes les chevaux. De l'orée de ce bois, on avait vu, par le travers, sur l'entrée du parc des *Tilleuls*, qui n'en avaient qu'une, vérification faite.

Il apparut très vite que ce conseil de guerre, auquel les cavaliers de Beaufort avaient été invités par la force des choses, était livré au désordre, comme il n'arrive que trop souvent en France. Chacun était d'un avis différent, et certains changeaient d'avis comme de chemise, influencés par une idée nouvelle. Moi-même, dans une affaire si complexe et si risquée, je n'osais imposer mon point de vue, et d'autant moins qu'il était, à vrai dire, encore assez vague. Nous nous trouvions, dans tous les sens du terme, au pied du mur.

Comme le temps s'écoulait en vain, Tristan nous déclara :

« Nous devons faire appel à la logique, et je raisonnerai d'autant plus serré qu'il s'agit, je vous le rappelle, de ma fiancée, dont la vie et l'honneur sont en suspens.

« Première hypothèse, que nous devons retenir par priorité, car la sûreté de Marie y est attachée : elle est là, enfermée dans une pièce du sous-sol.

« Agir de nuit et par force, c'est donner aux gardiens tout loisir de tuer la jeune fille s'ils ont reçu l'ordre de ne pas la livrer vivante, ce qui est peu probable, mais possible. Et en l'absence d'ordres, une mortelle initiative, étouffement ou poison, n'est pas à exclure de la part de criminels pris au piège.

« Il convient par conséquent d'attendre le jour dans ce bois qui nous protège des indiscrets. Alors, la grille s'ouvrira tôt ou tard, la maison s'animera, des visiteurs, des fournisseurs, y auront accès, des gens du cru pourront en sortir, toutes choses susceptibles de nous fournir des indications. Et nous aurons peut-être la chance – que cette nuit même peut nous apporter ! – que Marie soit expédiée plus loin en voiture, auquel cas il serait aisé de la délivrer sans grand risque en cours de route.

« Admettons que notre incertitude persiste. Comme il est plus facile, et surtout beaucoup plus rapide, de pénétrer dans une demeure ouverte que dans une demeure fermée, nous pouvons nous permettre une irruption soudaine qui nous conduirait directement à la cave. Étant donné l'enjeu, il va sans dire que je n'y suis pas opposé.

« Deuxième hypothèse : Marie a déjà pris le large. Dans ce cas, rien n'est compromis, bien au contraire. Car nous serons en mesure d'obtenir, sous la menace ou sous les coups, des renseignements qui nous mettraient sur une piste toute chaude.

« Mais j'insiste sur un point : la ruse devant peut-être

succéder à la violence pour remonter une piste éventuelle – car on peut douter que des renseignements utilisables soient obtenus par la force –, il nous faudra non seulement agir masqués, ainsi que mon tuteur en avait eu la bonne idée dès le départ, mais aussi veiller à ne pas être trahis un jour ou l'autre par nos voix, dont certaines sont très caractéristiques. Ainsi, Monsieur d'Espalungue, d'Artagnan, Monsieur Chardon ou moi-même aurions le privilège de poursuivre efficacement l'enquête sous des identités d'emprunt.

« Je propose que tout interrogatoire se déroule par le truchement de Monsieur de Portau...

— Je préfère Porthos. C'est sous ce nom que j'ai défrayé la chronique au service du roi.

— ...par le truchement de Porthos, à qui nous ferions des suggestions à voix basse. Car Porthos, dont la taille et l'organe font peur, doit prochainement retourner en Béarn. »

Tout cela était la sagesse même. Il n'était pas courant qu'un garçon en proie à l'angoisse conservât une telle capacité de jugement.

Je plaçai Félix en observation, et la plupart d'entre nous s'abandonnèrent au sommeil sur des tapis moussus. Porthos ronflait comme une forge et d'Artagnan murmurait en rêvant : « Dieu me garde ! Que le Diable m'emporte », ce qui était assez contradictoire. Mais on sait que le fond de l'individu s'exprime volontiers de la sorte. C'est à l'état de veille que l'esprit divisé se tient sur ses gardes et cultive un minimum de cohérence. Quant à Tristan, il priait, le regard fixé sur la cime des arbres.

L'aube pointait, quand le chevalier de Tardets s'agenouilla près de moi et me dit à l'oreille en béarnais : « Je ne crache pas sur mille livres, mais j'aime à savoir où je mets les pieds. N'y aurait-il pas, quelque jour, un retour de bâton à craindre ? »

Je souris avec assurance...

« Nous avons affaire à une compagnie de sorciers et sorcières qui ont fait du crime une vocation. Son Éminence, certes, les tolère avec son indulgence habituelle, mais sous condition qu'ils ne fassent point trop parler d'eux. Nous pouvons les couper en morceaux et les jeter dans la friture sans qu'ils osent se plaindre le moins du monde. Tel est le premier et juste salaire de l'infamie.

« Et puisque vous êtes béarnais, ajoutai-je, il y aura cinq cents livres de plus pour vous, à condition que cette libéralité reste entre nous deux. J'ai été jeune, moi aussi, et je sais le prix de l'argent lorsqu'on en manque. »

Le chevalier se releva content. On l'eût été à moins.

Pour profiter de ses bonnes dispositions, je l'expédiai au sommet d'un ormeau d'où l'on pouvait distinguer ce qui se passait de l'autre côté du mur d'enceinte. Ce cadet grimpait comme un chat et avait dû dénicher des oiseaux avant moi. De temps à autre, il redescendait de son perchoir pour nous faire son rapport ou nous donnait verbalement de brèves informations sans se déranger.

Dès sept heures, le portier rentra les chiens dans une niche attenante à sa loge et s'affaira à ôter les chaînes qui condamnaient la grille. Peu après, deux jardiniers, un vieux et un jeune, se présentèrent afin de travailler au jardin qui jouxtait l'allée de tilleuls sur les deux flancs. C'était une mauvaise nouvelle : pour ce que nous voulions faire, moins il y aurait de témoins innocents, mieux ça vaudrait.

À sept heures et quart, une charrette apporta du charbon de terre, celui qui donne le plus de chaleur dans les fourneaux et les creusets.

À sept heures et demie, une carriole attelée d'une mule fut introduite, qui portait un fier écriteau : *RELAIS DE LONGJUMEAU. MAÎTRE CHAPON PROPRIÉTAIRE*. Et le cocher alla décharger des victuailles sur le côté gauche de la maison, là où devaient se situer les cuisines. De son observatoire, Tardets vit passer en salivant des pains, des viandes, des poissons, des bouteilles… Ce qui donnait faim et soif.

À huit heures, n'y tenant plus, je fis un saut au relais, qui était déjà en pleine activité, et demandai à entretenir Maître Chapon. On prétend que les eunuques grossissent ; l'homme avait maigri et portait les marques d'un deuil récent, qui n'était donc pas celui de ses parties. Il avait sans doute perdu sa femme, qui s'était trouvée si heureuse de l'accident. Après un certain nombre de grossesses accablantes, il n'est point de meilleur remède que de castrer le mari.

Debout devant la grande cheminée de la salle commune, Chapon me regardait d'un œil rond, cherchant à me remettre...

« D'Espalungue. Arnac. L'année 1637.

— Mon Dieu ! Que me voulez-vous encore ? »

D'émotion, il s'en assit. Sa voix, pour autant qu'il m'en souvienne, n'avait guère changé.

« Mon cher Monsieur Chapon, je ne viens pas vous tracasser avec de pénibles souvenirs, mais vous acheter comptant de quoi faire solidement déjeuner neuf personnes en réunion champêtre dans les environs : pâtés, jambons, cornichons, vin blanc... »

Je me mordis la langue : je n'aurais pas dû parler de cornichons ! Mais Chapon, distrait, n'avait pas tiqué. Il est vrai qu'il vivait au milieu des cornichons.

Tandis qu'un marmiton me bourrait un panier, je demandai au maître de poste :

« Dans la soirée de dimanche dernier, n'avez-vous pas hébergé par hasard des Anglais ? Je suis à leur recherche pour rembourser une dette de jeu.

— Si, justement. Deux voyageurs qui parlaient anglais sont tardivement arrivés pour souper, et repartis au matin après déjeuner.

— D'où venaient-ils ?

— Je n'en sais trop rien. Ce n'est pas le coche qui les a amenés, en tout cas. Ils étaient à cheval, et sans grand bagage.

— Pourriez-vous me les décrire, qu'il n'y ait pas d'erreur ?

— Des amis à vous ?

— De simples connaissances.

— L'un, gras comme un moine, avait au moins quarante ans ; l'autre, très jeune, tortillait du croupion.

— C'est bien eux ! Il n'y a pas plus bougre que l'Anglais. Même Cromwell, qui ne badine pas avec les derrières, n'a pu les corriger !

« Venant de bonne heure de Juvisy, j'ai vu votre carriole du côté des *Tilleuls*. Des pratiques assidues de votre relais ?
— Seulement quand une réception se prépare. La comtesse d'Innorge reçoit souvent, et du meilleur monde. »
Excellent Chapon ! Il se confirmait que Milford avait joué un rôle dans l'enlèvement et que *Les Tilleuls* étaient plus que suspects.

De retour à mon bois avec l'en-cas, j'appris qu'un carrosse, encore garé devant le perron de la propriété, avait amené une dame de condition. Et toute la matinée, ce fut un défilé de dames de condition ! Masquées ou non dans leurs voitures armoriées ou non, mais toujours venues en solitaires, elles demeuraient des laps de temps très variables, et parfois, deux ou trois carrosses étaient en attente. C'était exaspérant. Le moment de midi approchait, où je devrais aller acheter à dîner chez Maître Chapon !
« S'il faut en croire les apparences, nous fit observer Monsieur Chardon avec sa sagacité ordinaire, Leonora reçoit ou fait recevoir rue Montorgueil le menu fretin, pour se réserver ici les visites les plus fructueuses. »
À onze heures, il n'y avait plus de carrosses en perspective, les deux jardiniers se retirèrent, et une jeune servante rousse, proprement vêtue, partit à pied vers Longjumeau, à une demi-heure de marche.
« Cette fille rousse, précisa Monsieur Chardon, doit être la Fanchette, dont on m'a donné le signalement au relais. Peut-être n'est-elle pas, non plus que les jardiniers, dans le secret des dieux, et veut-on l'éloigner pour mettre la dernière main à une cérémonie peu banale. On dirait que la scène se dégage enfin pour notre intervention. »
C'était bien mon avis.
« Mon cher Porthos, demandai-je au superbe gentilhomme, que diriez-vous de monter en selle et d'aller au petit trot faire avouer, mine de rien, à Mademoiselle Fanchette ce qu'elle va fabriquer au bourg ? Et si vous pouviez apprendre, par la même occasion, quelle est la garnison de la forteresse, cela n'en vaudrait que mieux. »
De la lisière de notre refuge, nous vîmes Porthos s'arrêter

près de la fille, lui donner un grand coup de chapeau, descendre de cheval et engager une conversation qui prit bientôt un tour de plus en plus plaisant. La demoiselle louchait vers notre bois et s'efforçait en riant d'y attirer le cavalier, le tirant par la manche et lui titillant les moustaches. À la fin du compte, tel Joseph avec Madame Putiphar, Porthos se dégagea et s'enfuit, laissant tomber quelques écus en guise de consolation.

Revenu à nous après un prudent détour...

« Cette dévergondée, qui ne doit pas revenir avant une bonne heure de temps, m'a raconté qu'elle devait acheter des cierges à Longjumeau. Sa maîtresse, qu'elle tient pour très pieuse, ferait une grosse consommation de cierges. En tout cas, la dame est au gîte avec l'ex-jésuite Negroni, un maître d'hôtel et une cuisinière. Si l'on ne tient pas compte du portier à sa grille, il n'y a plus maintenant que quatre personnes aux *Tilleuls*. »

Nous félicitâmes chaudement Porthos de sa vertu et de son habileté.

« Je n'aime pas les rousses, nous confia-t-il avec une modestie peu courante chez lui. Elles sentent trop fort sur le devant, comme certains fromages de la vallée d'Ossau. »

Comme nous plaisantions encore sur les goûts et les couleurs en matière de femmes devant un Félix plutôt pincé, une pauvresse efflanquée parut, vers onze heures et quart, avec une bourriche d'où sortaient des vagissements furieux. Alarmée, regardant de tous côtés avec appréhension, la mère tira le nouveau-né du panier, lui donna le sein un instant, assise sur une borne, remit l'enfant dans le panier, et alla le livrer aux cuisines de la maison. S'en revenant, elle regardait de l'or briller dans le creux de sa main.

« Sans doute, suggéra d'Artagnan par manière de plaisanterie, ne fait-on rôtir chez la femme Merrick que des nouveau-nés bien nourris ? »

Mais Monsieur Chardon, qu'une longue expérience du crime et de toutes les turpitudes avait renseigné sur la nature humaine avant que son ange gardien ne le remît sur la bonne route, lui jeta un regard de douloureux reproche, comme si Charles avait exprimé une vérité anodine à côté de ce qui se préparait.

À cet instant, un énième carrosse survint, tandis qu'une cloche sonnait faiblement, comme pour annoncer une messe. Peut-être une messe basse en dépit de la cloche ?

« Ce coup-ci, nous dit le chevalier des Loges, qui était à Beaufort depuis sept ans et avait l'expérience de la vie parisienne, ce sont les armoiries de la duchesse de Vaudémont. Je les ai bien vues au passage, et je connais d'ailleurs la voiture. »

François Ier avait marié sa maîtresse Catherine de Pissedru à Jean de Branca, devenu duc de Vaudémont en rétribution de sa complaisance, car il n'avait pas reçu le droit de coucher avec sa femme. (Alexandre VI Borgia aussi menaçait d'excommunication les maris de ses concubines s'ils prétendaient encore jouir de leurs privilèges !) Par la suite, le duché de Vaudémont était allé, entre bien d'autres, à Diane de Poitiers, maîtresse d'Henri II, puis à Gabrielle d'Estrées, maîtresse d'Henri IV, mais Louis XIII n'ayant pas eu de maîtresse à qui refiler ce cadeau traditionnel, ledit duché avait connu des malheurs. La dernière duchesse, une veuve sans enfants d'une trentaine d'années, était à la côte, et ne savait à quel saint se vouer. On la disait passionnément amoureuse du duc de Beaufort – ce qui ne plaidait pas pour son esprit critique ! –, mais le duc, après en avoir goûté un instant, ne répondait plus que mollement à sa flamme.

Mes quatre braves spadassins n'étaient pas chauds pour troubler le tête-à-tête entre la duchesse et une sorcière. Madame de Vaudémont était quand même reçue à l'Hôtel de Vendôme, elle connaissait les gardes du prince, et le duc aurait pu se courroucer que cette soupirante fût mise en situation scandaleuse. Il allait encore falloir attendre un moment…

« Le nourrisson est perdu, murmura Félix. Et il n'y a rien à faire. Nous sommes chez Hérode, au temps du massacre des Innocents. »

Je fus le seul à l'entendre distinctement, et les atroces accusations de Matthieu me revinrent en mémoire. On se serait senti mal à son aise à moins. Où notre chère Marie était-elle donc tombée ? ! Je voulais pourtant maîtriser mon imagination, tout en sachant fort bien qu'il n'est pas raisonnable de prêter de la raison à des monstres.

À midi, Madame de Vaudémont remontait déjà en carrosse, dégageant, selon Tardets, une jolie jambe. Nous vîmes la voiture prendre le chemin de Paris et, un moment plus tard, une fumée annonçant probablement le dîner s'échappait d'une cheminée en volutes bleuâtres, sur l'arrière du bâtiment.

Il n'y avait point d'autre carrosse à l'horizon.

Avant l'assaut, se tint un dernier et bref conseil, à la fin duquel Tristan nous dit :

« Un homme doit garder le portier dans sa loge. L'homme, complice ou non, n'aura pas ainsi le loisir de donner l'alerte dans le voisinage. D'après ce que le chevalier de Tardets nous en a révélé, il se pourrait, à son allure, qu'il fût suisse, comme tant d'autres portiers de Paris et des environs. Le Suisse est lourd, buveur, mais dévoué et esclave de la consigne. Ce personnage est donc à surveiller de près.

« Si Marie est présente, et quel que soit l'état où nous la retrouvions, il ne faut pas succomber à la tentation, sur un coup de chaleur, de massacrer Lady Merrick et son Negroni, car il faudrait alors, en bonne sûreté, tuer aussi tous les témoins, ce qui serait maladroit, excessif, et peut-être injuste, car le degré de leur culpabilité n'est pas évident et ne saurait être déterminé à la légère. Le mieux, dans cette hypothèse, serait tout simplement de déférer les coupables à la justice ordinaire.

« En revanche, si Marie est absente, mais que des traces de son séjour soient visibles, nous pouvons sans scrupule faire parler Negroni jusqu'à ce qu'il crève, car la peur de Lady Merrick réduirait les domestiques au silence. Torturer la femme, déjà affaiblie par la *question* du bourreau, ne serait pas opportun, du fait que, si elle succombait, ce n'est pas Negroni qui tiendrait tout ce joli monde en main. De plus, si nous ne retrouvons pas Marie à brève échéance,

Lady Merrick, d'une manière ou d'une autre, demeure notre meilleure source d'informations. »

Une fois encore, il n'y avait rien à redire à cette calme logique. J'étais plus fier que jamais de mon fils.

En un clin d'œil, nous fûmes au cœur de la place, étant descendus de cheval en bas du perron pour mettre aussitôt hors d'état de nuire un maître d'hôtel entre deux âges, qui avait une tête de gargouille. Je me précipitai à la cave avec Tristan, dont l'escalier s'ouvrait au fond du vestibule. Au-delà d'une foule de bouteilles bien rangées dans leurs logements, la porte d'un réduit était entrouverte, par laquelle filtrait un rai de lumière qui devait provenir d'un soupirail. Nous entrâmes dans ce réduit, pour n'y découvrir qu'un lit défait.

Le choc fut rude pour mon fils, qui s'empara de l'oreiller pour le respirer.

« Il est encore tiède, Monsieur, et je reconnais l'odeur de ses cheveux : un délicieux mélange de fleurs des champs et de crottin ! Mais quand donc et comment a-t-elle pu sortir d'ici ?

— Nous allons le savoir bientôt ! »

Au rez-de-chaussée, Lady Merrick et Negroni étaient à table, en compagnie de la grosse cuisinière qu'on avait arrachée à son travail. Les cuisinières sont généralement énormes, comme si elles mangeaient plus que leurs maîtres. Celle-là n'en menait pas large, mais la dame et son amant semblaient encore plus surpris qu'inquiets, en personnes qui se sont sorties de bien des traverses pour s'assurer une position solide.

Lady Merrick était une brune aux magnifiques yeux noirs qui lui mangeaient une partie du visage, dents blanches bien plantées, lèvres bien rouges, cheveux d'ébène retenus par un peigne d'ivoire finement travaillé, de la dignité et de la sévérité dans le regard, mais on voyait qu'elle avait souffert ou fait souffrir les autres, ce qui revient souvent au même pour la sensibilité, car les bourreaux et les victimes n'ont au fond qu'un même cœur. Elle portait une somptueuse robe de soie rouge sombre relevée par de fines dentelles, et un gros diamant étincelait à l'annulaire de sa main gauche.

Quant à Negroni, qui portait fort bizarrement une robe de prêtre, c'était un bel Italien à la bouche molle, qui devait mal supporter les coups. Un mélange d'insolence et de crainte se lisait sur sa figure. C'était visiblement le point faible du couple. Mais les jésuites, en exercice ou radiés de l'Ordre, sont de fortes têtes, dont il y a lieu de se méfier.

Allumant un chandelier, je fis signe à Porthos et à Madame la baronne de me suivre, nous descendîmes au sous-sol, et j'éclairai la chambre où Marie avait séjourné. Non sans mal, Lady Merrick, qui avançait à petits pas, appuyée sur sa canne, était venue à bout de l'escalier, et j'avais dû l'aider courtoisement dans les dernières marches.

Au fur et à mesure de l'interrogatoire, je suggérais à mi-voix à Porthos ce qu'il convenait de dire, et il s'ingéniait à se faire mon écho fidèle, avec la voix d'airain et la mine terrible qui en faisaient une personnalité si attachante quand on le connaissait bien. Car au fond, c'était un homme simple et de premier mouvement, aux amitiés et aux indignations promptes.

« Sur cet oreiller, Madame, a reposé naguère une tête virginale, qui y a laissé son parfum reconnaissable entre mille.

— “Fleurs des champs et crottin”, lui soufflai-je.

— Fleurs des camps et coquin », reprit docilement Porthos, un peu étonné.

C'était du pur Beaufort, et je le corrigeai.

« Mettez-vous d'accord, Messieurs ! fit en souriant Lady Merrick, avec un brin d'accent, qui devait être écossais. Ce parfum ne me semble pas net.

— Parfum ou non, Madame, qu'est devenue cette jeune fille ?

— C'était une servante, que j'ai mise à la porte hier parce qu'elle s'était fait engrosser dans la serre par le fils du jardinier. Je ne connais pas sa nouvelle adresse, si tant est qu'elle en ait une. »

Le cœur serré, je montrai du doigt un seau, où gisaient

un petit étron tout frais et un petit pipi limpide, puis la porte grande ouverte de la pièce, à l'extérieur de laquelle une grosse clef était encore dans sa serrure.

« Vous enfermez vos servantes qui ont fauté, tonna Porthos, avec un seau pour leurs besoins avant que de les chasser ? ! »

La dame resta court et, pour faire digression, m'adressa la parole sur un ton mondain, n'ayant pas manqué d'observer que je dirigeais l'entretien.

« Vous, Monsieur, qui n'osez parler de peur que je ne reconnaisse un jour votre voix, vous allez rire. Savez-vous à quoi me fait songer ce seau ? Que l'Église, dans sa chasse aux reliques, a négligé la plus fructueuse. Que ne vaudrait point aujourd'hui un étron bien moulé de saint Pierre ou de saint Paul, pour ne parler que des laquais ? »

Porthos eut un haut-le-corps. Ce n'est pas en Béarn qu'il eût entendu de pareils blasphèmes ! Son éducation calviniste lui avait laissé une piété de façade, et les protestants ont les sorcières en horreur. La Réforme ayant supprimé les tribunaux d'Église prétendus compétents, ils en ont brûlé sept fois plus que les catholiques.

Étant passée avec aisance d'un insupportable mensonge à une odieuse impiété, la baronne méritait une correction qui la rendrait peut-être plus souple. Elle devait apprendre au plus vite de quel côté était l'autorité.

Tout d'un coup, je giflai violemment Lady Merrick, qui s'effondra sur le pavé en lâchant sa canne, et je confiai l'objet à Porthos, qui se mit en devoir de la rosser consciencieusement. Les cris de la dame, d'abord étouffés, puis stridents, qui résonnaient dans toute la maison, ne pouvaient qu'attendrir le jésuite défroqué et le mettre d'humeur conciliante.

Le résultat de cette rossée fut que je dus porter une Lady Merrick échevelée en remontant l'escalier, et qu'elle en profita pour m'arracher à moitié mon masque. Heureusement, Porthos ouvrait la marche avec le chandelier et mes traits étaient dans la pénombre !

Furieux, je laissai tomber cette incorrigible, à qui je fis grimper les derniers degrés à grands coups de pied au derrière, et je la poursuivis avec la même énergie jusqu'à ce que tout le monde fût de nouveau réuni dans la salle où le repas avait été interrompu. Negroni, très pâle, s'était levé, se demandant quel traitement l'attendait.

J'ordonnai d'enfermer le Suisse, le maître d'hôtel et la cuisinière dans la cave, de leur adjoindre Fanchette dès son retour, puis de remettre les chaînes à la grille d'entrée afin de décourager désormais toute visite inopportune.

À peine les trois premiers étaient-ils sous clef que la servante revenait de Longjumeau avec un gros paquet de cierges et suivait le même chemin, à sa vive émotion.

Je fis repousser la grande table de la salle jusqu'à ce que son extrémité fût à l'aplomb d'un lustre hollandais de cuivre accroché à un piton qui avait été vissé dans une épaisse solive de chêne. Dans un coin, derrière une tenture, était une échelle double permettant d'accéder au lustre pour en changer les bougies. Ledit lustre ayant été déposé, Negroni, les mains liées derrière le dos, fut hissé au bord de la table, un nœud coulant orna son cou, et l'autre extrémité de la corde fut attachée au piton. Il suffisait de pousser un peu la table du bon côté pour que l'individu perdît l'équilibre et que le nœud fît son œuvre.

C'est alors que Tristan, toujours curieux de métaphysique, fit poser à l'ex-jésuite une question par Porthos.

« Puisque vous allez rendre bientôt votre âme en haut lieu, Monsieur, et puisque la croyance au Diable ne saurait raisonnablement se dissocier de la croyance en Dieu, auriez-vous la bonté de me dire pourquoi vous avez choisi la solution la plus stupide ?

— Mais je ne crois à rien du tout ! Pas si bête ! gémit Negroni avec des intonations qui rappelaient celles du cardinal Mazarin quand il avait fait une mauvaise affaire. J'ai perdu la foi chez ces satanés bons Pères. Et maintenant qu'ils m'ont chassé sur un malentendu... je donne dans le petit commerce. Ne faut-il pas répondre honnêtement à la demande ? Pour quel motif me persécutez-vous ? Que voulez-vous de moi ?

— Où est la captive ?

— Sur l'honneur, je n'en sais rien ! Madame d'Innorge ne me livre pas tous ses secrets.

— Quand la jeune fille qui nous intéresse a-t-elle quitté la maison ?

— Je ne saurais dire... »

Tristan me murmura à l'abri de mon feutre :

« La seule façon de s'assurer de sa bonne foi est de l'étouffer très progressivement. Non pas un saut dans le vide, dont il pourrait douter jusqu'au dernier instant, mais si Porthos, le plus fort de nous tous, le prenait dans ses bras et le tenait bien suspendu, l'équivalent d'un garrot à l'espagnole serré peu à peu... Negroni doit s'imaginer que nous n'oserons pas le pendre pour de bon et que nous oserons encore moins nous attaquer à la vie de la baronne. »

Ce qui était tout à fait juste. Quand un garçon est guidé par l'amour, un surcroît d'esprit lui vient.

Ratatinée au fond d'un fauteuil à haut dossier, joue enflée et canne en main, Lady Merrick suivait la scène de son œil noir et vexé.

XIX

« J'ai faim, dit Porthos, et ces messieurs partagent mon point de vue. On pendra bien cet animal tout à l'heure, et un peu de réflexion lui fera du bien en attendant. Je surveille Madame, tandis que vous allez aux provisions. »

Un murmure général d'approbation ayant salué cette sortie, on alla voir du côté des cuisines, car n'étaient en évidence sur la table que des hors-d'œuvre froids pour deux personnes. Aux cuisines, où des viandes avaient été préparées, tout était froid aussi, mais les vivres apportés par la carriole de Chapon étaient présents au garde-manger, dont les mouches de saison bleues ou vertes insultaient en vain le fin grillage. Je songeai à ces cadavres que j'avais vus sur les champs de bataille et qui étaient la proie des mouches après avoir été la proie des hommes. La mouche, qui ne craint pas d'agresser le lion vivant, est l'ultime ennemie du guerrier mort, et cette considération doit nous rendre modestes.

Pendant que la troupe s'affairait aux vivres et aux bouteilles, j'inspectai rapidement les lieux avec d'Artagnan. Partout, les meubles étaient coûteux et bien choisis, avec quelques pièces italiennes de premier ordre, que Negroni avait peut-être fait entrer. Nous nous attardâmes au premier étage, dans les chambres de Lady Merrick et de son associé, qui donnaient sur le parc, à l'arrière du bâtiment. Mais si les lettres de change étaient nombreuses, aucune correspondance compromettante ne traînait : ces gens-là, on le conçoit, préféraient parler qu'écrire.

Chez la maîtresse de maison, nous fîmes sauter les serrures de deux tiroirs fermés à clef d'un cabinet. Dans l'un, se trouvaient des bijoux de toutes sortes et de grande valeur ; dans l'autre, des rouleaux d'or, dont certains étaient des livres sterling.

Nous redescendîmes avec notre butin, que nous déposâmes sur la table, où l'on dînait en silence, mais de bon appétit, sous les regards de la fausse comtesse et du faux jésuite. Des sifflements saluèrent le dépôt. Je distribuai l'or avec équité. Il y en avait pour près de vingt-trois mille livres. Seuls Porthos et mon fils refusèrent noblement leur part.

Avisant un pendentif orné d'émeraudes et de rubis, le chevalier des Loges, m'ayant pris à part, me dit :

« J'ai vu plusieurs fois ce joyau au cou de Madame de Vaudémont. C'est un cadeau du duc de Beaufort, qui date des débuts de leur liaison. Tout nouveau, tout beau !

— En êtes-vous bien certain ?

— Absolument. La pièce, achetée chez un orfèvre du Pont aux Changes, est très reconnaissable. »

Je fourrai le pendentif dans ma poche.

C'est alors que nous parvint une légère odeur de brûlé, en provenance des cuisines, où tout pourtant était éteint. Monsieur Chardon fronça le nez comme un chien de chasse sur une piste, et nous lui emboîtâmes le pas dans cette direction, laissant Lady Merrick à la garde du chevalier de Tardets.

L'odeur suspecte montait d'un autre escalier, plus étroit et plus raide que celui qui conduisait à la cave.

En bas, était un second sous-sol, distinct et bien différent du premier, que j'avais trouvé très ordinaire. Ici, des soupiraux en verres de couleur éclairaient faiblement une vaste pièce toute tendue de noir, sans autre mobilier qu'un autel, où l'on distinguait de quoi servir une messe, en particulier calice et ciboire, mais aucun tabernacle. La croix était remplacée par un phallus de bronze dressé sur la base des deux testicules. Sur les tentures, figuraient des attributs et des symboles sataniques, dont quelques diablotins rouges et or à queue fourchue, qui tiraient la langue, soit pour se moquer, soit parce qu'ils avaient trop chaud.

Le fond de cette pièce étrange ouvrait sur un local qui était en revanche des plus encombrés par tout un assortiment d'appareils de distillation, de cornues, de mortiers, de creusets... Sur des tables ou sur des étagères, s'entassait tout un bric-à-brac de minéraux, de végétaux ou d'animaux qui devaient servir à la confection de drogues plus ou moins dangereuses ou à des expériences de sorcellerie, et notamment, des fœtus de diverses dimensions dans l'alcool où ils étaient conservés. L'avortement servait enfin à quelque chose !

L'odeur de brûlé, qui l'emportait sur bien d'autres, était ici plus forte qu'ailleurs, et nous découvrîmes, qui achevaient de se consumer dans un four, dont la cheminée devait correspondre à celle des cuisines, les restes du nouveau-né, celui, sans doute, qui avait naguère crié si fort à nos oreilles et pris son dernier repas sous nos yeux. Dans une bassine, des cendres refroidies et de petits ossements en attente d'être jetés montraient que la baronne n'en était pas à son coup d'essai.

Mes compagnons, qui avaient cependant l'habitude du sang et des combats, qui avaient tué au hasard des chemins, et parfois violé leur soûl dans des villes prises d'assaut, étaient horrifiés par le côté peu commun du forfait et son rattachement à une métaphysique exigeante.

« Ce qu'on raconte à Paris, s'écria d'Artagnan, est donc vrai ! Des sorcières sacrifient des enfants au cours de messes noires pour la satisfaction de dames distinguées. Mais c'est pas Dieu possible ! »

On pouvait lui pardonner d'oublier la négation.

Tristan dit tout bas, qui pensait à sa fiancée :

« Ces harpies ne saignent heureusement que des nouveau-nés ! Un moindre mal, diraient les casuistes jésuitiques. »

Ainsi que beaucoup de cérébraux, mon fils était plus impressionné par les idées que par les visions, et un concept lui faisait plus d'effet qu'un massacre.

L'appétit coupé, nous remontâmes lentement vers la salle à manger. Sur les dernières marches, Félix me confia :

« Avez-vous observé, Monsieur, un fait qui pourrait étonner ? Lady Merrick et son ami mangent froid quand ils font cuire un nourrisson. Chez les plus grands pécheurs, un fond d'humanité subsiste, ce qui doit nous apprendre à ne désespérer de personne. »

Je n'avais jamais vu Monsieur Chardon si optimiste. Son retour à un Dieu indulgent l'avait visiblement marqué.

Le futur pendu, qui se doutait bien de nos trouvailles, était en sueur au bord de sa table, et Lady Merrick semblait des plus ennuyées.

Je m'entretins un instant avec Porthos, qui demanda à la baronne :

« Si nous avons bien saisi, Madame, la duchesse de Vaudémont est venue à la messe chez vous et aurait laissé un pendentif en remerciement.

— Qu'aurait-elle pu laisser ? Elle n'a plus un sol et elle joue sa dernière carte avec le duc de Beaufort, qui a soupé de ses charmes.

— Croyez-vous la magie noire efficace pour le réchauffer ?

— Il me suffit que cette sotte de duchesse l'espère.

— Nous avions l'intention de vous laisser en vie, mais vous avouerez qu'après ce que nous avons vu en bas, cette clémence peut paraître excessive. Notre chef incline à prévenir les gendarmes.

— Ils recevront ordre d'étouffer l'affaire. Je ne manque pas d'appuis.

— Alors nous ferons œuvre de justice sans les déranger, et le décor plaidera pour nous. Il ne vous a pas échappé que nous devons avoir des appuis, nous aussi, qui valent peut-être les vôtres.

— Pour qui travaillez-vous ?

— Nous sommes en tout cas au service de quelqu'un – Dieu peut-être ? – pour qui votre vie terrestre est devenue superflue. Le piton du plafond soutiendra bien deux corps. »

Je m'approchai, un restant de corde à la main.

La baronne prit peur pour de bon, et, s'adressant à moi :

« Que me reprochez-vous donc ? Une brève participation à un rapt comme il y en a tant ? La mort un peu prématurée de quelques enfants misérables ? Mais si on les avait laissés vivre, ils eussent bientôt péri d'inanition ou de fièvres, des mendiants les auraient mutilés pour exciter la pitié des naïfs, ils auraient versé dans la prostitution ou dans toutes sortes de crimes, et fussent devenus aussi mauvais que leurs géniteurs.

« Où est le scandale ? Le premier abus, contre lequel luttent ardemment les sorcières de France, c'est la situation que notre société fait aux femmes. Mariées contre leur gré avec la veule complicité d'une Église indifférente, les hommes les tuent de grossesses, puis s'en vont récidiver avec une indifférence égale. Une malheureuse ainsi contrainte et dénuée de tout, mariée au premier venu ou violée par un maître brutal, n'a-t-elle point le droit de se débarrasser de son fruit avant qu'il ne soit arrivé à terme, ou même de le vouer au néant après la naissance, à un âge où une claire compréhension des choses ne lui est pas encore venue ? Mais ces pauvres petits sont comme des limaces : ça ne souffre pas ! Et s'il y a un paradis, ils y occuperont la première place, alors qu'ils se seraient damnés et en auraient damné bien d'autres s'ils avaient eu l'insondable malheur de vivre leur temps.

« En revanche, la femme souffre, exposée aux humiliations du coït, aux affres de la grossesse non désirée, aux risques sanglants d'accouchements épouvantables, à la réprobation qui enrobe les bâtards avec leur mère lorsqu'ils n'ont point la chance d'être de Sang royal ou princier.

« Le droit pour les femmes de régler leur progéniture tout ainsi qu'un Ciel indifférent les règle déjà pour leur honte perpétuelle, le droit de l'étouffer en dormant avec une feinte maladresse, comme il arrive si souvent chez les pauvres, le droit de recourir à une matrone experte et compatissante au lieu de se risquer sur soi à des manœuvres abortives si risquées, le droit d'expédier *ad patres* les hommes dont l'odieuse présence endeuille leurs jours, mais le droit aussi de les séduire par des artifices magiques, voilà des droits sacrés que l'avenir, quelque jour, constituera en code si la femme ajoute à ses charmes la capacité de faire de justes lois. Son cœur saigne comme sa matrice, et il est temps de réduire l'hémorragie autant que faire se peut.

« Ah, Monseigneur ! l'Église de Satan est plus humaine et moins hypocrite que celle du pape ou de Calvin !

« Si je viens de vous donner, Monsieur, du "Monseigneur", c'est que votre prestance suggère le titre, et qu'un homme de cette allure, qui a beaucoup vu, et sans doute beaucoup réfléchi, qui a dépassé maints préjugés nobiliaires ou plébéiens, ne peut que donner raison à une dame de bonne volonté, qui a voué son existence au service d'autrui. Et si votre épouse avait connu le calvaire de tant d'autres femmes désolées, vous me comprendriez mieux encore ! »

J'avais le cœur assez bien placé pour distinguer quelques vérités dans ces excès, mais le plaidoyer *pro domo* était, en la circonstance, pour le moins déplacé, et un grondement de menaçante réprobation se fit jour dans la bouche des témoins – ce qui ne faisait pas mon affaire, car la mort de Lady Merrick ne m'aurait rien rapporté, bien au contraire !

Porthos, à qui il ne fallait pas en conter, demanda de sa propre initiative, avec le bon sens des paysans béarnais :

« Le rapt fait-il partie des droits de la femme, à votre avis ?

— On m'avait parlé d'une histoire d'amour, dont je devais favoriser l'heureuse conclusion.

— Et la jeune fille ne vous a pas éclairée ?

— La plupart du temps, elle dormait… »

Tout en confectionnant le nœud coulant, je fis poser une fois de plus, par le truchement de Porthos, la question qui me tenait à cœur :

« Où est la demoiselle qui nous intéresse, s'il vous plaît ?

— Si je livre le renseignement, aurai-je la vie sauve ?

— Vous avez notre parole.

— Pourquoi vous ferais-je confiance ?

— Parce que vous n'avez rien de mieux à espérer.

— Dans ces conditions, je préfère garder le silence. J'ai assez vécu avec des goujats. »

Nous étions dans l'impasse.

Tout à coup, le chevalier de Tardets poussa une exclamation et vint me dire très bas, l'air fort ennuyé :

« De mon arbre, peu avant le départ de la duchesse de Vaudémont, j'ai vu le grand carrosse disparaître un instant derrière la maison, puis reprendre sa place. N'y aurait-on pas caché la jeune fille privée de sentiment ? La signification du fait et son importance m'avaient tout à fait échappé sur le coup. Vous m'en voyez on ne peut plus désolé, Monsieur. »

J'aurais bien fait pendre aussi le chevalier de Tardets pour la peine ! Mais la franchise de son repentir lui valait quelques excuses.

Je réunis Tristan, Porthos, d'Artagnan et Félix pour leur faire part de cette information capitale. Hélas, il était trop tard pour songer à rattraper la voiture, qui était partie bon train !

Porthos revint à la baronne...

« Où Madame de Vaudémont doit-elle déposer la prisonnière ?

— Cherchez, grosse brute ! Je vous souhaite bon vent... »

Les nerfs de Negroni cédèrent alors et il se donna le haut comique de réclamer un prêtre d'une voix enrouée. Mais peut-être s'agissait-il seulement d'une manœuvre pour prolonger ses jours infortunés ? Les condamnés à mort sont à l'occasion coutumiers de cette ruse grossière. Une heure d'existence est toujours bonne à prendre.

Comme la prière avait été saluée de rires et de claquements sur les cuisses, Negroni proposa :

« Ma vie contre le renseignement !

— C'est d'accord.

— Desserrez un peu cette corde, je vous en supplie. J'ai le gosier tout sec. »

Lady Merrick se pencha, allongea sa canne, dont le bout recourbé vint soudain faire un croc-en-jambe à l'amant trop bavard, qui fut précipité dans le vide.

Nous nous empressâmes de le secourir, mais il n'avait point gambadé instinctivement pour retrouver l'appui de la table, ce qui était mauvais signe.

Porthos coupa la corde, d'Artagnan relâcha le nœud, et je m'efforçai de ranimer la victime par toutes les manœuvres salvatrices que recommandent les traités de médecine dans leur latin : asperger la tête d'eau froide, tapoter les deux joues, presser vigoureusement l'estomac, chatouiller la plante des pieds avec une plume d'oie, souffler un bon coup dans les narines... Et pour les pendus, décongestionner, par des compresses émollientes, la verge bizarrement gonflée par la subite rupture du souffle, tandis qu'un clystère reconstituant est administré de l'autre côté.

J'en étais là, quand Monsieur Chardon me chuchota tristement :

« Tout est inutile. Vous pouvez vous fier, Monsieur, à mon expérience des pendus : j'ai été pendu moi-même sur la place de Carpentras ! La dernière fois que j'ai bandé franchement : l'égoïsme aidant, à partir d'un certain âge, on bande toujours mieux pour soi que pour les dames. Vous voyez bien que l'homme est aussi mort qu'on peut l'être. La table était trop haute et un os mal placé aura cédé dans le saut. Dieu ait son âme ! Nous devrons faire dire quelques messes. Il arrive que, dans les ultimes secondes, une contrition... ou à tout le moins une attrition convenable, se dessine... »

De fureur, d'Artagnan cassa la maudite canne sur son genou, se fit mal, et partit à cloche-pied en hurlant des imprécations.

« Ah, fit froidement la baronne, j'entends que ce bon Monsieur est du Midi. Un vrai rayon de soleil par cette triste journée ! »

La vraie vie se reconnaît à ce mélange de tragique et de trivial, que ne se permettront jamais les bons auteurs.

Les soins que nous avions pris de ressusciter Negroni redonnaient de l'espoir à Lady Merrick, et elle n'avait pas tort.

Je consultai Tristan dans un coin.

« Un surcroît de menaces et de violences, Monsieur, pourrait ne rien tirer d'une femme dévorée de méchanceté au point de faire bon marché de sa vie et que la torture a déjà rendue infirme sans lui inspirer le moindre bon sentiment pour autant. Les domestiques, plus que probablement, ne savent rien de ce qui nous importe. Et à poursuivre sans relâche les interrogatoires, nous perdrions, de toute façon, un temps précieux, alors qu'une piste des plus prometteuses vient de nous apparaître un peu tard. »

Le raisonnement avait le caractère irréfutable de la bonne géométrie. Il n'y avait plus qu'à décamper. Laissant sur la table le gros des bijoux dont la liquidation aurait pu me trahir, je donnai le signal du départ, en dépit d'une mauvaise grâce quasi générale. Les cavaliers de Beaufort, Porthos, et même d'Artagnan, se seraient fait une joie d'expédier la baronne aux enfers avec des raffinements de supplices. Mais le salut de ma future belle-fille commandait.

Avant que de me retirer, je me baissai vers Lady Merrick et dis d'une voix sans timbre à ses cheveux dénoués :

« S'il arrive malheur à la jeune personne, je reviens vous passer mon épée au travers du corps.

— Et si elle est retrouvée en bon état, vous me dénoncez au lieutenant de police.

— C'est à vous, ma chère, à faire prudemment le ménage en conséquence. Grand pécheur moi-même, je ne veux pas la mort de tous mes confrères. »

Tristan, qui avait surpris le propos, m'en félicita :

« Vous venez de lui dire, Monsieur, exactement ce qu'il fallait dire pour donner à Marie le maximum de sûreté. Et avec une surprenante pointe d'humilité qui vous faisait honneur.

— J'apprends à raisonner à votre école mathématique, mon enfant. Je saurai bientôt démontrer que les triangles ne sont pas rectangulaires.

— Apprenez, Monsieur, que dans un rectangle, on peut tailler autant de triangles qu'on veut.

— Mais à condition, sans doute, que les lignes n'aient guère d'épaisseur, que le crayon soit très fin ? »

Cette assertion de bon sens m'attira un regard de pitié, celui qu'on adresse aux sympathiques incurables chez Monsieur Vincent.

Avant de quitter l'atroce demeure, tandis que Tardets et

ses trois compagnons démolissaient bêtement la serre à coups de pierres pour se revancher de leur déception, Tristan s'attarda dans le jardin pour cueillir et composer un gros bouquet de fleurs variées.

« Ces fleurs sont pour Marie, me dit-il. Si nous la revoyons bientôt, elles seront encore fraîches. Si nous la revoyons dans une semaine, elles seront fanées, mais lui porteront témoignage que j'ai pensé à elle sur les lieux mêmes de sa captivité. Et si nous ne la revoyons pas vivante... elles seront pour la tombe de Leonora, que j'aurai l'honneur d'exécuter à votre place et sous vos yeux. »

Je parvins à dissimuler mon émotion. La géométrie n'avait pas privé mon fils de sensibilité.

Ayant regagné Paris sans ménager les chevaux, je remerciai, avec la chaleur que l'on devine, Porthos et d'Artagnan à la Porte de Buci et poursuivis avec Tristan, mes gardes du corps et Félix jusqu'à l'Hôtel de Vaudémont, situé à peu de distance de l'Hôtel de Luynes, entre ladite porte et la Seine. On était au milieu de l'après-midi, le ciel se chargeait de nuages orageux, et aucun courrier de Lady Merrick n'avait encore pu prévenir la duchesse de ma visite.

Je frappai seul à la porte, mon escorte, avide de nouvelles, faisant le guet pour arrêter un éventuel messager de la baronne.

Le vestibule faisait mauvaise impression : les meubles de valeur avaient été vendus pour tenir son rang quelques années de plus ; le maître d'hôtel rhumatisant et les deux laquais faméliques, un grand et un petit, qui s'y ennuyaient, portaient des livrées qui avaient connu des jours plus fastes et ils ne devaient pas être payés depuis longtemps. Vu les malheurs qui ont fondu sur les humbles depuis que Richelieu avait quadruplé les impôts pour jouer au soldat, il est extraordinaire de voir combien de temps on peut se faire servir à Paris en n'offrant qu'un toit sans feu et une maigre pitance.

Le maître d'hôtel, à moitié sourd de surcroît, m'affirma

que Madame de Vaudémont n'était pas encore rentrée de promenade, qu'on ne savait où elle était allée ni quand elle reviendrait.

« Mais il faut absolument que je la voie d'urgence, et pour une affaire qui peut lui rapporter gros ! »

Je sortis quelques écus de ma poche, que je manipulai négligemment. Les deux laquais, fascinés par l'éclat de l'argent, se rapprochèrent, et le grand, qui faisait songer à Don Quichotte, me dit enfin :

« Le cocher m'a signalé que Madame la duchesse devait aller à Longjumeau.

— Puis chez Jacob, ajouta le petit, qui aurait fait songer à Sancho Pança s'il avait été plus gras et ne voulait pas être en reste. Le fameux Jacob ! Vous savez bien, Monseigneur ? »

J'eus beau distribuer des écus à tout le monde, je n'en appris pas plus. Une faible possibilité demeurait que la duchesse fût déjà rentrée, avec ou sans Mademoiselle Rossignol, et je demandai à visiter l'écurie, caprice qui me coûta un supplément d'écus dans une maison où tout semblait à vendre. Mais effectivement, carrosse et chevaux étaient absents d'une écurie délabrée.

Je ne perdais rien à courir chez Jacob, un usurier qui opérait dans la proche Cité, à l'ombre de l'Archevêché. Ce Jacob, capable de prêter de très fortes sommes, était réputé pour obliger les plus grands lorsqu'ils prenaient l'habitude de dépenser avec entrain plus qu'ils ne gagnaient à ne rien faire, et il connaissait sur le bout du doigt l'état de toutes les fortunes de la capitale et d'ailleurs. Le Mazarin lui-même avait parfois affaire à lui, car il arrivait que ses débours excédassent ses revenus.

Le carrosse aux armes des Vaudémont, avec son cocher, bloquait toute la largeur d'une ruelle et je vérifiai en passant, le cœur serré, qu'il était vide. Là encore, laissant mon escorte, je me présentai seul.

La maison ne payait pas de mine, et je fus introduit dans une antichambre assez sombre aux antipodes de tout luxe par un jeune Juif fort poli, avec sa soyeuse calotte noire et les cadenettes originales de sa nation, qui me demanda ce que je désirais, comme s'il ne l'avait pas déjà deviné.

La modestie du lieu s'expliquait. Du fait que les gouvernements successifs rêvent toujours de dépouiller les Juifs pour leur faire payer les dégâts d'une politique imbécile, le peuple élu se méfie et garde sa richesse en liquide. C'est quand le Juif sera bien rassuré qu'on le verra dans des palais insolents, et il y gagnera un regain de haine aveugle.

« Je suis, déclarai-je avec toute la hauteur convenable, le baron d'Espalungue.

— Par conséquent, dit le garçon surpris, si nous sommes bien renseignés, vous n'avez nul besoin d'argent.

— J'aimerais, au contraire, vous en prêter des masses, et nous partagerions les bénéfices des opérations. Après avoir tondu les pauvres, je serais charmé de tondre les riches en bonne compagnie. Car il y a aussi beaucoup à prendre de ce côté.

— C'est trop d'honneur, Monsieur, que vous nous faites ! Soit dit sans vous froisser, si mon père partage un jour quelque chose avec un chrétien, c'est qu'il sera bien bas.

— Que le Très Haut dont on n'ose prononcer le nom le garde en santé et en prospérité, à l'abri de toute souillure, chez les Juifs comme chez les chrétiens ! »

Voyant que je savais un peu le langage de l'École, le jeune homme s'inclina gracieusement.

« Que désirez-vous au juste ?

— Voir la duchesse de Vaudémont. Et le temps m'est compté.

— Monsieur, la discrétion est ici de mise. Si vous étiez dans la gêne, vous me sauriez gré de n'en parler à personne.

— Mon petit ami, si la duchesse n'était pas chez votre honorable père, vous me l'auriez dit sur-le-champ et m'auriez épargné une leçon de savoir-vivre dont je n'ai que faire. D'ailleurs, son carrosse est dans la ruelle, avec de maigres chevaux qui ne mangent pas à leur faim, et un cocher encore plus maigre que ses chevaux, qui finira par les manger si on le laisse faire.

— Eh bien ! si vous pensez que cette dame est ici, attendez-la donc. Elle finira bien par sortir du bureau.

— Comme dans les bons bordels, vous devez avoir, sur l'arrière, une porte dérobée. Les hommes de ma qualité ne sortent point sans une escorte en rapport avec leur mérite, et je n'ai qu'un mot à dire pour que cette issue soit gardée.

— Que voulez-vous donc à Madame de Vaudémont ?

— La mettre à son aise. Payer ce qu'elle vous doit et ne peut évidemment vous rembourser.

— Que ne le disiez-vous plus tôt !

— De combien est-elle débitrice chez vous ?

— À minuit, cela fera sept mille livres tournois, trente-quatre deniers et trois sols.

— Quelle mémoire ! Vous les aurez à minuit moins une.

— Nous savons, Monsieur, la valeur de votre parole et celle d'une minute. »

Sur l'entrefaite, un violent orage se déchaîna et des éclairs aveuglants illuminèrent l'antichambre.

« N'ayez pas peur, dis-je. La foudre tombera sur la cathédrale voisine plutôt qu'ici. Depuis Babel, les orgueilleux édifices suscitent le courroux des cieux et les croix attirent le feu tout comme les minarets des Infidèles. En fait de physique élémentaire, Dieu est impartial.

— Je n'ai pas peur, Monsieur. La lumière du Ciel est l'amie du Juif et la Bible nous dit que la tête de Moïse était tout environnée de rayons de lumière.

— Mais le Moïse de Michel-Ange porte des cornes ?

— Cette ridicule idole, qui ressemble en effet à la statue du Veau d'or, ne mérite pas mieux. La méprise vient d'une erreur de traduction des Septante, qui n'en étaient pas à une méprise près. Les Juifs d'Alexandrie, au deuxième siècle avant l'ère chrétienne, étaient plus forts en grec qu'en hébreu. N'ont-ils pas traduit aussi "jeune femme" par "vierge", l'hébreu "*alma*" par le grec "*parthenos*", rajoutant du pucelage au gré de leur fantaisie, pour mieux égarer les futurs chrétiens ? »

Satisfait de cette exégèse audacieuse, que seul un Juif fortuné pouvait se permettre, le fils alla rejoindre son père et eut la louable discrétion de ne point reparaître.

Dix minutes plus tard, la duchesse de Vaudémont venait

à moi tout effrayée, alors que redoublaient les éclairs et qu'une pluie diluvienne battait les toits.

Martine de Vaudémont, qui faisait plus jeune que son âge, était une petite créature fort jolie et d'une discrète élégance, à l'air timide et pudique. Auréolée de cheveux blonds qui semblaient bien lui appartenir, on lui aurait donné le Bon Dieu sans confession et tout homme normalement constitué devait se sentir enclin à lui assurer protection et à lui jurer fidélité.

Je la saluai bien bas entre deux éclairs, tandis qu'elle considérait le généreux donateur avec une stupéfaction incrédule. Un troisième éclair accompagné d'un coup de tonnerre à faire trembler les vitres, et elle se jetait dans mes bras avec un cri d'angoisse, me serrant contre elle en piétinant le chapeau qui m'avait malheureusement échappé.

« Ah, Monsieur ! Pardonnez-moi. Depuis ma plus tendre enfance, je ne puis souffrir le tonnerre. J'ai alors le sentiment que le Ciel me reproche quelque chose. »

Je lui tapotai le dos d'une main ferme et rassurante.

« Allons, mon petit chat, mon petit lapin, remettez-vous. Je suis là... »

Oui, cette femme sur le ventre obscène de laquelle un jésuite félon et lubrique venait de dire une messe noire, cette goule qui, pour l'amour intéressé d'un imbécile, avait sans doute communié le jour même au sang d'un enfant martyr, je la traitais de « petit chat » et de « petit lapin » sur le ton le plus paternel ! Dieu me pardonne, mais c'était pour Marie ! Dans les grandes causes, il ne faut pas lésiner sur les petits moyens affectueux.

XX

Le tonnerre faiblissait déjà, mais la pluie redoublait. Notre étreinte se relâcha, et Madame de Vaudémont ramassa piteusement mon feutre, qui avait beaucoup souffert et dont la plume conquérante était brisée.

« Oh, je suis confuse. Mais j'avais tellement peur du tonnerre...

— N'ayez crainte. Je ne suis pas en peine de chapeaux. J'ai ratissé près de quatre cent mille livres l'année dernière, et j'en ai pour toutes les circonstances... même pour m'abriter des orages chez les Juifs.

— À quoi, Monsieur, dois-je cette libéralité subjuguante, et dont je demeure infiniment touchée ?

— Voilà toute une histoire, Madame, et ce n'est guère ici le lieu de vous conter ce roman. Le père Jacob doit attendre d'autres pratiques, qui seraient sans doute gênées d'être surprises dans cette sordide antichambre où tant de pleurs amers ont dû être versés. Si ce n'est pas abuser de vos bontés, pourrais-je vous prier de me raccompagner à mon hôtel du Marais dans votre carrosse ? Je suis venu à cheval avec ma suite, et cette pluie est bien désagréable.

— Passons d'abord par chez moi, s'il vous plaît. L'Hôtel de Vaudémont, vous l'avez déjà saisi, a beaucoup perdu de ses splendeurs passées, au temps où nous avions dix-neuf domestiques, douze chevaux et quatre chiens de manchon ;

mais je puis encore vous offrir une collation dans un cadre intime digne de vos prévenances. »

Nous gagnâmes la voiture, jusqu'où je dus porter la dame qui se pendait à mon cou, car l'orage avait répandu par endroits une masse incroyable de saletés, et je fis signe à mon escorte, trempée comme soupe, de suivre.

Dans le carrosse, flottait encore, dominée par le parfum de la propriétaire, une odeur suave qui était celle de Marie. J'ai du nez pour les odeurs de femme.

Prenant dans la mienne la douce menotte de Madame de Vaudémont, je lui tins ce langage fleuri :

« Vous savez qui je suis et que l'illustre duc de Beaufort me porte sympathie depuis longtemps. J'ai suivi avec respect et attendrissement la naissance de vos amours avec mon cher François, qui me parlait de vous dans les termes flatteurs que vous pouvez imaginer. “Mon ange”, “ma douceur”, revenaient souvent sur ses lèvres. Et quand il était encore plus ému qu'à l'accoutumée, “mon angle, ma douleur” lui échappaient, dont il était le premier à rire, car c'est un garçon de beaucoup d'esprit et qui sait juger des choses. Il fera un bien bel amiral, avec tout le panache qui convient dans cet emploi !

« À mon âge, Madame, on commence à vivre les amours des autres par procuration, avec d'autant plus d'intérêt et de vivacité que les vrais amoureux ne sont jamais à court d'éloges aussi sincères qu'alléchants. Plus François m'entretenait à tout propos de vos charmes, s'autorisant parfois une indiscrétion piquante, plus j'y étais naturellement sensible. Mais une bienveillance innée chez moi l'emportait encore sur une passion où j'aurais cru trahir un ami et manquer à tout ce que je vous devais. »

L'un des quatre chevaux, que le cocher avait sans doute surmené en revenant de Longjumeau, se coucha tout d'un coup à plat ventre dans une flaque de boue, et ma suite vint prêter main forte pour le remettre sur pied tandis que je poursuivais mon émouvant récit...

« Quelle ne fut point ma consternation lorsque je vis aujourd'hui à dîner, au cou de la comtesse d'Innorge, ce pendentif d'émeraudes et de rubis que le duc de Beaufort m'avait glorieusement fait apprécier avant que de vous l'offrir avec la générosité qui est la plus belle parure de son caractère ! Ainsi, la dame dont je rêvais sans espoir en était réduite aux plus tristes expédients pour maintenir une maison si renommée jadis, et l'argent – on pouvait du moins le redouter – allait bientôt lui faire défaut pour entretenir au meilleur point cette beauté qui avait tant d'admirateurs et qui m'a bouleversé dès que je vous eus aperçue dans le clair-obscur sillonné d'éclairs de ce Juif de malheur. »

Au nom de la comtesse d'Innorge, la main de la petite duchesse s'était crispée dans la mienne.

Un tout proche coup de pistolet la fit sursauter et elle bondit une fois de plus dans mes bras : le maigre cheval vautré dans la fange avait une jambe cassée et le marquis de Quatrefeuille, vieux parasite des Grands qui aimait la poudre, venait de l'achever proprement. On s'affaira à dégager le cadavre et à le pousser de côté afin de continuer cahin-caha sur trois pattes au lieu de quatre.

« Le pauvre animal ! Je ne peux pas voir souffrir une bête.

— C'est bien, Madame, pour qu'il ne souffre point que l'on vient de mettre un terme à ses jours. »

Une meute de vagabonds se ruèrent sur le cheval encore chaud pour y tailler des tranches saignantes que les plus affamés mangeraient crues et que les plus gourmets tenteraient de faire cuire le long des quais sur des réchauds de fortune. J'avais vu bien pire en Alsace, que les intrigues de Richelieu et du Père Joseph avaient réduite au cannibalisme et à la dégustation des charognes, mais la vision était indigne de la capitale. De mon débris de chapeau, je cachai cette scène pénible à la duchesse qui aimait tant les bêtes.

Il est fréquent que l'amour des bêtes succède à l'amour des hommes quand ils ont déçu. J'ai moi-même une affection excessive pour mes matous, que Monsieur Sourdois et Tristan voient d'un œil critique, surtout lorsque des caresses trop précises les mettent en joie. Mais l'animal innocent ne se branle pas aussi aisément que son maître et il est charitable de l'aider un peu quand il est dans le besoin.

Après un long silence, alors que la voiture se remettait en marche à travers les rues d'une ville célèbre en Europe pour ses embarras, Madame de Vaudémont me demanda sur un ton des plus neutres :

« Vous connaissez bien la comtesse d'Innorge ?

— Je la fréquente à l'occasion. Et je n'ai pu résister au plaisir de lui racheter votre pendentif. François ne doit point le perdre de vue trop longtemps. Qu'irait-il penser ? »

J'agrafai la chaîne d'or derrière la nuque frisée de Martine, qui, suffoquée de bonheur, le regard mouillé, se précipita dans mes bras une troisième fois.

J'en profitai pour murmurer dans une oreille délicate qui avait la transparence d'une feuille de rose par un matin d'été :

« Il ne serait pas raisonnable de vous faire scrupule de ces messes, qui pourraient bien avoir le meilleur effet sur vos amours... et peut-être sur le mien ? Les nourrissons qui y participent les yeux fermés n'ont pas plus de sensibilité que des embryons ou des fœtus. Ils sont d'ailleurs à bout de souffle, un angélique pied au Ciel déjà, et de toute manière, il n'y a point sacrilège, ce qui serait de beaucoup le plus grave.

— Ah ? fit la duchesse d'une voix mourante. Vous croyez ?

— J'en suis absolument sûr, chère Madame. Pour qu'il y ait consécration valable, susceptible d'entraîner par la suite un sacrilège quelconque, il faut, entre une foule d'autres conditions, que la messe ait été dite dans les formes traditionnelles et selon la volonté de notre mère l'Église. Negroni, prêtre jusqu'à son dernier moment, n'en travaillait... n'en travaille pas moins dans le simulacre. S'il consacre du sang au lieu de vin, de la tendre chair de nouveau-né au lieu de pain, l'affaire est nulle et il n'y a pas de quoi fouetter un chat.

— Comme vous savez parler aux femmes ! Je suis bien aise de l'apprendre. Je m'efforce d'être bonne chrétienne, et mon confesseur a de ces exigences !

— Un jésuite ?

— Un Dominicain.

— Prenez plutôt un jésuite. Ils sont plus coulants. Allez donc voir mon frère de ma part, le Père d'Espalungue, à la Maison professe de la rue Saint-Antoine. Je vous garantis que le meilleur accueil vous sera réservé. Matthieu s'est fait une spécialité des cas de conscience difficiles : il confesse même en chinois des gens qui ne pèchent pas comme n'importe qui et chatouillent des femmes aux pieds menus avec des plumes de paon dans des maisons de thé fleuries. Autre pays, autres mœurs, comme disait à peu près Montaigne, ce savoureux immoraliste qui pensait que le plus clair de la morale était le fruit des nécessités comme des circonstances. En Chine, m'a-t-il dit, on donne les petites filles à manger aux cochons, qui en deviennent tout roses de joie.

« J'avertirai le Père Matthieu de votre visite, plaiderai en votre faveur – car il ne dirige pas la conscience de la première grande dame venue –, et si vous oubliez quelques péchés véniels, je ne manquerai pas de les lui rappeler un par un, de sorte que votre âme revienne à la candeur première de son baptême. Vous avez, il me semble, plus d'ignorance que de vice et il faudrait peu de chose pour vous remettre dans le droit chemin. J'ai l'impression de vous connaître depuis longtemps et vos épreuves, que je devine si bien, ne sont-elles pas un peu miennes ?

— Mon Dieu, que je suis heureuse de vous avoir rencontré ! »

Le bonheur était réciproque.

À l'Hôtel de Vaudémont, le dernier asile d'un luxe approximatif était la chambre, centre des activités de la dame, où lc duc de Beaufort avait dû faire des apparitions triomphales avant que de se relâcher.

La conversation s'y poursuivit devant un vin cuit d'Espagne qui en valait un autre et n'avait pas dû payer de droits de douanes en raison de la guerre qui se prolongeait languissamment. Tandis que nos têtes se rapprochaient dans la faible lumière étudiée qui filtrait à travers les jalousies, la duchesse me raconta une version fausse de son existence agitée ; et je lui racontai avec une mauvaise foi égale une version fausse de la mienne. Enfin, enfin, après tant de manœuvres obliques et savantes, j'en arrivai au principal...

« La comtesse d'Innorge m'a révélé, sous le sceau du secret, que vous veniez, pour l'obliger, de ramener à Paris une belle endormie, qui doit se réveiller bientôt dans les bras d'un amant empressé. Cela vous va bien, éprise comme vous l'êtes d'un prince du Sang qui a illustré la bâtardise de sa famille, de favoriser à l'occasion des amours contrariées !

— Puisque vous savez tout, je ne vous contredirai point. Cette jeune fille était charmante, et j'envie son sort.

— Le rendez-vous s'est donc bien passé ? »

La duchesse de Vaudémont ayant baissé mon haut-de-chausses et incliné sa tête blonde, sa bouche pleine était, hélas, trop occupée pour répondre, et je me trouvai moi-même paralysé.

D'un côté, j'étais pénétré de cette horreur sans nom à laquelle j'avais si inconsidérément exposé mon fils lorsque je l'avais expédié chez Madame de Montbazon ; d'un autre côté, une sorte de mécanique cartésienne m'infligeait un misérable plaisir dont j'avais du mal à me défendre. « L'existence de Marie est en jeu », me disais-je, afin de m'encourager à supporter l'outrage.

Une natte de faux cheveux, suivie d'une fausse dent, tombèrent sur le tapis élimé, on me poussa vers le lit, où j'eus le beau courage de m'agiter un moment. Puis le lit vermoulu, surmené comme les chevaux, s'effondra, et nous prîmes le parti d'en rire en nous rajustant.

« Que vous disais-je tout à l'heure, Madame ? Ah oui, nous parlions de ce rendez-vous...

— Mais il n'y a pas eu de rendez-vous du tout !

— Pardon ? !

— Je devais abandonner la petite un moment dans une allée déserte du bois de Vincennes. Je suis allée herboriser avec mon cocher, qui a du flair pour découvrir des pissenlits, des champignons ou des mûres, et quand nous sommes revenus au carrosse, la demoiselle n'était plus là. »

Si je m'étais écouté, j'aurais battu cette salope jusqu'au sang ! Mais j'eus l'héroïsme de continuer à feindre.

« Vous n'avez donc pas vu les gens qui l'ont prise en charge ?

— Je n'ai aperçu que deux chevreuils dans un fourré. Parole d'honneur ! »

Prétextant une affaire urgente, je me dégageai.

« Je compte sur vous, dis-je en partant, pour ne pas souffler mot à la comtesse du cadeau que je vous ai fait. Elle pourrait y voir comme un reproche à sa rapacité.

— Soyez tranquille ! Je n'y retournerai pas de si tôt ! Cette maison a quand même quelque chose d'inquiétant, vous ne trouvez pas ?

— C'est affaire d'opinion... »

La pluie avait cessé. Le jour baissait. J'étais amer, je me sentais sali et découragé. Le mardi 6 août s'achevait, Marie avait été enlevée le dimanche précédent, et nous n'avions pas avancé d'un pas. L'idée me vint de toutes ces femmes qui devaient faire l'amour sous la contrainte. Je n'aurais jamais pensé devoir faire un jour partie de la corporation !

J'informai tristement mon fils et Monsieur Chardon du piètre résultat de ma visite, et je regagnai mon hôtel avec mes gardes pour souper en compagnie de Tristan et des miens.

La seule chose à faire était désormais de reprendre contact avec Lady Merrick, puisqu'elle était la seule à savoir qui avait pris livraison de notre trésor dans le bois de Vincennes, tandis qu'un autre démon femelle était stupidement allé aux pissenlits avec son cocher.

Mais un problème se posait, bien difficile à résoudre : ne voulant laisser cette corvée à personne, sous quelle identité me présenter, qui pourrait résister à une vérification ? Leonora était d'une méfiance instinctive et elle s'empresserait, avant d'accepter une nouvelle pratique, de prendre tous renseignements utiles. Pour une fois, la logique ayant ses limites, Tristan était à court d'idées. Fort en analyse, il manquait d'imagination.

Pendant que l'on s'occupait de dresser la table, j'allai prendre des nouvelles de Félicité, qui était avec son médecin habituel, Monsieur Espagnac, sorti dans un bon rang de la Faculté de Montpellier. Ce docteur entre deux âges avait, en principe, les lumières de l'âge tendre et l'expérience de l'âge mûr, et je l'avais converti, non sans difficulté, à l'idée que les médicaments étaient faits pour ne pas s'en servir. Payer ces gens-là pour ne rien faire est ce qu'on peut en faire de plus intelligent.

« Ce soir, nous n'allons pas mal du tout, me dit le visiteur, en se frottant bêtement les mains. »

Les prêtres, les avocats, les thérapeutes ont la manie de ce « nous », qui ne les engage à rien. Je poussai poliment l'homme vers la porte.

« Eh bien... je suis heureux, Félicité, de voir que votre santé s'améliore.

— Je fais semblant. Cela fait tant de plaisir au docteur Espagnac.

— Espagnac est un âne, son latin est infect, et vous êtes trop bonne pour lui. Mais à quoi bon changer un âne latiniste pour un autre ?

— Je ferais alors plaisir à un autre... »

Félicité eut une longue quinte de toux, qu'elle avait retenue jusqu'alors, et j'essuyai tout doucement la mousse sanglante qui était montée à ses lèvres.

« Ne ferez-vous jamais semblant pour me faire plaisir, à moi ?

— Vous méritez mieux, mon cher papa.

— Je vais sans doute devoir m'absenter quelques jours.

— Encore ? !

— J'essaye de retrouver Marie, dont nous n'avons point de nouvelles.

— Je donnerais volontiers ma vie pour qu'on la retrouve.

— Taisez-vous ! Dieu ne mange pas de ce pain-là. Il tient à vous conserver toutes les deux, et moi aussi. »

Voilà qu'elle m'avait mis en tête, d'une phrase malheureuse, cette perspective absurde d'un Dieu méchant. Lady Merrick me suffisait !

J'allai m'entretenir ensuite avec Hermine, que j'avais toujours trouvée de bon conseil.

« Qu'est-il arrivé, mon ami, à votre chapeau et à votre belle plume, que Monsieur Sourdois m'a apportés tout à l'heure d'un air navré.

— Ah Madame ! ne m'en parlez point ! Une femme fausse de partout me les a piétinés cet après-midi avant que de me violer sur un lit branlant dans une maison en ruine ! J'ai beaucoup souffert. »

De fil en aiguille, je lui dis où nous en étions, c'est-à-dire nulle part, en dépit des plus ingénieux efforts.

« Il m'amuse beaucoup que vous vous soyez fait violer de la sorte. Cela vous apprendra à garder vos distances.

« Quant à votre problème – qui est aussi un peu le mien ! – je crois entrevoir une solution. Vous m'avez bien dit qu'un jésuite espagnol, le Père Escamilla, avait en définitive porté à Juvisy le double arrangé par vos soins que vous aviez vous-même confié à votre frère ?

— C'est même l'origine de nos ennuis ! Lord Milford s'est persuadé qu'il s'agit de l'original et rien ne l'en fera démordre. Cromwell, vexé comme un dindon, le pousse, paraît-il, l'épée dans les reins.

— Vous avez eu de la chance de venir à bout du chevalier de Saint-Leu, mauvais comme une gale, et qui passait pour être de première force.

— Depuis que j'ai l'honneur de vous connaître, j'ai toujours plus de chance que je n'en mérite !

— Cet Escamilla s'est-il attardé à Paris ?

— Il est aussitôt reparti pour la Suisse, m'a dit Matthieu, d'où il ne rentrera qu'avec les froidures.

— Lady Merrick vient de perdre par votre faute un prêtre des plus compétents, et la visite d'un Escamilla porteur de messages chiffrés et épris de messes noires pourrait l'intéresser. La discipline est si sévère, chez les jésuites, les études, si longues, qu'un certain nombre se découragent. Parlant castillan comme un hidalgo, vous feriez, avec la chance qui vous suit, un jésuite ibérique très acceptable. »

Ébloui, je fondis sur ma femme, que je couvris de baisers...

« Allons, allons, Monsieur ! Assez de viols pour la journée ! »

Tristan lui-même était séduit par le projet, malgré les aléas et les risques qu'il comportait.

Sans même m'attarder à souper, je fis seller un cheval frais pour courir à la Maison professe, négligeant de déranger mes hommes, qui avaient assez donné pour la journée.

Matthieu, qui avait soupé, dormait déjà du sommeil du juste, et son réveil fut plutôt maussade.

« Qu'y a-t-il encore ? Dans quelle nouvelle mésaventure t'es-tu hasardé ?

— J'ai besoin d'une robe et d'un bonnet de jésuite usagés, car des neufs n'inspireraient pas confiance pour ce que je veux en faire. Nous sommes à peu près de la même taille et corpulence…

— Plutôt mourir ! Tu ne profaneras jamais la robe de l'Ordre dans tes combinaisons douteuses. »

Je lui expliquai longuement que ma dernière chance était là de sauver la fiancée de Tristan d'un sort qui pourrait être pire que la mort, et je lui rappelai que c'était lui-même qui m'avait mis sur les traces de la sorcière Macduff après avoir eu la mauvaise idée d'expédier Escamilla chez Rossignol.

« Mais tu ne saurais te présenter à cette femme on ne peut plus dépravée sous les apparences d'un pieux jésuite ! Pour lui donner le change, il faudra bien que tu joues les impies avec ton talent ordinaire. Il est vrai, hélas, que tu n'auras guère à te forcer !

— Qu'importe ! Si j'obtiens satisfaction – et même si je ne l'obtiens pas ! –, je jetterai le masque aussitôt et le Révérend Pedro Escamilla, si tant est qu'il l'apprenne, ne sera en rien compromis par le fait qu'un homme qu'il ne connaît ni d'Ève ni d'Adam aura pris sa place un moment. Les jésuites eux-mêmes, pour échapper aux poursuites, n'adoptent-ils pas, en Angleterre et ailleurs, des déguisements variés ? L'un s'est fait prendre, m'as-tu raconté, avec un habit tout blanc de meunier sur le dos. Je peux bien me costumer en jésuite pour la plus morale des causes. Je fais volontiers serment solennel, de ne point compromettre cette précieuse robe au-delà du strict indispensable. Et de l'endosser, s'il plaît à Dieu, me rendra peut-être meilleur. »

Matthieu faiblissait. Le sort de Tristan et de Marie était loin de lui être indifférent. Chez les prêtres qui ont répudié comme débilitante toute affection temporelle ou familiale, un simple parent par alliance peut soudain revêtir la dignité d'un prochain quelconque et devenir par là des plus aimables.

Je me déshabillai, louchant vers le lit avec une mine pleine d'espérance. Mon frère, qui s'était recouché après m'avoir ouvert, se leva enfin en maugréant, me tira d'une armoire une robe lamentable où semblait languir encore toute la poussière de la Chine, et me coiffa d'un bonnet crasseux qui eût horrifié un mandarin de quatrième classe.

« Pourquoi, Matthieu, ta chemise est-elle blanche ? Je croyais que Loyola, épris en tout de perfection, imposait des chemises aussi noires que leurs soutanes à ses disciples.

— Je me passerai de tes ingrates plaisanteries. »

Ainsi accoutré, je fis quelques pas dans la chambre...

« Si tu veux faire illusion, autant bien le faire ! Le pas n'est pas bon.

— C'est-à-dire ?

— Tu marches comme si tu partais à l'assaut d'une gourgandine ! Le jésuite digne de ce nom s'avance avec une gravité recueillie ; les enjambées ni trop courtes, ni trop longues ; la tête bien droite, mais non point redressée comme celle du serpent qui veut mordre ; le regard ferme et bien assuré de celui qui porte en soi l'éternelle vérité, mais dénué d'insolence, empreint au contraire d'une certaine douceur, afin de montrer qu'on est prêt au dialogue de bonne foi avec tous ceux qui espèrent être promptement convaincus ; et le dos un peu rond par humilité, bien que sans excès, car le jésuite ne doit pas non plus être soupçonné de platitude. Il s'agit en somme d'exprimer, par une juste apparence corporelle, l'équilibre, la mesure, la componction, dans un monde où les outrances suspectes sont monnaie courante.

— Diable !

— La voix n'est pas bonne non plus. Nos Pères discourent doucement, calmement, sans ironie superflue, cette arme du faible qui se moque parce qu'il doute de lui-même. Pas d'affirmation catégorique en dehors du Credo et de ce qu'on doit au pape ! De la nuance en toute chose, car l'univers que Dieu créa dans sa multiple perfection est infiniment nuancé. Apprends donc à parler comme un homme soucieux de son âme et de celle des autres !

— Je te rappelle que je dois figurer chez Lady Merrick un jésuite qui en a plein le dos !

— L'empreinte de l'Ordre est ineffaçable. Même un jésuite en rupture de ban répugne à bomber le torse et à donner de la voix comme tu le fais. Jusques à ses blasphèmes qui ont quelque chose de neutre et de coulant.

— Je ferai tout mon possible, quoique, à t'entendre, la comédie semble bien malaisée.

— C'est en jouant la comédie que l'on devient sincère. »

Par inadvertance, sans doute, Matthieu empruntait ici à Pascal.

« Tu oublies de te raser ! »

Je sursautai. Où avais-je l'esprit ? !

Avec soin, je me rasai donc. Je ne me reconnaissais plus !

Pour compléter le déguisement, Matthieu, avec une malignité excusable, tint *mordicus* à me tonsurer, mais là encore, il avait raison. Un Père d'un certain âge doit avoir reçu la tonsure. Autrement, il ne fait pas sérieux.

« À présent, pourrais-tu m'éclairer sur Escamilla, que je puisse tenir son rôle avec la vraisemblance requise ?

— C'est un garçon effacé, né dans la bonne bourgeoisie de Salamanque. Nombreux frères et sœurs, dont aucun n'est mort en bas âge. Il attribue cette anomalie à la qualité de l'air des plateaux de Castille et du León, très chaud ou très froid, mais généralement sec. Sans grande ambition, un peu plus jeune que toi, il a prononcé ses vœux simples de coadjuteur spirituel – alors que je suis, comme tu sais, *profès*, le degré supérieur. Il s'est attaché de longue date à la conversion des pays germaniques. J'ai fait sa connaissance à Rome, où il travaillait au premier tome d'un ouvrage des plus ardus sur l'hérésie pélagienne.

« Quand je l'ai rencontré par hasard à Toulon, je ne l'avais pas vu depuis longtemps. Il n'est resté que deux jours à Paris, pour consulter dans des bibliothèques, car il s'acharne maintenant sur le tome II, qui doit être encore plus ardu que le tome I. Vu l'état de guerre persistant, il a eu le bon goût et la prudence de ne rencontrer personne dans la capitale, ni Provincial ni confrères, et m'a dit qu'il comptait dormir, sous un nom d'emprunt, dans une auberge de la rue Neuve-Saint-Honoré. J'ai reçu de lui récemment une courte lettre de Berne, où il me confirme être bien passé chez Rossignol comme convenu. Tu la trouveras sur la table et tu pourras y étudier à demeure son écriture, et surtout sa signature, car il n'a pas utilisé de sceau pour si peu de chose.

— C'est sous le nom de Gustav Fischgesang qu'il s'est inscrit dans cette auberge.

— Je l'ignorais. Comment donc as-tu pu l'apprendre ?

— Milford me l'a dit, dans un de ses rares moments d'abandon.

— Pedro ou Gustav, il parle, en plus du castillan, le latin, le grec, le français, l'anglais, le toscan, le haut allemand, le moyen allemand, le bas allemand, le dialecte de Zurich, le polonais et un peu d'ukrainien : tous les jésuites sont plus ou moins polyglottes, mais celui-ci l'est particulièrement.

— C'est plus qu'il ne m'en faut !

— Seuls les hommes de Milford qui ont enquêté sur Escamilla pourraient te confondre. Je doute que le Lord soit allé rôder en personne sur les brisées de mon confrère et, de toute manière, après avoir percé à jour l'identité d'Escamilla-Fischgesang, pourquoi ces gens-là, qui ne l'ont peut-être vu que de loin, persisteraient-ils à le surveiller ?

— Alors, dans l'ensemble, ça se présente au mieux.

— Emporte donc aussi le tome I que cet érudit m'a offert. Il te donnera contenance.

— J'en ferai bon usage ! Ce Pélage doit être passionnant.

— Son intelligence était aussi profonde que ses erreurs, et il a remué l'Église des générations durant.

— Mieux vaut être un crétin sur un sommet qu'une lumière dans un trou.

— À cette différence que le crétin restera crétin dans la plaine, alors que la lumière peut sortir du trou.

— Parfait... Je suis désormais aussi jésuite qu'on peut l'être. Je te laisse mes habits, à tout hasard. Mais je garde mon épée sous ma robe.

— Puisses-tu ne plus avoir à t'en servir ! Ceux qui vivent par l'épée périssent par l'épée. »

L'important, tous les tyrans le savent, est d'être l'ultime survivant. Richelieu est mort dans son lit, le Père Joseph aussi, et même Louis XIII, qui avait laissé couler le sang à flots par incurable fainéantise. Cela donne de l'espoir aux batailleurs subalternes.

XXI

Je quittais la Maison professe, lorsque le Père Macbride, qui devait être insomnieux depuis les tortures de Cromwell, m'aborda dans le vestibule.

« J'espère, Monsieur, que cet habit improvisé vous portera chance. Apprenez que deux hommes en armes vous attendent dans la rue pour vous occire. J'ai ouï murmurer qu'à l'ambassade d'Angleterre, on ne vous veut pas de bien.

— " Ceux qui vivent par l'épée périront par l'épée ", vient de me rappeler mon frère, qui est fin connaisseur. Grand merci à vous, mon Père, de l'avertissement ! »

Je glissai un coup d'œil dans la rue, qui était déserte à cette heure, si l'on faisait abstraction des deux individus susdits, lesquels faisaient les cent pas à quelque distance, près de leurs chevaux, sur la gauche du bâtiment. Ma monture, attachée à un anneau du même côté, considérait la muraille avec l'esprit qu'on s'accorde à reconnaître à ces quadrupèdes. Négligeant l'animal, que les spadassins s'attendaient à voir enfourcher par un noble cavalier, je le dépassai pour aller à la rencontre de ceux qui désiraient tant me surprendre, prenant bien garde de marcher comme un jésuite de vieille cuvée, avec toute la componction souhaitable.

Je reconnus au dernier moment le chevalier de Cadouin-Bricourt, un bon à rien, joueur, ivrogne et dissipé, qui faisait le désespoir de sa mère, réduite à la ruine par son incessante turbulence : il était temps d'ôter ce souci à la malheureuse dame. Je n'avais jamais vu son comparse, mais il avait bien une tête, lui aussi, à envoyer une sainte mère au tombeau si l'on ne prenait pas des mesures d'urgence.

Par l'échancrure largement déboutonnée de ma robe, j'avais mis la main sur la poignée de ma rapière. Je m'arrêtai à la hauteur de mes futures victimes et leur tendis une main gauche affligée d'un net tremblement qui aurait dû inspirer la pitié à des âmes bien faites.

« Vous glisserez bien une petite pièce, Messieurs, à un pauvre jésuite qui vient de Pékin par le chemin des écoliers afin de vous enseigner humblement la vertu de charité ? »

Cette sollicitation fut saluée par le mépris insultant de ceux qui n'ont jamais fait la charité à personne.

« Je suis janséniste, s'esclaffa Cadouin-Bricourt.

— Et moi, dit l'autre, je suis libertin. Dieu me damne si j'y crois ! »

Le paradoxal aveu avait une profondeur inattendue et je regrettai presque d'écourter la conversation. Mais la coupe d'iniquité était pleine ! On ne peut sauver le pécheur malgré lui.

Je tirai l'épée à la vitesse de l'éclair, et frappai les deux mécréants à coups redoublés. Comme ils gisaient sur le pavé en état de stupeur, je me dis que Matthieu serait ennuyé si, avant d'expirer, l'un ou l'autre racontait au guet qu'un jésuite les avait meurtris après leur avoir demandé l'aumône. Pour l'honneur de l'Ordre, j'achevai promptement les assassins en leur perçant la gorge, d'où le sang coula à longues giclées vers le ruisseau.

Comme je me penchais sur Cadouin-Bricourt, que j'avais déjà blessé en duel du côté des Halles, il me remit soudain – peut-être à mon regard ? – et eut un affreux soubresaut.

Je laissai sur place mon cheval, qui avait regardé la scène avec une indifférence philosophique : un jésuite en robe ne saurait monter à cheval. Et je me rendis à pied à l'*Auberge des Bons Apôtres*, sise à peu de distance, entre la rue Saint-Antoine et la Seine, dans une rue qui donne sur l'église Saint-Paul. Mon frère m'avait vanté cet établissement, où descendent les jésuites que la Maison professe ne peut recevoir et où fréquentent volontiers aussi des ecclésiastiques de province distingués qui ne le sont pas suffisamment pour être reçus à l'Archevêché ou chez des Grands. Lorsqu'on est vêtu en prêtre, c'est encore parmi des prêtres qu'on se cache le mieux.

Une fois installé dans une chambre honnête et claire du premier étage, bien rassasié de surcroît par un valet de chambre peu bavard qui avait l'air d'un sacristain, je fis tenir à ma femme ce billet par un petit commissionnaire :

> « *Je dois entrer pour quelque temps chez saint Ignace, rasé et tonsuré, ce qui m'interdit de regagner notre hôtel en raison des éventuels espions, et je dors à l'auberge que le porteur vous dira, sous le nom germanique de Fischgesang, bien que mon allemand ne soit pas des meilleurs. L'endroit est bourré de curés qui lisent leur bréviaire dans un silence sépulcral et la chère y est excellente. Faites donc prendre le cheval qui s'ennuie devant la Maison professe. Je me procurerai demain matin dans le quartier du linge frais et de gros souliers à boucles, tels que les jésuites les affectionnent. Dites à nos filles de ne pas s'inquiéter et embrassez-les pour moi. Je ne puis venir les voir dans l'état où je suis : je leur ferais peur. Si Félicité va plus mal, je veux être prévenu aussitôt. Que Monsieur Félix, qui a de beaux talents pour suivre sans être suivi, vienne me signaler quand la comtesse sera au gîte à Paris. D'autres visites que la sienne risqueraient d'attirer l'attention. J'ai bon espoir et j'ai gardé de quoi me défendre sous ma robe, mais non point des pistolets, qui ratent plus souvent qu'à leur tour. Si Beaufort a tué son beau-frère avec un pistolet, il ne l'a pas fait exprès. N'oubliez pas que l'échéance Fouquet tombe dans une semaine. Ne vous laissez pas manœuvrer par Gourville. Au besoin, faites une dernière fois vérifier les comptes par Tristan, qui a une machine dans le cerveau, alors que nous ne savons pas faire une division. Fidèlement vôtre.* »

Avant midi, Monsieur Chardon me remit de l'argent et un bréviaire, où je reconnus toute la prévoyance d'Hermine, et aussi, en dépit de mon scepticisme, deux pistolets chargés de faible calibre, faciles à dissimuler sous une soutane, alors qu'il n'en était pas de même, bien sûr, pour l'épée, dont la présence faisait question dès qu'on s'asseyait.

Je lui confiai un mot à faire déposer chez la comtesse d'Innorge dès qu'elle serait de retour rue Montorgueil. Pour l'instant, elle s'attardait aux *Tilleuls*, peut-être pour rendre les derniers devoirs à Negroni, soit qu'on l'enfouisse dans le parc comme une bête crevée, soit que l'énorme cuisinière le fasse partir en fumée par la cheminée, comme un pâle nourrisson.

> *« Le Père Pedro Escamilla, jésuite qui vient de rompre discrètement avec son Ordre, vous présente ses sincères compliments et sollicite la faveur d'un entretien confidentiel. Nous pourrions avoir des intérêts communs. Je réside à présent, sous le nom de Gustav Fischgesang, à l'*Auberge des Saints Apôtres, *près de l'église Saint-Paul. Bien que la paix, souhaitée par tout le monde, semble proche, ma qualité d'Espagnol m'invite encore à une grande retenue. Pour qu'aucune confusion ne soit possible dans un monde de faux-semblants, je me présenterai à vous avec un livre sur Pélage à la main, dont je m'avoue modestement l'auteur. Puisse le Ciel, Madame, et même ses nuages les plus sombres, vous avoir en leur sainte garde ! »*

Monsieur Chardon approuva cette prose, dont les « nuages sombres » pouvaient flatter à demi-mot le côté démoniaque de la correspondante.

« Toutefois, dit-il, et je ne fais ici que reproduire une objection assez pertinente de Monsieur Tristan, Lady Merrick ne risque-t-elle point de se demander pourquoi un ex-jésuite, même si sa fugue est toute récente, conserve la tenue de son Ordre ?

— Pour mieux tromper son monde ! La première précaution de l'escroc n'est-elle pas de jouer au prêtre ou au moine ? En la circonstance, cette tenue vaut une déclaration d'intentions.

— Monsieur Tristan espère que nous recevrons tôt ou tard un signe de vie de Marie, et Félicité l'a prédit entre deux crises.

— N'est-ce pas trop espérer ?

— On ne peut maltraiter la fille d'un homme aussi célèbre que Rossignol au point de lui retirer toute liberté de mouvements. Tôt ou tard, la prisonnière sort de son artificielle torpeur, tandis que l'attention des geôliers se relâche. Et Marie, m'a dit Monsieur Tristan, connaît maintes ruses, dont son père parlait librement pour l'amuser, quand il ne l'initiait pas aux rudiments de son art, où la petite ne voyait qu'un jeu.

— L'avenir apportera sa réponse.

— Monsieur Tristan a fait entrer à l'hôtel quatre domestiques de plus, qui traînaient du côté de la Cour des miracles dans l'attente d'un improbable engagement. Il a fallu deux heures pour les décrasser et votre filleul a personnellement tenu à leur laver les pieds, qui n'avaient pas vu l'eau depuis le déluge. Selon lui, cette libéralité serait de nature à porter bonheur.

« Monsieur d'Artagnan, dont le valet vient de décamper en emportant la meilleure paire de bottes, serait heureux que vous missiez quelqu'un à sa disposition.

— Arrangez ça avec Monsieur Sourdois, et portez les miennes à Charles : elles sont neuves, et nos pieds sont de même taille. Vous pourrez en profiter pour laver les pieds du comte, qui sentent parfois un peu fort en été.

— Il faudrait, Monsieur, pour l'en convaincre, encore plus de diplomatie que je n'en ai. »

À midi, une cloche sonna qui annonçait le dîner des pensionnaires. J'étais plongé dans *De Gratia Domini*, le traité anti-pélagien d'Escamilla, qui, sous un titre tout simple, et dans un latin correct, reflétait les détours d'une pensée tortueuse. L'auteur semblait préoccupé par le souci de dégager les jésuites du soupçon de pélagianisme, et même de semi-pélagianisme. L'Anglais Pélage, que saint Augustin avait en horreur, avait fait de la grâce un produit de la liberté humaine, Dieu se contentant de marquer les coups sur son ardoise.

Renonçant à me faire servir dans ma chambre comme la veille au soir, je descendis à la salle des pensionnaires, d'où l'on avait une vue agréable sur un jardin de rocailles. On avait réuni une vingtaine de personnes autour d'une même table, avec une majorité d'ecclésiastiques, comme je pouvais m'y attendre. J'avais là une bonne occasion de perfectionner mon rôle avant que d'affronter la Bête.

Je trouvai place entre un capucin qui ne songeait qu'à manger, et un jésuite, le Père Zitek, qui donnait tous les signes de la décrépitude et ne cessait de chausser ses lunettes pour observer de plus près avec méfiance ce qu'il avait sous le nez.

Originaire de Prague, Zitek préférait le latin au français, qu'il possédait mal, et c'est en latin que je m'exerçais à converser avec lui de saint Augustin, sans lâcher trop de bourdes.

Tout à coup, le Tchèque me dit :

« Fischgesang ? J'ai vu à Rome, il y a longtemps, un Escamilla qui vous ressemblait un peu. Cela ne me rajeunit point. Il travaillait à un *De Gratia Domini*, au titre un peu bref, mais de bonne facture. J'attends avec curiosité le second volume. »

Et le Père d'ajuster ses lunettes pour me considérer plus clairement...

Il ne faut pas tenter le Diable, et je me réfugiai dans ma chambre le plus tôt possible, bien décidé à ne plus en sortir sans motif contraignant. Zitek ou l'escalier, j'en avais des battements de cœur.

Puis je me raisonnai : un pareil hasard ne pouvait se reproduire, et si l'aveuglement du jésuite persistait, c'était même tout à mon avantage. Avec un peu de chance, je pourrais l'emmener à des messes noires, où il témoignerait de mon identité !...

Le reste de la journée, je tournai comme un ours en cage entre mes quatre murs. Je m'agitai dans mon sommeil, et je tournai encore en rond le lendemain jeudi 8 août, lorsque, vers onze heures du matin, Félix revint avec deux lettres dans ses poches.

La première, sans indication d'origine, apportée chez Rossignol par un courrier inconnu, était de Marie.

> *« Ma santé est bonne, mon cher père, et je suis convenablement traitée. On m'a dit que je serai libérée dès que vous aurez fait le nécessaire. Quand vous y serez décidé, vous devrez mettre cette annonce dans la* Feuille du Bureau d'Adresse, *aux offres d'emploi des domestiques : "Homme jeune et robuste, catholique fervent, cherche place bien payée chez maître indulgent. Travail modéré. Capable de faire la lecture aux dames et aux enfants." On vous dira alors la marche à suivre. Un monsieur m'a promis qu'il me couperait les oreilles s'il était déçu, mais c'était sans doute une plaisanterie. Gros baisers à tous et à Tristan. Votre Marie affectionnée. »*

Cette histoire d'oreilles me mit subitement en rage et je parcourus la pièce, tapant sur la table et donnant des coups de pied dans l'armoire.

« Vous avez lu trop vite, Monsieur.

— Pardon ?

— Regardez mieux. »

Certaines lettres des deux premières phrases avaient fait l'objet d'une surcharge au crayon, évidemment par les soins de Rossignol.

Ce qui donnait :

> *ch*
> *Ma santé est bonne, mon cher père, et je suis*
> *a r t*
> *convenablement traitée. On m'a dit que je*
> *r e s*
> *serai libérée dès que*

« Vous voyez, Monsieur, nous avons CHARTRES, ce qui est mieux que rien. La petite a dû y reprendre pleinement conscience. Elle y est peut-être retenue pour quelque temps, ou bien elle y aura fait étape lors d'un voyage vers l'Ouest, dont la destination est malheureusement impossible à préciser pour l'instant.

— Mais comment Rossignol ?...

— Regardez donc le mot par transparence. »

Je m'approchai de la fenêtre et plaçai le papier à contre-jour. En effet, de minuscules piqûres d'épingle affectaient les lettres en question.

« Un truc bien élémentaire, Monsieur, mais ce sont parfois les plus efficaces. Les gardiens ne se sont pas méfiés d'une fille de cet âge et Mademoiselle Marie a dû utiliser l'une des épingles qui retiennent ses cheveux. Monsieur Tristan était transporté de joie et d'émotion, et il a baisé vingt fois ce message, où l'on voit encore la trace de ses larmes. On n'est amoureux qu'une fois. »

L'autre lettre, délicatement parfumée, était de la comtesse d'Innorge :

> *« Je vous recevrai, mon Révérend Père, en ma maison de la rue Montorgueil, dont tout le monde vous dira l'adresse, à la tombée de la nuit. Il se pourrait, en effet, que nous eussions quelques intérêts communs. Votre respectueusement dévouée... »*

Le poisson avait mordu !

« Mon cher Félix, j'ai à présent plus besoin de vous à Chartres, où la piste est encore chaude, qu'à Paris, où mes propres ruses doivent suffire à tirer quelque indication de Lady Merrick. J'ai déjà abusé de d'Artagnan et de Porthos, qui doit d'ailleurs retourner sur ses terres. Ces deux amis, fort voyants, ne feraient que vous embarrasser dans cette occulte mission, et ils peuvent encore m'être utiles ici au cas où mon affaire se gâterait.

« Partez donc au plus tôt, prévenez ma femme, mais ne dites rien à mon filleul, qui voudrait à toute force vous accompagner, et tenez-moi au courant par la Poste ordinaire, à mon adresse ordinaire du Marais, et en ménageant vos expressions, car la censure n'a jamais été plus active. Si vous obtenez bon succès, je m'occuperai de votre fortune. »

Charmé, Monsieur Chardon se sauva avec mes bottes.

En fin d'après-midi, allant chez Lady Merrick dans une chaise que j'avais louée, je m'arrêtai à la galerie marchande du Palais, le rendez-vous des élégances, où je négociai, entre deux libraires, l'achat de jolies dentelles pour une prétendue nièce, dans l'idée que la baronne y serait sensible.

La demoiselle chargée de la vente me regardant d'un air amusé, je finis par me rendre compte que je l'avais déjà appréciée dans une maison de plaisir où d'aimables relations m'avaient entraîné un soir, bien que je ne fusse guère porté sur ce genre de divertissements. Elle avait un talent extraordinaire pour ramasser des pièces de monnaie avec son derrière, tel un serpent gobant des œufs. Nombre de filles font alterner une décente activité diurne avec une activité vespérale moins avouable.

« J'espère, mon Révérend Père, que cette nièce est jolie ? »

Pris au piège à l'improviste, je ne savais que dire à cette charmante enfant. Certaines personnes du sexe ont un don confondant pour se rappeler les visages, que la police de Son Éminence ne se fait pas faute d'exploiter.

Elle insista lourdement :

« J'ai déjà vu des jésuites se costumer en gentilhomme pour se dissiper, mais l'inverse est diablement rare ! Où courez-vous de ce pas, sans vos moustaches ?

— À quoi m'avez-vous reconnu ?

— À la braguette ! » fit-elle en pouffant.

Je me hâtai de fuir avec mes dentelles. Comme au dîner, j'avais joué de malchance. C'était une histoire à ne pas raconter à Matthieu ! À quand un troisième malencontreux hasard ? La capitale, qui semble immense, se rétrécissait tout d'un coup pour m'ennuyer.

Un moment plus tard, feuilletant *L'Astrologue français, prédisant les événements singuliers et universels des États et Empires du monde, selon le changement des globes célestes en l'année présente astronomique, avec permission du Roi*, je vis que mon horoscope avait de quoi plaire :

« Veillez à ne pas vous refroidir, usez modérément des clystères et des saignées, prenez garde en descendant les escaliers, ne passez pas sous les échelles ou au cul des chevaux. L'Amour est à la veille de vous sourire, et si vous êtes persévérant, un trésor qui fera des envieux est à votre portée. Méfiez-vous des médisances et des mauvaises rencontres. »

Pour d'évidentes raisons commerciales, les horoscopes sont toujours globalement favorables, avec toutefois une petite réserve, pour faire sérieux. Ils sont le plus sûr remède à la morosité.

À l'entrée du quartier populaire où la baronne Merrick tenait ses assises parisiennes, je vérifiai les deux pistolets que je m'étais résigné à emporter faute de mieux. Nous autres gentilshommes avons une dilection pour l'épée, qui nous fait tenir l'usage de la poudre pour exercice de rustre et de lâche. C'est corps à corps que la noblesse s'exprime, dans le sang comme dans l'amour.

Les agressions n'étaient pas rares dans ces rues sombres et tortueuses et les cadavres non identifiés s'entassaient à la morgue, dans une salle basse du Grand Châtelet. La presse y était telle que les familles anxieuses d'y reconnaître un être cher ne pouvaient y pénétrer et devaient se contenter de lorgner par une lucarne, dans une atmosphère pestilentielle, des chairs qui se liquéfiaient dans l'attente d'une probable fosse commune.

Avec des porteurs peu rassurés, je parvins, alors que le soleil se couchait, à la maison de la prétendue comtesse, qu'une mégère m'avait indiquée du pas de sa porte : après s'être fait torturer, fouetter et marquer, Lady Merrick était excusable d'avoir adopté un nom de fantaisie. Ladite maison, tous volets fermés, paraissait modeste, et d'autant plus inquiétante. Nous étions loin, à première vue, des fastes de Longjumeau. Si j'étais reconnu, j'aurais du mal à en sortir.

J'ébranlai l'huis du marteau avec une jésuitique modération. Je récidivai un peu plus fort. Après une longue attente, je vis un judas s'ouvrir et se refermer. Nouvelle attente. On m'ouvrit enfin pour de bon, et je fus introduit par une femme en noir, qui accepta sans trop rechigner que mes deux porteurs et leur chaise séjournassent dans l'entrée, à condition qu'ils ôtassent leurs souliers boueux. Même privée de ses bâtons, une chaise disparaît vite à Paris si on la laisse dans la rue sans surveillance.

Puis la femme me guida jusques à un premier étage, où l'on me fit attendre encore un moment avant que de m'inviter à pénétrer dans le saint des saints.

Dans une pièce richement meublée, mais faiblement éclairée, la comtesse d'Innorge, en noir, elle aussi, était assise près d'une table où l'on distinguait des bouteilles de liqueur. Sa joue était encore tuméfiée de la gifle que je lui avais administrée, et j'avais moi-même adopté des gants d'une discrétion ecclésiastique pour dissimuler la blessure à la main gauche qui me faisait encore souffrir depuis les quatre jours que je l'avais reçue. La canne exécutrice à manche courbe avait été remplacée par une canne à manche droit et pommeau d'argent.

Sans doute la comtesse portait-elle le deuil de Negroni, qu'elle avait pourtant expédié d'un si magistral coup de canne pour le rappeler au mutisme qui est la règle d'or de la corporation. Une longue complicité, dans les affaires comme au lit, crée des liens qui ne s'effacent pas aisément.

Bonnet bas, je considérais la dame avec la retenue qui sied à un prêtre.

Prié de m'asseoir, je m'exécutai, après avoir déposé mon *De Gratia* et mes dentelles sur la table, à côté des bouteilles. C'est moi qui avais sollicité le rendez-vous, et c'était à moi de parler.

XXII

« Nos chemins viennent de se croiser, Madame, et de la façon la plus bizarre.

« Figurez-vous que je suis récemment tombé à Toulon, revenant de Rome, sur le Père Matthieu d'Espalungue, un confrère que je n'avais pas vu depuis belle lurette. Ledit Espalungue, à force d'insister, m'a convaincu, puisque je montais sur Paris, de remettre à Monsieur Rossignol, à Juvisy, l'original d'une lettre à laquelle, s'il fallait l'en croire, la réputation de la reine de France aurait été attachée. Cette reine étant espagnole de naissance, je me suis laissé fléchir. Espalungue est beau parleur et les promesses ne lui coûtent guère.

« Vous avez dû entendre parler de ce Rossignol ?

— Comme tout le monde...

— Le Père d'Espalungue semblait attacher la plus extrême importance à cette lettre, qu'il avait dissimulée dans la semelle d'une de ses chaussures, alors qu'il en avait lui-même le double chiffré en portefeuille, sous un sceau qui aurait été brisé à Gênes.

— Ah ? !

— L'affaire aurait pu s'arrêter là, mais je me suis aperçu par hasard que j'avais été épié aux alentours du château de Monsieur Rossignol et, par la suite, j'ai deviné qu'on s'était renseigné sur mes tenants et aboutissants dans les bibliothèques que je fréquentais, et même à l'auberge où j'avais élu domicile, ce qui m'a incité à chercher refuge à cette *Auberge des Bons Apôtres*, où j'ai trouvé un calme peut-être trompeur. Une telle surveillance m'a jeté dans l'inquiétude. De tempérament bénin, ennemi de toute intrigue, il en faut peu pour m'empêcher de dormir. Le soupçon que le Père Matthieu m'avait compromis dans une vilaine histoire qui pourrait nuire à ma tranquillité m'a naturellement amené à lui demander de loyaux éclaircissements.

— C'était tout naturel.

— Je l'ai trouvé fort gêné. Il a fini par m'avouer que cette fameuse lettre et son double lui avaient été remis en Italie par son frère, le baron d'Espalungue, et la mention de l'individu n'a fait qu'aviver mes alarmes. Nos Pères ne connaissent que trop ce baron, un homme des moins recommandables : batailleur, cruel, porté sur les femmes et l'argent facile, il s'est fait l'exécuteur, avec un certain comte d'Artagnan, qui ne vaut pas plus cher que lui, des basses œuvres de Mazarin. La ruse et la violence, la fourberie et la rapine, se disputent son âme ou ce qui lui en tient lieu, et ses victimes ne se comptent plus.

« Et c'est là, Madame, que vous entrez en scène. Alors que j'exprimais des réserves polies quant à l'honorabilité de ce personnage décrié, le Père Matthieu, qui paraît avoir pour son frère toutes les indulgences, me l'a dépeint comme un héros de chevalerie, attaché à la défense de la veuve et de l'orphelin. “La meilleure preuve en est, m'a-t-il fièrement déclaré, qu'il doit prochainement courir délivrer une enfant innocente retenue contre son gré par la comtesse d'Innorge dans sa propriété de Longjumeau.”

— Par exemple ? !

— Je n'ai pas besoin de vous assurer, Madame, que j'ai pris la chose pour ce qu'elle valait. Je sais que votre réputation est discutée par quelques moralistes pointilleux, de ces hommes tout d'une pièce qui font profession d'édicter pour les autres des lois dont ils estiment qu'elles ne les concernent point ; mais je sais aussi que votre maison est toujours ouverte à des femmes en détresse qui ne jurent que par vos bontés. Et ce *satisfecit* me suffit, trop rare de nos jours.

« Bref, je voulais vous avertir d'une tentative qui ne me

dit rien de bon. Si le baron d'Espalungue force votre demeure avec des chenapans à sa solde sous prétexte de se mêler d'une histoire d'amour qui ne le regarde pas, de quels excès ne serait-il point capable ? !

— Il sort des *Tilleuls*, ma propriété de Longjumeau !

— Serait-ce Dieu possible ? !

— Dieu n'y est pour rien.

— Cette joue bassement insultée ?...

— C'est lui ! Ce ne peut être que lui. L'agresseur et ses séides étaient masqués. Et non content de tout brutaliser, le baron a pendu l'un de mes gens et m'a pillée sans vergogne.

— Le lâche !

— C'est un monstre épouvantable.

— Le terme est faible.

— Je ne sais comment, mon Père, vous exprimer ma reconnaissance. Quel dommage, vraiment, que votre généreuse mise en garde soit venue si tard !

— Je ne me le pardonnerai jamais !

— Un peu de cette *grappa* de Toscane ?

— Je suis abstinent, Madame. Une boisson plus douce, peut-être, pour vous faire plaisir...

— Un peu de Malaga ?

— Il n'est pas trop fort ?

— Il est la douceur même et il vous rappellera le soleil d'Espagne.

— Ah, l'Espagne ! Je suis bien aise de l'avoir quittée. Mais j'ai honte d'en parler. »

C'était une invite à poser des questions, ce qui n'a pas manqué, et je me suis fait prier.

« L'Espagne, Madame, n'est pas ce qu'un vain peuple pense. Les splendeurs de son art et de sa littérature coïncident malheureusement avec l'apogée d'une Inquisition impitoyable.

— Qui, Dieu merci, a été supprimée chez nous afin que Dieu et Satan puissent combattre à égalité dans l'âme de leurs serviteurs !

— Pour tout vous dire, je traîne après moi depuis des années une accusation de *sollicitation*, ce pourquoi j'avais été requis d'aller enfin à Rome pour m'en expliquer. Mes explications n'ayant pas enthousiasmé mes censeurs, j'ai pris finalement le parti de quitter mon Ordre et de secouer la poussière de mes sandales sur des persécuteurs qui ne rêvent que de salir et de tracasser leur prochain.

— Qu'appelez-vous *sollicitation* ?

— Au siècle dernier, le cardinal Charles Borromée, neveu de Pie IV, avait inventé le confessionnal, afin de soustraire les confesseurs aux agaceries des pénitentes, et les pénitentes, aux assiduités des confesseurs. Un meuble excellent dans son principe, mais qui, en pratique, n'a fait que redoubler les tentations. Et chaque année, en Espagne, des dizaines de confesseurs malchanceux sont jetés pour *sollicitation* dans les cachots de l'Inquisition, alors que la pénitente coupable en est quitte pour se confesser de nouveau.

— Enfin une franche et bonne mesure en faveur des femmes !

— L'Inquisition espagnole est la seule, en Europe, à traiter avec zèle ces affaires, qui sont étouffées partout ailleurs, par crainte du scandale. Mais à Madrid, à Séville, à Salamanque, dont je suis originaire, un soupçon suffit pour entraîner des poursuites. Un clin d'œil un peu appuyé, une parole trop charitable à l'égard d'une rouée qui ne demande que ça, et vous vous retrouvez à l'ombre, exposé aux plus rigoureuses tortures. J'ai été relâché au bout de deux ans, après des souffrances sans nom, un doute raisonnable ayant fini par jouer en ma faveur, mais les biens de ma famille ont été mis sous séquestre et le lourd boulet m'a suivi.

— Vous étiez innocent, je présume ?

— Qui pourrait le dire ? Je dois avouer que les jolies femmes ne me sont pas indifférentes. Le confessionnal permet de les approcher à loisir ; un intime et délicieux climat se crée de trouble et de honte, favorable aux satisfactions charnelles ; et j'ai sans doute été imprudent. Les prêtres sont des hommes comme les autres et, en Occident, le célibat ne nous a été imposé que bien tardivement, alors qu'en Orient, dépositaires des plus vieilles et des plus vénérables traditions, il convient de se marier pour recevoir les ordres et être jugé digne d'aller diriger une cure.

— Ce beau souci du sexe est humain. Il serait peu chrétien de vous en faire reproche.

— Rien de ce qui est humain, chère Madame, n'est en effet étranger aux ministres du culte. Les plus hautes vertus comme les plus noirs péchés sont leur lot de chaque jour.

— Comme c'est vrai !

— Comble d'ennui, une accusation d'avortement était venue s'ajouter à la *sollicitation*.

— Dont vous étiez innocent aussi ?

— Par pure charité – la jeune personne ne m'intéressait point, elle était trop maigre –, je m'étais borné à donner une adresse à la servante d'un jeune évêque coadjuteur forcée par son maître, qui avait vilainement abusé de ses charmes. Un cas à remuer les entrailles ! Imaginez une enfant de treize ans à peine (les filles sont formées de bonne heure chez nous), d'une santé déplorable, crachant ses poumons et ses dents par les fenêtres, avec un père inflexible, une mère dévote, et un grand frère *familier* de l'Inquisition. La malheureuse ne mangeait plus, ne dormait plus, parlait de se jeter à l'eau avec le fruit de son péché...

— Hélas, nous connaissons ici de pareilles tragédies, et la volonté d'y remédier n'est pas évidente !

— Vous m'inspirez pleine confiance, et je vous dirai tout net que depuis que je me suis fixé à Paris afin d'y chercher une fortune nouvelle et d'y terminer le deuxième tome d'une étude sur Pélage, ma robe me sert surtout à approcher des femmes pieuses et vulnérables, celles qui ont depuis longtemps mes préférences.

— Qu'avez-vous à faire de ce Pélage, puisque vous avez quitté vos jésuites ?

— L'éditeur attend le volume pour me payer un reliquat que je ne puis négliger. C'est un travail très conventionnel. Chez les jésuites, aucune fantaisie n'est de mise. La pensée est unique.

— Tel que je vous devine, vous avez dû songer à confesser à Paris ?

— J'ai même failli me faire prendre, l'autre jour, en

occupant de manière illicite un confessionnal à Saint-Séverin ! »

La comtesse eut un bref éclat de rire, qui indiquait que nos relations étaient sur la bonne voie.

Elle me remercia pour les dentelles, but d'un trait une *grappa* et me dit :

« Vous m'êtes sympathique. Pour ce qui est de la confiance, vous admettrez qu'une femme qui vient d'avoir affaire à des brigands se doit de prendre quelques informations avant que d'accorder la sienne. J'enverrai discrètement à l'*Auberge des Bons Apôtres* pour savoir ce qu'on y pense de vous, et je crois même savoir qui a pu vous espionner à Juvisy. Si tout concorde, ce dont je ne veux point douter, nous nous reverrons.

— Madame, cette sorte de confiance m'honore encore !

— En attendant, je veux vous infliger une agréable épreuve qui fera beaucoup pour m'éclairer. Vous prétendez que les jolies femmes ne vous sont pas indifférentes. Vous vous présenterez demain de ma part, à onze heures et demie du matin, chez une dame qui n'a rien à me refuser, la duchesse de Vaudémont, sise à l'hôtel du même nom, où je vous aurai annoncé sous le nom de Fischgesang...

« Je crois lire une appréhension sur votre visage à la perspective d'une aussi flatteuse rencontre ?

— C'est que, Madame...

— Quoi donc ?

— L'état de ma soutane vous indique assez l'état désastreux de mes finances, ces dentelles ont achevé de me ruiner, et je suis d'une nature économe. Même si vous prenez l'essentiel de la dépense à votre charge, n'est-il pas d'usage de laisser un cadeau convenable au chevet des duchesses de cette sorte ? »

Le rire redoubla, et la comtesse sonna la femme en noir qui m'avait introduit.

« Vous remettrez à mon nouveau confesseur de quoi s'acheter une soutane et un bonnet neufs, ainsi qu'une centaine de livres pour figurer dans le monde. Je lui dois bien ça ! »

Ladite femme s'étant retirée, avec l'air d'une duègne qui

referme la porte d'une prison, on vit que je n'étais pas encore satisfait.

« Autre chose, mon Père ?

— Votre procédé me comble, Madame, mais la mariée est peut-être trop belle pour moi.

— Comment donc ?

— Pensez-y un peu ! Une vraie duchesse en son hôtel, avec une robe et des dessous de duchesse ! Habitué à des bourgeoises sans façon, délicat comme je suis, tout en nerfs et en visions spéciales, je crains de perdre mes moyens. »

Nouveau rire d'ogresse.

« Ne vous inquiétez de rien. Vous verrez à cette occasion que les duchesses, une fois en tenue d'Ève, sont bâties comme les autres, avec la chair la plus banale et le poil le plus commun : le tout est d'arriver à s'en saisir. Imaginez seulement que vous venez de confesser une pénitente après l'avoir fait avorter : cela vous donnera du courage.

— Puisque vous vous en portez garante…

— À présent, mon ami, je vous prierai de me laisser reposer. Je suis encore mal remise des émotions indescriptibles que j'ai connues aux *Tilleuls*. Si je suis satisfaite, je ferai déposer un mot à votre auberge, et vous reviendrez me voir demain à la même heure, ici ou ailleurs. Je préfère la nuit au jour. En attendant, j'aimerais faire la connaissance de votre Pélage, qui m'apprendra toujours quelque chose sur les détours de votre esprit.

— Entendez-vous bien le latin ?

— Mieux que le grec.

« Si vous rentrez seul à votre auberge en pleine nuit, ajouta-t-elle en castillan, vous risquez de ne pas quitter ce quartier vivant, ce qui me fâcherait. Vous savez bien que nous n'avons quasiment pas de police à Paris.

— Étant espagnol et sans autorisation de séjour, dis-je en castillan, je ne tiens guère à fréquenter la police.

— Elle est parfois utile, dit-elle en anglais, lorsqu'on sait s'en servir.

— Pour l'instant, dis-je en anglais, mon premier vœu est de la voir de loin. Et j'ai deux robustes porteurs à ma disposition.

— Ces faquins, dit-elle en toscan, s'enfuiront à la première alerte pour vous laisser vous débrouiller avec des sicaires.

— Que me proposez-vous de mieux ? dis-je en toscan. Ne dois-je point courir le risque ?

— À n'importe quelle heure, dit-elle en latin, je puis réunir quelques hommes sûrs pour escorter un invité avec des lanternes. Allez attendre en bas un petit quart d'heure, et ils seront là.

— *Domina*, dis-je en latin, vous êtes une maîtresse femme que Néron eût chantée sur sa lyre devant les ruines fumantes de Rome.

— Pour peu qu'on me laisse faire, dit-elle finalement en français, je ferai brûler Rome à nouveau, et vous m'y aiderez. Je vois que vous avez été naguère un vrai jésuite, qui a désormais une revanche à prendre. »

La garce m'avait fait grâce du grec et de l'ukrainien !

Je n'avais plus qu'à prendre congé de cette créature redoutable. Les femmes instruites sont une calamité.

Dans ma chaise, au hasard des cahots, encadré d'une douzaine de pirates dont la mine aurait fait peur au prince de Condé ou à Turenne, je songeai que j'étais plutôt mal parti. Par la force des choses, je ne savais à quoi me résoudre quant à Madame de Vaudémont, un retour de flamme imprévisible, qui me mettait dans une position délicate. Surcroît de difficulté, ma tenue de jésuite me condamnait pratiquement toutes les portes où j'aurais pu frapper pour quérir de l'aide ou des conseils. J'étais devenu prisonnier de ma propre industrie.

Après une mauvaise nuit, au matin du vendredi 9 août, j'acquis, du côté du Temple, une robe et un bonnet un peu usagés, puis je me résolus d'aller rôder à pied dans les environs de l'auberge de d'Artagnan, et je chargeai un petit mendiant de lui remettre un billet par lequel je le priai de me retrouver au proche cabaret de la *Vieille Lune*, qui venait d'ouvrir, et où je n'avais jamais mis les pieds. Les lumières d'un d'Artagnan ne me seraient pas de trop.

Encore sensible à l'outrage que je lui avais infligé à Toulon, Charles fut bien aise de me voir rasé et tonsuré.

« Vous faites ainsi, mon cher Arnaud, plus jésuite que nature. Les petits oiseaux de saint François s'y tromperaient ! »

Ayant pris connaissance des dernières nouvelles, il médita longuement, et me déclara enfin avec assurance :

« Cavalier ou jésuite, Espalungue, Escamilla ou Fischgesang, la Vaudémont étant vénale, il ne vous sera pas difficile de vous la concilier avec de l'argent, et vous en avez à revendre. Elle sera d'ailleurs d'autant plus heureuse de raconter à Lady Merrick les fables que vous voudrez qu'elle ne doit pas être fière de la façon désinvolte dont cette dame dispose de ses charmes sous un vulgaire prétexte de nourrisson inconnu parti par la cheminée. Un tel chantage ne peut que froisser une duchesse qui a dû recevoir une bonne éducation dans un couvent coté.

— C'est ce que je m'étais dit aussi à la réflexion. Verriez-vous une difficulté quelque part ?

— Le problème, ce me semble, est que Madame de Vaudémont n'est pas maligne et qu'il ne faut pas donner aux femmes crédules à penser au-dessus de leurs moyens. Cela pourrait inciter à vous trahir ou à exiger des sommes extravagantes.

— Que voulez-vous dire ?

— En un mot, que vous êtes rasé !

— Plaît-il ?

— Mettez-vous à la place de cette dame. Vous pouvez lui raconter toutes sortes d'histoires pour justifier le fait que vous vous êtes costumé en jésuite sous un nom d'emprunt. Vous avez bien le droit de faire une farce à la comtesse d'Innorge. Vous avez même le droit de vous déguiser et de changer de nom en vue d'une affaire sérieuse. Mais un gentilhomme comme vous ne se coupe barbe et moustaches, de nobles attributs qu'il portait depuis vingt ans, que pour deux motifs : ou bien il entre vraiment dans les ordres, ce qui ne saurait être, à l'évidence, votre cas ; ou bien il s'agit d'une raison de vie ou de mort, voire d'une raison d'État absolument contraignante. Même une Vaudémont est capable de faire cette réflexion de bon sens et de se demander tout le profit qu'elle en pourrait tirer. Rappelez-vous le désespoir où vous me réduisîtes début juin, quand vous exigeâtes que je me fisse une tête de laquais ou de défroqué, dont je ne suis pas encore tout à fait revenu.

— Charles, *hic jacet lepus* ! Vous n'avez jamais été plus lumineux.

— Vous ne me vexez pas en parlant latin. Les Latins étaient moins avisés que les Gascons, qui leur ont appris le cassoulet.

— Mais quel remède, à présent ?

— Suivez-moi. »

Nous cheminâmes de concert vers le cœur de la ville, d'Artagnan faisant le mystérieux et me posant des questions étranges sur saint Louis de Gonzague, l'un des saints patrons des jésuites, qui n'avait pas été jusques alors l'objet de ses préoccupations. Lorsque nous fûmes parvenus à la salle du Petit-Bourbon, que le roi avait mise à disposition de Molière après le *Nicomède* et *Le Docteur amoureux*, Charles m'entraîna dans le bâtiment, au fond duquel, au-delà de la scène vide, était une seconde salle, où se trouvaient rangés une foule de costumes et d'engins de théâtre. Une représentation devant avoir lieu dans l'après-midi, des acteurs et des utilités s'y affairaient, sous l'œil inquiet de Monsieur Poquelin.

Allant à lui, d'Artagnan le salua d'un geste gracieux, se présenta et dit :

« J'ai l'honneur, Monsieur, de vous amener le Père Aristide de Grandpré, qui dirait encore plus de bien de Molière qu'il n'en dit si une religion chagrine ne le réduisait trop souvent au silence en dépit de lui-même. »

Molière salua de son côté, avec l'affectation appuyée du comédien.

« Le Père de Grandpré ne fait donc mon éloge qu'en privé, ce qui est déjà faire montre d'un beau courage, dont le Ciel le récompensera tôt ou tard. Avant d'étudier le droit, j'ai moi-même fait mes humanités chez les jésuites, au collège de Clermont, et les Pères m'ont laissé le souvenir d'une piété plus éclairée que celle de bien d'autres. N'ont-ils pas découvert que la première matière de la religion étant le pécheur, il convenait de le séduire plutôt que de le désespérer ?

— Vous savez donc que les jésuites, au contraire des jansénistes, estiment que le théâtre, à condition d'être censuré comme il faut, peut jouer un rôle éducatif.

« Et justement, pour la fête de son collège, le Père de Grandpré, dont le dévouement ne connaît pas de bornes, monte une pièce pieuse en alexandrins dont il est l'auteur, le martyre de saint Louis de Gonzague, mort de la peste à Rome, courant 1591, en soignant des pestiférés.

— À défaut de les guérir, un médecin ne saurait connaître un sort plus consolant pour ses malades : il est triste de périr jaloux.

— Afin de rappeler son enfance dans un milieu militaire et aristocratique, on a entouré Louis de Gonzague de douze gentilshommes intrépides, en costume d'aujourd'hui pour aller au plus simple et ne pas dérouter les jeunes spectateurs. Lesdits preux, la main dans la main, meurent aussi de la peste en fin de compte, tandis que le chœur chante des cantiques ; mais en attendant, il fallait à ces grands élèves des boucs et des moustaches, qui ne se trouvent point dans le pas d'un âne. On s'est ici débrouillé tant bien que mal. Mais Grandpré, qui doit faire le capitaine de ces chevaliers et a un long texte à déclamer, cherche des accessoires de qualité, et surtout quelqu'un de compétent pour lui apprendre à les poser. S'il perdait sa moustache ou sa barbe sur les planches, ce serait une catastrophe. On ne se relève pas d'un pareil ridicule.

— Certes, fis-je observer avec la modestie conforme à mon état, il n'est pas d'usage chez nous qu'un Père paraisse sur scène, mais le Provincial m'a donné dispense du fait que j'étais le seul, l'ayant écrit, à être capable de tenir le rôle à peu près. C'est vous dire, Monsieur Poquelin, le souci que j'ai que tout se passe bien. Ma réputation professorale est en jeu. Les enfants sont si taquins !

— Je comprends. Ne vous faites aucun souci. Votre moustache sera plus facile à mettre qu'à enlever ! »

L'idée de d'Artagnan était aussi intelligente que plaisante.

Poquelin me confia à deux femmes rousses, qui me firent asseoir devant une table assortie d'un miroir, et elles m'apportèrent bientôt un étonnant choix de postiches, où je m'efforçai de découvrir de quoi me rendre mon apparence première le plus précisément qu'il se pourrait, ce qui me prit du temps. Je n'étais jamais satisfait.

J'avais affaire à Madeleine et à Armande Béjart, avec lesquelles il était de notoriété publique que Molière tenait un ménage à trois. La différence d'âge entre ces deux femmes semblait peu accusée et personne ne savait au juste si Armande était la sœur ou la fille de Madeleine. En tout cas, elles étaient aussi délicieuses l'une que l'autre, plaisantaient à qui mieux mieux, et l'on comprenait que Molière, au lieu de se laisser séduire par la vertu, ait eu quelque complaisance pour le péché de la chair. Excommunié d'office à titre de comédien par des imbéciles, on voit d'ailleurs mal pourquoi il se serait gêné.

Les ménages à trois de ce genre ont quelque chose de trouble qui m'a toujours fait rêver. Ce brave Molière opérait-il alternativement ou globalement, lors d'ébats où le trio aurait fourni le meilleur de lui-même ? Sensible aux exploits de l'imaginaire Fischgesang, j'aurais donné mon bonnet pour confesser ce Poquelin et ses maîtresses !

La pose, la dépose, me furent expliquées avec complaisance, Armande me fit un paquet du nécessaire, y joignit aimablement un petit miroir que je mis en poche, puis les sœurs-mère-fille se retirèrent avec une gaie révérence.

Comme je réfléchissais sur la suite des événements, d'Artagnan posa sur ma table du papier et de quoi écrire, que Madeleine, chargée de l'intendance quand elle ne jouait pas les soubrettes, venait de lui procurer.

« Vous avez une plus belle plume que la mienne. Faites donc un mot pour Madame de Vaudémont, la priant de congédier sa domesticité avant onze heures et demie, et j'irai moi-même le déposer à temps. Moins vous verrez de monde là-bas, mieux cela vaudra, puisqu'il faut que vous y paraissiez en jésuite pour satisfaire les éventuels espions de cette terrible comtesse. »

La suggestion était fort sage.

> *« Un reste de considération, Madame, pour l'Ordre dont je me suis retiré sur la pointe des pieds, s'ajoutant à la vive considération que j'ai pour vous, me font souhaiter toute la discrétion possible pour l'entretien que vous voulez bien m'accorder si privément. Faites-moi, je vous prie, le plaisir, d'envoyer vos domestiques en course avant l'heure de mon arrivée. J'entrerai par les écuries avec la profonde humilité du prêtre et l'audace feutrée de l'amant, et vous m'ouvrirez vous-même la porte des cuisines quand je m'y présenterai. Votre tout dévoué Fischgesang, qui a ouï dire de vos charmes par la rumeur publique. »*

« Qu'est-ce que cette histoire d'écurie, Arnaud ?

— N'est-il pas préférable que je me grime au tout dernier instant ?

— En effet ! Je n'y songeais pas. Vous songez à tout !

— Ce n'est pas une garantie de succès, mais c'en est du moins une condition.

— L'armée nous l'apprend. »

Et Charles de me quitter pour livrer mon message.

XXIII

À l'heure dite, le carrosse aux armes de Beaufort attendait dans la cour de l'Hôtel de Vaudémont avec une imposante escorte, et je dus patienter dix minutes pour le voir disparaître, dans une grande envolée de roues et de chevaux.

Assis sur une botte de paille de l'écurie, m'aidant du miroir, je collai soigneusement bouc et moustaches, puis frappai à la porte des cuisines.

La petite duchesse m'ouvrit en larmes, et me dit aussitôt, entre casseroles et *potager* :

« Vous tombez mal. J'attends une visite d'un instant à l'autre, que je ne puis différer. »

Elle n'avait pas même remarqué ma robe et mon bonnet !

« Fischgesang, murmurai-je, c'est moi. »

L'ahurissement de Martine de Vaudémont était extrême.

« Où avais-je la tête ? ! Mais oui, vous êtes en jésuite à présent ! Que se passe-t-il donc ? »

Je la pris par la main et la guidai vers sa chambre en prononçant des paroles apaisantes.

Dès que nous fûmes assis…

« Permettez-moi de vous interroger à mon tour. Pourquoi, Madame, ces beaux yeux tout gonflés de pleurs ?

— François m'a quittée.

— Le traître !

— J'avais envoyé en ville mes domestiques...

— Je sais.

— Bien sûr ! puisque c'est vous-même qui...

— Qu'importe !

— Il importe beaucoup, au contraire ! J'ai dû lui ouvrir en personne. Une grande dame est-elle à son avantage sans domestiques ? Ne sont-ils pas son complément le plus indispensable ? Quand ils sont là, certes, on ne les voit point. Mais dès qu'ils ne sont pas là, ça fait un vide, et l'on se sent toute nue.

— Que voilà une fine observation, et qui montre bien que vous avez conservé un inaltérable bon sens dans le malheur !

— Le duc, qui s'était déjà refroidi, a cru que j'étais totalement ruinée. François a beau ne pas être avare, il y avait de quoi décourager un prétendant pour de bon. Et il m'a refusé trois cent soixante-quinze livres, que je dois aux fournisseurs de mon écurie, dont les quatre chevaux, réduits à trois, meurent de faim. Une misère !

— Vous auriez dû demander davantage.

— Vous pensez que j'aurais été maladroite ?

— J'en ai le sentiment. Nous sommes d'autant plus considérés que nos dettes sont plus fortes et que nous coûtons plus cher à autrui. C'est du moins une réflexion que Monsieur Fouquet m'a faite un jour qu'il me demandait le triple de ce qui avait été prévu.

— À présent, je vais devoir porter mon pendentif chez Jacob.

— Je suis de tout cœur avec vous.

— Ah, les hommes ! Quand je pense à tous les sacrifices que j'aurai faits pour ce Beaufort, à toutes les promesses, à toutes les assurances, dont il m'avait bercée, à tous les mots tendres que nous avions échangés au coin de feu avant que l'été ne vînt refroidir sa flamme ! Je l'aurai aimé comme pas un...

— Madame, vous me froissez ! Je suis un homme aussi, et qui ne vous a point déçue, que je sache, jusques alors.

— C'est vrai. Pardonnez-moi. Vous êtes mon ultime ami sur cette terre. »

Je lui versai un peu de vin cuit qui eut pour effet de sécher ses larmes.

« Reprenez tous vos esprits, Madame, car j'ai à vous parler d'importance.

— Je vous écoute, Monsieur, religieusement.

— J'ai l'intention de vous assurer pour six mois une rente de cinq mille livres par mois, couronnée par un don de trente mille livres en fin de contrat si vous m'avez donné toutes les satisfactions que j'attends de vous...

— J'ai déjà donné, il me semble, et je ne demande, naturellement...

— Il ne s'agit pas de ça.

— Ah ? ! Que pourrais-je donner d'autre ?

— Des mensonges.

— À ce prix, vous pouvez en avoir de beaux.

— Pour des raisons que je vous passe, j'ai été amené à me présenter à la comtesse d'Innorge sous le nom d'emprunt et dans le costume que vous voyez.

— Je n'y comprends rien. Vous m'avez dit être en bons termes avec elle, que vous aviez vu en dînant mon pendentif à son cou...

— C'était un mensonge.

— Mais quand dites-vous donc la vérité ?

— Quand je verse de l'argent.

— Cette affaire serait-elle en relation avec la jeune fille du bois de Vincennes ? Vous m'avez quittée si vite, l'autre jour, et visiblement déçu, après que je vous eus narré l'histoire.

— On ne peut rien vous cacher, Madame. La comtesse d'Innorge a participé à l'enlèvement d'une jeune personne qui m'est chère et à qui on coupera les oreilles, en attendant mieux, si elle n'est pas retrouvée à temps par mes soins.

— Ciel !

— Ce Ciel, vous pouvez l'aider.

— Que puis-je faire ?

— Doutant de tout, et d'abord des jésuites, Madame d'Innorge a médité de me mettre à l'épreuve en m'expédiant chez vous en dépit de mes honnêtes réserves. Or je dois jouer auprès d'elle, pour accroître mes chances de l'abuser, le rôle d'un jésuite particulièrement vicieux.

« Vous aurez donc la bonté, lorsque vous lui rendrez compte de ma visite avec une démarche exténuée, d'insister sans retenue sur toutes les honteuses fantaisies que je vous ai fait subir. Mais attention ! La dame est extrêmement perspicace. Il importe que vous demeuriez vraisemblable dans les pires outrances. Pensez-vous en être capable ?

— Au besoin, je ferai appel à mon imagination.

— Je sais votre innocence, et c'est justement ce qu'il ne faut point faire. Vous vous feriez prendre tout de suite.

« Voyons, nous allons procéder à une petite répétition – comme chez Molière, qui les affectionne ! – et avec le ton qui convient. Le ton est capital. Un mélange bien dosé de plaintes et de regrets serait souhaitable. C'est votre premier jésuite ! D'abord les chatouilles engageantes et les préliminaires de la bouche. Je me verrais volontiers, par exemple, vous lécher entre les orteils. Puis le parcours échevelé des positions classiques. Et enfin, pour conclure en beauté, les brutalités simiesques d'une bougrerie sans entrailles.

« Courage, mon enfant ! Allons-y... »

Après vingt minutes de répétition, j'étais en feu, et je dus descendre aux cuisines pour m'asperger d'eau fraîche. L'image réprobatrice de Matthieu me vint soudain à l'esprit, mais je la chassai avec une virile détermination.

Étant remonté auprès de la duchesse, je la trouvai rose et alanguie.

« Ne me ferez-vous point l'honneur, Monsieur, d'un supplément de répétition où mon innocence ne souffrirait que le nécessaire ?

— Nous sommes en affaires, Madame !

— Ah, je vois bien que je vieillis ! »

Les pleurs recommencèrent de couler.

« Songez plutôt à vos trente mille livres.

— Ce mensonge échauffant, c'est tout ce que vous exigez de moi ?

— Pas plus. On n'aura jamais gagné trente mille livres plus aisément. Et je resterai par la suite votre fidèle, prêt à vous soutenir dans les traverses que vous pourriez rencontrer.

« Si la comtesse vous parle du baron d'Espalungue par hasard – mais je doute qu'elle le fasse –, ne croyez rien du mal qu'elle vous dirait, mais n'hésitez pas à en rajouter : vous lui ferez plaisir. Nous sommes brouillés à mort : j'ai dépêché sur son sein un sorcier de ses amis qui y suçait du lait de crapaud.

— Si la comtesse d'Innorge s'aperçoit que je l'ai trahie, que vais-je devenir ?

— D'ici peu, je vous le garantis, elle sera en prison ou morte. La seconde solution est de loin la plus probable. C'est son horoscope qui me l'a dit aussi clairement que je vous vois.

— Le mien est au beau.

— Il ne m'étonne point du tout !

— Mais il était au beau chaque semaine depuis longtemps, et regardez ce qui m'est arrivé !

— Il vous est arrivé que vous m'avez rencontré. Je suis un maître pour arranger les horoscopes des autres. Je vous prédis plus d'or qu'un alchimiste ne pourrait en faire avec du plomb !

— Vous ne pourriez pas aller jusqu'à six mille livres par mois ?

— C'est à négocier...

« Un détail qui a également son prix, et que j'allais oublier : dans la confession lubrique que cette sorcière attend de vous, ne faites aucune allusion à mes moustaches et à ma barbe.

— Pourquoi ?

— Parce que cela vous porterait malheur : il y a un enchantement sur ces poils depuis mes mois de nourrice.

« Et parce que, si vous êtes sage, vous pourriez passer à sept mille cinq cents livres !

— La comtesse ne trouve pas bizarre qu'un jésuite porte bouc et moustaches ? »

D'Artagnan n'avait pas pensé à ça ! Les sottes sont toujours moins sottes qu'on n'imagine.

« Fischgesang s'est laissé pousser ces appendices afin d'évangéliser la Chine : là-bas, les mandarins sont barbus et n'ont de considération que pour les barbus. »

Ouf !

J'avais en somme défendu ma peau à assez bon marché. De plus, j'avais rendu une femme aussi heureuse que possible.

Mais ladite femme n'avait pas plus d'esprit qu'un Beaufort, et elle demeurait l'un des points faibles de mes combinaisons. Mieux vaut avoir affaire à des canailles intelligentes : on peut prévoir ce qu'elles vont fabriquer.

Dans l'écurie, je me fis un mal de chien en décollant mes postiches : les Béjart, oubli ou malice, ne m'avaient pas averti !

À l'*Auberge des Bons Apôtres*, Matthieu m'attendait pour dîner, déjà inquiet des scandales que j'avais pu causer avec sa soutane.

J'ordonnai d'une voix angélique de monter dans ma chambre de quoi restaurer six jésuites, et je présentai à mon frère une version très édulcorée, qui le trouva sceptique, de mes relations avec la fausse comtesse et avec la vraie duchesse.

« Elles ne valent pas plus cher l'une que l'autre, soupira Matthieu. Quelle engeance !

— Nous avons, semble-t-il, avec Lady Merrick, un cas de possession diabolique des plus caractérisés, et avec Madame de Vaudémont, un simple instrument des visées de Satan sur le monde. Martine n'est pas méchante pour deux sous. Ses crimes ne sont que faiblesse et aveuglement, communs chez un sexe borné qui n'a pas encore connu les éducateurs qu'il mérite. Au fond, elle ne demande qu'à bien faire. Il faut savoir la prendre : une petite carotte par-devant, un gros bâton par-derrière, et ça marche droit.

— Ton indulgence me sidère.

— Ce doit être mon habit neuf.

— Reprends le vieux !

— Crois-tu aux affaires de possession ?

— Certes. On m'a montré, en Chine, des femmes-renards qui couraient au clair de lune sur les toits, et à Paris même, nos exorcistes ne chôment point.

— Ne serait-il pas opportun de faire exorciser Leonora ?

— On ne saurait exorciser contre son gré un sujet adulte et en pleine possession de ses facultés mentales.

— Je pourrais, par accident, pousser la dame dans l'eau bénite ?

— Où en trouveras-tu suffisamment ?

— La quantité d'eau que tu es capable de bénir est-elle limitée ?

— J'avoue qu'on ne s'est jamais trop posé la question.

— Il serait temps ! Au lieu de vagabonder sur les toits au clair de lune avec des femmes-renards comme un matou en chaleur, qu'est-ce qui t'empêche, par exemple, de bénir la Seine ? Ou la Méditerranée ? Voire l'océan Pacifique, qui est tout rempli de païens ? »

J'éclatai de rire. Matthieu était furieux.

« Ne te fâche pas.

« Permets-moi plutôt de te dire que ta présence ici, quel que soit le plaisir qu'elle me procure, peut présenter des dangers. Tu es un Espalungue, moi aussi, et un contact à Toulon avec un Escamilla devenu Fischgesang ne suffit-il pas à nos peines ?

— Au contraire ! Je me suis dit que ma visite ne pourrait que renforcer ton identité d'emprunt aux yeux d'un espion quelconque. »

Le point était en effet à considérer. Il y avait du pour et du contre. Et de porter trois noms, y compris celui de Fischgesang, sous lequel j'étais connu dans l'auberge, n'arrangeait rien. Un nom, d'ailleurs, des plus bizarres, Fischgesang signifiant en allemand « le chant du poisson ». Escamilla l'avait-il choisi en hommage à la discrétion des jésuites ? Mon allemand n'étant pas fameux, je redoutais de tomber sur un Père qui m'aurait adressé la parole dans cette langue sonore et rugueuse.

Quelques phrases aimables de Lady Merrick me furent portées au milieu de l'après-midi :

> *« La comtesse d'Innorge au Père Fischgesang.*
>
> *« On m'a dit tout récemment le plus grand bien de vous, avec une chaleur et avec des accents qui ne trompent point. J'espère que nous allons faire un bout de chemin ensemble. Toute bonne maison a besoin d'un chapelain capable de plaire et de satisfaire. À ce soir donc, mais à Longjumeau, où je vous invite très cordialement à souper et à passer la nuit. »*

Je me rendis compte que le sable coulait vite dans le sablier, qu'il serait peut-être distrayant de prendre quelques cours en passant avec des escrocs, des assassins ou des illuminés, ne fût-ce que pour les mieux confondre en dernier ressort, mais qu'un temps irréparable s'écoulerait de la sorte en broutilles avant que je pusse inspirer confiance au point d'être mis dans le secret de l'enlèvement de Marie. Il était même bien possible que Lady Merrick ne m'en parlât jamais de sa propre initiative, et toute question à ce sujet, quel que fût mon degré d'intimité avec elle, m'eût rendu immédiatement suspect. Je devais forcer la décision le plus tôt possible, mais comment ?

Tout à coup, il m'apparut que la visite de mon frère, qui m'avait inquiété au premier abord, était susceptible de m'offrir une ouverture favorable, et c'est plein d'ardeur que je me rendis à Longjumeau dans une voiture de louage toute gémissante et ouverte à tous les vents, heureusement tièdes, vu la saison. Cette lettre même que j'étais censé avoir remise à Rossignol était en outre une bonne carte dans mon jeu si je savais l'abattre comme il fallait.

Je ne voulais pas considérer l'hypothèse que Lady Merrick aurait pu prendre Madame de Vaudémont en défaut, la faire parler d'abondance par la flatterie, la corruption ou la menace, et me tendre un piège où j'aurais fini mes jours comme feu Negroni.

Autre hypothèse, qui m'importunait depuis ma visite rue Montorgueil sans pour autant mettre un frein à ma course : ladite Lady Merrick, quand elle m'avait à moitié démasqué dans le sombre escalier des *Tilleuls*, aurait-elle gravé mes traits dans sa mémoire avec une telle intensité qu'ils puissent lui revenir par accident ? Que je me sois rasé depuis importait peu, puisque c'est le haut du visage qu'elle avait entrevu. Je devais pourtant courir le risque.

Lady Merrick m'avait réservé l'accueil le plus gracieux, et le souper, qui se poursuivit à la lueur des bougies sur la table d'où un autre jésuite avait tout récemment fait le grand saut la corde au cou, fut d'une exquise délicatesse.

Un autre y aurait vu quelque chose de macabre. Mais j'avais fait sept ans de guerres à la fin du règne précédent, ce qui est la meilleure école, avec le duel, pour maîtriser ses pensées et prendre de la hauteur. Et je me rappelai avec quelle gaieté mon bataillon de déserteurs croates, qu'il était si difficile de tenir en main, déjeunait sur les cercueils du Palatinat après avoir pillé quelque cimetière de rencontre pour y chercher des colifichets à offrir à leurs belles. Quant à Lady Merrick, c'était une âme forte, qui distribuait la mort comme une Parque.

Au cours de ce repas, servi par deux laquais en livrée que je n'avais jamais vus, la baronne ne voulut parler que de sujets indifférents, faisant peu d'allusions à ses souvenirs, aucun à l'Écosse, et s'efforçant en revanche de susciter les miens.

Je connais bien le mécanisme de l'Inquisition espagnole, qui essaie de faire peur à bon marché, et dont la secrète procédure favorise toutes les calomnies incontrôlables : le récit de mes tortures était à faire dresser les cheveux, et Lady Merrick n'osait pas trop m'interrompre, puisque j'étais censé, en principe, ne pas savoir qu'elle avait elle-même été torturée sans ménagement. Cette souterraine confraternité dans la souffrance ne pouvait qu'éveiller son humaine sympathie.

Mais dès que nous nous fûmes retirés dans un charmant boudoir, les choses prirent une autre tournure.

« J'ai parcouru avec plaisir votre *De Gratia Domini.*

— Se peut-il ?

— Vous y manifestez une superbe hypocrisie. On voit tout de suite que vous ne pensez pas un mot de ce que vous écrivez dans un si beau latin.

— Au début, j'y croyais comme beaucoup d'autres ; puis j'ai pris mes distances... comme quelques autres. Et il m'a bien fallu continuer ce pensum après que la foi m'eut quitté.

— Vous vous êtres blessé à la main, mon cher Escamilla ?

— Les stigmates, Madame. Le phénomène est curieusement apparu avec François d'Assise, et le Diable les réserve à la main gauche, celle de ce cœur qui nous fait faire tant de folies.

— Voilà qui est plaisant ! L'idée est commercialement intéressante et ravira les pratiques que je vous enverrai lorsqu'on vous aura enseigné quelques tours. Je vous familiariserai moi-même avec Asmodée, le Prince des démons, qui sont 666 dans chacune de leurs 1 111 légions. Ces précisions font leur effet... »

Laissant les démons à leurs légions, je passai aux aveux.

« Asmodée m'a prié de vous révéler, chère Madame, que j'ai reçu ce matin une visite inattendue. Je croyais en avoir fini avec le Père Matthieu d'Espalungue, mais il est revenu à la charge pour s'inviter à dîner sans façon à mon auberge, où il a dévoré comme s'il n'avait rien mangé ni bu depuis les déserts de Mongolie.

— Que désirait-il ?

— J'ai mis du temps à le confesser, car il marchait sur des œufs. En bref, il était perturbé par le soupçon qu'à Toulon j'aurais pu copier le texte de l'original qu'il m'avait chargé de remettre à Rossignol. Naturellement, je l'ai rassuré. Un jésuite n'a point de ces vaines curiosités.

— Pourtant... vous étiez alors de moins en moins jésuite ?

— Et c'est bien pour ça que j'ai pris, en réalité, note très précise du texte en question, qui était d'ailleurs assez bref. Un tel document peut toujours acquérir de la valeur.

— Mais cet original devait être sous scellé ?

— Je suis parvenu à mes fins sans révéler mon intervention du fait que le sceau avait été endommagé dans la semelle de la chaussure du Père d'Espalungue. Un sceau qui était celui du cardinal Cameleone, avec sa belle devise : *Gratis pro Deo*. Comme je m'étonnais que ce cardinal eût utilisé son sceau dans une affaire aussi douteuse, le Père Matthieu m'a expliqué que ce sceau avait été jugé absolument nécessaire pour inspirer confiance dans l'origine de la pièce, et que ce n'était pas sans mal qu'on avait réussi à convaincre Cameleone de l'employer.

— Votre curiosité était bien excusable.

— Je suis heureux que vous me trouviez des excuses. Je n'ai pas pour habitude d'être indiscret. Mais la tentation était trop forte et je ne sais résister qu'aux petites tentations, celles que les diablotins envoient pour passer le temps.

— Alors, qu'avez-vous fait de votre copie ?

— Je l'ai mise en lieu sûr. Le soupçon dont je suis l'objet à présent justifie amplement cette précaution. Car il n'y a pas que le Père Matthieu. Il y a aussi son horrible frère, le baron d'Espalungue, dont je redoute aujourd'hui qu'il ne me cherche noise, vu le prix qu'il attache à cet original dont j'ai été accablé bien malgré moi. Je compte sur vous, Madame, pour me protéger.

— Pour vous bien protéger, je dois savoir où vous avez caché votre butin.

— À l'endroit le mieux protégé de France : chez Monsieur Rossignol, dans son château de Juvisy. »

En dépit de sa maîtrise de soi, Lady Merrick ne put cacher sa stupéfaction.

« Rossignol, me dites-vous ? !

— Naturellement. Me présentant comme un ami du Père d'Espalungue – ce qui n'était pas faux ! –, je ne me suis pas borné à lui confier l'original comme le Père Matthieu m'en avait chargé, je lui ai également demandé le service de me garder par-devers lui dans ses archives un pli scellé confidentiel jusqu'à ce que je vinsse le reprendre en personne. En personne : j'ai bien insisté là-dessus !

— Admirable ! Je n'aurais pas trouvé mieux.

— Il m'arrive de découvrir dans la nécessité quelques ressources.

— Je crois être en mesure de vous obtenir très vite le plus haut prix de votre copie et, une fois que vous l'aurez vendue, le baron n'aura plus aucun motif de se soucier de vous.

— Ce serait positivement merveilleux ! Je ne demande que ça.

— Une prompte transaction est encore la meilleure manière de vous mettre à l'abri.

— En veine de confidences, le Père Matthieu m'a dit aussi que le baron n'avait pas trouvé chez vous la fille qu'il espérait, ce dont il demeure fort affligé. J'espère de mon côté que cette enfant aura définitivement échappé aux tentatives de ce luxurieux ?

— Nous y travaillons ferme, croyez-le bien.

— Avez-vous motif d'être confiante en l'avenir ?

— Là où elle va, la jeune personne sera hors d'atteinte et pourra s'abandonner aux délices de l'amour.

— Elle va donc bien loin ?

— Je suis tenue au secret.

— Pardonnez-moi, je vous prie : cette belle inconnue m'intriguait.

— J'avoue qu'on serait intrigué à moins ! Ne vous inquiétez plus de cette affaire, où vos intérêts ne sont point concernés. »

J'avais le sentiment d'avoir fait pour l'instant le maximum. Lord Milford allait avoir de quoi s'occuper avec un original mythologique d'un côté, et sa copie de l'autre, plus mythologique encore si possible, mais qu'il voudrait certainement se procurer, poussé par sa méfiance innée, aux fins de comparer éventuellement les deux textes. Marie pourrait y trouver du répit.

Comme Lady Merrick tendait la main pour se verser un autre verre de *grappa*, sa canne tomba sur le tapis et le pommeau se détacha du jonc, laissant apparaître quelques pouces d'une lame d'acier. Même au cours d'un rendez-vous amical, la dame avait pris soin de ne pas visser le pommeau afin de pouvoir dégager plus rapidement la courte épée en cas d'attentat !

Un peu confuse, Lady Merrick ramassa sa canne, dont elle revissa le pommeau à fond, et me jeta un tendre regard sur le sens duquel il n'y avait pas à se tromper. Le dévoué Negroni devait déjà lui manquer.

« Venez vous asseoir plus près de moi... »

La femme la plus douce devenant méchante quand elle est frustrée, et Lady Merrick étant méchante de naissance, je ne pouvais la décevoir sans courir à ma perte. Les racontars de Madame de Vaudémont avaient dû la mettre d'humeur folâtre, et si j'avais argué de l'épuisement où la duchesse m'avait mis, je n'aurais pas été cru. De plus, le bourreau avait abîmé les jambes de cette jolie femme, et une infirme est plus susceptible qu'une autre. Qu'auraient fait d'Artagnan, Porthos ou Aramits dans cette situation ?

Je me rapprochai de Lady Merrick, nous échangeâmes ces doux propos qui préludent à de doux ébats, et alors que de menues caresses, qui avaient suivi de longs baisers, étaient en train...

« Non, décidément, je ne peux pas !

— Que vous arrive-t-il, mon Père ?

— Le Père n'est pas en état de vous honorer.

— Au dire de Madame de Vaudémont, vous étiez pourtant en état de grimper aux rideaux en sonnant du clairon quand vous l'avez quittée anéantie de bonheur.

— Je n'aurais pas dû aller chez elle.

— Vous aurait-elle jeté un sort ?

— C'eût été un moindre mal. En fait... Comment vous dire ? Je me suis bêtement fait plomber à Saint-Nicolas-du-Chardonnet par une bourgeoise à qui on aurait donné le bon Dieu sans confession. Cette cochonne m'avait tout confessé, hormis sa chaude-pisse qui, je dois le dire à sa décharge, n'était pas un péché, mais un inconvénient.

— Ah ! Saint-Séverin ne vous suffisait pas. Vous êtes un obsédé, ma parole !

— Ne me faites pas les gros yeux ! Vous allez me désespérer. Je dois être encore contagieux pendant une bonne quinzaine.

— S'il en est ainsi, mon médecin viendra vous voir demain en fin de matinée.

— Je me méfie des médecins comme de la peste !

— Celui-là est excellent. Il fait passer des fœtus de cinq mois comme on joue à la marelle.

— Alors, s'il soigne si bien les enfants, je suis trop grand pour lui !

— Vous êtes assez grand pour mentir. Je vais vous faire raccompagner à votre auberge dans mon carrosse. Bonsoir, Monsieur. »

Tous mes efforts allaient-ils échouer devant cet obstacle ridicule, ce grain de sable dans une si belle mécanique, telle une pierre dans la vessie d'un grand capitaine ?

Le lendemain, après une nuit d'insomnie et une matinée de perplexité, je vis arriver un individu bedonnant déjà entre deux vins, le docteur Crampon, qui me pria sur-le-champ de me déshabiller. On voyait sur sa trogne enluminée l'ignoble rictus des libertins qui sont toujours joyeux de voir un saint prêtre dans une situation honteuse.

« Ce n'est pas la peine que je vous présente l'objet du délit, lui dis-je, il est en parfait état et je me porte mieux qu'un médecin.

— Ah, ha ! La patronne n'avait pas tort de voir en vous un feignant, une petite nature incapable de satisfaire une dame exigeante !

— La nouvelle de ma bonne santé va lui faire de la peine.

— Elle s'en remettra vite. On ne sera pas en mal de vous remplacer.

— Je suis prêt à payer ce qu'il faudra pour lui épargner cette vexation et être réputé malade.

— Mais vous êtes gueux, paraît-il, comme un rat d'Église, et c'est Madame la comtesse qui a la bonté de payer votre auberge.

— Les apparences sont trompeuses. De vous à moi, j'ai quitté les jésuites, où j'étais trésorier, en emportant la caisse. »

L'aveu entraîna réflexion.

« La comtesse m'assure une situation assise et honorable, que je perdrais sans remède si je l'abusais...

— Comment le saurait-elle ? Quand nous coucherons ensemble, je serai guéri par vos soins et alerte comme un pinson. »

Après âpre débat, cette canaille m'a soulagé de quatre mille trois cents livres, de quoi le soûler à mort.

Mais il m'avait remis une lettre de Lady Merrick, ce qui, à ce stade des opérations, ne laissa pas de me surprendre.

XXIV

« Lord Milford, attaché provisoire à l'ambassade d'Angleterre, viendra vous voir après dîner, vers trois heures, dans le dessein d'acquérir le papier dont vous m'avez parlé hier soir. L'affaire est assez importante à ses yeux pour qu'il se déplace en personne et sans tarder. Ne vendez à aucun prix ! Autrement, quatre assassins des meilleurs, que j'ai choisis moi-même ! vous attendraient au retour de chez Rossignol, entre Juvisy et Paris, à la hauteur du bois d'Orly, pour vous dépouiller. C'est la première fois que je trahis des associés, et si je le fais pour vous, c'est parce que je suis femme, parce que vous me plaisez, parce que j'envisage de bâtir de grandes choses en votre compagnie après avoir perdu un être cher dans les circonstances les plus cruelles. Ah, Monsieur, j'ai tant souffert ! Malade ou non – qu'importe une pareille vétille entre nous ! –, rendez-moi cette lettre ce soir rue Montorgueil, que je n'aurais certes jamais dû écrire, et qui doit absolument être détruite pour notre sûreté commune. Vous me la rendrez pour que je m'en charge personnellement. Votre très affectionnée Leonora. »

Avec ça, j'avais de quoi méditer pendant le dîner !

Quand on m'annonça la visite de Lord Milford, à laquelle je m'étais de toute manière préparé en gardant prudemment la chambre, je sautai sur le masque que j'avais mis de côté pour la circonstance, et je lui ouvris, le dos courbé par le respect.

« Asseyez-vous, Monseigneur, et que le Dieu de la Bible qui foudroya les Philistins vous ait en sa sainte garde ! lui dis-je en bon anglais, d'une petite voix flûtée, avec les miaulements de chat nouveau-né qui caractérisent cette langue originale.

— Well ! Cela fait plaisir d'entendre parler anglais sur le continent, même un anglais très approximatif comme le vôtre. Les jésuites, il faut bien leur reconnaître cette qualité, sont à peu près les seuls continentaux à essayer de parler anglais. L'ennui est qu'ils viennent s'y essayer chez nous.

— Votre Grâce peut compter sur moi pour ne parler anglais qu'à Paris, et dans un cercle des plus restreints !

— Je vous le conseille vivement.

« Bon. Parlons peu, parlons bien. Tel est mon style.

— C'est le meilleur et le plus clair, en Angleterre comme en France.

— On m'a dit que vous aviez quelque chose à vendre ?

— Tout est à vendre quand on y met le prix.

— Mais vous serez payé après déchiffrement.

— Avant.

— Après !

— Je ferai respectueusement observer à Votre Grâce que si je n'étais point payé sur-le-champ, je n'aurais aucun moyen d'obtenir plus tard satisfaction auprès d'un personnage de votre importance, qui me ferait mettre à la porte par son Suisse. Alors que si Votre Grâce doit se plaindre de moi, Elle trouvera toujours en cette auberge un jésuite tremblant et désarmé, que la vue d'une épée nue fait défaillir. Ce serait pure folie de ma part que de courir ce mortel danger. Et d'autant plus que Votre Grâce doit éprouver un saint plaisir à exterminer du jésuite !

— Votre proposition me paraît, tout compte fait, assez raisonnable.

— Soixante mille livres sterling ?

— Vous pensez bien que je ne puis engager de mon propre chef une telle dépense, et vous devez être aussi pressé que moi de conclure. »

Bien que ce renard eût décidé de me faire trucider plutôt que de me payer, il discutait de la somme pour mieux me donner le change.

« Jusqu'où Votre Grâce peut-Elle aller de son propre chef ?

— Pas plus de vingt mille.

— À mon retour de Juvisy, je déposerai dès demain soir, peu avant la nuit, la copie qui vous intéresse chez la comtesse d'Innorge, rue Montorgueil, qui me remettra la somme, après avoir pris, je présume, sa commission au passage.

— Vous trouverez ce qui vous revient chez elle par la même occasion.

— Alors, tout est en ordre.

— Pourquoi ce masque ?

— Afin de décourager les indiscrets.

— Pouvez-vous justifier de votre identité de Pedro Escamilla ? »

Je fis semblant de chercher et lui montrai la lettre qu'Escamilla avait envoyée de Berne à mon frère pour l'avertir qu'il était bien passé chez Rossignol.

« Rentrant de Suisse, où j'étais allé traiter une affaire, j'ai demandé au Père d'Espalungue de me rendre ce mot, s'il ne l'avait pas jeté. À la réflexion, mon excursion chez Rossignol me faisait peur, et j'étais soucieux de n'en point laisser traîner la moindre trace.

— Je vous félicite d'être circonspect. Cette qualité prolonge les jours. »

Et le Lord se retira à grands pas.

Il était peu probable que Milford revînt à l'improviste me surprendre à mon auberge si je ne lui donnais pas un grave motif de le faire. Mais je n'en devais pas moins éviter à tout prix le risque de tomber par hasard sur cet assassin au rez-de-chaussée ou dans les couloirs, où il n'était pas question que je me promenasse masqué en permanence. Gentes dames et gentilshommes se masquent aujourd'hui pour un oui ou pour un non, mais le masque est déplacé chez un jésuite. Je devais encore garder la chambre !

J'en étais là de mes réflexions, lorsqu'on m'apporta une dépêche de Chartres, que l'on me faisait suivre de mon hôtel. Le cachet, qui avait été brisé par Hermine, avait été égratigné par Félix de façon à former une croix presque imperceptible sur le bord. Je décachetai fébrilement.

« Félicien Chardonneret au Révérend Père Chantpoisson, aux bons soins de Madame la baronne d'Espalungue, en son hôtel du Marais à Paris.

« J'ai l'honneur, mon Révérend, de vous donner des nouvelles de votre respectable nièce, qui a, en effet, passé une nuit à Chartres, chez de bons amis du seigneur de Millegué, dont elle apprécie fort les assidues prévenances. La dame est repartie en hâte pour Blois, d'où elle doit prendre, à ce qu'on m'a dit, la grande route de Nantes, par Tours et Saumur, voyageant dans une belle voiture aux volets fermés, en raison de la délicatesse si merveilleuse de son teint, et sous imposante escorte, vu le peu de sécurité des chemins. J'ai le sentiment que cette pieuse personne est en marche pour un lointain pèlerinage et qu'elle s'est préparé une sûre retraite en fin de compte, d'où elle n'a pas l'intention de revenir de si tôt. Avez-vous songé que son père n'a pas affaire qu'à Rome ? Toutes les villes d'Europe sont en relation avec lui. De la sorte, on peut s'amuser longtemps. Avec mes respects. »

Il était difficile d'imaginer de meilleures et de pires nouvelles. Comme me le laissait entendre à mots couverts, mais avec une grande perspicacité, Monsieur Chardon, quand on a eu le bonheur de mettre la main sur la fille unique d'un Rossignol, on serait impardonnable de n'en point tirer tous les avantages possibles. Et après que le père se serait incliné devant une première exigence, loin de relâcher la demoiselle, on en formulerait une autre, et ainsi de suite... Rossignol pouvait être une mine d'informations sans prix. Même un premier échec pouvait ne pas décourager la sangsue.

En contrepartie, on pouvait s'attendre à ce que la captive

fût bien traitée, laissée en possession de ses oreilles, et qu'elle reçût même licence d'écrire de temps à autre des choses réconfortantes à sa famille, sans pour autant, bien sûr, fournir la moindre indication sur le lieu de sa résidence. Une affaire de longue haleine semblait par conséquent se dessiner, la candide Marie, réputée en province d'oc, devenant, par extraordinaire, permanente dispensatrice des secrets d'État les plus jalousement gardés.

Mais où donc l'entraînait-on de ce pas pressé ? Pourquoi ce parcours vers l'Ouest, c'est-à-dire vers l'océan ? Il était bien invraisemblable qu'on l'embarquât pour l'Angleterre. Une solution moins aléatoire avait dû être retenue. Mais laquelle ? En l'état du problème, aucune hypothèse convaincante ne me venait à l'esprit.

En tout état de cause, je pris la plume...

> *« Le Père Fischgesang à Leonora d'Innorge, rue Montorgueil.*
>
> *« Votre lettre, Madame, m'a ému au possible en me révélant ces tendres et fidèles sentiments que je n'aurais osé avouer moi-même en raison du respect que je vous porte et de la misérable condition où je végète depuis que de trop humaines erreurs me font mener l'existence d'un réprouvé qui n'a plus d'appui nulle part. Le docteur Crampon, chaussant ses meilleures lunettes, a examiné en expert l'organe provisoirement défaillant qui est aujourd'hui votre exclusive propriété, et il vous dira mieux que moi la franchise sans concession qui doit désormais gouverner nos rapports. J'ai hâte d'être guéri pour goûter les félicités que mon imagination débordante de sève me laisse entrevoir. Ah, Madame ! j'ai bien souffert, moi aussi. Mais sur nos souffrances communes, nous édifierons ce bonheur d'autant plus inaltérable qu'il se forge, jour après jour, dans le mépris d'une humanité qui ne mérite que de disparaître.*
>
> *« En fait, j'ai traité avec qui vous savez, pour la bonne raison que votre gracieux avertissement me permettra de passer aisément entre les gouttes. C'est donc demain soir seulement que je me présenterai à vous en revenant de Juvisy avec le papier pour lequel Monsieur M. s'est*

déclaré prêt à verser vingt mille livres sterling. Il est amusant de penser qu'il ne pourra éviter de les payer et que vous en aurez légitimement votre part !

« Avec ma plus reconnaissante tendresse. »

Ce mot expédié par porteur, je me souciai de reprendre une apparence de gentilhomme qui devait me mettre à l'abri des assassins. Le plus simple était d'aller récupérer, l'épée sous la robe, le vêtement que j'avais laissé chez Matthieu, où je pourrais de nouveau me changer en revenant de mon expédition à Juvisy. Je fis donc porter aussi un mot à mon frère pour le prévenir de mon passage dans l'après-midi du lendemain dimanche.

Et j'envoyai un dernier mot à Hermine, où je la priais de poster mes quatre gardes du corps, avec un cheval de renfort et une paire de bottes, à la porte Saint-Jacques, de manière que je les y retrouvasse après ma transformation à la Maison professe.

Matthieu était alité et fiévreux, probable séquelle de la Chine. Les Chinois cultivent en vase clos, dans leur crasse ancestrale, des maladies peu communes qui s'empressent de bondir sur les imprudents étrangers sans crier gare.

Alors que je me changeais après avoir livré les ultimes nouvelles, je ne pus m'empêcher de déclarer :

« Que de tracas et de mécomptes tu as connus pour convertir ces diables de Chinois qui ne te demandaient rien ! Tu n'imagines quand même pas qu'un Dieu de justice pourrait reprocher à des gens de ne pas l'avoir connu ? Le Credo lui-même ne nous dit-il point que Jésus crucifié, descendu aux " enfers ", a ouvert la porte du Paradis aux justes de l'Ancien Testament, dont quelques-uns étaient peut-être jaunes comme des coings ou noirs comme de la suie ? " Hors de l'Église, point de salut ", qui découle surtout de la finale apocryphe de Marc, n'est-il pas une scandaleuse énormité ?

— Elle est bonne pour le peuple stupide et favorise les conversions.

— N'as-tu pas honte de l'aveu ?

— Pas du tout. Si j'avais dit aux Chinois : " L'Évangile

concerne tous les hommes rachetés par le Sang du Christ depuis la sortie du Paradis terrestre, et il n'y a aucun intérêt à être élu dans une place plutôt que dans une autre, puisque tout le monde jouit également et pleinement là-haut selon ses capacités", les Chinois, qui savent compter avec leurs bouliers, m'eussent ri au nez. La vertu seconde du christianisme est de promouvoir la paix entre les hommes, qui se fait toujours attendre ; mais sa vertu première est de placer plus près de Dieu des corps glorieux qui auraient dû autrement se satisfaire de positions subalternes, et Dieu seul, qui nous aime comme un père, tire avantage de la promotion. Faire jouir un Dieu plus que prévu par reconnaissance, tel est le lot du chrétien éclairé, et il y en a peu. Mais toute âme sensible découvre cette grande vérité par instinct. »

Il ne fallait pas sous-estimer Matthieu. À force de s'entraîner à la dispute, les jésuites ont réponse à tout. Et en matière de prédestination, ils ont le bon sens pour eux, qui se fait trop souvent attendre en théologie !

Comme je collais mes postiches afin de rentrer en moi-même, mon frère sourit.

« Tu te grimes tel un vrai comédien ! Il ne te manquait plus que ce talent.

— C'est que j'ai pris des leçons auprès des dames Béjart, qui tiennent si bien compagnie à Poquelin-Molière, grand favori du roi.

— Tes relations sont de moins en moins avouables.

— Le roi, pourtant, les avoue.

— Ne fais pas l'imbécile ! Je parlais des deux Béjart, rousses comme le péché, qui vivent avec ce Molière dans une honteuse promiscuité…

— …qu'un roi de droit divin et de Sang douteux bénit sans scrupule.

— Nous n'avons pas à juger du roi.

— Alors ne juge pas d'un Molière ! »

Matthieu baissa le nez. J'avais eu pour une fois le dernier mot. Les leçons des jésuites s'arrêtent au plus bas degré des marches du trône, et cela portera malheur à leur religion un jour ou l'autre.

Le dimanche, le bonhomme Rossignol était certainement à son château de Juvisy, et il ne m'étonna donc point de l'y voir, en compagnie de mon fils, ce qui n'était pas étonnant non plus.

Dès que nous nous fûmes enfermés dans le bureau, je dis au père éploré et au fiancé transi quelles assurances on pouvait tirer des indications données par Monsieur Chardon. Avec un rien de chance, on saurait bientôt quel asile définitif avait été prévu pour Marie, que ses ravisseurs avaient tout intérêt à ménager, car on ne tue point une poule aux œufs d'or. Il importait donc de lanterner l'ennemi, jusqu'à ce que son repaire ait pu être situé.

« Elle conservera donc ses deux oreilles ? gémit Rossignol. Vous me l'assurez ?

— Vous avez ma parole ! Il s'agissait d'une mauvaise plaisanterie pour impressionner des crédules et presser le mouvement. En fait, nous avons une bonne marge.

« Mais vous pouvez faire quelque chose pour votre fille. On vous réclame un document qui a malheureusement disparu. Vous direz à vos tourmenteurs qu'en raison de sa nature gravissime, le cardinal Mazarin a réclamé la pièce originale, mais que vous tenez à leur disposition la copie chiffrée que vous avez fait réaliser chez vous pour ces fameuses archives que le monde entier vous envie. L'intime collaborateur que vous aviez chargé du travail est parti pour l'étranger et, dans l'ignorance du Chiffre qui a été employé, vous n'avez pas le courage, dans la mortelle inquiétude où vous êtes, de procéder à la mise en clair du texte, que vous ne voulez pas non plus confier à un autre, pour en mieux conserver le secret. C'est à prendre ou à laisser : que votre *alter ego*, John Wallis, se débrouille donc à Londres !

« Demain, on imprime un nouveau numéro de la *Feuille du Bureau d'Adresse*, et vous pourrez faire porter l'annonce de bonne heure rue de la Calandre au Marché-Neuf.

— Vous croyez que ma petite Marie pourrait trouver avantage au Chiffrement que vous me demandez ?

— Oui. Si vous vous surpassez. En choisissant les procédés de Chiffrement les plus subtils, en travaillant à loisir, en accumulant les divers surchiffrements à votre disposition, combien de temps pensez-vous que ce chef-d'œuvre pourrait résister à un Wallis ?

— Au moins trois semaines. Sans doute un mois. Peut-être davantage...

— Nous sommes le 11 août. Avant quinze jours, vous embrasserez votre fille. »

Connaissant le texte par cœur, je le dictai donc à Rossignol, mais en prenant soin de reporter sur la fin le nom qui faisait tout le sel de l'affaire, autrement dit :

> « *...d'ouvrir ma couche à cet hypocrite d'Olivier Cromwell, qui n'a pas encore fait parler de lui, mais qui bande, dit-on, comme un cerf parmi les mignonnes puritaines de son harem.* »

Tristan me fit observer, horrifié :

« Mais vous allez les rendre tout à fait furieux !

— Mon cher enfant, en dehors du nom que vous savez, et le Mazarin ayant fait son temps, aucun nom n'est vraisemblable. Et comme il est impossible de laisser le nom en blanc sans nous moquer du monde d'une autre façon, autant celui-là, qui a le mérite de mettre un peu de gaieté dans l'histoire. Au pis, nous pourrons toujours leur proposer en compensation un tombereau de secrets d'État, Chiffre en main. »

Touche moins gaie au tableau : Félicité, me dit Tristan, n'allait pas bien du tout.

Laissant Rossignol à son labeur, je rentrai sur Paris botte à botte avec mon fils, mes quatre gardes suivant.

Comme nous passions à la hauteur du bois d'Orly, je remarquai à sa lisière un homme qui faisait le guet, et je poussai jusqu'à lui, mon fils dans ma foulée. L'individu, qui avait laissé ses armes et ses complices dans le bois, retira son chapeau avec un bon sourire.

« Vous cherchez votre route, Monseigneur ?

— Je voulais seulement vous avertir que le jésuite est derrière, dans une carriole grinçante que vous entendrez de loin.

— Eh ! que ne l'avez-vous expédié vous-même, armé jusques aux dents comme vous êtes ? ! »

Je sortis un lourd pistolet de cavalerie à rouet, de ceux qui ratent le moins, et le tueur de jésuite reçut le coup à bout portant dans la poitrine, qui l'envoya sur le dos trépigner dans une fourmilière.

Un instant plus tard, Tristan me dit :

« Cet homme était désarmé.

— Heureusement ! Tuer un homme désarmé, c'est l'idéal du bon soldat qui veut se garder pour sa patrie. »

Devant sa mine déconfite, je lui expliquai en riant, et il ne me donna pas tort, ajoutant même :

« À ce compte, nous aurions pu tuer aussi les trois autres.

— Non. Dans ce cas, le mieux eût été l'ennemi du bien. Je ne dois pas prématurément mettre en péril la sûreté de Lady Merrick, qui a eu la bonté de m'épargner ce guet-apens. Mais tuer un homme ne tire pas à conséquence. L'incident est fréquent au bord des grands chemins. Rassurez-vous : Lady Merrick n'est pas désarmée. Elle a une épée dans sa nouvelle canne, et quand je la tuerai à mon heure, ce sera un duel qui aura toute votre approbation.

— Quel homme terrible vous faites, Monsieur, quand vous vous y mettez !

— Je défends les miens de mon mieux.

— C'était le deuxième mort que je voyais, en comptant Negroni, et un mort bien inattendu, ce qui m'a donné un peu d'émotion.

— Si vous faites le métier des armes, ce que je ne vous souhaite guère, vous vous y ferez. Et vous vous consolerez en pensant qu'une bonne partie de ces gens-là, vous ne les reverrez pas là-haut, où que vous soyez.

— Voilà qui est d'un vrai misanthrope, dit Tristan, riant à son tour, satisfait au Ciel comme en enfer ne pas y voir trop de monde ! On ne saurait tuer son prochain avec plus d'esprit. »

Je n'étais pas mécontent de ce sang-froid. Même une religion sincère n'empêche pas la noblesse du sang de parler haut.

Je profitai de ma tenue pour aller saluer ma femme et embrasser mes filles. Les deux aînées, dont la légèreté m'inquiétait, ne passaient pas au chevet de Félicité tout le temps qu'elles auraient dû. Ou bien les souffrances de leur sœur ne les touchaient pas suffisamment, ou bien elles les touchaient trop.

Ce soir-là, notre pauvre enfant souffrait le martyre, et je pris sa main dans la mienne, sous le regard apitoyé d'Hermine.

« Votre main est noire de poudre, me dit Félicité, aussi noire que vos moustaches. Je parierais que vous avez encore tué un homme.

— C'était un méchant, qu'un méchant Anglais avait payé pour me tuer.

— Il est mort sans confession ?

— Je dois reconnaître qu'elle a été... très brève.

— C'est à croire que vous ne fréquentez que des méchants.

— Il y en a certes beaucoup, et c'est pourquoi j'ai tant de plaisir à vous voir en dépit de vos tourments.

— Je n'en ai plus pour longtemps et c'est à vous qu'il faut songer plutôt qu'à moi. Du train où vous allez, vous courez tout droit au purgatoire, et du Ciel, si j'y arrive, je n'aimerais pas vous y voir plus de quelques semaines. Je ne pourrais le supporter. »

De sa main libre, elle me taquina la moustache, comme elle aimait à le faire pour me gronder ou m'encourager... et ma moustache lui resta dans la main.

Nous en fûmes tous trois ahuris. Hermine ne put s'empêcher d'éclater de rire, je la suivis par contagion, et Félicité également, dont le rire se termina dans une quinte de toux.

« Qu'avez-vous donc fait de vos vraies moustaches ?

— Je n'ose pas vous le dire...

— Je vous en prie !

— Eh bien... j'ai toujours eu de la dévotion pour saint Martin, qui fut soldat comme je le fus moi-même, et qui donna la moitié de son manteau à un pauvre. (La moitié inférieure, sans doute, il ne faut pas trop demander.) J'ai voulu mieux faire, et j'ai donné toute ma moustache à un lépreux, qui se désespérait de l'avoir perdue, parce que sa fille ne pouvait plus la tirer en souriant. Je la lui ai collée moi-même avant que de m'en coller une autre, empruntée à un autre lépreux qui n'avait pas de fille, mais je ne suis adroit qu'à l'épée et...

— Oh, papa ! Un homme qui invente de si jolis mensonges ne saurait être vraiment mauvais. »

C'est plus que je n'en méritais. J'allai me laver la main.

La fièvre de Matthieu avait monté, et il comprenait mal ce que je lui racontais tandis que je reprenais mon habit de jésuite. « Va-t'en vite, me disait-il dans ses éclairs de lucidité. Si j'étais contagieux... » Je l'embrassai pour lui démontrer qu'il ne l'était pas. La médecine d'aujourd'hui ne peut aller plus loin.

À la nuit, sans mon épée que j'avais laissée chez mon frère, mais avec mes deux pistolets d'enfant que j'y avais repris, je rendis compte à Lady Merrick, après lui avoir fidèlement rendu sa lettre, de la déception que j'aurais éprouvée du fait de Rossignol :

« Cela m'apprendra à faire confiance ! On a dû raconter je ne sais quoi sur mon compte à ce faux jeton. Peut-être est-ce le Père d'Espalungue qui m'a desservi ? Malgré mes plaintes et mes protestations, il a refusé de me rendre mon dépôt. D'ailleurs, il était dans un état de nerfs étrange.

« "Je n'ai pas de temps à perdre avec vous, a-t-il osé me dire. J'attends des nouvelles de ma fille."

— Ah ? Il vous a dit ça ?

— De toute évidence, un prétexte transparent pour m'éloigner.

— L'essentiel est que vous ayez pu éviter les spadassins qui vous attendaient. J'ai tremblé pour vous.

— Sachant, grâce à votre lettre, le chemin qu'il ne fallait pas prendre, c'était facile.

— Ils étaient montés sur de bons chevaux et auraient pu vous rattraper ici ou là.

— Enfin, à quelque chose, malheur est bon. Désormais, je suis tranquille et Lord Milford ne m'ennuiera plus.

— Au contraire ! Croyez-moi, je vous en supplie : vous êtes en plus grand danger que jamais.

— Et pourquoi ?

— Par Asmodée et ses légions ! On voit bien que vous êtes encore apprenti. Cette lettre que Rossignol n'a pas voulu vous rendre, vous avez eu le malheur de la lire et, faute de mieux, on vous mettra la main dessus pour vous faire parler ! De nouvelles tortures après celles de l'Inquisition... »

Simulant une profonde terreur, je mc serrai contre la poitrine généreuse et parfumée de Lady Merrick, qui me caressa les cheveux en s'efforçant de me rassurer.

« Allons, allons, darling, tout n'est pas perdu. Nous trouverons quelque chose... »

Dans son émotion, l'écossais de la sorcière Macduff lui revenait.

« Pouvez-vous mettre des gardes du corps à ma disposition ?

— S'ils vous gardaient bien, ce serait avouer à Milford que je l'ai trahi en vous prévenant du guet-apens, aveu qui serait aussi mauvais pour mes affaires que pour notre sûreté commune.

— Alors, que faire, afin de m'épargner ce danger ?

— Qu'y avait-il de si énorme dans cette lettre pour qu'elle excite le monde à ce point ?

— Dans l'intérêt de votre sûreté, justement, qui m'est plus chère, ma tendre Leonora, que ma propre vie, je ne vous le dirai point. Mais pour notre tranquillité à tous deux, je vais faire un suprême sacrifice : priez donc Lord Milford de me rendre visite demain lundi à onze heures du soir, mais sans armes : les armes me rendent muet. Et je lui dirai gratis ce qui le passionne, sans qu'il ait à me maltraiter pour si peu.

— Vous iriez jusque-là ?

— De grand cœur !

« Mais Milford, tel que je le devine, peut fort bien s'imaginer que je lui ai menti, et me faire enlever par la suite dans l'intention de me faire cracher la vérité sous les coups.

— Il est vrai que ce n'est pas exclu.

— Les gens comme Milford ont plus de confiance dans la torture que dans la douceur. Une logique qui n'a que trop de partisans, vu les résultats qu'elle obtient communément. Le bruit court, Leonora, que vous auriez été torturée. N'avez-vous pas vidé votre sac ?

— J'aurais voulu vous y voir !

— Mais je m'y suis déjà vu, Madame ! Les tortures espagnoles valent bien les françaises. Si elles sont conduites avec persévérance, personne n'y résiste.

— Par le Diable ! Serions-nous à bout de ressources ? »

Lady Merrick avait repoussé ma tête pour se tordre les mains.

« Je vais tout simplement quitter mon auberge à la cloche de bois, dis-je, jeter ce froc aux orties, qui commence à me brûler le dos, et endosser une noble tenue laïque ! Je renonce décidément à confesser.

— Voilà une excellente idée.

— N'aimeriez-vous point me voir en chevalier tout neuf, avec une plume au chapeau, de jolies dentelles et une épée de parade au côté, même si je ne sais pas m'en servir ?

— Vous seriez superbe et je ne vous en aimerais que davantage. Ah, maudit Saint-Nicolas-du-Chardonnet, qui retarde notre rapprochement ! »

Du ton le plus indifférent, je demandai :

« Lord Milford vit dangereusement. S'il lui arrivait malheur, qui le remplacerait pour suivre cette affaire ?

— Un certain Wilkes. Une brute plébéienne, portée sur le genièvre. Il est en Bretagne.

— En Bretagne ? !

— À ce que Milford m'a laissé entendre... »

J'aurais excité la méfiance de Lady Merrick en montrant plus de curiosité.

Après que nous eûmes fait maints projets d'avenir comme en font tous les amoureux, je rentrai paisiblement à pied à l'*Auberge des Bons Apôtres*, escorté de pâles vauriens.

Quitte à allonger mon purgatoire de quelques minutes... ou même de quelques heures, il fallait adopter des mesures énergiques.

XXV

Dans l'après-midi du lundi, j'allai reprendre mon épée chez mon frère et m'enquérir de sa santé. Le gros de la crise était passé, mais il demeurait faible et hagard, d'autant plus faible qu'on l'avait saigné deux fois, et d'autant plus hagard que les saignées l'avaient rendu plus faible.

Je prenais congé, quand il murmura, dolent :

« On m'a fait tenir ce matin de ton hôtel quelque chose pour toi, adressé par Marie Rossignol à son papa... »

> *« Ma santé, mon cher père, est toujours bonne et on ne m'a pas encore coupé les oreilles. Mais je trouve le temps long et espère être bientôt libre. On ne doit pourtant pas s'inquiéter outre mesure à mon sujet, car j'ai de la lecture, une bonne façon de s'évader. Je suis en plein roman de chevalerie. Les princesses retenues dans de hautes tours y sont toujours délivrées d'un dragon par de beaux gentilshommes qui ne demandent qu'un petit baiser pour leur peine, et c'est ce que j'attends. J'embrasse tout le monde affectueusement, avec une pensée particulière pour Tristan. »*

De nouveau, Rossignol, avec l'émotion que l'on devine, avait surchargé quelques lettres piquées par une épingle diligente...

b e
Ma santé, mon cher père, est toujours bonne et
lle i
on ne m'a pas encore coupé les oreilles. Mais
le
je trouve le temps long

Belle-Île ! Marie faisait route sur Belle-Île, dont on avait dû lui vanter imprudemment les charmes pour la faire tenir tranquille quand la lecture ne suffisait pas ! Ces gens-là étaient bien sûrs d'eux-mêmes !

Me revint en mémoire que Fouquet, promu marquis de Belle-Île à la suite de son achat, et qui s'empressait d'en renforcer les fortifications et l'artillerie, voire d'y créer une flotte, avait sollicité l'appui de l'Angleterre au cas où il aurait des ennuis. Et Cromwell, sans compromettre pour autant son alliance avec Mazarin, avait intérêt à ménager un ministre dont il était difficile de prévoir jusqu'où il irait.

Les Anglais avaient d'ailleurs l'idée fixe d'annexer Belle-Île, la *Bella Insula* de l'époque gothique, qu'ils avaient déjà occupée en 1572, profitant des guerres de religion que la suppression de l'Inquisition avait encouragées en France. Belle-Île est en effet la seule île, entre la Manche et la Méditerranée, à posséder d'abondantes réserves d'eau douce, précieuses pour le ravitaillement des navires, la seule fortement peuplée, la seule où l'agriculture l'emporte sur la pêche, et sa position, à proximité de Quiberon, lui donne une éminente valeur stratégique.

Moyennant quoi, il était impensable que Fouquet, un homme que je connaissais bien, à moins d'avoir été indignement trompé, se fût fait complice de l'enlèvement et de la séquestration de la fille d'un Rossignol, forfaits auxquels il n'aurait eu, de toute manière, aucun intérêt. Si le séduisant surintendant était d'une légèreté coupable – le plan que m'avait montré Gourville en était bien la meilleure preuve ! –, il n'était pas encore inconséquent.

Mais Fouquet avait nombre de subalternes vénaux, et

l'Angleterre entretenait d'actifs agents dans l'île. Une fois Marie débarquée et mise sous clef, il serait difficile d'enquêter et d'intervenir sans se trouver bientôt à découvert, et si les ravisseurs prenaient la mouche, la mer leur était ouverte, qui présentait en revanche un grand obstacle à l'évasion d'une enfant sans expérience.

De plus, Lord Milford savait bien – en admettant que je fusse renseigné, ce qu'il devait estimer des plus improbables ! – que je ne pouvais demander le concours de Fouquet en la circonstance : d'abord parce que l'intérêt de la famille Rossignol était évidemment à cacher le plus longtemps possible au pouvoir la disparition de la jeune fille ; ensuite, parce que le surintendant, informé par mon canal, ne se presserait pas d'intervenir dans une affaire où toute hâte aurait désobligé un Cromwell chez qui il était solliciteur pour une île qui était devenue la prunelle de ses yeux.

Le choix d'une telle retraite était donc judicieux, et la délivrance de la prisonnière se fût présentée sous un jour beaucoup plus favorable si j'avais pu apprendre, sans aller fouiner à Belle-Île, à quel endroit précis elle devait être détenue.

Songeur, la nuit venue, je préparai du thé pour Lord Milford, attention à laquelle j'espérais qu'il serait sensible. Cette infecte tisane exotique, répandue par les Hollandais, avait un succès surprenant en Angleterre. Il est vrai qu'elle était bonne pour la santé, puisque l'eau bouillie est plus saine que l'eau ordinaire, où chacun peut cracher à son gré. À Paris, on se met plutôt le thé dans l'œil pour lutter contre l'irritation. Certains médecins le recommandent en lavements. Le thé n'ira pas plus loin chez nous.

Sur un bout de table, le plus proche de mon hôte, à portée de sa chaise, je disposai le nécessaire, que j'avais fait monter des cuisines, où l'on avait eu du mal à se le procurer, et allumai le réchaud de cuivre pour faire de l'eau à l'anglaise. Dans l'armoire, attendait mon épée nue. J'avais sous ma robe mes deux petits pistolets à chenapan, dont il était possible qu'ils voulussent bien fonctionner. Et de l'autre côté de la table, je posai ma propre chaise.

À onze heures précises, j'ouvris, toujours masqué, à Lord Milford, qui était apparemment sans armes, comme souhaité, et d'humeur gracieuse. Je m'empressai de lui servir le thé, où il ne fit que tremper ses lèvres, et il refusa un gâteau. Un Anglais sait tout de suite si son thé est empoisonné, mais on peut mettre n'importe quoi dans un gâteau sans le troubler.

« Vous ne savez pas faire le thé, mais l'intention était louable. Au moins, l'eau de la bouillotte est chaude. Un bon début.

— C'est une boisson réconfortante, poursuivis-je en bon anglais, et j'ai bien besoin de réconfort. J'ai appris, figurez-vous, qu'à la lisière du bois d'Orly, un paisible promeneur qui étudiait une fourmilière avait été tué raide hier d'un coup de pistolet par un cavalier de rencontre, vers l'heure où je devais passer par là. Tuer un homme pour s'amuser ! Cela fait frémir.

— Les routes sont plus sûres en Angleterre.

— À ce qu'on raconte... Et la noblesse – ou ce qui en reste après les massacres de la guerre civile ! – y est assurément moins insolente qu'ici.

« Asseyons-nous, My Lord ! »

Ce que nous fîmes, avec un brin de cérémonie, de part et d'autre de la longue table, chacun attendant que l'autre fût assis pour s'asseoir. Il était Lord, mais j'étais, en principe, jésuite et prêtre, et l'on pouvait discuter de la préséance, d'autant plus que le Lord était hérétique, et le jésuite, inversement. Matthieu m'avait raconté que les Chinois, à force de politesses, mettent des heures à poser leur derrière quelque part.

« Well ! Selon la comtesse d'Innorge, puisqu'un Rossignol méfiant a bien malheureusement confisqué votre dépôt, vous auriez un mot intéressant à me dire gratis ?

— Un nom, plutôt.

— Tâchez de me sortir le bon. Je suis tout ouïe. »

Je quittai ma chaise afin de glisser le nom attendu dans la grande oreille de Milford, et revins tranquillement me rasseoir.

« Sur la demande du Lord Protecteur, dit-il, j'ai rédigé

un mémoire concernant la conception si discutable de votre roi en 1637, et j'ai le plaisir de vous dire que votre confidence ne fait qu'exprimer une haute probabilité. Si l'on procède par élimination...

— Le cardinal Mazarin serait également de cet avis, selon un écho parvenu aux jésuites.

— Il ne m'étonne pas du tout. C'est affaire de logique.

— Une faculté heureusement peu répandue !

— Vous distinguez la supériorité du régime républicain anglais, où la fonction suprême est donnée au mérite, sur le système français, où le roi, ce coup-ci, a neuf chances sur dix d'être le fils d'un hurluberlu.

— Votre Cromwell, dont la santé décline, est furieusement impopulaire, et son fils Richard est bien pâle. Je crois que les Anglais n'en ont pas fini avec la royauté et, si je puis me permettre de vous donner un conseil d'ami, vous auriez tout intérêt à ménager l'avenir de ce côté. Pour survivre, il importe de voir loin, et pour voir loin, il faut regarder par-dessus la tête des plus grands.

— Cela est de bonne doctrine. Je suis d'abord au service de l'Angleterre éternelle.

— "Éternelle", c'est vite dit. Si les glaces polaires fondaient et que le niveau marin montât en conséquence – de l'avis, du moins, de quelques physiciens –, il ne resterait plus de votre île que le pays de Galles et l'Écosse, ce qui serait amusant, et le vieux Londres n'aurait plus à redouter l'incendie.

— Les hivers n'ont jamais été plus froids. L'Europe se refroidit de toute évidence. On patine sur la Tamise et le vin clairet gèle dans les bouteilles. L'Angleterre, grâce à Dieu, ne peut que s'étendre. Bientôt, nous mettrons nos vaisseaux sur roulettes. »

Lord Milford se leva.

« Merci de votre accueil et de votre franchise. Me ferez-vous, cette fois-ci, la grâce de retirer ce masque ? J'en suis naturellement préoccupé, car je n'y vois guère d'explication, et tout ce qui ne s'explique point ne laisse pas de me déranger dans mon sommeil.

— Je vais d'abord vous chercher le texte de l'original

que j'ai remis à Rossignol. Je l'avais gardé précisément en mémoire, et je l'ai noté tout à l'heure à votre intention, tandis que l'eau chauffait.

— Vous êtes trop aimable. Nous espérons nous procurer la pièce d'autre part, mais la comparaison sera instructive. »

J'allai à pas menus ouvrir l'armoire, m'emparai de l'épée, repris place sur ma chaise, posai l'épée sur la table, sortis de ma robe mes pistolets, dont j'armai les chiens, les plaçai de part et d'autre de l'épée, ouvris le tiroir du meuble, en sortis les postiches et le pot de colle, et commençai de me les appliquer d'un doigt devenu expert, sous le regard médusé de Milford.

Enfin, je retirai d'un geste théâtral le masque qui dissimulait le haut de mon visage et mon nez.

« Baron d'Espalungue ! », pour vous servir.

Milford bondit… et retomba lourdement sur sa chaise, car j'avais mis la main droite à la poignée de l'épée, et l'autre, sur un pistolet.

« Foin de ces sons étranges ! Parlons français, la plus belle langue de la terre après le béarnais de Louvie-Juzon.

« Votre Grâce m'a livré à des brigands en Italie, a exprimé l'intention de me faire vilainement achever et jeter dans un trou alors que j'avais été blessé en duel, m'a envoyé le chevalier de Saint-Leu, un homme loyal, qui en est resté aveugle, puis Cadouin-Bricourt et son compère, qui l'étaient moins, pour enfin me tendre le piège d'Orly afin de me voler. Vous avez en outre fait enlever une vierge et plongé sa famille dans des affres sans nom. Pour comble, vous êtes responsable de la mort d'un jeune palefrenier. Je parle de comble, parce que la vie des humbles a plus de prix aux yeux de notre Père céleste que celle des puissants et des riches. Et pour comble des combles, vous vous êtes acoquiné avec une sorcière avorteuse et infanticide, afin de mener à bien la première étape d'un plan scélérat. Tout cela, au nom d'une prétendue raison d'État. Si j'opposais, à présent, ma propre raison et celle de mon fils, le fiancé de Marie Rossignol, à celle de Votre Grâce…

— J'ignorais tout de ces fiançailles, je vous le jure !

— Mais c'est bien ce qu'on vous reproche ! Vous êtes un vrai gâche-métier. Tout vous échappe dans ce que vous improvisez pour votre malheur et celui des autres.

« Alors, qu'avez-vous, Monsieur, de pertinent à répondre ? »

Au sortir d'un long silence, Milford déclara assez calmement :

« Je répondrai que la raison d'État du plus fort est toujours la meilleure, en attendant que la Providence impose la sienne ; je répondrai que la raison d'État met dans une sorte d'ivresse, et que cette ivresse, vous avez dû la connaître aussi bien que moi ; je répondrai que… Mais à quoi bon ? ! Dieu me garde des jésuites ! Ils sont tous plus faux les uns que les autres.

— Le Ciel a entendu votre prière. J'ai quatre hommes dans la chambre d'à côté, qui peuvent vous prendre en pension jusqu'à ce que j'aie atteint Belle-Île à marches forcées, afin de sortir Mademoiselle Rossignol des griffes de votre adjoint, l'ivrogne Wilkes. Dès que Marie sera libre, je donnerai ordre de vous relâcher. Vous me dites, très exactement, où elle doit être retenue prisonnière, et je vous laisse la vie, ne fût-ce que pour éviter un incident diplomatique. »

La stupéfaction de Lord Milford allait croissante.

« Comment Diable avez-vous pu savoir…

— Là n'est pas la question.

— Rien ne me garantit que vous tiendrez parole.

— Qui ne joue point ne peut gagner. »

Je posai ma montre devant moi.

« Vous avez cinq minutes pour savoir si vous allez faire une veuve et des orphelins.

« Consolez-vous en songeant que l'annonce espérée a paru ce jour dans la *Feuille du Bureau d'Adresse*, et que John Wallis aura bientôt sur son bureau de quoi se satisfaire. Ce ne sera pas la première fois qu'on se moque de lui. »

La grimace de déconvenue du Lord était du dernier plaisant.

« Êtes-vous marié, My Lord ? ?

— Dans le Kent, et j'ai six enfants vivants. L'aîné a onze ans.

— Et ce chérubin parle déjà anglais couramment ?

— Mieux que vous !

— Je les vois d'ici, ces beaux enfants, dans leur frais jardin fleuri, attendant le retour de leur glorieux papa, tandis que leur jolie maman fait du thé avec grâce pour leur décaper les boyaux...

— Elle n'aime pas le thé et elle n'est pas jolie. »

Les minutes s'écoulaient, et le visage de Milford ruisselait de sueur. Il est bien des formes de courage. Le civil, qui est le plus rare. Le militaire, qui est le plus facile, à condition d'avoir du cœur. Mais qui affronte noblement une bataille ou un duel, peut se sentir défaillir à la perspective de se faire tuer froidement dans une chambre, devant une tasse de thé froid. Mon Milford me semblait de cette espèce.

À la dernière minute, honteusement, il me dit d'une voix blanche :

« À l'est de l'île, est un bourg appelé Locmaria. On ne doit y entrer que les pouces en dedans pour conjurer le mauvais sort, car c'est un repaire de sorcières. Faites bien attention à cela ! Les sorcières sont partout, mais spécialement à Locmaria, avec des balais d'ajoncs ou de bruyère ! Et leur sabbat est réputé.

« À droite de l'église, une route descend vers Port-Maria, qui n'est pas à un quart de lieue de Locmaria, et dont la plage, comme la plupart des plages de Belle-Île, n'est découverte qu'à marée basse. Dominant Port-Maria, se trouve le manoir isolé de Kerdonis (de la pointe du même nom), lequel appartient justement à Gédéon Wilkes, dont les ancêtres se sont installés à Belle-Île à la suite de notre débarquement de 1572. On saisit la maison des Wilkes quand vient la guerre ; et on la leur rend quand on fait la paix. Mais Wilkes s'en moque, car il brasse beaucoup de bière à Birmingham et réside le plus souvent à Londres.

« Ce manoir de Kerdonis, où j'ai eu l'occasion de séjourner, est un des motifs, entre autres, qui m'avait incité à retenir Belle-Île. La demoiselle, que nous avons choyée comme une reine, et qui s'est montrée, dans l'ensemble, très complaisante, doit être débarquée de nuit sur la plage de Port An-Dro, la seule plage de cette côte qui soit aisément accessible à toute heure quand le temps est au beau. Si la jeune fille avait abordé au port du Palais, des complications imprévues auraient pu surgir. À Kerdonis, la petite Marie sera en compagnie de Wilkes, de son honorable épouse, de trois gentilshommes anglais, et de quelques domestiques sûrs, de sexe mâle et de même nationalité, dont j'ignore le nombre, qui ne devrait pas excéder deux ou trois. À Belle-Île, nous avons opté pour la discrétion, car Fouquet, cela va de soi, n'est au courant de rien. Nous comptions seulement sur lui pour étouffer plus ou moins l'affaire s'il y avait eu un accroc.

« Kerdonis est entouré d'un jardin clos sur trois côtés par un mur de granite assez haut, mais en mauvais état, que l'on peut franchir sans trop de peine. Mais pour un effet de surprise, car le portail qui donne accès au jardin est constamment fermé ou surveillé, le mieux est de forcer la haie touffue qui défend la propriété sur l'arrière. Il suffit alors de traverser le potager pour arriver à demeure.

« Les portes du manoir sont solides, les fenêtres, munies de barreaux, et il y a deux chiens, qui sont heureusement des chiens de chasse, des fox-hounds peu agressifs, mais volontiers bruyants, qu'on lâche pendant la nuit. Ces chiens sont des mâles, du fait que Wilkes a la phobie des chiennes, dont les chaleurs offusquent son ombrageuse piété, et il n'est pas loin non plus de tenir les femmes pour chiennes, puisqu'elles sont, selon sa courte expérience, en chaleur tout le temps. Lesdites portes sont fermées à la tombée du jour, et ouvertes à l'aube. C'est peu avant leur fermeture, et peu après leur ouverture, que le moment serait le plus favorable – surtout à cause des chiens – pour une action rapide. Seuls Wilkes et les gentilshommes sont armés. Mais Wilkes ne compte guère, car il a pris du poids à force de boire.

« Qu'irais-je vous dire de plus ? Vous me croyez, n'est-ce pas ? Ce sont des détails que l'on n'invente point ? »

Le débit s'était accéléré au fur et à mesure de la confession et l'anxiété du sujet s'était faite fébrile. Milford aurait vendu femme et enfants, avec son Protecteur en prime, pour vivre encore un quart d'heure. La machine humaine est une chose pitoyable.

« J'imagine, Votre Grâce, que Londres avait l'intention d'exploiter longtemps la mine d'or que votre flair avait découverte à Juvisy ?

— N'en auriez-vous pas fait autant ? C'est pourquoi nous avons veillé de notre mieux à la santé de cette aimable enfant.

— Elle a toujours ses deux oreilles ?

— Une phrase malheureuse de Wilkes, qui avait bu, et n'a même pas été fichu de la gommer. J'en suis le premier désolé.

— Wilkes aurait-il pour instruction de tuer la captive plutôt que de la livrer ?

— Il n'a reçu aucune instruction formelle à ce sujet. Mais c'est un puritain violent et fanatique, comme il n'y en a que trop parmi les *têtes rondes*. Je vous conseille d'intervenir à l'aube. Ce Wilkes a le sommeil lourd et il n'est vraiment pris de boisson qu'à partir de midi. Sa chambre est au rez-de-chaussée, près de la porte principale, alors qu'on a préparé pour l'invitée une belle chambre du deuxième étage en façade. »

Dans la bouche de Milford, le rapt se colorait de couleurs idylliques. Seul Wilkes, et pour cause, avait quelque mal à passer.

Le mépris, une juste fureur, m'étouffaient !

« Quel est votre prénom ?

— David.

— David, j'aime, autant que possible, à mieux connaître les hommes que je suis obligé de tuer, non sans regret, et la connaissance du prénom établit un lien qui nous doit survivre. Ma mère réformée me disait, entre un psaume de Marot et un fromage de chez Bachelet – ah, ces fromages ! –, que Dieu ne nous distingue là-haut que par nos prénoms de baptême, que les réprouvés échangent comme les élus, dans les flammes ou dans les délices, lorsqu'ils se présentent en toute simplicité, sans considération de titre ni de gloriole… »

Ces phrases consolantes étaient superflues. Le métier aurait dû m'apprendre qu'il y a temps pour tout. Bavarder des fromages pyrénéens d'un Bachelet avant de frapper expose à des ennuis inattendus.

Comme la vérole se jette sur le bas clergé presbytérien, le prénommé David me jeta soudain à la figure l'eau de la bouillotte et, du fait que j'étais sur le chemin de la porte, il se précipita en désespéré vers la fenêtre, avec une agilité surprenante pour son âge, afin de sauter dans la rue. Mieux vaut encore se casser une jambe que de perdre la vie.

Par bonheur, l'eau s'était un peu refroidie durant l'entretien et, en dépit de ma surprise et de ma douleur, je parvins de justesse à enfoncer jusqu'à la garde mon épée dans le dos du fugitif alors qu'il venait d'ouvrir la fenêtre. Lord Milford s'affaissa sur l'encadrement avec un grand cri de bête blessée, et je frappai de nouveau sans retenue cette organisation malfaisante et traîtresse pour en finir. « Un coup pour Marie, un coup pour Tristan, un coup pour Rossignol, un coup pour Madame, un coup pour Armand... », me disais-je *in petto*, reprenant, dans un délire de juste vengeance, l'affectueuse litanie de ma mère lorsqu'elle me faisait manger ma soupe à La Rochelle.

De la rue, au clair de lune, devant la porte de l'*Auberge des Bons Apôtres*, deux jésuites effarés qui se donnaient le bonsoir, dont le Père Zitek, regardaient l'un de leurs confrères au bizarre système pileux dégouttant d'eau bouillie assassiner sauvagement un gentilhomme étranger en visite à grands coups d'une rapière dont il semblait bien connaître l'usage.

Avec une promptitude instinctive, je ramassai mes pistolets, les fourrai sous ma robe, et dévalai de mon premier étage, mon épée à la main, pour déboucher dans la rue et courir à perdre haleine, tandis que les deux jésuites criaient au meurtre.

Par chance, la Maison professe n'était pas loin, où j'avais prévu, de toute façon, d'aller revêtir au plus tôt l'habit qui devait consacrer la disparition définitive du scandaleux Fischgesang.

Je trouvai Matthieu éveillé et lucide, mais dans un état de faiblesse que je pouvais faire tourner à mon avantage. Il existe en effet une vieille tradition d'intransigeance chez les êtres moraux, le bon prêtre n'y sacrifie que trop volontiers, et le jésuite lui-même, en certaines situations, peut se révéler un Brutus. Si mon frère apprenait que j'avais ensanglanté sa robe, au grand détriment de la réputation de l'Ordre, et de manière à première vue irréparable, puisque le faux Fischgesang ne viendrait pas au rendez-vous pour s'expliquer, et que le vrai était en Suisse, il risquait, dans un premier mouvement, de prendre la chose au plus mal et de manger le morceau, passant avec une délectation morose sur nos liens de famille et nos souvenirs communs. Il fallait de toute urgence le rappeler à la discrétion.

Matthieu s'était pourtant juré de ne plus jamais me confesser, mais l'énergie l'avait quitté de demeurer fidèle à sa promesse. De guerre lasse, il se redressa sur son oreiller, je m'agenouillai devant lui, et commençai mes aveux par de menues imprudences, où la soutane n'avait pas été trop compromise. Il importait d'y aller progressivement. Le Père hochait la tête en soupirant. Mais pour être tout à fait à l'abri, je ne devais rien oublier et, peu à peu, la mine de mon frère se faisait de plus en plus sombre. Mes accointances abominables avec les sorcières ou les duchesses lui tirèrent des gémissements, et lorsque j'en arrivai à l'exécution de Lord Milford devant un parterre de jésuites, il s'écria :

« Ce coup-ci, c'en est trop ! Tu n'auras pas l'absolution. D'ailleurs, tu ne regrettes rien.

— Qu'en sais-tu ? Dans cette comédie que des circonstances draconiennes m'ont imposée pour la bonne cause, n'aurais-je pas mis – et n'est-ce point là le drame du comédien ? – un peu trop de moi-même, une complaisance suspecte, des rajouts inutiles, des désirs pervers, où mes mauvais penchants se seraient exprimés en dépit de mes bonnes résolutions ?

— C'est plus que probable ! Tel que je te connais, tu as dû t'en donner à cœur joie.

— Un cœur à présent attristé... peut-être contrit ?

— Tu es un diabolique farceur, qui aime à se rouler dans la boue.

— Tu n'as pas le droit de mettre en doute ma sincérité, et tu ne peux me priver d'absolution que dans deux cas : ou bien je me refuserais à réparer, mais la réparation est ici impossible, non seulement en vertu des faits accomplis, mais aussi pour d'évidents motifs politiques et mondains ; ou bien le danger de récidive serait trop grand et, dans l'affaire, par définition, ce danger est nul, puisque je renonce sans appel au clergé. »

Matthieu savait que j'avais raison. Et après avoir encore un peu discuté pour la forme...

« *Ego te absolvo*. Que la peste m'étouffe si je me laisse à nouveau fléchir ! »

Infiniment soulagé, je m'empressai de reprendre ma forme habituelle, et je travaillai avec un soin particulier à rajuster moustaches et bouc qui avaient souffert de la brûlante aspersion. J'avais la peau du visage toute rouge et les yeux me piquaient.

Puis, j'embrassai mon frère, qui n'osa se soustraire à l'épreuve, et rentrai à mon hôtel, épée au côté.

L'assassinat d'un diplomate anglais par un jésuite donnait une animation inhabituelle au quartier, et l'histoire allait faire du bruit.

Il n'y avait pas un instant à perdre pour aller réveiller Lady Merrick dans son antre, car les femmes amoureuses n'en sont point à une sottise près, et je craignais qu'elle ne m'envoie sans réflexion un billet à l'*Auberge des Bons Apôtres*. Ce n'est que par excès de prudence qu'on se tire d'ennui.

Mais j'allai d'abord réveiller mes quatre gardes à mon hôtel, qui menaient depuis trop longtemps la vie de château à mes frais, mangeant et buvant du meilleur et lutinant les servantes dans les coins. Tardets et Sévignacq, le petit dernier de la bande, pourtant timide, s'étaient distingués, m'avait dit Hermine. Je reconnaissais là le sang généreux du Béarn, où les bergères tiennent à honneur de forniquer avec des gentilshommes qui ont plus de jeunesse que d'argent.

Nous laissâmes les chevaux à bonne distance, et j'allai seul frapper à la porte, qu'on mit un quart d'heure à m'ouvrir.

XXVI

Lady Merrick, fort alarmée par une visite à une heure si tardive, me reçut au lit, dans un déshabillé de fines dentelles, et je m'assis dans sa ruelle, comme si j'étais dans la Chambre Bleue de la regrettée marquise de Rambouillet.

« Que se passe-t-il ? Vous m'avez l'air tout ému, dans cet habit de gentilhomme, avec cette barbe et cette moustache qui vous vont si bien ?

— Ah, Madame ! Je ne sais si la nouvelle est bonne ou mauvaise, mais vous devez être la première à l'apprendre : Lord Milford, après avoir soutiré de moi ce qu'il voulait avec une politesse cauteleuse, a tout à coup sorti de son giron un poignard pour me faire passer le goût du pain et des femmes ! Par chance, j'avais dissimulé une épée derrière une tenture, et je l'ai tué sur-le-champ. Je ne sais encore comment j'ai pu faire ! C'est la première fois que je donne la mort, et j'en suis horriblement remué. Tout ce sang... »

Après réflexion, Lady Merrick me dit :

« Remettez-vous. Vous avez eu beaucoup de chance, en effet, et ce n'est pas une grosse perte. Le gros Wilkes prendra sa suite quand il sera rentré de Bretagne, et les affaires continueront comme dorénavant. Cette ambassade est l'une de mes plus fructueuses pratiques. J'apprends tant de choses en faisant parler des imbéciles...

— Comme je vous l'avais déjà laissé entendre, j'avais cet

habit civil en réserve, et je suis à présent en quête d'une autre auberge. Toutefois, je crois prudent d'aller la chercher quelque part en province, où je compte rester deux ou trois semaines, avec votre permission.

— J'en suis fâchée, mais je dois admettre que la précaution ne serait pas inutile.

— Je rentrerai tout à fait guéri.

— J'y compte bien ! Prenez trois cents livres dans ce tiroir...

— Je vous les rendrai au centuple quand notre association sera en marche.

— J'y compte aussi ! Ne suis-je pas de complexion à être aimée pour moi-même ? »

Je m'inclinai et baisai longuement la main de Lady Merrick, dont les bijoux tiraient l'œil.

« Je n'en ai pas moins, Madame, une peur affreuse de me faire prendre. Vous savez qu'un mauvais hasard suffirait Et je ne dois pas être pris vivant, car la perspective des tortures m'épouvante. Celles de l'Inquisition espagnole, si terribles qu'elles puissent paraître, ne sont rien à côté des tortures de droit commun. Pourriez-vous me donner un poison rapide et sans remède... qui ne fasse pas trop souffrir, car je suis fort douillet ? Je ne puis vous quitter sans cette assurance, qui me rendrait un peu courage. »

Lady Merrick me considérait avec une tendre sympathie et ses grands yeux noirs se mouillaient. Après un moment d'hésitation, elle se leva, enfila un peignoir, et me conduisit au rez-de-chaussée, appuyée sur sa canne, dans une petite pièce bourrée de drogues diverses, qui faisait suite à un salon où l'on devait recevoir les pratiques dans la journée.

Quand la dame était sortie du lit, j'avais pu voir un bref instant par transparence ses jambes difformes à travers la dentelle, et mon cœur en avait été touché, comme lorsque j'avais dû abattre autrefois, en Béarn, étant encore bien jeune, un chien infirme dont le regard confiant m'avait poursuivi.

« Voici ce qu'il vous faut, m'assura-t-on, en me remettant un mince sachet de poudre. La fin de tous les soucis. L'entrée dans un monde meilleur ou dans cette inconscience qui est déjà le lot de la plupart des hommes et qui ne saurait être pire. Aucun goût particulier, se dissout bien dans l'alcool, et vous endort en vingt minutes. L'antidote existe, mais qui vous l'administrera, dans l'ignorance de ce que vous avez pris ? »

Je remerciai avec effusion, et nous remontâmes vers la chambre, où Lady Merrick se recoucha.

Je lui apportai bientôt une *grappa*, me réservant un alcool plus doux.

Nous bavardâmes à bâtons rompus quelque temps, Lady Merrick luttant vaillamment contre le sommeil pour l'amour de ma personne, dont elle avait du mal à se séparer.

« Quoi qu'il arrive, Madame, je tiens à vous dire une fois pour toutes que j'éprouve à votre égard une sympathie et une admiration sincères. Telles ces femmes fortes dont nous parle l'Évangile, bien qu'au service d'un Maître différent, vous aurez suivi, selon vos lumières, une voie difficile et sans concession, avec un courage que beaucoup d'hommes faits vous envieraient.

— Vous voilà bien grave, tout d'un coup, mon cher ami !

— D'autant plus grave, ma chère Leonora, qu'Asmodée est un mauvais préservatif, qui fait eau de toute part, comme les galères de Son Éminence dès qu'un grain se lève.

— C'est pourtant ce que je connais de plus sûr.

— Peut-être Asmodée aurait-il ses martyrs, lui aussi, comme la Trinité, son principal concurrent ?

— Cette Trinité absurde aurait-elle un autre concurrent vraiment digne de considération ?

— Le scepticisme, qui pourrait finir par gagner, si une imprimerie sans contrôle se répand chez les laboureurs comme chez les mendiants.

— Le scepticisme est le meilleur allié d'Asmodée.

— Je suis un peu sceptique là-dessus.

— Enfin, qu'avez-vous en tête ? »

Je cachai le haut de mon visage d'une main, puis le bas.

« Vous avez apprécié ma moustache et ma pointe de barbe aux *Tilleuls*, la première fois que j'y suis venu. Et alors que je vous aidais à remonter l'escalier après la rossée que mon bon ami Porthos vous avait administrée de main de maître, vous m'avez à moitié arraché mon masque, suffisamment pour découvrir mon front et mes sourcils. Vous avez tout réuni à présent, Madame, et mes traits seront, grâce au Ciel, les derniers que vous verrez sur cette terre. »

Ce disant, j'avais pris la canne, et sorti la courte épée qui y était dissimulée.

« Si le poison ne suffit pas, ajoutai-je, je vous saignerai comme ce nourrisson que votre Negroni a sacrifié afin de satisfaire les lubies d'une demeurée.

— Taisez-vous, de grâce ! Vous n'êtes pas vrai ! C'est une mauvaise apparition ? Le fantôme du maudit Espalungue...

— Un fantôme des plus consistants, comme celui que saint Thomas a vu et touché autrefois. Et ma rigueur, qui est trop souvent nécessaire, n'égale point la vôtre, qui est volontiers superflue.

« Sachez, Milady, que je pars bientôt pour Belle-Île, à bride abattue, où Marie Rossignol m'attend avec impatience dans sa chambre virginale de Kerdonis, sur la façade du manoir. Et après Lord Milford, après la sorcière Macduff devenue Merrick par assassinat, après Saint-Leu et Cadouin-Bricourt, il se pourrait que Sir Gédéon Wilkes – a-t-on idée de s'appeler Gédéon quand on a lu le Nouveau Testament ? – connût un mauvais sort, dont aucun Diable ne le sauvera. »

Lady Merrick me regardait comme si était sorti de son trou ce Satan auquel, en somme, elle ne croyait guère, ce qui était à la fois pour elle une excuse et une circonstance aggravante.

« Mon Dieu, dit-elle, je rêve... Mais quel comédien vous faites ? ! Un Molière ne vous arrive pas à la cheville. Vous serez excommunié, savez-vous ? »

Sous le choc d'une réalité insupportable, elle délirait manifestement. Sans doute n'avait-elle pas invoqué Dieu depuis des lustres, mais la situation expliquait cette faiblesse.

Elle baissa les paupières pour m'effacer, les releva pour vérifier que j'avais disparu : j'étais toujours là, souriant.

Très lasse, elle poussa un petit gémissement de souffrance incrédule et formula une prière :

« Allez-vous-en. Je dois dormir, puisque vous m'avez apporté le sommeil... »

Je la veillai jusqu'à la fin et fis main basse, dans la chambre, sur tout l'argent disponible, ne prenant, pour tout bijou, qu'un gros rubis en souvenir. Sur le pas de la porte, je dis à la femme en noir qui, à cette heure, était en gris – la couleur la plus gaie qu'elle devait connaître :

« Votre maîtresse a besoin d'un long repos. Ne la dérangez point qu'elle ne vous appelle. »

Puis je rejoignis mes hommes et rentrai chez moi avec le sentiment du devoir accompli. Toute la maisonnée dormait à poings fermés, mais pour se réveiller, alors que Lady Merrick ne se réveillerait point. Cette page était tournée après bien d'autres.

Dans la matinée, devant partir le lendemain avec le jour, nous procédâmes en grande diligence aux préparatifs de notre expédition bretonne. Comblés des dépouilles de Lady Merrick, mes gardes du corps étaient enthousiastes ; d'Artagnan s'agitait, qui avait congé jusqu'à la fin du mois ; Porthos, qui avait remis son départ pour m'obliger, faisait étalage de son allure la plus martiale ; et Tristan, à qui je n'avais pu refuser cet honneur, piaffait d'impatience. On vérifiait la condition des chevaux – j'avais une dizaine de beaux animaux de selle aux écuries –, on briquait les armes, on contrôlait l'état des poudres...

Après dîner, Monsieur Sourdois me remit un mot de Monsieur Chardonneret qui, pour être bref, n'en confirmait pas moins tout ce que j'avais pu apprendre d'autre part.

> *« Félicien Chardonneret au Révérend Père Chantpoisson, aux bons soins de la baronne d'Espalungue, en son hôtel du Marais à Paris.*
>
> *« Votre nièce, mon Révérend, doit être rendue à Nantes vers le 15 de ce mois au plus tard. Il est peu probable qu'elle aille plus loin par la route. Aussi bien, vous attendrai-je, à tout hasard, sur les quais. Respectueusement. »*

Les coches, sauf accident, mettaient environ une douzaine de jours pour relier Paris à Nantes à la belle saison. Un bon carrosse bien attelé comme celui qui entraînait Marie devait gagner quelques jours. Nous étions le mardi 13 août. Sans crever les chevaux et sans nous embarrasser d'animaux de rechange, nous pouvions être à Nantes vers le 20 en partant le lendemain, peut-être même plus tôt. De Nantes à Belle-Île, la traversée exige normalement moins d'une journée, le plus court étant certes de s'embarquer à Quiberon, mais les chemins bretons entre Nantes et Quiberon découragent voitures et chevaux. Si Marie arrivait à Belle-Île le 16, il était possible que nous fussions à pied d'œuvre dès le 21, cinq jours seulement après son installation.

Comme je faisais et refaisais ces calculs avec Tristan, mon fils me dit :

« Les disparitions exemplaires de Lord Milford, et de Lady Merrick, dont je vous suis bien reconnaissant, Monsieur, et où je reconnais votre manière aussi brillante qu'expéditive, n'empêcheront point Gédéon Wilkes d'agir selon le plan prévu, et avec d'autant plus de zèle qu'il ne saurait en apprendre la nouvelle plus vite que n'iront nos montures. Le plan ne sera donc pas modifié dans l'immédiat, un avantage pour nous – en admettant, bien sûr, que lesdites disparitions fussent susceptibles d'entraîner un changement immédiat, ce qui n'est nullement certain.

« En revanche, nous ne sommes pas assurés d'être heureux dans notre tentative et, en cas d'échec, nous serions réduits à l'impuissance pour longtemps, vu qu'il n'est pas question d'alerter Son Éminence, ni même le surintendant Fouquet. Or si John Wallis a le loisir de déchiffrer ce que Monsieur Rossignol doit remettre prochainement à un émissaire de l'ambassade avant que Marie ne soit libérée par nos soins, il y aura lieu de trembler pour de bon, quelle que soit la valeur qu'elle puisse présenter pour ses ravisseurs dans l'avenir. Un Cromwell ne comprend pas la plaisanterie, et ses fureurs sont de notoriété publique.

— Mon cher enfant, nous réussirons !

— La sécurité de ma fiancée serait plus grande encore si Monsieur Rossignol avait recours à un code qu'il serait impossible de casser.

— Mais vous m'avez dit vous-même que ce code n'existait point à moyen ou long terme, et Rossignol est en train de faire de son mieux.

— Il existe, puisque je l'ai trouvé en m'amusant chez lui.

— Alors, pourquoi Rossignol ne l'utilise-t-il point ?

— Mon futur beau-père, qui est assez routinier et se croit le meilleur en Europe, ne m'a pas pris au sérieux pour des raisons pratiques. Mon procédé, malgré son extrême simplicité, est assez lent et exige, dans le cadre d'un État, toute une organisation coûteuse. La perfection est à ce prix en la matière.

— De quoi s'agit-il ? »

Tristan me mena dans son bureau et me dévoila des croquis et des calculs de probabilité obscurs.

« Je suis trop brillant et trop expéditif, sans doute, pour saisir ce genre d'histoires, mon enfant. Ne pourriez-vous être plus clair, puisque vous dites que c'est si simple ?

— Soit des disques que l'on fait tourner côte à côte autour d'un axe, dans un sens ou dans un autre...

« Vous devez au moins comprendre cela ?

— À peu près. Ma géométrie dans l'espace est loin.

— Sur la tranche de chaque disque figurent dans le désordre les lettres de l'alphabet, majuscules et minuscules, les "à", "â", "é", "è", "ê", "î", "ô", "û", "ç", "&", les signes de ponctuation, les chiffres de 0 à 9 et les symboles mathématiques les plus courants, ce qui nous donne, par exemple, 90 caractères, chacun placé dans un cartouche.

« Dans chaque cartouche, toujours dans le désordre, un chiffre entre 01 et 99 est affecté à chaque caractère.

« Soit, par exemple, une quarantaine... ou une soixantaine de disques, étant entendu que, sur chaque disque, la disposition des caractères et le rapport entre les caractères et leur transposition chiffrée sont différents. J'illustre mon propos...

14	29	93	18	21
p	Y	4	û	S
98	03	66	87	12
M	a	r	i	e
13	34	07	71	44
w	R	9	?	h

« Vous distinguez qu'une première lecture se fait verticalement, sur la tranche de chaque disque. J'ai représenté ici trois caractères et leurs transpositions chiffrées sur 90 disponibles dans chaque catégorie. Et une autre lecture apparaît aussi horizontalement.

« Pour chiffrer " Marie ", on écrira donc : 9803668712. Pour décoder, le correspondant, à condition *sine qua non* qu'il dispose d'une machine identique en tous points, alignera les chiffres en question, et le nom chéri de ma Marie surgira en clair au-dessous.

— J'ai compris… quoique " le nom chéri de ma Marie " soit indigne de vous. Ce n'est pas parce qu'on est amoureux fou qu'on doit se laisser aller au charabia. Quand je faisais la cour à Madame votre mère, qui n'était pourtant qu'une simple bourgeoise, mes discours étaient un modèle du genre. Le français est une langue pleine de pièges, qui exige un traitement précis, par respect de soi et des autres.

— Je vous prie de m'excuser. Cela m'avait échappé. Si vous répétez cette sottise à Marie, ce qui pourrait bien venir à votre esprit taquin, je ne vous parle plus.

— Pour taquiner votre Marie, encore faudrait-il la tenir ! Et c'est loin d'être fait.

— Peut-être, quand vous faisiez cette cour empressée, n'étiez-vous pas amoureux fou ?

— Une légère folie est de bon usage en ce cas, et je vous prie de croire que je n'y ai point manqué.

« Poursuivez.

— Où avais-je la tête ?…

« Oui, on a longtemps cherché sans succès un système où

la clef, inhérente au dit système, ne saurait servir qu'une fois, ce qui présenterait une sécurité absolue. Mon innovation apporte enfin cette garantie.

— Pourquoi ?

— Parce que, d'un message à l'autre, il est possible de changer l'ordre des disques, l'ordre des caractères sur chaque disque, et le rapport entre caractères et transpositions chiffrées dans chaque cartouche. Il va de soi que les cartouches sont amovibles, vissés sur la tranche des disques, et que caractères et groupes de deux chiffres sont eux-mêmes interchangeables dans tous les compartiments.

« Une machine imprimante peut être jointe aisément à la machine à chiffrer, caractères et transpositions étant encrés de façon convenable. En abaissant un levier dont le point d'application peut être légèrement décalé, la bande de papier portera au choix les caractères ou leurs transpositions chiffrées.

« Le nombre de combinaisons offertes par une telle machine étant positivement incalculable, même un John Wallis, l'un de nos plus grands mathématiciens vivants, devrait déclarer forfait. »

Je réfléchis quelques minutes.

« Vous allez me faire le plaisir, mon garçon, de remiser cette machine infernale au grenier pour amuser les souris.

— Et que lui reprochez-vous ?

— Si Wallis ne parvient pas à déchiffrer le premier mot de son pensum après un mois d'effort qui lui échaufferont le cerveau et le mettront d'humeur massacrante, il pensera tout naturellement que Rossignol s'est fichu de l'Angleterre en général et de lui en particulier et a écrit n'importe quoi. Ce qui ne saurait être bon pour " le nom chéri de ma Marie ". »

Tristan baissa la tête sur son grimoire.

« Papa a toujours raison. Prenez-en note, mon jeune ami ! »

Son Éminence m'ayant fait prier de me rendre au Palais-Royal après souper, j'étais avant onze heures dans la chambre de la reine, qui était au lit avec son chocolat et quelques friandises, le Cardinal la regardant prendre du volume avec une affectueuse complaisance. Dans les Abruzzes comme chez les Arabes, on aime les femmes bien en chair, qui sont symboles de prospérité, et qu'on peut toujours manger avec du piment par temps de famine.

« Nous avons grand plaisir à vous revoir, Monsieur d'Espalungue. Où étiez-vous donc passé ?

— Une pieuse retraite, Madame. La merveilleuse naissance du roi ayant poussé Votre Majesté à une piété exemplaire, j'ai voulu suivre son exemple.

— Vraiment ? Je crois que, pour devenir pieux, il vous faudra pour le moins vous faire le Père d'un roi !

— Par les temps qui courent, ce n'est pas toujours, Madame, une position de tout repos.

— Vous êtes d'une trempe à ne vous reposer que mort.

— Et j'espère mourir pour le roi afin de me reposer dans sa mémoire.

— Vivez plutôt ! Il sera seul un jour, et aura besoin d'amis comme vous. »

Le Mazarin me tira par la manche vers une fenêtre, et me parla toscan pour plus de discrétion. J'en étais un peu gêné pour la reine, car ce sans-gêne est le privilège des vieux maris, et les droits que donne la plus fervente amitié ne vont pas si loin.

« Trêve de badinage !

« Que pensez-vous, Espalungue, de l'assassinat, hier soir, qui fait jaser tout Paris, de ce Milford ? L'exécuteur des hautes œuvres n'y est pas allé de main morte : six coups d'épée dans le dos, alors que le malheureux avait ouvert la fenêtre pour appeler à l'aide ou sauter dans la rue, au risque de se rompre le cou. *Madre mia !* Et ce, dans un repaire de jésuites, près de leur Maison professe ! Cependant, le coupable, un prétendu Fischgesang, ne serait pas jésuite, en dépit de ce qu'on raconte. Le Provincial, qui paraît profondément ulcéré, m'a affirmé qu'à sa connaissance aucun jésuite de ce nom n'a séjourné chez nous. Et l'ambassadeur d'Angleterre, qui est venu pleurer sur mon camail, ne connaît pas de Fischgesang non plus. Mais les jésuites et les diplomates se rejoignent d'ordinaire dans le mutisme.

— Lord Milford, Éminence, ne faisait point partie de mes familiers. Mais je sais qu'il était en cheville avec la comtesse d'Innorge, ex-Lady Merrick, dont on m'a rapporté qu'elle se serait empoisonnée la nuit dernière. Il y a peut-être un lien entre ces deux disparitions.

— Ne me parlez pas de cette horrible femme, que je ne souffrais que par raison d'État ! L'enfer s'occupera d'elle désormais. »

Au nom de la comtesse d'Innorge, le Cardinal avait, mine de rien, croisé deux doigts pour conjurer le mauvais sort.

Il fit tout d'un coup surgir de son sein une montre qu'il me présenta, dans le creux de sa main grassouillette.

« Avez-vous déjà vu cet objet ? »

J'avais reproché à Milford ses improvisations, et j'avais oublié sur la table la montre qui avait compté ses dernières minutes ! L'irréparable calomnie me couvrit de honte.

« Mais on dirait ma montre ! Elle lui ressemble beaucoup, en tout cas…

— Une fort belle montre, avec quantième et phases de la lune : vous savez que je suis connaisseur en montres comme en diamants. Sa vue avait frappé le lieutenant criminel Espérandieu à l'issue d'un dîner que vous lui aviez offert. Sachant l'amitié que j'ai pour vous, il ne me l'a pas remise sans hésitations, car il y avait de quoi être surpris de l'endroit où elle avait été trouvée. Vous ne devinez point ?

— Je l'avais offerte à mon frère, le Père Matthieu d'Espalungue, pour fêter son retour de Chine. Je présume que Fischgesang la lui aura volée : du vol à l'assassinat, il n'y a qu'un pas.

— Lord Milford avait sa montre sur lui. Celle-ci ne peut donc être la sienne, et elle était en évidence sur les lieux du crime. Ce doit être un coup de notre mystérieux Fischgesang, en effet.

« Ne faites pas cette tête, dit Mazarin en riant. Je sais bien que ce n'est pas vous qui avez tué Milford. Si vous étiez capable de tuer quelqu'un en laissant votre montre sur la table, je ne vous confierais plus aucune mission ! »

Je ris encore plus fort que lui, et changeai précipitamment de terrain.

« Je sais comme le roi et Votre Éminence sont préoccupés de ce que Fouquet peut fabriquer à Belle-Île. À mon avis, je l'ai déjà dit, le surintendant n'est pas dangereux – jusqu'à nouvel ordre – pour l'État et, de toute manière, on a besoin de lui pour faire rentrer de l'argent jusqu'à la signature de la paix avec l'Espagne, mais mieux vaut en avoir le cœur net. J'ai pensé que Votre Éminence, en attendant mon départ pour Londres, serait heureuse de recevoir prochainement un rapport compétent et impartial sur ce qui se passe là-bas, et j'ai bien envie d'y aller voir.

— À vos frais ?

— À mes frais.

— C'est une excellente idée. D'autant plus que vous connaissez Fouquet et aurez vos entrées dans cette forteresse. »

En castillan, le Cardinal conclut, d'une voix plus forte :

« Vous savez avec quelle ardeur je travaille à cette paix avec l'Espagne, qui est, et depuis si longtemps, le premier vœu de la reine. Tout le monde… sauf Fouquet – ajouta-t-il *mezza voce* –, aura finalement à gagner au rétablissement de la concorde. »

Après m'avoir souhaité bon voyage et s'être incliné devant Sa Majesté, le Mazarin se retira… avec ma montre. Je n'osai la réclamer. Il m'aurait répondu que c'était une pièce à conviction dans une affaire qui mettrait sans doute vingt ans à se résoudre !

Je m'assis tout près de la reine, avec un air de confidence…

« De quoi parliez-vous avec Giuglio ?

— De banales histoires, qui ne sauraient importer à Votre Majesté. Sinon, que la paix est en marche.

— Décidément, tout le monde a des secrets pour moi ce soir !

— Mais non ! J'ai une révélation pour vous. Le Cardinal, à force de creuser comme un blaireau, a conçu les plus fâcheux soupçons contre le duc de Beaufort.

— Bah ! Que voulez-vous qu'il en fasse ?

— Plus ennuyeux, j'ai vu Beaufort, et le duc est si infatué qu'il prendrait presque plaisir à faire naître des soupçons aussi flatteurs. J'ai eu toutes les peines du monde à le raisonner et je lui ai fait jurer d'être sage.

— Mon Dieu, quelle croix que ce Beaufort ! Il est insupportable. Toutes mes prières et tous mes jeûnes parviendront-ils à l'effacer de ma mémoire ? !

— Si Votre Majesté pense à lui chaque fois qu'elle prie ou jeûne, elle ne l'oubliera pas de si tôt !

— Hélas, ce n'est que trop juste !

« Merci, mon ami, de tous vos soins et de tous vos conseils. Si j'avais su, ajouta Anne avec un gros soupir, c'est à vous que j'aurais jeté mon gant autrefois, et je serais bien tranquille aujourd'hui.

— C'est moi qui le serais moins, Madame ! »

Et la reine de me donner sur la joue une tape de congé grondeuse.

Restait à galoper jusque chez Matthieu pour l'avertir que Fischgesang lui avait volé la montre que le Mazarin venait de me confisquer.

Mon frère se portait mieux, mais l'énergie s'était retrouvée à mon détriment et il n'en était que plus monté contre ma personne. L'idée de devoir donner à la justice une certaine consistance au mythe de Fischgesang le jetait dans une fureur sacrée.

« Mais enfin, lui répétai-je, je t'ai bien confessé avoir joué le rôle de Gustav Fischgesang, et avec toutes les précisions possibles ! Tu n'as pas le droit de me vendre, de vendre un pénitent, de vendre un frère !

— Un demi-frère ! Un quart de frère ! Un faux frère !

— La confession t'offre justement une porte de sortie élégante : tu n'as qu'à raconter au lieutenant criminel que tu as confessé ce Fischgesang, que tu ne connaissais guère, et qu'il a empoché ta montre tandis que tu lui donnais l'absolution. Ce n'est qu'un demi-mensonge, où les jésuites sont d'ordinaire si habiles. »

Matthieu se prit à rire malgré lui. Une nouvelle fois, la partie était gagnée.

« Je pars pour Belle-Île, d'où je ne reviendrai peut-être pas. Wilkes est une brute épaisse et ses amis savent se battre. Je te demande pardon de t'avoir froissé et je sollicite ta bénédiction. »

Cela ne se refuse point.

On voit l'utilité de la confession et à quels trésors les Réformés ont bêtement renoncé, malgré les sages remontrances de Luther, que son empreinte catholique avait prédestiné à l'aveu.

XXVII

Le lendemain mercredi à l'aube, j'embrassai mes filles aînées et allai dire au revoir à Félicité, dont l'état semblait stationnaire, après les mauvais jours qu'elle venait de passer.

« Je suis fort triste, ma chère petite, de devoir vous quitter une fois de plus, mais vous sentez bien que cette mission ne se peut repousser : il s'agit de Marie, qui est retenue dans une île sauvage de Bretagne, où grouillent des sorcières, avec leurs balais...

— Ne vous souciez point des sorcières tant que les chrétiens seront si méchants !

— Vous ne parlez pas pour moi, j'espère ?

— Vous n'êtes pas plus méchant qu'un autre, alors que vous pourriez être le meilleur de tous.

— Chaque petite fille dit la même chose à son papa... quand elle est mal élevée.

— Si je vous parle sévèrement, c'est que, bien élevée ou non, j'aurai été élevée au Ciel à votre retour, s'il plaît à Dieu.

— Allons donc ! Comment le savez-vous ?

— C'est mon ange gardien qui me l'a dit. Il passe la nuit avec moi, et même le jour, il n'est pas loin.

— Vous avez un ange bien bavard !

— Je prierai sainte Félicité et sainte Perpétue pour la réussite de l'entreprise, deux grandes saintes qui ont été martyrisées à Carthage, le 7 mars 303, par les païens. Monsieur le curé m'a appris hier que Perpétue avait été la première à parler de purgatoire.

— C'est assurément une grande première ! Ce purgatoire nous manquerait si votre Perpétue n'en avait point parlé.

— Je prierai aussi pour que vous reveniez sain et sauf, et je donnerai là-haut un coup de balai pour vous faire une petite place.

— En jouant des coudes, je l'élargirai... »

Je la serrai contre moi à lui faire mal et pris le large en essuyant mes yeux d'un revers de manche.

Depuis que le comte de Brienne m'avait invité à rédiger de magistraux Mémoires pour l'instruction de mes enfants, Tristan n'avait cessé de me donner des leçons, et Félicité s'y mettait. Tous les prétextes étaient bons : intelligence supérieure, piété hors du commun... Élisabeth et Alice allaient s'y mettre pour que la fête fût complète ! Les enfants d'autrefois filaient quand même plus doux. Je ne me moquais de mon père hors d'âge et idiot que derrière son dos... ce dont je ne suis pas fier aujourd'hui.

« Félicité, dis-je à Hermine, alors que nous allions monter en selle, s'imagine qu'elle va bientôt mourir. Faites-moi, s'il vous plaît, le plaisir de ne pas la quitter.

— Je la veillerai nuit et jour, mon ami, mais nous ne sommes maîtres ni du lieu ni de l'heure. Pour notre fille, hélas, le lieu est déjà prescrit par son infirmité. L'heure est à Dieu.

— Elle tardera d'autant plus qu'on aura empêché les médecins de nuire. Ces vampires purgatifs se déchaînent dans les derniers moments, alors que tout, peut-être, pourrait encore être sauvé. Ils achèvent leurs victimes comme on achève les chevaux. Promettez-moi : un seul médecin, le nôtre, que j'ai dressé à être inoffensif ! Le péché originel et ses suites suffisent à tuer sans qu'on en rajoute.

— C'est promis. Veillez bien sur vous de votre côté ! Les Anglais ont de la ressource : l'obstination leur tient lieu d'intelligence. Ils sont comme ces dogues, qui ne veulent pas lâcher un os. »

Dans un Paris qui s'éveillait, nous prîmes la route de l'Ouest. Mais la pensée de Félicité ne me quittait pas. Que deviendrais-je sans son assistance ?

Afin de couper au plus court, au lieu de piquer sur Blois et de descendre la Loire jusqu'à Nantes, j'avais préféré, d'accord avec d'Artagnan et Porthos, passer par Le Mans et son bocage. Décision combien funeste !

Depuis que Richelieu, le 19 mai 1635, sur la Grand-Place de Bruxelles, avait fait déclarer la guerre, sans argent et sans armées, nos plus belles provinces frontières avaient été ravagées, et la pression fiscale, déjà littéralement insupportable, s'en était accrue d'autant sur le reste, une bonne part de cet argent étant d'ailleurs gaspillé en manœuvres militaires désastreuses quand il ne passait pas dans les poches du Cardinal, des partisans et des traitants. Mazarin avait pris la suite, avec ce changement que les excuses avaient succédé à la morgue. Et le seul résultat durable de cette politique suicidaire devait être, de toute évidence, la survie de la Réforme, que les Habsbourg auraient frappée à mort si la France n'était pas intervenue !

En attendant, le bas peuple, sur lequel reposait tout le poids de l'impôt, n'avait d'autre ressource que l'émeute pour se faire entendre des profondeurs du pays. On parlait pudiquement d'« émotions populaires », et ces émotions, endémiques ou épidémiques, la plupart du temps improvisées, et tôt ou tard noyées dans le sang, avaient parfois intéressé des régions entières et mobilisé des troupes qui eussent été mieux employées à Strasbourg ou à Saint-Jean-de-Luz.

Notre route passant par Chantemerle, bourg situé dans les environs du Mans, nous y fûmes pris à l'improviste dans la tourmente, par une chaleur propice aux excès. Les révolutions sont des phénomènes estivaux.

La place de l'église, que nous devions traverser, était noire de gens en armes, réunis par le son lugubre du tocsin, lesquels agitaient en hurlant des fusils, des pistolets, des épées, des fourches ou des faux, dont la lame redoutable avait été emmanchée droite. On y voyait des paysans, mais aussi des robins et quelques nobles vêtus à l'ancienne mode.

Par l'un de ces malentendus fréquents dans ce genre d'affaires, à peine avions-nous entrepris de progresser en distribuant des paroles apaisantes, qu'on se jeta à notre tête en nous injuriant, dans l'idée que nous étions venus en renfort des chevau-légers du fisc. Mis à bas de nos montures, le seul refuge était l'église, dont la porte principale était malheureusement fermée. Porthos défonça à coups de bottes celle de la sacristie, devant laquelle, après y avoir pénétré en courant, nous entassâmes les meubles que nous avions sous la main. Jusque-là, nous avions eu plus de peur que de mal. Mais je n'étais pas rassuré pour si peu car, dans les « émotions populaires », la sanglante folie ne peut que croître par paliers.

Dans l'église proprement dite, nous trouvâmes une douzaine de chevau-légers et leur brigadier, avec le receveur des tailles dont ils avaient été chargés d'assurer la protection. Tout ce joli monde avait échappé de peu au massacre. Les uns portaient des traces de coups, d'autres avaient été blessés à l'arme blanche ou par balles. Le receveur, sur lequel la foule s'était particulièrement acharnée, ne cessait de gémir et de recommander son âme à Dieu.

Porthos, qui ne pouvait souffrir les receveurs, fit une proposition raisonnable :

« C'est visiblement à ce Monsieur que ces braves gens en ont. Laissons-le donc s'expliquer avec eux, et on nous fichera peut-être la paix. »

Comme Porthos avait visiblement quêté mon approbation, le misérable se jeta à mes pieds.

« Monseigneur, pitié ! J'ai une nombreuse famille, deux jumeaux à la mamelle...

— Encore des contribuables en perspective ! ricana d'Artagnan, qui détestait aussi les receveurs. Qu'il se débrouille donc en famille ! »

Il est curieux de constater que ces gens-là sont parvenus à se faire haïr de ceux qui payent des impôts comme de ceux qui n'en payent guère !

Par là-dessus, le tocsin ne cessait de sonner.

« C'est le curé, me signala le brigadier, qui sonne depuis des heures pour appeler les foules au meurtre. »

Le pauvre receveur était également abandonné par le clergé !

« Mais, demandai-je, où est donc ce forcené de curé ?

— À côté. Il y a une porte entre le clocher et la nef, et le curé l'a verrouillée derrière lui. »

Des coups violents ébranlèrent alors la grande porte de l'église qui, à ce train-là, ne mettrait pas longtemps à céder.

Il était temps pour moi de dire honnêtement la vérité... ce qui ne m'arrivait pas souvent !

« Messieurs, ayant fait fortune avec l'argent public, je prends ce receveur sous ma protection, car nous sommes, tout compte fait, du même sang lui et moi : le précieux sang fiscal. »

Je ne m'étais jamais montré plus noble, et j'eus le plaisir de percevoir un regard approbateur de mon fils, qui vint se ranger à mon côté.

Ledit receveur, qui n'en croyait pas ses oreilles, m'embrassa frénétiquement la main, mais cette effusion n'empêchait pas la grande porte d'être en péril, et nous autres, par voie de conséquence.

Nous nous succédâmes au guichet de cette porte pour fusiller à bout portant les rustres qui s'acharnaient sur leur bélier de fortune. Mais nos réserves de poudre étaient limitées.

« Puisque vous avez un excellent coup de pied, mon bon Porthos, au lieu de tarir la sève de l'État par un indigne abandon, forcez donc la porte du clocher et pendez-moi ce curé haut et court, qui a fait assez de bruit comme ça. Si la grande porte cède, nous pourrons ainsi gagner le clocher, où la défense sera beaucoup plus facile que dans la nef. »

Fatigués de se faire tuer, les assaillants abandonnèrent le bélier pour amasser des fagots et incendier la porte, et quand elle fut près de céder, nous fîmes retraite en bon ordre dans le clocher, pour y découvrir le curé pendu à la corde de sa cloche.

« Porthos, qu'avez-vous fait là ?

— Vous m'avez dit de le pendre : je l'ai pendu. Et j'y ai eu du mal ! Voyez comme il est gros…

— Mais c'était une clause de style ! Je ne pouvais m'attendre à ce que vous prissiez ma boutade au sérieux.

— Clause ou boutade, c'est bien dommage pour lui.

— Enfin, ce n'est pas grave. L'histoire amusera la reine et le Cardinal.

— Si nous en revenons ! »

D'étage en étage, nous défendîmes ce clocher en héros, d'abord au pistolet, puis à l'épée, faute de poudre. Les cadavres s'amoncelaient à nos pieds dans l'escalier, car le peuple n'a guère l'habitude des armes et ne sait que périr dans les grandes alarmes. La mort du curé sonneur semblait avoir fanatisé ses ouailles.

Nous en étions au dernier étage, lorsque le son de la trompette résonna dans le lointain.

« Ce sont les dragons du Mans ! s'écria le brigadier. Ils vont faire une boucherie de ces mauvais contribuables. »

Nous étions saufs, d'Artagnan ayant toutefois reçu un coup de fourche dans l'avant-bras droit, ce dont il était fort vexé, car la fourche n'est pas une arme de gentilhomme, et le chevalier des Loges avait eu l'honneur de rencontrer une balle qui lui avait arraché le petit doigt de la main gauche. Nous eûmes en tout cas la chance de récupérer nos chevaux, que les émeutiers, qui avaient d'autres préoccupations, avaient laissés courir avec nos bagages.

Tristan, une égratignure au chef, demeurait tout excité de la rencontre : le mathématicien avait respiré la poudre. Et il s'était bien comporté, s'efforçant de me faire un rempart de son corps, et réciproquement – ce qui m'avait plutôt compliqué la tâche dans l'escalier.

Je ne sais pourtant pas d'épisodes plus sinistres que ces violences civiles, dont l'atmosphère est si différente de celle des champs de bataille. Ici, point d'usage, point de règle, point de rang, point de quartier qui tienne. La brutalité n'est tributaire que de l'humeur de l'instant.

Cela vient de ce qu'on tue, par intérêt bien ou mal compris, des gens que l'on croit connaître et qu'on déteste en conséquence, au lieu de massacrer des anonymes pour des prunes. Beau paradoxe : plus la guerre est raisonnable, moins elle est humaine.

Nous quittâmes Chantemerle alors que les dragons procédaient sans hâte aux pendaisons habituelles : le curé aurait bonne compagnie…

Malgré cet incident de parcours, dès le lundi 19 août au matin, nous étions à Nantes.

Alors que nous arpentions les quais du bras de la Madeleine ou du bras de Pirmil à la recherche de Monsieur Chardon, un enfant barbouillé de confiture se présenta…

« Vous êtes le baron d'Espalungue ?

— Qui te le fait croire ?

— Un Monsieur m'a dit : “ C'est le plus riche, avec les plus belles bottes.”

— Il n'a pas dit : “ Le plus noble ” ?

— Oui, bien sûr ! Il a même beaucoup insisté là-dessus.

— Quel Monsieur ?

— Un Monsieur sans importance, qui m'a remis un billet pour ce baron.

— C'est bien moi. »

Les messages de Monsieur Chardon étaient de plus en plus en courts, mais l'intérêt s'accroissait avec la densité.

> *« J'ai profité d'un vent de sud-ouest favorable et je vous attends au Palais. Félix. »*

Le Palais étant le port principal de Belle-Île, ainsi que je l'appris à mes compagnons qui l'ignoraient encore. J'y avais fait escale une fois, retour d'Irlande, alors que la tempête menaçait.

« Le Monsieur m'a dit aussi que vous me donneriez trois écus pour la peine.

— Tu mens chaque fois que tu ouvres la bouche. Le Monsieur n'a point parlé de ma noblesse – sans doute parce qu'elle est trop évidente – et il t'a payé un écu d'avance, avec lequel tu t'es goinfré de sucreries.

— Puisque vous savez tout, à quoi bon vous parler ? ! »

Il y avait de quoi rire, et je lui donnai ses trois écus, avec le conseil d'apprendre à mentir et à économiser, s'il voulait faire carrière.

Un coquet navire de commerce tout neuf, le *Petit Écureuil*, était en partance pour Belle-Île, et nous nous y embarquâmes, laissant les chevaux en pension à un maquignon réputé.

La traversée ne prenant pas la journée et le temps étant au beau, j'avais bon espoir d'échapper à la noyade et j'affichai l'assurance d'un vieux marin pour rassurer mon monde, sous l'œil narquois de d'Artagnan, qui s'informait déjà des moyens de sauvetage. Notre traversée de Toulon à Gênes l'avait marqué pour longtemps.

Nous descendions paresseusement le cours de la Loire pour prendre le large à nos risques et périls, quand le capitaine, un Malouin appelé Bigre, me montra un beau vaisseau en chantier, dont on achevait le bordage.

« C'est le joyau de la flotte de Monsieur Fouquet.

— Et le *Petit Écureuil* en fait également partie ?

— Naturellement. Je vais livrer du matériel militaire et une négresse.

— Une négresse ?

— Une fille que mon Maître a fait venir de la Martinique pour le service de son château de Belle-Île. Rien de plus plaisant qu'une jeune négresse pour agrémenter un souper fin. C'est la dernière mode chez les armateurs de Nantes.

— Quand elle est jolie !

— Celle-là n'est pas si mal. Le noir lui va bien.

— Monsieur Fouquet serait-il à Belle-Île ? Je le croyais à Paris.

— Il viendra passer une semaine début septembre. Jusque-là, c'est son intendant Gourville qu'il a chargé de veiller sur ses intérêts dans l'île.

— Gourville est un ami que j'aurais plaisir à revoir.

— Il est bon que les nègres prennent l'air, plutôt que de rester en cale. L'air de la mer est le même que celui qu'ils ont laissé chez eux. Vous plairait-il que je fisse monter la négresse sur la dunette ? Ayant séjourné dans nos Antilles, elle parle assez bien français. »

La fille, qui était drapée dans un costume de couleur assez seyant, n'avait pas l'air trop éprouvée par ses tribulations, et elle considérait alternativement le paysage et mon habit avec une curiosité enfantine. Il est vrai qu'elle devait être allée enfant de Guinée à la Martinique avec un chargement de bois d'ébène, et que la mer ne lui était pas étrangère. Les Portugais, puis les Hollandais, en attendant nos Nantais et nos Malouins, avaient transporté des quantités sans cesse croissantes de nègres. Mais le voyage vers la France avait sans doute été moins éprouvant pour cette gracieuse personne.

Le capitaine Bigre, qui connaissait la question, acheva de me rassurer :

« Vous n'imagineriez pas, Monsieur, toutes les précautions que prennent les négriers pour que les sauvages arrivent à bon port en bon état. Car si le bénéfice est normalement de deux cents pour cent, chaque décès est néanmoins une perte sèche pour ceux qui savent compter. Tandis que la vie des marins – soit dit tout à fait entre nous – ne vaut pas tripette : s'ils meurent à la tâche, cela fait toujours des économies de salaires et de vivres. Sur un navire négrier, il est rare que meurent plus de dix ou quinze pour cent des nègres, ce qui est un admirable résultat. Et sur les vaisseaux de guerre ou de commerce, les hécatombes causées par le scorbut, les fièvres épidémiques, l'eau croupie, une nourriture infecte, ne sont que trop fréquentes. Combien de brillants efforts, où l'on avait mis beaucoup d'argent, n'ont-ils point tourné au désastre par la disparition pure et simple du plus gros des équipages ? !

— On dirait que les nègres sont plus résistants aux maladies que nous autres.

— Parbleu ! C'est qu'ils ont mené chez eux une vie rustique, en tous points conforme aux exigences d'une saine nature. Les hommes sont doués pour la course et pour le saut, grimpent aux arbres à ravir, et les femmes, entre deux danses naïves, accouchent au bord de la route comme en se jouant. Nous devons profiter de ces heureuses dispositions avant que le progrès ne leur ôte tout ressort et ne les alanguisse. »

Bigre, qui avait une âme de musicien et de poète, demanda sa guitare andalouse, qu'il se mit à gratter de ses ongles courts, et la négresse commença d'onduler au rythme de l'instrument, tandis que quelques matelots tapaient joyeusement dans leurs mains et que l'homme de barre, qui avait vécu à la Guadeloupe, poussait d'une voix de basse un chant créole nostalgique.

Mais les exigences de la pleine mer, passé Saint-Nazaire, devaient mettre un terme à ces charmantes frivolités, et la négresse, après une révérence à la compagnie, regagna les profondeurs du *Petit Écureuil*.

Sur le quai du Palais, en fin d'après-midi, nous attendait Monsieur Chardon, qui assistait sans doute, depuis quelque temps, à l'arrivée de tous les bateaux susceptibles de nous amener. Une grande activité régnait, comme chaque fois que Fouquet s'occupait de quelque chose. Entre les fripons qui s'affairent et les honnêtes gens qui ne font rien, le cœur balance.

Je débarquai avec la négresse, que le capitaine m'avait chargé de remettre fidèlement à Gourville, et Félix me fit signe de venir lui parler à l'écart, derrière une pile de tonneaux.

J'embrassai cet homme de bien qui, contre toute espérance, ne m'avait donné que des satisfactions depuis qu'il s'était réformé, Dieu aidant, en ma compagnie. C'était bien la première fois que je voyais la Grâce agir avec une promptitude si efficace et par un intermédiaire si peu qualifié.

Nous échangeâmes point par point toutes informations utiles, nous réservant d'entrer plus tard dans les détails, et il s'avéra que j'en savais au moins aussi long que Monsieur Chardon sur le séjour de Marie à Belle-Île, ce qui ne laissa pas de lui faire grande impression.

« Vous avez réalisé quand même un magnifique travail, mon cher Félix, et si une chance insolente ne m'avait pas souri, nous aurions encore retrouvé Mademoiselle Rossignol grâce à vous.

— Elle a contribué aussi à nous mettre sur la voie en piquant des trous dans ses lettres. C'est une jeune fille pleine de sagesse, de sang-froid et de ressources.

— Où êtes-vous descendu ?

— Au bordel du Palais.

— Au bordel ? !

— Tout le monde se connaît dans ce métier, et la patronne est une lointaine cousine de ma mère, qui a exercé en Avignon, comme j'ai eu l'honneur de vous le dire un jour en Italie. Les bordels des ports sont des affaires magnifiques. Les marins ne cessent de les prendre d'assaut pour y dépenser en une nuit le peu qu'ils ont gagné en six mois, et l'on y apprend d'autant plus de choses que l'ivresse y est générale. L'un des trois jeunes gentilshommes de Kerdonis, Lord Grindstone, est déjà un habitué. Même chez les puritains, la chair est faible.

— Surtout chez les puritains ! “Qui veut faire l'ange fait la bête.”

— Il ne serait pas convenable, Monsieur, que vous logeassiez dans un pareil endroit, et j'ai retenu, pour vous et les vôtres, une agréable maison, avec colombages et toit de chaume, Kermaria, sur la grande plage de Ramonette, à dix minutes d'ici.

— Vous allez nous y conduire, puis j'enverrai d'Artagnan prévenir Monsieur Gourville que j'ai un cadeau à son intention et que j'aimerais le lui remettre en soupant avec lui tantôt. Voir arriver un comte le flattera.

— Gourville loge dans la citadelle que vous voyez là-haut. Je présume qu'il est à demeure ce soir. »

Cette citadelle, construite au milieu du siècle dernier, faisait l'objet de grands travaux et l'on y aménageait, me dit Monsieur Chardon, une plate-forme pour de l'artillerie.

À la tombée du jour, Gourville s'étant empressé de m'inviter ainsi que je l'avais espéré, je montai avec ma négresse à la citadelle.

« Comment t'appelles-tu ?

— Sarah.

— Sarah, tu te plairas ici. Joli pays. Maisons blanches. Vertes prairies. Vaches grasses.

— Esclaves maigres ?

— Pas d'esclaves en France !

— Et moi ?

— Tu ne seras pas traitée en esclave. Travail agréable. Bonne nourriture...

— ...et bon Maître ?

— Très bon. Grand chef blanc. Beaucoup femmes. Beaucoup griots. Gros tambour. »

Devant la porte monumentale, était une statue de Fouquet.

« Voici ton Maître. Tu le verras le mois prochain.

— Pourquoi il lève la patte ? »

Elle parlait évidemment du cheval. Les enfants et les simples posent d'instinct des questions embarrassantes. Il est pénible d'avouer son ignorance, et il n'est pas facile d'improviser une réponse qui satisfasse.

« Il doit lever la patte, je présume, pour dire bonjour aux visiteurs... »

Regardant de plus près la statue, et parlant cette fois de Fouquet :

« Encore jeune.

— Dans les quarante ans. Le plus bel âge pour un homme.

— Quarante, toi aussi.

— Le grand chef est plus beau.

— Me fait peur, avec cheval.

— Il n'est pas toujours à cheval ! Il lui arrive de descendre... »

La fille me regarda fixement.

« Je préfère toi. Si grand chef veut me revendre. »

Qu'avais-je fait, en si peu de temps, pour mériter une si touchante confiance ?

« Capitaine a dit : il pleut souvent froid dans l'île. »

C'était déjà moins flatteur.

À la porte, on donnait la dernière main à l'inscription :

NON LICET OMNIBUS ADIRE BELLAM INSULAM

Laquelle était en harmonie avec les soucis littéraires d'un Fouquet, protecteur éclairé des arts et des lettres, comme le roi avait lui-même le dessein de l'être. Mais la traduction n'aurait pas rassuré l'esclave sur le climat.

Logé comme un prince, Gourville était apparemment ravi de me revoir et ses alarmes semblaient s'être dissipées. Tandis que le soleil se noyait dans la mer à l'ouest de la terrasse d'où il me faisait goûter la vue, je lui narrai en termes choisis comment je m'étais appliqué à endormir les inquiétudes de Son Éminence au sujet de Belle-Île et du reste, et il m'en exprima une vive gratitude.

Nous rentrâmes dans les appartements pour apprécier, entre autres, des crustacés, des poissons et de l'agneau, et j'en vins, avec quelques détours, à ce qui m'intéressait.

« Le Cardinal m'a chargé d'un rapport, qui sera, bien sûr, favorable. Encore me faut-il de la matière. On se demande naturellement, au Palais-Royal, quelles intrigues l'Angleterre pourrait bien tramer ici.

— Mais aucune ! Nous connaissons tous ses agents, qui se tiennent tranquilles. C'est par diplomatie, pour les mieux percer à jour, que Fouquet a pris, comme vous devez le savoir, quelques contacts avec les Anglais.

— Une prérogative de chef d'État !

— Le marquis de Belle-Île a des responsabilités d'autant plus fortes que l'île est plus exposée aux convoitises.

— On m'a signalé un certain Wilkes…

— Le Wilkes de Kerdonis ?

— En personne.

— Mais Kerdonis lui appartient. C'est sa maison de famille. Il y vient en vacances, de temps à autre.

— Raison de plus pour s'en méfier, ne trouvez-vous point ?

— Voulez-vous que je le fasse surveiller spécialement ?

— On risquerait de lui donner l'alerte. Pour l'instant, le mieux serait de le prier à souper demain avec sa femme, et vous verriez ce qu'il a dans le ventre.

— De la bière ! Il ne fait que boire.

— Il y a des gens qui boivent comme des trous sans

jamais être ivres pour si peu et jouent de cette faculté pour tromper leur monde.

— Que vous êtes méfiant !

« À quoi bon inviter sa femme ?

— On connaît mieux un homme quand on fait parler sa femme et qu'on voit comment il lui parle.

— Ne vous joindrez-vous pas à nous ?

— Je ne reste que quelques jours et serai fort occupé. D'ailleurs, je ne saurais faire deux soupers aussi somptueux deux soirs de suite ! »

Sur le départ, je lui dis :

« J'ai deux faveurs à vous demander.

— Trois si vous voulez !

— Pourriez-vous me procurer d'excellents chevaux pour moi et mon escorte ?

— Passez les prendre à votre convenance aux écuries de la citadelle, sur la place d'armes, où je donnerai le mot. Il y a de belles promenades à faire dans l'île. Des falaises entamées de riants vallons...

— J'aimerais aussi vous acheter à prix coûtant la négresse que je vous ai amenée ce soir.

— Mais... que dirai-je à Fouquet ?

— Que je vous ai menacé d'un rapport défavorable.

— Eh bien... dans ces conditions, mon cher ami, je suis couvert et elle est à vous ! Je la fais appeler. Amusez-vous bien ! »

Dès qu'on achète une jolie négresse, le soupçon est en marche. Telle est sans doute la plus justifiée condamnation de l'esclavage. Ne faut-il point préserver la réputation des honnêtes gens ?

Quand la petite eut compris, alors que nous redescendions dans la nuit claire, que j'en avais fait l'acquisition selon son humble désir, elle s'arrêta pour battre des mains.

« Paris ! On m'a dit tu vis Paris ! Je vais voir Paris ! »

J'eus plaisir à confirmer son espérance.

L'endroit était désert. Ma négresse jeta un regard circulaire...

« Toi faire "zig-zig" ? »

Elle dut retrousser sa robe et me montrer son mignon poil frisé pour que je comprenne le sens de cette expression curieuse. Je fis un signe négatif, qui parut l'inquiéter. Elle se demandait peut-être si je ne me l'étais pas procurée pour la manger.

À Kermaria, je présentai Sarah à Tristan.

« J'ai acheté à Fouquet une suivante pour votre future femme. Vous veillerez à son éducation. Il y a beaucoup à faire. Et si elle vous parle de "zig-zig", faites semblant de ne pas saisir. »

Je n'ai jamais vu mon fils plus étonné.

XXVIII

Nous tînmes alors jusqu'à une heure avancée un conseil de guerre, où Monsieur Chardon arriva avec deux chiennes et un gourdin, le gourdin servant à chasser les chiens errants du Palais qui suivaient en troupe nombreuse et avide. Une fantaisie qui ne laissa pas de beaucoup surprendre.

Je révélai tous les renseignements que Lord Milford m'avait livrés avant son trépas, et je rapportai ce qui s'était dit chez Gourville. Félix nous rendit compte d'autre part de l'enquête diligente à laquelle il s'était livré depuis son arrivée, deux jours plus tôt.

« Je me suis présenté à Kerdonis en fin d'après-midi, déguisé en colporteur, avec des almanachs et de la mercerie, les deux chiens étant au chenil. Wilkes devait cuver sa bière et c'est Madame Wilkes qui m'a reçu, après de notables hésitations, comme si elle enfreignait une consigne. C'est une femme toute sèche, avec de grands pieds et ces dents en touches de clavecin, si caractéristiques des Anglaises. Elle m'a acheté des rubans noirs ou gris, en harmonie avec son humeur. Comme on pouvait s'y attendre, elle ne semble pas heureuse en ménage et elle ne regrettera pas son mari longtemps.

« Elle a eu la bonté de m'introduire en son modeste potager, où j'ai reçu l'autorisation de cueillir, pour une tante infirme imaginaire, une salade frisée fortement abîmée par les limaces. Ce qui m'a permis de constater que la petite porte, à l'arrière du manoir, est aussi solide que la grande porte du devant. Il n'est pas question de les enfoncer lors d'une intrusion vespérale, et une intrusion diurne serait des plus risquées, et pour nous, et pour la prisonnière.

« Les fenêtres du rez-de-chaussée et celles du premier étage sont garnies de forts barreaux ; celles du second n'ont point de barreaux, exception faite d'une chambre en façade, où les barreaux sont tout neufs. On peut en conclure que c'est la chambre de Mademoiselle Rossignol.

« Quand on regarde la façade du bâtiment, on distingue, sur la gauche, des écuries à la toiture de chaume, qui prennent appui contre le mur en pierres grossièrement taillées de l'édifice principal, lequel est flanqué d'une grosse tour sur la droite. Cette tour, en mauvais état, ne présente aucune ouverture de taille à laisser passer un corps humain et les vitres cassées des étroites fenêtres aux volets absents donnent l'impression qu'elle est abandonnée. Impression renforcée par le fait que sa toiture, qui domine de peu celle du manoir proprement dit, a été, elle aussi, recouverte de chaume, mais sans doute par mesure d'économie, après délabrement des ardoises originelles. Car le corps central s'abrite sous des ardoises – dont beaucoup, d'ailleurs, auraient déjà dû être remplacées.

« J'ai le sentiment que cette demeure, très secondaire aux yeux de Wilkes, a été assez mal entretenue, comme en témoigne, à l'entrée, un bassin circulaire à la bordure fissurée qui orne le jardin d'agrément en friche et où se promène une carpe orpheline.

« Quel que soit notre *modus operandi*, il est bon d'éloigner de Kerdonis le plus de monde possible pour faciliter notre action, ainsi que Monsieur d'Espalungue l'a fort bien vu. Demain soir, grâce à son intervention, Monsieur et Madame Wilkes souperont à la citadelle et, grâce à la mienne, Lord Grindstone boira au bordel de ma cousine de quoi lui assurer quelques heures d'un paisible sommeil. Ne seront donc présents au manoir que deux gentilshommes sur trois et deux domestique mâles d'un certain âge, qui ne m'ont point paru très guerriers, pour ce que j'ai pu en voir.

« Lord Milford, dans son testament, avait déconseillé une attaque nocturne à cause des hurlements des chiens, qui auraient aussitôt réveillé la maison. Car il n'est pas aisé de tuer des chiens avant qu'ils aient pu donner de la voix, que l'on opère à l'arme blanche ou par le poison. La liberté donnée aux chiens après le coucher du soleil est en effet fort gênante.

« En revanche, dans la campagne de Belle-Île, une troupe d'étrangers à cheval est remarquée de tout le monde durant la journée, alors que de nuit, la crainte des loups-garous retenant au lit la population superstitieuse, on a ses coudées plus franches.

« Il est toutefois une ressource, même de nuit, du fait que le puritain Wilkes qui, m'a confié sa femme en souriant, fait un long détour pour éviter Locmaria et ses sorcières, voit les chiennes d'un mauvais œil – détail apparemment sans importance que Monsieur le baron, par souci d'exactitude, vient de nous confirmer, après ultime interrogatoire de Milford.

« J'ai justement réussi à mettre la main sur des chiennes en chaleur, ce qui n'a pas été facile. Les maîtres surveillent leur chienne de race, et les chiennes errantes sont aussitôt couvertes. Je préconise, par conséquent, de creuser un trou dans la haie avec des cisailles et d'introduire les chiennes dans la place. Les chiens de Wilkes, sevrés de toute satisfaction amoureuse, flaireront la présence des chiennes, et un chien préoccupé de la sorte ne songe pas à aboyer. Enfin, lorsque les chiennes seront sur les lieux, Mazarin et Fouquet n'aboieront pas non plus : aucune raison de se disputer puisqu'il y aura une chienne pour chacun. Et nous pourrons compter par la suite sur ces interminables copulations, où des bêtes baveuses ont du moins la pudeur de se taire.

— Admirable ! s'écria d'Artagnan. Rien de mieux conçu ! Mon cher Monsieur Chardon, l'habitude des bordels vous a visiblement inspiré ! »

Nous joignîmes nos félicitations, en termes plus délicats, à celles du mousquetaire.

« Appeler ses chiens Mazarin et Fouquet ! s'indigna

Porthos, voilà qui mérite une correction. Nous autres Français avons le droit de dire du mal de ces Messieurs, nous sommes chez nous. Mais de quoi se mêlent ces Anglais ? C'est une honte. »

Le destin de Wilkes n'avait pas besoin de cette fantaisie pour apparaître sous les plus sombres couleurs. Sans doute ferait-il à la citadelle son dernier repas, et l'on regrettait presque qu'il dût être si bon.

« Mon cher Félix, dis-je, vous avez le génie de la combinaison et le don de clarté. Si notre affaire se déroule au mieux, je commanderai pour vous à l'orfèvre du roi deux chiennes en chaleur grandeur nature en or massif ! »

Nous étions désormais portés sur les ailes de l'espérance.

Le lendemain dans la matinée, après avoir bien assuré mes postiches, qui exigeaient un rasage journalier en raison de la repousse de la barbe, j'allai faire avec mon fils une promenade à cheval dans les environs du manoir.

Tout était ainsi que nous avions pu l'imaginer. Du lieu où nous avions fait halte, entre un calvaire et une pierre énorme autrefois dressée par des géants ou des magiciens, on voyait en contrebas Port-Maria et sa petite plage, où évoluaient des mouettes, et nous pouvions distinguer d'autre part, à quelque distance, la façade grise de Kerdonis et la fenêtre à barreaux neufs de Marie.

Soudain cette fenêtre s'ouvrit, et une jeune fille parut pour respirer l'air pur du matin et regarder le large avant que la chaleur estivale ne vînt brouiller les paysages de ses vapeurs.

Tristan poussa un cri.

« Ah, c'est elle ! C'est bien elle ! Je la reconnaîtrais entre mille. »

Telle est l'imagination extravagante des amoureux. À cette distance, un esprit rassis aurait confondu Mademoiselle Rossignol avec Madame Wilkes !

« Si elle devait mourir de nos imprudences, je me noierais ! »

Il est difficile de traiter ce genre de folie par des paroles raisonnables. J'avais cependant le devoir de m'y efforcer.

Car rien n'était joué, toutes sortes d'imprévus désastreux pouvaient surgir au cours de cette nuit fatale, et les chiennes de Monsieur Chardon étaient susceptibles de décevoir.

J'avais noté, en particulier, que les fox-hounds de Wilkes devaient être de taille moyenne, alors que, des deux chiennes bâtardes ramassées par Félix avec tant de mérite, l'une était de dimension imposante, tandis que l'autre n'était pas plus haute qu'un renard. Si Mazarin et Fouquet reconnaissaient entre mille celle qu'ils attendaient dans telle ou telle de ces dames, il pouvait y avoir du poil d'arraché. Mais ce n'était pas à dire à Tristan, qui planait sur des nuées et pour qui les basses contingences de l'amour avaient moins de réalité que les fumées de l'idéal.

« Me faites-vous confiance, mon fils ? lui demandai-je, alors que son émotion s'était un peu dissipée.

— Certes. Mais plus pour vos intentions que pour vos talents. Il vous arrive d'échouer en vous amusant avec la vie comme vous le faites si bien.

— Je vous parle de l'amour.

— Qu'en savez-vous, Monsieur ? Vos amours auraient-ils été si exemplaires ?

— Je sais ce que j'ai vécu et ce que j'ai observé. Vous pouvez m'en croire, les plus belles amours ne durent que pour ceux qui se sont noyés comme des imbéciles. Après quelques années d'un bonheur sans nuage, l'amitié apparaît, qui donne des satisfactions encore plus profondes, mais les amis, grâce à Dieu, se remplacent.

— La religion nous apprend…

— La religion, mon petit, nous apprend surtout à ne pas nous foutre à l'eau sous prétexte de femmes !

— Je vous donne raison, Monsieur, sur ce point. J'avais parlé un peu vite et par image, comme lorsque vous avez dit à l'innocent Porthos d'aller pendre ce curé séditieux avec la corde de sa cloche.

— Ah, la bonne heure ! Je vous retrouve. »

Nous en revenant vers Le Palais, nous fîmes halte un moment à l'obscure auberge de Locmaria pour boire un cidre aigrelet. La tenancière avait effectivement une tête de vieille sorcière, et la servante, une tête de sorcière jeune. Il est étonnant de voir, étant donné la préférence marquée du Diable pour la sodomie, comme les sorcières se reproduisent et se ressemblent. Peut-être par un troisième canal, qu'un théologien marseillais imaginatif a appelé « canal plus » sans convaincre grand monde ? Une histoire bien obscure.

La vieille ne parlant que breton, et la jeune, intimidée, ne parlant du tout, je ne pus commander l'envoûtement massif de Wilkes et des siens, qui n'aurait pas été de trop.

L'après-midi se passa dans la fièvre à Kermaria, chacun repassant son rôle, comme chez Molière, et essayant de prévoir toutes les possibilités, afin de mieux y pourvoir. Porthos montrait l'assurance des braves, d'Artagnan méditait, et Monsieur Chardon osait parler d'horoscopes bénéfiques quand j'avais le dos tourné. C'était désormais la seule faiblesse de cet homme d'exception.

La chaleur avait été lourde et, comme la nuit venait, la négresse se déshabilla en toute simplicité et descendit vers la mer, nous faisant admirer le balancement de son petit derrière et laissant sur le sable la trace de ses pieds nus, dont on n'aurait su dire s'ils étaient blancs ou noirs. Une Anglaise de sept ans aurait pu laisser les mêmes empreintes, et cela donnait à songer sur la communauté humaine, au-delà des couleurs de peau.

Sarah entra dans l'eau et ne fut bientôt plus qu'un point incolore à la limite de notre vision.

« Pensez-vous, Monsieur, qu'elle va revenir ? me demanda Tristan.

— C'est probable. Elle veut connaître Paris, dont tous nos nègres ont ouï dire comme d'un Éden et, à la nage, ce n'est guère le chemin.

— Pourquoi, au fond, avoir acquis cette négresse ?

— Pour compléter votre formation. Quand je vois tout ce que j'ai appris de vous depuis que je me suis imprudemment mêlé de vous enseigner le peu que je savais, je me dis que cette enfant primitive pourrait vous apprendre beaucoup si votre modestie égalait la mienne. Elle vous dira, à condition de savoir la prendre, tout ce que votre instinct a oublié, ce qui n'est pas peu de chose, vu le peu d'instinct que vous avez. Et de résister à la tentation vous donnera un surcroît de vertu dont votre femme profitera. Nous ne devons regarder des femmes nues, ainsi que vous venez de le faire avec complaisance, que pour y chercher des comparaisons en faveur de nos vertueuses épouses. »

Tristan baissa les yeux. Le discours était-il trop fort pour lui ?

Lorsque la négresse revint pour nous montrer le côté face de son anatomie, il était invisible.

À onze heures du soir, la nuit étant éclairée par une foule d'étoiles, nous étions à l'œuvre. Les chiennes une fois sorties de leur sac, Monsieur Chardon, avec une patience méticuleuse et sans faire plus de bruit qu'un furet, pratiqua un trou à la base de la haie touffue, tandis que les chiens de chasse de Wilkes, aussitôt alertés par leur flair, poussaient à l'envi de petits glapissements d'accueil, qui ne pouvaient heureusement donner l'alarme. Puis on fit passer la petit chienne par le trou, et enfin la grande.

Nous retenions notre souffle.

Après tout, si les chiens de Wilkes se mettaient à hurler comme des perdus devant cette vision enthousiasmante, il n'y aurait rien de compromis. Vu les précautions prises, les Anglais croiraient sans doute à un accident et ce ne serait que partie remise.

Mais ces braves fox-hounds se bornèrent à des glapissements réitérés, qui s'apaisèrent bientôt de manière encourageante.

Monsieur Chardon élargit encore le trou, s'y engagea, et nous suivîmes. Les quatre chiens s'affairaient déjà dans le potager, si occupés qu'on aurait pu les tirer par la queue ou les asperger d'eau froide sans qu'ils réagissent. Les mâles, contrairement à mes craintes, avaient fait ces mariages de raison qu'il est si malaisé de rompre, et Fouquet comme Mazarin faisaient « zig-zig » avec une concentration égale.

La porte des écuries s'ouvrit sans trop grincer, et nous y

trouvâmes, près d'une charrette destinée aux provisions, une grande échelle qui fut appliquée contre le mur du manoir, sous la fenêtre de Marie.

« À vous l'honneur, dis-je à mon fils, en lui confiant la lime. »

L'opération, dont tout dépendait désormais, nous parut interminable. Enfin, scié en bas comme en haut, le barreau céda, dégageant un espace qui pouvait permettre à un jeune corps de se faufiler.

La fenêtre étant demeurée ouverte en raison de la chaleur, le Roméo appela doucement sa Juliette :

« Marie ? Ma douce Marie ! N'ayez pas peur. C'est moi, votre fidèle Tristan... »

La plupart des femmes, sous le coup d'une intense émotion, poussent un cri effrayant, comme si ça pouvait les avancer à quelque chose, et je tremblais que la demoiselle ne se mît à crier, alors que les chiens avaient été si sages.

Mais aucun cri n'ébranla les fondations, la fiancée passa de justesse entre les barreaux, et Tristan la porta jusqu'au sol comme on porte le Saint-Sacrement. Son silence peu courant méritait bien cet égard.

Aussitôt, sans s'attarder à des bavardages, nous fîmes passer Marie par le trou de la haie, et Tristan la rejoignit pour veiller sur elle en nous attendant.

Parmi les salades, chiens et chiennes séparés de frais se regardaient bêtement sans penser à nous. Les chiens amoureux, dit-on, sont seuls au monde.

Très vite, sur mes ordres exprès, nous entassâmes des bûches et des fagots, pris dans la partie des écuries qui servait de remise, devant les deux portes du manoir, nous fîmes sortir tout doucement les quatre chevaux présents, et boutâmes le feu. D'abord aux toitures de chaume des écuries et de la tour, puis à la paille et au foin, nos torches incendiant pour finir les fagots accumulés sous les bûches.

Du site où je m'étais arrêté la veille avec Tristan, le spectacle était magnifique. Rien ne brûle mieux que le chaume breton !

Mon fils était cependant maussade.

« Vous ne m'aviez pas parlé de cet incendie, Monsieur.

— Je voulais vous en faire la surprise. J'espère que vous n'y voyez pas d'inconvénient ?

— Pour une simple complicité de rapt, la punition n'est-elle pas un peu rude ?

— Enfant que vous êtes ! Apprenez qu'en matière de crime, le complice est beaucoup plus coupable que l'exécutant. Sans l'assistance de lâches complices, la plupart des criminels se verraient paralysés et ne sauraient où se cacher après leur forfait.

— Votre père a entièrement raison, dit Marie, d'une voix posée. Plus de complices, plus de crimes. Soyons humains et réservons notre pitié pour ceux qui la méritent. »

Je commençais à aimer cette petite pour de bon. Elle ferait une belle-fille parfaite, pleine de sagesse et d'esprit, et je me demandais si Tristan saurait s'en montrer digne.

Des fenêtres sans barreaux du second étage, des hommes tout roussis sautaient dans le vide pour s'écraser sur le pavé, poussant en anglais de grands cris de désespoir, tandis que leurs chevaux hennissaient de terreur et que les chiens s'époumonaient enfin, sortis brutalement de leurs amours égoïstes. Le son valait le spectacle.

Mais nous ne pouvions nous attarder. Les environs allaient tôt ou tard s'émouvoir devant la lumière du brasier, et il fallait s'occuper de Gédéon Wilkes, qui devait, à cette heure, cheminer en compagnie de son épouse entre le Palais et Kerdonis. Sans parler du jeune Lord Grindstone, qui pouvait s'échapper de son bordel plus tôt que prévu, et dont la mort eût introduit à cette heure une complication inutile. Tristan m'avait souvent répété : « Monsieur, faites simple ! Dépouillez votre style. En intrigues comme en lettres, on en fait toujours trop. » Et le conseil était bon.

Nous rebroussâmes chemin pour tendre notre embuscade à la hauteur du Grand Cosquet. Pour rentrer du Palais à Kerdonis, distant seulement de huit quarts de lieue à vol d'oiseau, ce qui ne valait pas de rouler carrosse, la route du nord, qui longe la côte, est sinueuse et malaisée, alors que la route qui passe par l'intérieur des terres est à peu près droite. Wilkes, repu des largesses de Gourville et chevauchant de nuit avec une femme, ne pouvait manquer de l'emprunter.

Au bout de trois quarts d'heure, le gros Wilkes s'annonça sur un grand cheval, tandis que la dame trottinait derrière sur une mule. Leur arrestation par des hommes masqués ne fut qu'une formalité.

La nuit étant tiède, on entraîna l'Anglaise au creux d'un doux vallon pour l'attacher à un arbre. Elle suppliait qu'on lui épargnât les derniers outrages, et je tardai à la rassurer de sorte qu'elle pût s'imaginer le plus longtemps possible qu'elle était encore fraîche et désirable pour le premier venu. C'est par des délicatesses de ce genre que les bandits de grand chemin conquièrent le cœur d'un public sensible. Depuis que cette guenon avait offert une salade mangée des limaces à Monsieur Chardon, je m'étais résolu chrétiennement de l'épargner, en dépit de mes doctrines abruptes. Mon Dieu, à quoi tiennent les choses ? !

« Madame, ajoutai-je dans mon meilleur anglais, vous n'avez rien à craindre de nous. Je suis un gentilhomme de fortune qui détrousse les riches pour combler les pauvres, assassine parfois quand il est de mauvaise humeur, mais rend toujours aux femmes distinguées les honneurs qu'elles méritent. Nous allons régler le sort de votre mari, et on vous apportera une tasse de thé à l'aube.

— “ Régler le sort ” ? Qu'allez-vous lui faire ?

— Qu'aimeriez-vous qu'on lui fît ? »

Madame Wilkes se tâtait, se demandant si l'instant était venu d'être franche.

« Éloignez un peu vos hommes », me dit-elle enfin.

Et quand nous fûmes en confidence :

« Monsieur, je sens que vous êtes aussi gentilhomme que vous dites, et je n'essaierai point de vous égarer par des mensonges.

« Mariée à treize ans et demi contre mon gré, à peine pubère, j'ai connu un long martyre avec ce Wilkes, qui a abusé de mes charmes de la plus vilaine façon, m'a battue, m'a grugée, réduite à l'état de servante avant de courir la gueuse de son pas incertain de sac à vin. Ajoutez à cela des dehors d'hypocrite vertu puritaine à vous faire douter de Dieu et des anges. Je n'ai plus que des débris de fortune, mais si vous me débarrassez de cette brute, il y aura six mille livres sterling pour vous. Hélas, je ne puis faire plus ! »

C'était déchirant.

« Vos accents m'ont persuadé, Madame, et votre mari sera promptement pendu, mais en dehors de vos regards, afin de respecter la décence. Et il sera pendu gratis, car les désirs d'une jolie femme sont pour moi des ordres.

— Ah, Monsieur ! Vous me rendez la vie.

— Madame, si j'étais goujat, j'oserais faire davantage ! »

Car il faut être délicat jusqu'au bout. Et j'en fus récompensé par un sourire qui rendait cette malheureuse presque belle.

Puis j'allai pour pendre Wilkes au creux d'un vallon voisin, où la corde avait déjà été passée par-dessus la branche d'un chêne. On peut faire confiance aux chênes bretons pour ne pas casser.

Mais un obstacle survint, auquel j'étais loin de m'attendre.

« Mon cher père, me dit Marie, consciente que cette invocation un peu prématurée m'attendrirait, vous ne pouvez pendre cet homme de sang-froid.

— Mais nous venons tout juste de brûler son manoir à votre entière satisfaction, et de sang chaud !

— Justement. Ici, ce n'est pas la même chose. Il nous faut un jugement régulier. »

Pour faire plaisir à sa fiancée, Tristan joignit ses instances aux siennes, et je finis par capituler. Nous n'allions point passer la nuit à discuter de cette sottise dans un vallon perdu.

Je m'approchai de Wilkes, qui avait ouvert des yeux ronds de hibou à la vue de sa prisonnière, et lui demandai poliment :

« Parlez-vous français, Sir Gédéon ?

— J'ai étudié le droit à Paris. »

La voix était pâteuse, mais les idées étaient encore nettes.

Un bel exemple de résistance à la boisson. Les Anglais sont une race forte. Athos lui-même, qui avait pourtant un sérieux entraînement, aurait perdu le concours.

Les hommes enlevèrent leur masque, qui d'ailleurs n'avait été mis qu'en raison de la présence de Madame Wilkes. Et son mari dut saisir la sinistre signification du geste, car la graisse de son visage se mit à trembler.

« Que me voulez-vous ? Allez-vous m'assassiner ?

— Je suis le baron d'Espalungue, qui présidera ce tribunal et rendra la sentence. Le comte d'Artagnan assurera votre défense, et le noble Porthos se chargera de l'accusation.

— C'est une parodie de justice !

— Mais ce n'est point une parodie de rapt ! Veuillez respecter la Cour et ne point protester inconsidérément. »

Marie, ravie, me lança un chaud regard d'approbation. C'était pour elle plus passionnant encore qu'un roman, et j'allais m'évertuer à la satisfaire.

« Déliez cet homme, que par courtoisie, nous allons juger à l'anglaise. Il est libre, en raison de l'*habeas corpus*, tant qu'il n'a pas été arrêté dans les formes, et présumé innocent tant qu'il n'a pas été condamné.

« Vous vous appelez Gédéon Wilkes ?

— Oui.

— Vous êtes décrété d'arrestation parce que pris en flagrant délit de rapt. Tout ce que vous direz pourra être retenu contre vous. Veillez à ne pas entraver la lourde mission de votre avocat par des propos inconsidérés.

« Il est maintenant arrêté comme à Londres. Vous pouvez lui lier les mains. »

Marie applaudit à ce tour de passe-passe, sous l'œil indulgent et amusé de son fiancé.

« Procureur Porthos, quelles sont les charges ?

— Enlèvement à Juvisy, meurtre d'un pauvre palefrenier, réclusion chez une affreuse sorcière à Longjumeau... bref, pour aboutir à la geôle de Kerdonis. Et par-dessus le marché, menace de couper les oreilles.

— C'était une menace en l'air, Votre Honneur ! cria Wilkes, comme si on pouvait l'entendre du Palais.

— Accusé, taisez-vous. La parole est ici à votre avocat.

— À Toulouse, une fille n'a pas besoin d'oreilles pour écouter la voix de la sagesse et marcher droit ! » fit observer d'Artagnan avec bon sens.

Marie pouffa, et tout le monde de rire.

« Accusé, voulez-vous changer d'avocat ?

— Que le Diable emporte vos avocats !

— Le comte d'Artagnan est par conséquent maintenu dans ses fonctions.

« Wilkes, reconnaissez-vous au moins le rapt ?

— Évidemment. J'ai agi sur ordre de qui vous savez.

— “De qui vous savez” est mort, et la Cour n'admet point ce genre d'excuses.

— Lord Milford est mort ? !

— Silence !

« Nous allons entendre le réquisitoire de Maître Porthos.

— Je demande la mort par pendaison, vu que les faits sont évidents et que le coupable les a reconnus de bonne grâce.

— Maître d'Artagnan, le grand moment est venu de votre plaidoirie. »

Le Maître toussota, comme s'il allait se jeter dans un long discours...

« Votre Honneur, je sollicite l'indulgence... pour des motifs qui m'échappent. L'ivrognerie elle-même n'est pas une circonstance atténuante et... »

Wilkes poussa un hurlement d'indignation, et d'Artagnan se tut, comme découragé par la grossière turbulence de sa pratique.

« L'affaire est mise en délibéré... Après impartiale consultation, l'accusé est condamné à mort.

— Je fais appel ! lança aussitôt d'Artagnan.

— À qui, Maître ?

— Au Parlement de Rennes.

— Le Parlement est en vacances d'été pour les foins, en attendant les vacances d'automne pour les vendanges et les chasses.

— Je fais appel au roi.

— Le roi danse : on ne peut le déranger.

— Je fais appel à Mazarin.

— À force de faire “zig-zig”, Mazarin et Fouquet sont sur le flanc.

— J’introduis un pourvoi en cassation.

— Le pourvoi est rejeté pour vice de forme : il manque une virgule. »

Porthos intervint :

« Plaise à Votre Honneur que la *question*, selon l’usage, soit infligée au condamné avant exécution.

— Laquelle ?

— Par l’eau et par…

— Il ne nous plaît point : le condamné n’a rien d’intéressant à dire et il a assez bu comme ça.

« Condamné, le pasteur de votre confession que votre avocat avait pressenti pour vous assister ayant été brûlé comme hérétique, vous avez trois minutes pour vous préparer à faire une mort chrétienne. Votre femme, excédée de vos manières, n’étant plus d’humeur à vous visiter, l’affaire est close. »

Fou furieux, Wilkes tenta subitement de s’échapper en courant dans la direction du Grand Cosquet, tel un taureau fuyant une arène, trébucha contre une souche, et resta affalé en pleurant.

Je chargeai les hommes de Beaufort d’en finir, et je quittai les lieux avec les fiancés et la Cour.

Alors que nous retrouvions les chevaux, un cri étranglé nous parvint. Gédéon Wilkes avait vécu.

Marie me prit la main.

« Merci, mon cher père. Je suis à présent plus tranquille. Mais un peu honteuse d’avoir ri.

— Vous n’étiez pas la seule ! C’est que vous m’aviez demandé avec insistance une tâche impossible. La justice ordinaire prête déjà à rire. Comment faire sérieux en quelques minutes ?

— Je m’en rends compte un peu tard. J’aurais préféré, tout compte fait, que ce coquin de Wilkes, qui faisait pitié entre vos mains, fût rôti avec les autres.

— Cela part d’un bon sentiment, ma chère petite, et

vous n'avez rien à vous reprocher. Vos intentions étaient bonnes. Tristan vous expliquera à loisir pourquoi nos bonnes intentions n'ont pas toujours de bons résultats. Tel est sans doute le drame le plus constant de nos malheureuses existences. »

Comme j'offrais à mon fils sur un plateau des sujets de conversation interminables où il pourrait briller à son aise, il eut la gentillesse de m'approuver, bien que la procédure que j'avais improvisée tant bien que mal pour avoir la paix l'eût déçu comme elle avait déçu Marie. Les enfants ne savent pas ce qu'ils veulent.

XXIX

Le lendemain matin – nous étions le mercredi 14 août –, alors que je dormais à poings fermés, Gourville demanda à me voir, et je montai à la citadelle vers onze heures, pour le trouver anxieux.

« Savez-vous que ce Wilkes, dont vous me parliez tantôt à souper, a été retrouvé à l'aube pendu dans les terres, sa femme, attachée à un arbre, et que son manoir de Kerdonis a brûlé avec quatre personnes ?

— Premières nouvelles !

— Grindstone, l'un des trois gentilshommes de sa suite, qui s'était attardé au port cette nuit-là dans un mauvais lieu et vient de sortir d'ici, paraît frappé de terreur. Et la femme, qui n'arrête pas de rire, prétend avoir été agressée hier soir par des brigands – comme s'il pouvait y avoir une bande de brigands à Belle-Île ! – et des brigands qu'elle se dit incapable de décrire. Que dois-je penser, à votre avis, de cette étrange salade ?

— Rien du tout. Le rire de Madame Wilkes doit être un de ces rires nerveux que la Faculté nous décrit si bien, et Grindstone ne se montrera pas plus bavard que la dame, puisque l'affaire ne concerne que des Anglais.

— Pour ce qui est des victimes, certes. Mais quant aux brigands ?

— Vous dites vous-même qu'il n'y a point de brigands à Belle-Île. Des agents de Cromwell, dont la présence vous avait échappé, se seront manifestés sans doute. Ce Wilkes, à ma connaissance, trempait dans de troubles histoires d'espionnage, qui lui auront porté malheur. Le Lord Protecteur sanctionne rigoureusement la moindre trahison, et même la moindre défaillance. Vous auriez en tout cas intérêt à présenter les choses de cette façon à Fouquet. Plus l'histoire regarde Londres, moins elle regarde Belle-Île et votre personne.

— Le conseil est excellent. Mais il n'y a pas que Fouquet. L'affaire doit intéresser aussi le Palais-Royal. Je vous serais infiniment obligé si vous souteniez ce point de vue dans la communication que Son Éminence attend de vous.

— Vous êtes un ami, et vous pouvez y compter. »

Gourville ravi me remercia encore tant et plus, et me remit enfin une dépêche qui portait le sceau du Mazarin.

« Elle vient d'arriver par courrier spécial. L'homme ne connaissant pas votre adresse, je me suis chargé de vous la transmettre. »

Je fis sauter le sceau.

« Permettez que je me retire…

— Allons donc, Gourville ! Quand ai-je eu le moindre secret pour vous ? »

> *« On me dit que Cromwell est au plus mal. Belle-Île peut attendre. Je vous saurais gré, mon cher Espalungue, de partir sur-le-champ pour Londres et de me tenir ponctuellement au courant de l'évolution des choses. Vous avez l'oreille du Protecteur, et c'est de la multiplicité des rapports que jaillit la lumière. Galopez par Rennes jusqu'à Saint-Malo, où je donne ordre de tenir à votre disposition un navire qui vous débarquera à Portsmouth. Et de là, vous gagnerez Londres par la route. Ne regardez pas à la dépense : je vous rembourserai dès que j'aurai une rentrée. Ci-joint accréditation qui vous garantit statut diplomatique. Si Cromwell succombe, des convulsions sont à craindre dans le panier de crabes. La reine vous envoie ses amitiés, et j'y ajoute les miennes. Mazarin. »*

Je montrai la lettre à Gourville...

« Ne vous inquiétez pas : j'écrirai au Cardinal avant mon départ pour lui présenter une bonne version de l'affaire Wilkes.

— Ah, que deviendrais-je sans vous ? !

— Vous êtes trop modeste, et cela vous sied mal.

— Êtes-vous content de la négresse ?

— Je l'ai donnée à mon fils, qui lui enseigne le grec et l'algèbre à ses moments perdus. »

Je me sauvai là-dessus pour informer Kermaria de mon départ, alors que le temps se couvrait.

Descendant vers le port, je vis un jeune et beau gentilhomme, assis sur le parapet, qui regardait dans le vague. À la pâle blondeur du poil, à la fraîcheur du teint et de l'œil, on devinait un Anglais. L'œil de l'Anglais ressemble un peu à celui du poisson qui sort de l'eau : même fixité limpide, même intelligence limitée aux besoins immédiats. Mais c'est là une force, car ce n'est point l'intelligence qui mène le monde.

Ce garçon devait être Grindstone, à qui la débauche avait sauvé la vie, événement qu'il était permis de tenir pour scandaleux.

Je m'approchai gracieusement, et lui dis dans sa langue maternelle :

« Lord Grindstone, je présume ?

— Vous présumez juste. À qui ai-je l'honneur ?

— Je n'ose me présenter.

— Et pourquoi donc ?

— J'étais au bordel du Palais hier soir quand vous avez forcé sur la boisson, comme un vulgaire Gédéon Wilkes. Et de concert avec la tenancière, j'ai essayé en vain de vous réveiller par des tapes amicales.

— Je ne vous ai pas vu. Et je n'ai que faire de vos attentions.

— Vous ne m'avez pas vu parce que vous dormiez comme un sonneur. Mais vous avez laissé échapper dans votre sommeil des phrases bizarres.

— Vraiment ?

— “ Que ma prisonnière est jolie derrière ses barreaux ! ” Êtes-vous gardien de prison quand vous êtes las des prisonnières du bordel ? Une vocation chez vous ?

« Si ma mémoire est bonne, vous avez dit aussi : “ C’est pour l’Angleterre ! ”, “ Dieu me damne ! ”, “ Le feu, le feu est là, au feu ! A-t-on sorti les chevaux ? Fouquet, Mazarin, sales bêtes, pourquoi n’avez-vous pas aboyé ? ”...

« Y aurait-il des cas de double vue, dans votre famille ? Madame votre mère, peut-être ? »

Grindstone avait du mal à avaler sa salive et l’épouvante le gagnait.

Un pêcheur montait la pente, avec un gros homard pour les cuisines de Gourville. Il fallait en finir.

Je m’approchai plus près encore, mon visage à toucher le sien.

« Vous méritez quand même que je me présente : je suis le fantôme d’Hamlet. Marie Rossignol, qui vient de périr dans les flammes avec ses bourreaux, était la fiancée de mon fils. »

Aucun Anglais ne peut résister à une histoire de fantômes quand elle est bien présentée. Grindstone eut un râle, et je n’eus pas à le pousser beaucoup pour le précipiter dans le vide.

Le pêcheur parvint à ma hauteur avec son homard, dont les pattes étaient entravées. Faute de quoi, les homards se battent, ou, pire, s’onanisent dans les viviers.

Nous considérâmes le corps, qui avait rebondi sur les rochers.

« C’était un Anglais, dis-je.

— M’étonne pas. Ils ont le pied marin, mais faut pas leur demander d’aller plus haut. »

L’oraison funèbre en valait une autre.

Je donnai une pièce à ce brave homme.

« Faites prévenir, je vous prie, Monsieur Gourville, de la part du baron d’Espalungue, que Lord Grindstone a eu un malaise. Je suis arrivé trop tard pour le retenir. »

Et je rentrai à Kermaria pour compléter mon rapport et faire mes bagages.

L’immunité diplomatique que Son Éminence avait eu la

bonne idée de m'accorder ne me rassurait qu'à moitié et j'aurais de beaucoup préféré aller ailleurs.

Avant mon départ, j'eus à cœur de fêter les fiançailles de Tristan et de Marie, car « aux âmes bien nées, la valeur n'attend pas le nombre des années ». Je ne les décrirai point, car le fugitif bonheur, qui prend d'autant plus de prix qu'on l'a bâti sur un monceau de cadavres, est indescriptible. J'en étais encore ému lorsque j'embarquai le soir même pour Quiberon.

Seul Monsieur Chardon m'avait suivi jusqu'au quai, car je suis trop sensible pour supporter les scènes d'adieu en grande compagnie, où la sincérité a tant de peine à se dégager du convenu.

« Félix, je vous charge tout particulièrement de veiller sur les fiancés lors du voyage de retour. À Paris, je vous procurerai dans les finances une position enviable. À un certain niveau, plus on gagne, moins on travaille, et il n'est pas nécessaire d'être compétent, puisque les subordonnés le sont pour vous.

— Je n'ai guère dorénavant que l'honnêteté en partage, Monsieur.

— Elle n'est pas nécessaire non plus, mais, contrairement à ce que soutiennent certains misanthropes, elle n'est pas toujours nuisible. L'important est de bien surveiller ses arrières. »

Je pouvais compter sur Monsieur Chardon pour se distinguer partout où l'appellerait la Providence.

Le dimanche 18 août, je fis relâche à Jersey, car le temps s'était brusquement gâté. Les nouvelles concernant l'état de santé du Lord Protecteur donnaient de l'espoir à la population, qui ne le pouvait sentir.

Il convient de préciser que le bailliage de Jersey ne reconnaît point l'autorité directe de la Couronne britannique ou de ce qui en tient lieu. Le roi d'Angleterre n'est que suzerain de Jersey à titre de duc de Normandie, et les habitants s'administrent eux-mêmes sans que Londres ait le droit d'intervenir. Si le roi renonçait à ce titre ducal, qui ne correspond plus à aucune réalité depuis le XVe siècle, on se demande quel pourrait être le fondement de ses prétentions.

Cromwell, qui avait la dictature dans le sang, avait naturellement vu cette autonomie d'un mauvais œil et travaillé, sournoisement ou brutalement, à la rogner.

Par chance pour Jersey, le tyran avait d'autres soucis que cette île raisonnable, qui avait jadis préféré l'Angleterre à la France pour le bon motif que plus un suzerain est loin, plus on est heureux. Situation absurde, qu'on voit se répéter d'année en année partout : la mainmise des grandes puissances sur de nouveaux territoires s'accompagne d'un surcroît d'impôts qui ne compense même pas les frais de guerre. Rois et princes sont incorrigibles.

À force de gouverner au jugé, pris entre les royalistes nostalgiques, les parlementaires modérés et les puritains fanatiques, sans parler des Irlandais, des Écossais, des Gallois et des catholiques, souriant à la France en ruine et louchant vers l'Espagne, qui souffrait d'une baisse tragique de ses revenus américains, le Lord Protecteur avait sans cesse accumulé des difficultés inextricables, et seule sa poigne de fer, la peur qu'il inspirait, lui avaient permis de surnager. Ses incontestables succès extérieurs avaient d'autre part coûté les yeux de la tête, et ses finances étaient à marée basse.

Je n'étais donc pas trop pressé de reprendre le bateau pour Portsmouth, et je profitai de Jersey, île fortunée où receveurs brutaux, chevau-légers et dragons demeurent inconnus. Le lait, pour ceux qui aiment ça, y est excellent, et les nourrices elles-mêmes y sont réputées.

Les violents orages de saison s'étant dissipés, je me réembarquai le 23 août, et j'étais à Londres le mardi 1er septembre.

L'ambassadeur me déclara que Cromwell, qui souffrait de s'être surmené et avait de forts accès de fièvre, serait entré en convalescence et aurait repris le collier. Je sollicitai une audience, que l'on me fixa à sept heures du matin au 3 septembre, jour anniversaire des victoires de Dunbar et de

Worcester contre les Écossais. Le dragon dormait peu, et il fallait se mettre à son rythme.

En tout cas, je n'étais pas inquiet du travail que John Wallis avait éventuellement pu faire sur le factum de Rossignol : le temps lui avait manqué d'en venir à bout. Mais en revanche, de mauvais bruits de Belle-Île avaient déjà pu lui parvenir, et il était assez malin pour les mettre en rapport avec ma personne. Je pouvais m'attendre à une colère rentrée s'il était d'humeur paisible.

À sept heures précises, le valet de chambre Barnaby m'ouvrit la porte du bureau où son maître m'attendait. Le Lord Protecteur, près d'une table débordant de dossiers, était assis dans un fauteuil, une couverture sur les genoux, et l'on avait entretenu du feu dans la cheminée au cours de la nuit. Le temps avait en effet fraîchi.

Cromwell, qui avait maigri depuis ma dernière visite, était toujours aussi laid, mais au-dessus des lèvres minces et du grand nez, le regard, qui me rappelait celui de Richelieu, était toujours aussi terrible. Le regard des insatisfaits, qui remuent les colonnes du Temple pour qu'il les engloutisse. Je songeai que la laideur n'est pas plus favorable aux hommes qu'aux femmes. La disgrâce de ne point plaire naturellement entraîne les âmes d'airain à se distinguer par la domination et la violence.

Je présentai à Cromwell mon accréditation, et il me désigna aimablement une chaise...

« Gentil à vous de venir flairer ma carcasse. Tout le monde est dans la dernière impatience de me voir crevé.

— Je n'aurais garde, Excellence, d'agir comme tout le monde ! Mon frère jésuite, s'en revenant de Chine, m'a raconté une anecdote qui pourrait instruire les Anglais après avoir instruit les Chinois. Comme on s'étonnait qu'une vieille femme priât pour la santé d'un empereur si redoutable que son ombre même le fuyait : “ le prochain risque d'être pire ”, dit-elle. Je souhaite donc une bonne santé à Votre Excellence.

— Ah, ah ! Le bon jésuite ! J'aime votre franc-parler. J'ai encore mon ombre. Du moins il me semble. Je demanderai à Barnaby… Mais il est bien vrai que si je disparaissais de la scène, ce serait un beau désordre. Après le triomphe de l'épée, celui de l'anarchie. On m'enterrera à Westminster, mais la canaille viendra un jour jeter mes cendres à la Tamise, et elles rencontreront dans la Manche celles de Jeanne Darc. Une âme sœur pour un solitaire qui n'a pas eu le temps de s'occuper des femmes. J'aurai beaucoup fait, cependant, pour l'Angleterre et pour la foi.

— Comme celle de tous les grands hommes, votre mémoire sera encensée et exécrée.

— Que l'encens ne soit pas papiste, c'est tout ce que je demande !

« Vous venez de Jersey ? m'a-t-on dit. De mauvaises têtes qui ne pensent qu'à leurs vaches et que rien de grand ne remue.

— De Belle-Île.

— De Belle-Île ? !

— Votre Excellence a dû apprendre – ou apprendra bientôt – les dernières nouvelles du marquisat de Monsieur Fouquet.

— Faites comme si je ne savais rien.

— Mademoiselle Rossignol, fiancée à mon fils, avait fait une fugue avec un marchand de bière dénommé Wilkes, et il m'a fallu courir jusqu'à Belle-Île pour la ramener à la raison.

— Je suis bien content d'avoir un fils !

« Serait-ce par hasard Mademoiselle Rossignol qui a pendu le gros Wilkes ?

— La pauvrette aurait retroussé ses manches ! »

Cromwell soupira bruyamment et mit la main sur une Bible, qui traînait sur la table avec les dossiers.

« La Bible m'en est témoin devant Dieu que je verrai peut-être bientôt face à face, je ne suis pour rien dans ce rapt. L'unique responsable en est un subordonné trop zélé, dont la mort prématurée ne m'a pas touché outre mesure. Le Ciel nous garde des excès de zèle ! Et je vous présente à ce sujet mes sincères excuses, moi qui ne me suis pas excusé trois fois en vingt ans.

— Je n'avais jamais vraiment soupçonné Votre Excellence !

— Si c'est vrai, je vous en remercie.

« Mais les obligations de ma charge me contraignent trop souvent à couvrir des excès de zèle, et j'avoue que, le crime étant consommé, l'intérêt national voulait qu'on en tirât profit.

— C'était la moindre des choses ! Vous prêchez un converti.

— Et John Wallis doit me communiquer incessamment le fruit de ses travaux sur la lettre d'Anne d'Autriche à Cameleone que nous avons eu tant de peine à tirer de Rossignol.

— Ah ? ! Il aura fait vite !

— Quelques heures ! Dans son trouble, le père infortuné avait commis une erreur grossière. Autrement, bien sûr, nous n'en serions pas encore sortis. Ce Rossignol vaut presque mon Wallis. »

Quand on parle du loup...

Barnaby, de son air compassé, parut avec un plateau d'argent où figurait un papier et glissa un mot à l'oreille du Lord Protecteur, qui s'empara de la communication avec une parole d'excuse. C'était pour lui la journée des excuses !

Je le vis changer de visage et devenir violet.

« " ...je bande comme un cerf parmi les mignonnes puritaines de mon harem ! " Je suis souffrant, je vous parle en ami, je m'excuse, et voilà ma récompense ! Peut-on pousser plus loin et plus bas l'insolence et la calomnie ? ! Avec ou sans accréditation, vous ne sortirez pas vivant d'Angleterre. »

Pour une fois, je demeurai à court d'arguments. Mais la chance est une grande chose, dont je m'étais fait une amie à force de la courtiser.

Terrassé soudain, le Lord Protecteur laissa tomber son papier et chut doucement sur le parquet, tel un pantin privé de ses ficelles.

J'appelai Barnaby, on appela médecins et chirurgiens, mais il fallut se rendre à l'évidence : Cromwell était mort [1].

---

1. *Note de l'auteur* : dans ses Mémoires, publiés sous Charles II, Barnaby suggère que le baron d'Espalungue a pu aider le Protecteur à mourir à l'aide d'un coussin, mais une si vive présence d'esprit semble peu probable en la circonstance.

Par un juste retour, le bonhomme Rossignol l'avait foudroyé sans le faire exprès.

La cérémonie de Westminster, présidée par un Richard Cromwell ahuri, fut magnifique, mais se déroula sous le signe d'une diffuse inquiétude. Les puritains, qui avaient prétendu bannir le péché, allaient se trouver aux prises avec des pécheurs mauvais coucheurs et les Anglais étaient à la veille de s'étriper à leur aise. Je rentrai à Paris pour rendre compte de ce qu'il m'était permis de révéler.

Félicité était morte la veille et semblait dormir apaisée, avec un charmant sourire. Je renonce à exprimer ma peine.

Le lendemain des obsèques, la cuisinière me montra une petite pousse verte sur le manche d'un balai.

« Un miracle, Monsieur. Notre Félicité était si pieuse ! »

Sans doute, le bois n'était-il pas sec. Mais qui sait ? Il est des balais de fées comme des balais de sorcières.

Gardez toujours, mon fils, le sens du miracle. Tout est miracle pour qui sait voir, et d'abord votre naissance.

DU MÊME AUTEUR

Chez le même éditeur

La Pucelle (1988)
La Part des Anges (1990)
Eudoxie ou la Clef des champs (1992)
Ce que je crois et pourquoi (1993)
Œdipe en Médoc (1993)
Étoiles filantes (1994)
Le Taureau par les cornes (1996)
Une affaire d'honneur (1997)
Le Ruban bleu (1998)
De plume et d'épée (1999)
Les Derniers Feux (2001)

Au Livre de Poche

Les Mantes religieuses (Grand Prix de littérature policière 1960)
Le Retour des cendres
Mourir à Francfort
Meurtre à loisir
Esprit es-tu là ?
De quelques crimes parfaits
Devoir de vacances
Les Bourreaux de Cupidon
Requiem pour une noce
Pour deux sous de vertu

À PARAÎTRE

Les Pavés du Diable
Le Cupidiable
Andromac
Non sens
Retour à zéro
Le Procès Filippi
La Perte de vue

Chez Nathan

Un métier de fantôme (Grand Prix du « Bateau à Vapeur »)
Gus et les Hindous
Gus et Poussinard
Gus et le cambrioleur

Aux Éditions Denoël

Sophie ou les galanteries exemplaires (1976)

Chez Jean-Jacques Pauvert

Rome n'est plus dans Rome (1977)

Chez Pauvert/Ramsay

Les queues de Kallinaos (1981), Grand prix de littérature fantastique d'Avoriaz 1982. Prix de la Société des Gens de Lettres 1982

Chez Régine Deforges

Paul VI (1988)

Chez Julliard/Pauvert

Néropolis (1984)

Aux Presses de la Renaissance

L'Empreinte du ciel (2000)

Chez Robert Laffont

Mademoiselle le Juge (2001)

Impression réalisée sur CAMERON par

BUSSIÈRE CAMEDAN IMPRIMERIES

GROUPE CPI

à Saint-Amand-Montrond (Cher)
en juin 2001

N° d'édition : 407. N° d'impression : 012954/4.
Dépôt légal : juin 2001.

Imprimé en France